BESTSELLER

Juan Ignacio Carrasco Roig (Peñíscola, 1973) es licenciado en Ciencias de la Comunicación y diplomado en Teoría de la Literatura y Literatura Comparada por la Universidad Autónoma de Barcelona. Se ha dedicado al cine desde el punto de vista periodístico, tanto en prensa, radio como en televisión. Ha sido director del Festival Internacional de Cine de Peñíscola (2007), certamen que fue galardonado con el premio Expocine, por la promoción de séptimo arte en el ámbito local. Ésta es su primera novela.

JUAN IGNACIO CARRASCO

Entre nosotros

DEBOLS!LLO

Primera edición: abril, 2010

Printed in Spain – Impreso en España

ISBN: 978-84-9908-362-9
Depósito legal: B-10328-2010

Compuesto en Lozano Faisano, S. L. (L'Hospitalet)

Impreso en Liberdúplex, S. L. U.
Sant Llorenç d'Hortons (Barcelona)

P 883629

El día que nací, mi padre cambió el cartel de su ferretería, añadiendo a su nombre, John M. Young, un «& Son». El día que nací, mi padre, sin ser consciente de ello, se atrevió a escribir el destino de su hijo Abel con letras doradas sobre un fondo verde. Se equivocó, aunque no fue culpa suya, sino de Renée Zellweger y lord Byron.

Abel J. Young

PRIMERA PARTE

HAY MUCHOS PECES EN EL MAR

El vampiro se incorporó en el momento en el que la estaca se incrustó en su pecho. Instintivamente Gabriel y yo dimos un par de pasos atrás. El vampiro miró su pecho, del que sobresalía un pedazo de la estaca por la que empezaba a chorrear un fino hilo de sangre, nos miró y empezó a gritar, pero sus gritos fueron rápidamente sofocados por la sangre que empezó a manar de su boca. Era evidente que el golpe de Gabriel había sido certero y que aquel vampiro estaba a punto de perecer. Sin embargo, el pobre diablo no se daba por vencido y, en el último esfuerzo de su agonía, cogió la estaca con las dos manos, intentando arrancársela del pecho. Al ver las intenciones del vampiro, Gabriel se acercó a él y le golpeó con el mazo en la frente. El golpe dejó al vampiro sin las últimas fuerzas que le quedaban, sus manos soltaron la estaca y su cuerpo, ya sin vida, empezó a tambalearse y poco después cayó hacia atrás.

—Como en las películas —dijo Gabriel—, ha sido como en las películas. Bueno, menos por lo del pijama a rayas y el mazazo, pero en esencia igualito que en las películas.

Gabriel metió el mazo en la mochila y se dispuso a arrancarle la estaca al vampiro, pero esta estaba tan incrustada que hacía inútiles sus esfuerzos. Tras varios intentos, me hizo un gesto con la cabeza para que me acercase a la cama y me pidió que sujetara fuertemente los hombros del cadáver. Gabriel se subió a la cama, se puso de rodillas sobre el vampiro, cogió la estaca y la arrancó de su pecho. A la estaca se le había partido la punta, quizá al rozarse con una costilla, y estaba completamente bañada en la sangre de aquel desgraciado. Gabriel la limpió restregándola sobre las sábanas, bajó de un salto de la cama y metió la estaca en la mochila.

—Yo ya he acabado con lo mío —dijo Gabriel—. Ahora vas tú, coges la espada y le decapitas.

—¿Que he de cortarle la cabeza? —pregunté extrañado.

—Claro, para eso hemos traído la espada. Yo le daba el estacazo y tú le cortabas la cabeza.

—Pensaba que la espada era para otra cosa.

—¿Para qué?

—No sé, para defendernos de un ataque inesperado...

—Yo creo que quedó claro que era para cortarle la cabeza, como a la pelirroja aquella de *Drácula de Bram Stoker*. Cuando estábamos viendo la película, dije que si teníamos que hacer eso yo me pedía clavar la estaca y que otro se encargara de cortarle la cabeza al bicho. Y nadie puso ninguna pega.

—Pues yo no te oí.

—Pues te juro que lo dije, y si no, después se lo preguntamos a Arisa.

—No quiero decir que no lo dijeras, sino que no te oí decirlo.

—Da igual que lo oyeras o no, de todas maneras somos un equipo y yo he clavado la estaca, así que a ti te toca la decapitación.

—¿Crees que es necesario?

—Por supuesto que lo es, a la pelirroja le cortaban la cabeza.

—Pero es que ella era la novia de alguien, era por hacerle un favor, y este tío no es nadie y encima ha matado a tu padre.

—No me jodas, Abel, hemos seguido el ritual y funciona. Así que, hala, a cortarle la cabeza.

—Es que nunca he decapitado a nadie.

—¿Y crees que yo me he pasado la vida clavando estacas?

—¿No podemos volver con un hacha?

—No, mejor aún, nos vamos y volvemos con una guillotina —dijo, utilizando un tono sarcástico que no me gustó nada—. Me estás empezando a poner nervioso. En la película era una espada, y una espada es lo que tenemos que utilizar, tío. ¿Lo vas a hacer o no?

Asentí con la cabeza y cogí la espada. Gabriel movió el cadáver para que su cabeza quedara colgando en el borde de la cama y se sentó encima del vampiro para que su cuerpo no se moviera al golpearle con la espada. Cerré los ojos, tomé aire y me concentré unos segundos en lo que estaba a punto de hacer. Entonces, justo antes de dejar caer con todas mis fuerzas la espada sobre el cuello del vampiro, me vino a la mente el momento en el que Mary me contó emocionada que se llamaba igual que la inventora de la minifalda.

1
Mary, Renée y Nemo

La noche que decidí pedirle a Mary Quant que se casara conmigo me costó un poco conciliar el sueño. Yo nunca había sido una persona excesivamente valiente. Cuando nací el médico le dijo a mi madre que era la primera vez que un bebé había hecho fuerza para volver a entrar en el vientre materno después de sacar la cabeza. No sé si eso ocurrió así, sospecho que no, pero siempre se contaba esa anécdota cuando me asustaba por algún motivo tonto: un perrito ladrándome, una suma con decimales, una anciana intentando limpiarme una manchita de la mejilla con su dedo impregnado en saliva, etc. Por esa razón sabía que había una posibilidad de que en el momento justo de declararme a Mary una mezcla de mucosidades y angustia crease una bola en mi garganta que no me dejase hablar. El tema estaba en hacerlo rápido y bien, en encontrar las palabras justas y soltarlas como si estuvieran quemándome por dentro. Estuve un par de horas imaginándome cómo, dónde y cuándo lo haría, de tal manera que a la mañana siguiente mi declaración fuese casi un acto reflejo.

El ensayo nocturno funcionó a las mil maravillas. Mary ese día estaba especialmente preciosa. Su pelo dorado, recogido en una larga cola, siempre me había parecido la cosa más bonita del mundo. A veces también me había quedado prendado de su sonrisa o de sus ojos azules, de una redonda redondez muy redonda, pero era su pelo lo que hacía de Mary mi chica. Cuando la vi esa mañana, reunida con unas amigas, ni me lo pensé, fui directamente a hacer lo que debía hacer. Me acerqué a Mary por detrás, le toqué el hombro suavemente y cuando ella se volió se lo solté:

—Mary Quant, ¿quieres ser mi esposa?

Mary se quedó mirándome y supongo que lo mismo hicieron sus amigas, pero la noche anterior también había ensayado una visión de túnel para evitar desconcentrarme por culpa de ellas y estaba resultando muy efectiva. La verdad era que la visión de túnel, más que para que no me desconcentraran era para que no me asustaran, sobre todo Lucy Simmons, cuya madre llevaba a cuestas tres divorcios y dos abandonos en el altar y al parecer había educado a su hija en el odio al género masculino, manifestándose este con la santa manía de pegar patadas en los genitales de los chicos, a la mínima oportunidad, mientras les decía: «Es que todos los hombres sois iguales y los de Ohio peores que los demás» (cosa que no tenía mucho sentido en el condado de Macon, Tennessee, pero eso era lo que ella decía). Especialmente para el «peligro Simmons», aparte de la visión de túnel, ensayé el cubrir disimuladamente los genitales, sin que pareciese que estaba formando una barrera defensiva de fútbol, pues tenía la absoluta certeza que si Mary me decía que no, Lucy se vengaría de alguno de sus cinco padres cebándose en mí. Sin embargo no pasó nada de eso, ya que menos de un segundo después de hacerle la proposición Mary me contestó:

—Por supuesto que sí, Abel. Estaré encantada de ser la señora Young.

Tras darme el «sí quiero» provisional, no hubo ni beso ni anillo; no hace falta tanta pompa y circunstancia cuando tienes siete años. Tampoco nos cogimos de la mano y dimos vueltas por el patio. Ella volvió al juego de la comba que había interrumpido para prometerme su amor eterno y yo fui a comprobar si era cierto que Peter Lindstrom se estaba comiendo un sándwich de murciélago para almorzar, tal y como él había anunciado nada más llegar al colegio esa misma mañana.

Diez años después de que Mary se comprometiera a casarse conmigo, rompió su promesa y me dejó. Fue justo al iniciarse el otoño del último año de instituto, un par de meses después de iniciarse el curso. Fuimos al cine a ver algo de Renée Zellweger. En verdad puede que no fuera una película de Renée Zellweger, pero cuando recuerdo nuestra ruptura, siempre ligo a ese hecho haber visto una película suya antes. Después del cine, llevé a Mary a su casa, y antes de bajar del coche me acerqué para besarla y ella me detuvo. «Tenemos que hablar», me dijo y entonces pensé que no iba a salir bien parado de aquello, sin importar mucho cuál fuera el tema del que íbamos a hablar. Suspiró tan profundamente, como tomando carrerilla para poder soltar sus primeras palabras, que pensé que iba a ser padre, de mellizos por lo menos.

—El año que viene iré a la universidad...

—¡Menos mal!

—¿Menos mal? Si ya sabes que voy a ir.

—No, no es por eso. He tenido un lapsus tonto, perdona.

—Bueno, pues el año que viene iré a la universidad y sabes que eso supone un cambio muy importante en la vida de cualquier persona.

—Tú irás a la universidad y yo haré jornada completa en la ferretería. En mi caso es también un cambio, pero, claro, no como el tuyo...

—Lo que quiero que entiendas es que eso de ir a la universidad me ha hecho pensar mucho en nosotros y creo que lo mejor es que lo nuestro se acabe.

Me quedé unos segundos pensativo, repitiéndome lo que acaba de escuchar. A mi cerebro le costaba procesar la información recibida. Parece claro, a simple vista, ya lo sé, parece que con ese «que lo nuestro se acabe» me estaba dejando, pero también me había dicho en una ocasión que solamente le apetecían «cariñitos» una noche y resultó que eso no eran mimos en el sofá, sino desenfreno alocado en la cama. Siempre que pasaba algo así luego me decía: «¿Es que no sabes que a veces las mujeres pedimos lo contrario de lo que realmente queremos para que los hombres toméis la iniciativa?». Pues no, no lo sabía. ¿Cómo iba a saberlo? Esas cosas no se pueden saber porque no naces con ellas, al menos si eres hombre, y en el colegio nadie te enseña cosas que luego son lo contrario. Ni siquiera las maestras lo hacen. Además, está eso del «a veces», lo cual quiere decir que no siempre dicen lo contrario de lo que piensan. Eso me pasó poco después del incidente de los «cariñitos», una noche en la que solo le apetecía «dormir». Entonces, lógicamente, me abalancé sobre ella y no, se ve que ese día solo le apetecía dormir. Me llamó «enfermo salido que solo piensas en el sexo». Entonces decidí que, debido sobre todo a la poca actividad sexual que teníamos por razones de edad e independencia, ante cualquier propuesta suya que pudiera esconder un significado diferente al aparente, le pediría que me lo aclarase, más que nada para no acabar el día pensando que era un imbécil o un pervertido.

—Bien, Mary, antes de seguir, ¿puedes definirme el término acabar?

—Pues está bien claro, ¿no?

—Sí, puede, pero por si acaso...

—Pues que hemos de romper nuestra relación, dejar de ser novios, olvidarnos de un futuro común.

—Sí, es lo que había entendido. Pero ¿por qué?

—Es por tu bien.

—¿Por mi bien?

—Sí, te quiero tanto que no deseo hacerte daño.

Entonces se puso a llorar como si tuviera *lloritis aguda y convulsa*, mientras yo intentaba asimilar lo que estaba sucediendo. No tenía dudas de que me estaba dejando y de que las palabras que había utilizado coincidían con las definiciones que de las mismas aparecían en el diccionario. No, ahora la asimilación consistía en que lo que estaba ocurriendo rompía totalmente mis esquemas vitales. Desde hacía años tenía clarísimo que iba a ser propietario de la ferretería John M. Young & Son y que me iba a casar con Mary Quant. Ferretería y Mary, eso estaba escrito en algún sitio y ahora me salía ella con que debíamos dejarlo por mi bien. Era una tragedia que no podía permitir que sucediera. No tenía mucho tiempo para ensayar un rescate adecuado, infinitamente menos tiempo que el que utilicé en el ensayo de la petición de matrimonio, así que improvisé.

—Mary, es que yo te quiero.

—Esto es muy duro para mí, Abel —contestó Mary mientras se secaba las lágrimas con la manga del suéter—, por favor, no lo empeores.

—Es que no lo acabo de entender.

—¿El qué no acabas de entender?

—¿Tú me quieres?

—Muchísimo, más que a mi vida.

—Entonces ¿por qué me dejas?

—Para no hacerte daño después.

—¿Después de qué?

—Después de dejarte.

—Pero es que me estás dejando ahora.

—Pero es por tu bien.

—¿Y en qué me beneficia que me dejes?

—En que si te dejo después, lo pasarás peor.

—O sea, me dejas ahora porque si me dejas después lo pasaré peor que ahora.

—Sí, por eso. ¿Te das cuenta de cuánto te quiero?

Se abalanzó sobre mí, me besó como nunca lo había hecho y salió del coche. Yo me quedé mirando cómo se alejaba de mí, literal y metafóricamente, sin acabar de entender aún muy bien sus argumentos altruistas sobre la ruptura de nuestro sagrado compromiso de patio de colegio. Mary se volvió antes de abrir la puerta de su casa y, al parecer, vio en mi rostro el reflejo del desconcierto vital en el que me hallaba. Por eso, antes de desaparecer de mi vista, me envió un beso y con él unas palabras de consuelo: «Es por tu bien, Abel».

Sé que hay tipos que cuando sus novias les dejan superan el trauma liándose con otras más guapas y, si puede ser, más pechugonas que las chicas que han roto con ellos. A otros les da por tirarse a la bebida y así, emborrachándose, olvidan que son unos gilipollas que en vez de beber deberían estar liándose con chicas más guapas y pechugonas que sus ex novias. Los hay que cuando les sucede esto, sienten que les ha tocado la lotería, ya que se dan cuenta de que a partir de ese momento tendrán más tiempo para jugar a juegos de rol on-line. Algunos espabilados utilizan la táctica del despiste y no se dan por aludidos; parece mentira pero a veces resulta efectiva, yo tengo a tres primos que nacieron años después de que mi tía dejara a mi tío. Y luego hay tipos como yo, gente que no asimila bien la ruptura y que, bueno, le da por llorar.

«¡Qué nenaza! ¡Tírate a pedorras pechugonas, bebe hasta perder el conocimiento, mata a bichos por internet o hazte el tonto, pero nunca llores! ¡Joder, eres un hombre!» Supongo que esto es lo que habrán pensado muchos al leer lo que acabo de decir sobre que me dio por llorar, pero es que no pude evitarlo. Una rubia preciosa de ojos azules me había arrancado el corazón y lo había metido en el microondas. Además no era una chica cualquiera, era la persona con la que había pensado casarme, tener hijos y puede que divorciarme y volver a casarme. Era mi vida o, al menos, lo que quería que fuera mi vida.

Lo único que puedo decir en mi favor es que pese a ver a Mary todos los días, evité llorar delante de ella y del resto de la gente del instituto. Eso sí, por no llorar, lo que sentía todo el tiempo era una cosa que podríamos definir como «angustia de la lágrima no derramada». Creo que es una angustia que las mujeres no padecen, pero que los hombres suelen experimentar muchas veces a lo largo de la vida y que consiste, básicamente, en un ahogo suave, como si alguien con manos de mantequilla intentara estrangularte. Sientes que te falta el aire, pero ello no impide que puedas hablar, por ejemplo. Al parecer, la nuez es la que se encarga de compensar el efecto de la angustia de no llorar, por eso en el caso de los hombres esta es más grande y abultada que en el de las mujeres. La historia y la tradición cultural han dictado que llorar en público es cosa de niñas y gays alterados. A los hombres se les puede permitir llorar en casos de fallecimientos de familiares cercanos, pero muy cercanos, nada de tíos, primos o abuelos. También se les permite llorar en público en el caso de que sean rociados con algún producto lacrimógeno, sin importar si es en una manifestación o intentado violar a alguien. Pueden llorar de risa, pero ha de ser con una película que no sea inglesa o comedia romántica y preferiblemente después de que algún personaje se haya tirado un pedo o haya recibido un balonazo en sus partes. No queda muy claro si se puede llorar cortando cebollas si eres hombre. Se han dado casos de hombres que han aprovechado cortar cebollas para dejar salir su lado femenino reprimido. En una entrevista que vi un día por casualidad en la tele, un chef francés muy famoso entre los aficionados a comer cosas pequeñas y extranjeras dijo que su película favorita era *El príncipe de las mareas*. Lo de cortar cebollas, sumado al delantal y al sombrerito ese en forma de tubo, deja bien claro por qué hay tantos hombres grandes cocineros. Es cierto que hay cocineros ultramachotes que cortan cebollas, pero si ven a uno de esos, tengan por seguro que si se le cae algún producto al suelo lo vuelve a cocinar sin limpiarlo, que considera que el queso enmohecido es una variante americana del *rochefort* y que suele escupir en el aceite de la freidora para saber si ya está lo suficientemente caliente. Lo de llorar de rabia tampoco se considera masculino desde la abolición de la esclavitud, pues solamente se permite después de haber recibido treinta latigazos sin venir a cuento. En resumen, un hombre, a no ser que sea un esclavo afroamericano que esté siendo azotado en el entierro de su madre, solo puede llorar en público en caso de que esté viendo un determinado producto cinematográfico.

Que la historia y la tradición cultural digan que los hombres no deben llorar no quiere decir que eso sea correcto. Lo digo porque yo eso de no llorar delante de nadie sencillamente no pude hacerlo. Fue superior a mis fuerzas, que es cierto que nunca he tenido muchas, pero al menos para no llorar sí. En el instituto no lloraba por dignidad. Todo el mundo sabía que Mary me había dejado porque, según la explicación del populacho, yo era un *pringao.* Además decían que era algo que se veía venir. No sé, a lo mejor a parte de ser un *pringao* era miope, porque yo estuve en primera fila todo el tiempo y no me enteré hasta que ella me lo dijo. También al parecer se vio venir que Mary, a la que los deportes le parecían la cosa más tonta de la galaxia, empezase a asistir con asiduidad a los partidos del equipo de fútbol americano del instituto porque le gustaba un tipo que jugaba con esos desgraciados. Por eso, aunque todos me daban motivos, no lloré nunca en el instituto, nunca en público. Eso sí, nada más salir y alejarme del instituto, rompía a llorar como si fuera tan necesario como respirar. Tampoco me contenía en casa, cosa que captó el interés de mi padre, pero no creo que fuera por gusto, sino porque vivíamos bajo el mismo techo.

Mi padre, que tuvo la mala suerte de que mi madre muriese justo al iniciar mi pubertad, entró una noche en mi habitación a preguntarme cómo me iba. Yo le miré y le dije, llorando por supuesto: «Mary ya no me quiere y yo... Yo me quiero morir». Mi padre puso la cara que pondría cualquier tipo que sospechase que un interino de un hospital tailandés se había dejado instrumental oxidado en su ano y dijo algo así como: «Las mujeres, aunque no sé por qué, a veces hacen lo contrario de lo que quieren hacer. No te preocupes». Entonces le dije que en esta ocasión me había asegurado que la acción se correspondía con la intención, aunque aún no tenía claro el beneficio que se suponía que me debía reportar todo aquello. El pobre me dijo entonces no sé qué de que había muchos peces en el mar, sin especificar en cuál, y se fue.

Doy por hecho que mi padre, del que heredé la falta de valentía, echó mucho de menos a mi madre durante las semanas posteriores a mi crisis *maryniana*, ya que de haber estado ella no dudo que le hubiese endosado el problema. Él era incapaz de saber qué decir o qué hacer cuando me veía tan triste; como mucho repetía aquello de los peces, aunque jamás me explicó qué significaba eso. Hubo momentos en los cuales me llegaba a rehuir, no sé, como si le diera miedo. Una vez incluso se me quedó mirando cuando nos cruzamos en el pasillo de casa y, al ver que estaba secándome los ojos después de uno de mis lloros matutinos, empezó nervioso a buscar una salida de emergencia que no existía. El pobre hombre no sabía dónde meterse. Le vi tan asustado que me hizo hasta gracia, siendo la primera vez desde la ruptura con Mary que me reía de mi tragedia. Mi padre sudaba atrapado en aquel minúsculo pasillo y yo le rescaté. «Papá, ya sé que hay muchos peces en el mar.» Mi padre suspiró aliviado al no tener que volver a hacer algo para lo que se sabía impotente, y se dibujó una gran sonrisa en su cara. Creo que pensó que al repetir yo su mítica frase estaba ya curado. Por supuesto se equivocaba al pensar eso y esa misma tarde, en la ferretería, se rindió definitivamente.

Como todos los sábados, yo recibía lecciones de primera mano de cómo atender a la clientela y dirigir nuestro mini imperio comercial. Entró en la tienda un señor que estaba construyendo un pequeño granero en la parte trasera de su casa y que se había quedado sin clavos. Por estas cosas del marketing innato, mi padre, explicándole lo mal que lo debió de pasar Noé al construir su arca, le convenció para que probase una pistola de clavos, producto que, como todos los que teníamos, estaba de oferta desde el día que se inauguró la ferretería. «Anda, Abel, tráeme la pistola de clavos para que este señor compruebe su eficacia y su insultante relación calidad-precio», me pidió mi padre. Yo me quedé mirándole, completamente petrificado, y me puse a llorar.

—¿Qué te pasa ahora? —me preguntó.

—No puedo traerte la pistola de clavos. No puedo, papá —contesté ahogándome en mi propio llanto.

—¿Y eso?

—Es que la pistola de clavos me recuerda a Mary.

—¿En qué?

—¡En todo, papá, en todo!

—¡La madre que lo parió!

El señor que había venido a comprar clavos y se tenía que llevar la pistola ni compró clavos ni se llevó la pistola, y mi padre me llevó a rastras a una psicóloga. La primera visita fue una pérdida de tiempo y de dinero porque yo no paraba de llorar y la mujer consideró que eso era lo mejor. Mi padre le dijo que eso ya lo había logrado hacer él sin necesidad de haber estudiado psicología y que precisamente por mi llorera incontrolable estábamos en su consulta. En la segunda visita, la psicóloga no dejó entrar a mi padre, pero los resultados fueron los mismos, eso sí, justo antes de abandonar la consulta me dijo: «Es normal que te sientas así, pero piensa que hay muchos peces en el mar». La tercera, y última visita, fue más normal. La psicóloga me pidió que me relajara y que siguiera en todo momento sus instrucciones.

—Hay dos tipos de personas, tú y los demás. Repito, tú y los demás. Ahora dilo tú.

—Hay dos tipos de personas, tú y los demás.

—No, no, lo que tienes que decir es «yo y los demás».

—Hay dos tipos de personas, los demás y yo.

—No, «yo y los demás».

—Es que eso está mal dicho.

—Vale, es una construcción incorrecta, pero aquí no estamos en clase de lengua, sino en la consulta de una psicóloga y has de decir «yo y los demás». Es por tu bien.

En ese momento comprendí que esa mujer era una eminencia, una futura premio Nobel de lo que ella quisiera. Aún no le había contado nada de lo acontecido en la ruptura con

Mary y ella ya lo sabía. Eso de decir una cosa al revés de como debía decirse me llevaba a afrontar los problemas de comunicación que tuve con Mary, y el hecho de añadir después un «es por tu bien» era para crear la atmósfera adecuada para atacar el problema de raíz.

—De acuerdo, ahora lo entiendo —dije—. Hay dos tipos de personas, yo y los demás.

—Muy bien y ahora piensa un momento y dime por qué crees que te hago decir la frase de esa manera.

—Es para recrear mi trauma con Mary.

—¿Mary? ¿Quién es Mary?

—Mi prometida. Bueno, la que ya no lo es. Por eso no puedo dejar de llorar porque ella me rompió el corazón después de ver una película de Renée Zellweger.

—Anda, pensaba que estabas aquí porque se te había muerto tu pececito Nemo.

—Yo no tengo ningún pez, ni siquiera me gustan. A mi padre sí, a él le entusiasman, pero yo les he cogido manía últimamente.

La psicóloga abrió la carpeta que tenía sobre su regazo y después de comprobar que yo no me llamaba Charlie Hendersson y que no tenía seis años, se levantó y abrió otra carpeta que había encima de su mesa. «Abel, ¿verdad?», me preguntó y, como yo asentí, se sentó aliviada otra vez frente a mí.

—Muy bien, Abel, hay dos tipos de personas tú y los demás.

—A mí no me gustan los peces, ya se lo he dicho.

—Ya lo sé, pero es que este ejercicio también sirve para tu caso.

—¿Es como un comodín?

—Sí, podríamos decir que sí. Por favor, repite la frase.

—Hay dos tipos de personas, los demás... No, perdón, yo y los demás.

—Muy bien, ahora dime, ¿por qué te hago decir la frase de esa manera?

—Ni idea. Tenía una teoría, pero se ve que la psicología no es lo mío.

—En eso te equivocas, Abel, tú puedes hacer lo que desees. Es por eso por lo que te hago poner el «yo» delante en esa frase, para que te des cuenta de que tú eres lo primero.

—Pero yo no quiero ser psicólogo.

—No, Abel, no, esto también es un comodín. ¿Entiendes? Es bueno que quieras a los demás, que sientas esa pena que sientes por Nemo...

—Por Mary.

—Ah, sí, perdona es que a veces no sé dónde tengo la cabeza. Mary, Mary, Mary... No se me olvidará más, te lo juro. Bien, pues como te iba diciendo, no es malo sentir pena por la situación porque tú la querías mucho, pero, y es algo que quiero que interiorices, a partir de ahora has de quererte a ti y a nadie más.

—¿A mi padre tampoco?

—Lo que te digo solo afecta en el caso de Mary.

—¿He de quererme a mí, solo a mí, para dejar de querer a Mary?

—Al principio sí, pero luego podrás volver a quererla, ya no te hará daño.

—¿Y cómo me quiero a mí mismo?

—Buena pregunta, veo que eres un chico inteligente.

—En el instituto dicen que soy un *pringao.*

—No hagas caso de lo que te digan los de tu instituto. Normalmente los chicos de tu edad solo tienen serrín en la cabeza y no saben actuar cuando se encuentran delante de una persona tan sensible como tú. Eres muy inteligente y seguramente serías un buen psicólogo.

—No quiero ser psicólogo.

—Vale, entonces ¿qué quieres ser?

Fui incapaz de contestar automáticamente a esa pregunta. Después de dos minutos en silencio, la psicóloga me pidió que contestara de una jodida vez la preguntita, utilizando la táctica femenina de decirme que me lo tomara con calma y que meditara mi respuesta antes de contestar. Así que para evitar que ella pensara que en realidad no era un chico inteligente, sino un *pringao* al que no dejarían entrar en la facultad de psicología, le dije lo primero que se me pasó por la cabeza: «Yo lo que quiero ser es pescador». La psicóloga me dijo que era extraño porque le acababa de decir que no me gustaban los peces. Entonces, sorprendiéndome a mí mismo, le dije: «Es que los odio tanto que los quiero matar a todos. Quiero vaciar los mares de esos putos bichos de mierda». Me di cuenta en ese momento de que debí de darle la impresión de que yo era una especie de psicópata acuático, pero me daba igual; yo lo único que quería era largarme de allí y, si podía ser, no volver nunca más. La psicóloga obvió el tema del exterminio y se centró en el maravilloso mundo de la pesca. Me recomendó que leyera *Mobby Dick* y que cuando lo hiciese pensase que esa ballena era Mary. Ni se dignó a contestarme nada cuando le dije que Mary no estaba gorda, simplemente señaló con el brazo la puerta de salida y me dijo que no volviera hasta que no me acabase el libro.

Fui esa misma tarde a la biblioteca del instituto a buscar *Mobby Dick* y al ver el grosor de la novela me di cuenta de que la psicóloga y yo habíamos conectado, los dos esperábamos no tener que volver a vernos en mucho tiempo. Sin embargo pensé que también cabía la posibilidad de que me hubiese recomendado leer ese libro por mi bien y decidí comenzar a leerlo allí mismo. La biblioteca estaba vacía. No vacía del todo porque estaba la bibliotecaria, pero esta no contaba porque siempre estaba allí. Al abrir el libro vi que, aparte de ser monstruosamente extenso, la letra era diminuta y no había ilustraciones ni nada. O sea, que todo lo que había eran letras y más letras y más letras y algunos números sueltos por ahí, supongo que para disimular. Nunca me había gustado leer. Si me mandaban un trabajo sobre un libro buscaba algún resumen o intentaba ver la película. No sabía por qué a la gente le gustaba leer pudiendo ver o escuchar. Además estaba claro que un libro que no acababa en película, serie de televisión o videojuego carecía de cualquier interés. Aún no sabía si ese era el caso de *Mobby Dick*, pero de todas maneras había decidido no hacer trampa. No se trataba de un libro cualquiera, era una especie de medicina recetada por una psicóloga. A lo mejor con cuatro líneas ya me bastaba para quererme más y olvidar a Mary. Así que empecé a leer, pero no pude llegar a la segunda línea porque hicieron que me desconcentrase; lo peor que le puede pasar a uno que se acaba de concentrar para hacer algo que no quiere hacer.

La biblioteca aparentaba estar vacía, pero al parecer no lo estaba. Se oían unos cuchicheos y unas risitas detrás de una de las estanterías que había a mi espalda. Curiosamente no los había oído hasta que empecé a leer, supongo que por la cosa esa de la concentración. Los cuchicheos y las risitas cesaron, pero fueron sustituidos por una especie de gemidos enmudecidos. Me levanté de la mesa y me acerqué a la estantería. Saqué uno de los libros de un anaquel, para que el hueco dejado por él me sirviera para mirar lo que había al otro lado, y al hacerlo vi a Mobby Dick morreándose con un tipo. No le pude ver bien la cara al chico ese porque el pelo de Mary, suelto en esta ocasión, me lo tapaba. Aplicando la lógica de Mary y viendo lo que le estaba haciendo a aquel chaval, no cabe duda de que le odiaba profundamente, ya que si a mí me había dejado para no hacerme daño, a ese tipo quería destruirlo totalmente. El tipo no se daba cuenta de que Mary realmente le estaba haciendo daño, y sospecho que cuando ella se arrodilló y le bajó la bragueta, él creyó que era por su bien. ¡Qué idiota! A mí, no sé por qué, me entraron unas ganas locas de largarme de allí y matar a todos los puñeteros peces de todos los puñeteros mares. Volví a poner el libro en su sitio, pero no medí bien mi fuerza y se me cayó al otro lado de la estantería. Por desgracia, las cosas al caer al suelo hacen ruido, por eso los espías no suelen llevar libros en sus misiones. Cerré los ojos y me quedé totalmente inmóvil, esperando con ello evitar el drama que se avecinaba. No tuve suerte y, al abrir de nuevo los ojos, me encontré cara a cara con Mary, luciendo una sudadera en la que ponía *Go Tigers!*, y con su amigo, el señor Bragueta Bajada.

—Hola, Abel. ¿Qué tal? —preguntó Mary para romper el hielo o para congelar el infierno, para una de las dos cosas—. Este es Harry...

—Howard —dijo Harry.

—Eso, Howard —prosiguió Mary—. ¿Sabes que Howard es una de las estrellas del equipo de fútbol americano del instituto?

—¿Tenemos un equipo? —pregunté despectivamente.

—Por supuesto. ¿De dónde sales tú? ¡Estás en el hogar de los Tigers! —me contestó exaltado Harry, no, perdón, Howard.

—¿Y cómo os va? —pregunté interesado para compensar mi pregunta anterior.

—Solamente hemos ganado un partido desde que empezó el campeonato —contestó Howard un poco avergonzado.

—Bueno, lo importante es participar —dijo Mary con un tono entre lascivo y maternal.

—Sí, eso es lo importante, además desde que viene Mary a los partidos —dijo H. y abrazó a Mary—, se respira otro ambiente y seguro que no tardaremos en remontar.

—Genial, de verás, genial, espero que sea así —dije yo, aunque realmente lo que quería decir era: «¿Por qué no te subes la puta cremallera de una jodida vez, tonto del culo?».

Hubo unos instantes de silencio. Todos esperábamos que alguien dijera algo para acabar con aquella escena lamentable y largarnos de allí. Al final fue Mary la que lo hizo. No fue una despedida, pero para mí surtió ese efecto.

—¿Sabes una cosa increíble, Abel? No te lo vas a creer, pero me llamo igual que la inventora de la minifalda. Las dos nos llamamos Mary Quant. ¡Qué cosas! Estoy segura de que, a partir de ahora, cada vez que veas una minifalda te acordarás de mí.

2

Villa Idiota

Y seguí llorando y ahora con más motivos. Mi chica estaba con un imbécil que formaba parte de un equipo de perdedores, y si Mary me había dejado por alguien que oficialmente era un perdedor, ¿qué era yo? ¿Qué hay por debajo de un perdedor en la escala humana? ¿Un muerto perdedor? Porque un muerto triunfador doy por hecho que no. La cosa ya no era, por lo tanto, que ella me hubiese dejado y que me hubiera roto el corazón en mil pedacitos, convirtiéndolo en confeti para lanzarlo al aire cada vez que los Tigers de mi instituto anotaran una canasta, un gol o lo que puñetas anotara esa gente, sino que yo era una mierda humana. Es decir, el problema no era ella, sino yo. Así que seguí llorando porque tenía más motivos para hacerlo que nunca. La pega fue que en esta nueva fase de mi crisis existencial sometí a mi nuez a una presión excesiva y la pobre no pudo hacer nada para evitar que un día me pusiera a llorar en clase. Sí, delante de Mary, mis compañeros y una profesora. Fue patético.

A aquella estúpida profesora se le ocurrió preguntar a mis compañeros cuáles eran sus libros favoritos, y Mary se levantó como un resorte para decir: «Mi libro favorito es *Mobby Dick*». Y empecé a llorar. Todos se me quedaron mirando durante unos segundos para después formar un corro a mi alrededor, pero dejando muchos metros de distancia entre mis lágrimas y ellos. Era como si yo llevara una bomba adherida al cuerpo y estuviera recitando algo del Corán. La profesora se fue del aula corriendo. Mary se acercó a mí y me preguntó qué me pasaba, pero en vez de decirle la verdad, me puse a llorar con más fuerza, y ella se asustó y volvió alejarse de mí. Alguien me tiró una bola de papel, al tiempo que me gritaba que era un «*pringao* cortacebollas». A esta primera bola de papel le siguieron otras treinta más, dos rotuladores, un diccionario, un zapato y unas tijeras abiertas (¡qué hijos de puta!). Mary se puso en medio del fuego cruzado para protegerme, y alguien le lanzó una bola de papel, que ella cogió al vuelo, y se fue directa a por el que se la había lanzado y detrás de ella, con el puño en alto, Lucy Simmons, y comenzó una trifulca en la que habría participado encantado de no estar llorando. Volvió la profesora, pegó dos gritos y todos volvieron a sus pupitres. Luego la profesora me pidió que me levantase y me dijo que me fuera al pasillo, donde me esperaba mi tutor. De este modo tan bochornoso conocí a Hethcliff Higgins.

Fuimos a su despacho y lo primero que me preguntó es si quería tomar un café o un refresco; era un profesor muy bien preparado y tenía una neverita y una máquina de café exprés en el despacho. Le dije que no me apetecía nada y él se preparó un *capuccino*.

—Bien, Abel, por estas extrañas cosas del sistema educativo soy tu tutor, pese a no haberte dado nunca clase —empezó diciendo, después de darle el primer sorbo a su café para pijos—. No nos conocemos, así que siento mucho si lo que te voy a preguntar te molesta. Dime, Abel, ¿tomas drogas?

—No, que yo sepa.

—Muy bien. Entonces si no tomas drogas, significa que estás inmerso en una crisis existencial producida por alguna jovencita o por algún jovencito.

—Sí, es por una chica... Mary Quant.

—¿Mary Quant? ¿Como la de la minifalda?

—Sí, eso parece. A lo mejor son familia lejana... Siento el espectáculo que he dado antes en clase, pero es que no puedo dejar de llorar.

Y, por supuesto, me puse a llorar de nuevo, pero además a lo grande. El pobre Higgins se volvió loco buscando pañuelos de papel por los cajones de su escritorio. Estoy seguro de que en su vida jamás había visto llorar a alguien hasta el extremo de empezar a deshidratarse. Higgins estaba cada vez más nervioso y no sabía qué hacer. Le dije que no se preocupara, que me encontraba muy bien, pero, claro, como se lo dije llorando como un loco, no se lo acabó de creer. Al final el hombre se rindió y se sentó en el borde de su mesa a la espera de que me calmara.

—No te preocupes, eres un alma atormentada, pero te curarás pronto —es lo primero que me dijo cuando vio que ya no me quedaban lágrimas—. ¿Sabes qué dijo una vez Balzac sobre el amor? Pues dijo que el amor no era solo un sentimiento, sino también un arte. Puede que tú seas un gran artista, Abel.

—No, lo que soy es el futuro dueño de una ferretería.

—Se pueden ser muchas cosas a la vez. Dime, ¿te gusta leer?

—Sí, muchísimo, es lo que más me gusta —lo dije para no quedar mal.

—¿Estás leyendo algo ahora?

—Hace poco empecé *Mobby Dick*, pero no me acaba de convencer.

—Es un buen libro, pero una mala lectura en estos momentos. Creo que tengo lo que necesitas.

Higgins se levantó de la mesa, fue directo a una estantería con libros que había al otro lado del despacho y empecé a temerme lo peor. Debería haber intentado ser más sincero. La mentira es algo que utilizas para sacar provecho, pero siempre acaba trayéndote problemas. Bueno, problemas o muchos libros... Tres en el caso de Higgins. Me los dejó sobre el regazo, mientras me guiñaba un ojo. Eran un libro que se llamaba *Werther*, una antología de un tal Allan Poe y la biografía de un inglés que deduje que era inglés porque era un tal lord Byron.

—A lo mejor los has leído todos, pero son buenas ediciones —me dijo Higgins intentando halagarme y al mismo tiempo justificar su préstamo—. La de *Werther* es bilingüe y las obras de la antología de Poe las seleccioné yo mismo hace muchos años en colaboración con un antiguo compañero de facultad. Doy por hecho que habrás leído todo lo que seleccionamos, pero creo que Poe es una lectura que no cansa y que puedes volver a él siempre y no defrauda. ¿A ti te gusta Poe?

—Por supuesto —dije; era otra mentira, porque ni idea de qué había escrito este señor, aunque me sonaba que había bajado algún trabajo sobre él de internet.

—¿Alguna cosa en especial?

—No, en especial no, todo en general.

—Eso está bien. Eso quiere decir que aprecias la buena literatura. Ah, y la de lord Byron es una buena biografía porque además hace un retrato interesante del romanticismo. ¿Entiendes por qué te dejo estos libros?

—¿Porque usted es una persona muy generosa?

—No, hombre, te los dejo porque creo que en estos momentos leer obras románticas puede irte bien, puedes coger esa tristeza y convertirla en algo bello. Sacarla de ti y plasmarla en un papel o en un lienzo o en lo que quieras.

¡Qué pesados con los jodidos libritos estaban todos últimamente! No le dije nada porque era mi tutor y porque, bueno, el hombre parecía que estaba preocupado por mí de verdad, pero no tenía ni la más mínima intención de leer aquellos libracos.

—Cuando acabes de leerlos, vienes de nuevo y si quieres los comentamos —me propuso Higgins, sabiendo que no tenía más remedio que decir que sí—. Y, tranquilo, hablaré con el profesorado y les pediré que sean comprensivos contigo.

Higgins me hizo un gesto para que me levantara y me acompañó hasta la puerta, la cual me abrió con un gesto elegante que seguro que le hacen sus lacayos todos los días a la reina de Inglaterra cuando le abren el armario de los sombreros. Antes de cerrar la puerta tras de mí, Higgins me preguntó, al parecer simplemente por curiosidad, si me gustaban las películas de gladiadores. Yo le dije que *Gladiator* era la única que había visto y que no estaba mal, aunque más que por la luchas de gladiadores, me gustaba porque salía Connie Nielsen que estaba como un queso. Por la cara que me puso Higgins, supuse que a él le gustaban otro tipo de mujeres.

Durante las últimas semanas, mi padre y yo nos habíamos distanciado un poco. El hombre, derrotado por un hijo llorón, había decidido tirar la toalla y evitar preguntarme nada sobre mi estado de ánimo o sobre cualquier otra cosa. Pero, al parecer, se ve que el hombre había visto alguno de esos programas de televisión en los que una gorda sabihonda explica a la gente cómo ha de vivir, como si todo el mundo fuera idiota menos ella o como si desde el Big Bang el universo hubiera vivido en un caos absoluto hasta que su madre la parió, y mi padre decidió ejercer de madre o de esposa aburrida conmigo. Digo esto porque aquella noche mi padre comenzó una conversación conmigo con una pregunta muy estúpida.

—¿Cómo te ha ido el día, cariño?

Lo de «cariño» es lo que le delató, esto no podía ser suyo.

—Pues como siempre. Un día sin nada de interés. Bueno, he conocido a mi tutor, no sabía que tenía uno y lo he conocido hoy. Se llama Higgins.

—¿Cómo el de *Magnum*?

—No lo sé, puede que sí o puede que no. Si supiera lo que es *Magnum* te lo diría.

—Era una serie de televisión de hace unos cuantos años.

—¿Más de diez?

—Sí, unos cuantos más.

—Vale, entonces es algo que no me interesa.

—Pues era muy buena.

—Vale.

—Con Tom Shelleck.

—Mira qué cosa.

—Bueno, pues en esa serie había un personaje que se llamaba Higgins. Uno de esos ingleses agobiantes. ¿Qué tal es tu Higgins?

—No es inglés, pero sí es un poco agobiante.

—¿Y habéis hablado de algo interesante?

—No, de gladiadores y cosas así. Ah, y me ha dejado tres libros, pero no tienen buena pinta.

—¿De qué son?

—Son de unos tíos que ya están muertos. Solo uno de los tres me suena algo, un tal Poe.

—¿Poe? Ese es buenísimo, yo leí cosas suyas cuando tenía tu edad. Recuerdo que me gustó mucho *El cuervo*.

—¿*El cuervo*? ¿De eso no han hecho un peli?

—Sí, creo que sí.

—¡Joder, sí, ya me acuerdo! Es esa peli en la que se cargaron durante el rodaje al hijo de Bruce Lee. Dijeron que fue un accidente, pero hay gente que dice que no.

—Pues puede que sea esa. ¿Era buena?

—Buenísima.

—Entonces debe de ser esa, Abel.

Pensé que Higgins era una especie de genio sobrehumano y que había descubierto nada más conocerme qué tipo de libros eran los que realmente necesitaba leer para olvidarme de Mary. Me comí el postre en dos bocados y le dije a mi padre que me iba corriendo a la habitación a leer, frase que no solía escucharse mucho en mi casa. Por suerte, en la antología de Higgins estaba *El cuervo* y además solamente tenía una página. Me lo leí de un tirón. Una mierda. Ni tiros ni patadas ni nada. Además, la mayoría de las palabras eran inventadas o extranjeras. De esto no podían haber hecho una película ni amenazados de muerte. Había un pájaro que hablaba y no era un loro, sino el cuervo del titulo y solamente decía «nunca más». No sé, podría haber dicho «te mataré, cabrón» o algo así, pero se ve que el señor que escribió eso no daba más de sí. *El cuervo*, en resumen, era una estupidez sin argumento.

Miré la contraportada del libro porque a lo mejor decía que de alguna de las obras del interior habían hecho una película, y me topé con la foto del señor Poe y daba miedo. Tenía pinta de uno de esos enterradores que matan a gente para no quedarse sin trabajo. A lo mejor entre entierro y entierro escribía cosas, seguramente completamente borracho o drogado porque para escribir eso del pájaro que hablaba se ha de estar muy colocado. La verdad es que siendo generoso podría haber aceptado leer una historia sobre un gato zombi o un gorila asesino, pero un cuervo que hablaba para no decir nada me hizo entender que no valía la pena leer nada más del tipo del careto de enterrador.

El cuervo había sido una decepción tal que casi me quita las ganas de intentar echarle un vistazo a los otros dos libros, pero Higgins era mi tutor y a lo mejor eso le daba un poder que yo desconocía y era mejor estar a buenas con él. Cogí *Werther* y, sí, era una versión bilingüe, siendo una de las lenguas la nuestra y la otra, algo increíble, la alemana. ¿Para qué cojones les habíamos machacado en la Segunda Guerra Mundial? Pues supongo que, entre otras cosas, para que dejaran de importunar con sus cosas germanas y demás, ¿no? ¿O es que invadimos Alemania para leer sus jodidos libros? Poe podría ser un escritor nefasto y un sospechoso de crímenes sin resolver, pero era americano. O sea, era malo en todos los sentidos, pero nuestro al fin y al cabo. Ahora bien, ¿quién puñetas era Goethe? Seguro que era un nazi amigo de Hitler que a lo mejor hasta le escribía los discursos. Me fui a comprobarlo en internet porque si Higgins estaba haciendo apología del nazismo, podría chantajearle para librarme de leer sus libracos. Encontré un artículo sobre Goethe en la *Wikipedia* y a no ser que el que lo escribió fuese otro nazi manipulando información, se ve que Goethe nunca conoció a Hitler, más que nada porque murió cien años antes de que los nazis tomaran el poder en Alemania. ¡Qué mala suerte la mía! Además, resulta que Goethe, según ese artículo, era uno de los escritores más importantes de la historia, cosa que no dudo que fuese cierta porque el hombre tenía cara de culo. La pega es que si Goethe no era un nazi y encima era buen escritor, me quedaba sin argumentos para saltarme *Werther*; novela de la que ni me preocupé en comprobar si habían hecho una película porque solamente a los alemanes les podría interesar hacerla y casi es preferible leer un libro que ver una película europea. Así que buscaría algún resumen en internet del libro, seguro que alguien había hecho uno para evitar que gente como yo sufriera por culpa del pangermanismo.

La lectura de la biografía de lord Byron no me preocupaba en absoluto. Era un libro muy grueso, pero tenía una ventaja y es que era, eso, una biografía, y en internet seguramente habría muchas de este señor. Higgins no me iba a hacer un examen; sabiendo cuatro cosas importantes sobre Byron me bastaba para salir del trance y que pareciese que me había leído aquel libraco. Por esta razón me iba a limitar a hojearlo por encima, para ver al menos cómo era, por si Higgins me preguntaba algo sobre la edición y no sobre el contenido. El libro tenía buena pinta, es decir, al menos tenía ilustraciones, muchas de ellas retratos del lord. A simple vista lord Byron parecía el «antiPoe». No es que su aspecto diera mucha confianza, más que nada porque se notaba que era inglés, y de un inglés nunca puedes fiarte del todo —por eso Dios los colocó a todos en una isla—, pero transmitía buenas sensaciones, como si realmente hubiese sido un artista de verdad y no un enterrador alcohólico pluriempleado. Eso sí, a lo mejor era demasiado señorito para mi gusto porque también tenía pinta de irse a dormir con una mascarilla verde y con dos rodajas de pepino en los ojos. Los retratos de Byron me iban a servir para decir que era mucho mejor escritor que Poe porque podría argumentar que en su escritura se vio en todo momento reflejada la elegancia innata de su origen aristocrático. Estaba seguro de que Higgins, si me obligaba a escoger entre Poe y lord Byron, aceptaría este comentario sin problemas. Seguí hojeando el libro y me detuve en una página donde salía un cuadro de una casa a orillas de un lago. Casi me muero de la risa porque la casa se llamaba Villa Idiota. ¿Quién le pondría ese nombre a una casa? Volví a leer el nombre, para reírme otra vez, como el que se ríe cuando le repiten el final del chiste que le acaban de contar y, no, la casa no se llamaba Villa Idiota, sino Villa Diodati. Fue una pequeña decepción porque eso de que alguien le pusiera Villa Idiota a su casa era lo único bueno que había leído en toda mi vida. Me dispuse a cerrar el libro, sintiendo que la noche de lectura había sido un fracaso total, cuando una de las palabras de aquel capítulo de la biografía de lord Byron saltó del texto y me golpeó en todos los morros: *Frankenstein.* Cerré los ojos y volví a abrirlos buscando esa palabra para asegurarme de que no eran imaginaciones mías, y en esta búsqueda no solamente encontré de nuevo a *Frankenstein*, sino que además encontré algo mejor: *El vampiro.* La cosa prometía, aún no había leído aquella página con detalle, pero al parecer lord Byron había escrito *Frankenstein* y algo que se llamaba *El vampiro.* ¡Vaya diferencia con Poe, Dios mío! Byron era un escritor de historias terroríficas, mientras que Poe era un señor que a parte de escribir muy mal, hacía cuentos para niños remilgados con animalitos que hablaban. Higgins se volvió a ganar mi respeto y yo quise leer con detenimiento lo que se explicaba en aquel capítulo de la biografía de Byron que llevaba por título *Aquella noche del verano de 1816.*

Lord Byron no escribió *Frankenstein*, sino que su autora fue una tal Mary Shelley. No me lo pude creer. Aunque se llamara Mary, lo cual quería decir que seguramente estaba dotada de varias gracias, no me cabía en la cabeza que una mujer escribiese *Frankenstein.* Podía aceptar que una mujer, por supuesto llamada Mary, inventase la minifalda, pero escribir una historia de terror era imposible. Todo el mundo sabe que a las mujeres no les gustan las historias de zombis, monstruos o fantasmas, a no ser que sea una cosa como *Ghost* o como

Entre fantasmas, pero en este segundo caso solamente miran la serie para decir que Jennifer Love Hewitt tiene las caderas muy anchas y a la que se descuide se va a poner como una vaca. Las películas de miedo son una invención de los hombres para seguir manteniendo la idea de que son imprescindibles, que toda mujer necesita tener uno al lado para sobrevivir en este planeta. Por eso el cine de terror puede que después del peluquín y el ojo de cristal sea el mejor invento del hombre para preservar la supervivencia de la especie.

Lord Byron tampoco escribió *El vampiro*. Me empezaba a dar la sensación de que lord Byron no había escrito nunca nada de interés y que era famoso por tener un nombre pegadizo. *El vampiro* lo escribió un señor que se apellidaba Polidori, una especie de italiano inglés, una mezcla muy rara. El problema es que Polidori no era escritor, sino que pretendía serlo, pero se ve que era malísimo el pobre. Como no servía para las letras se hizo médico y lord Byron lo contrató porque se ponía enfermo tantas veces que le salía más a cuenta tener un médico a mano que ir cada dos por tres al hospital. Un buen día a Polidori le publicaron *El vampiro*, pero curiosamente en la edición ponía que era obra de lord Byron. Al final rectificaron y se publicó que era obra de Polidori. *El vampiro* tuvo mucho éxito y lord Byron reclamó su autoría, pero como era un fanfarrón y siempre estaba metido en jaleos, nadie le creyó. Sin embargo, la reclamación estaba justificada, ya que Polidori lo que había hecho era, aprovechando que era el médico de Byron, copiarle un relato que estaba escribiendo sobre un vampiro y que llevaba por título *El entierro*. Al parecer Polidori copió el inicio, la idea general y las característica del perverso vampiro. Lord Byron no acabó su relato porque ya no tenía sentido hacerlo y la gente habría dicho que era él quien había copiado a Polidori. La conclusión que podemos sacar de todo ello es que hace doscientos años la gente era muy poco de fiar.

La razón por la que se hablaba de *Frankenstein* y *El vam-*

piro en el capítulo de la biografía de Byron en la que salía Villa Diodati era que en esa casa propuso el lord a unos amigos una noche, tras leer unos cuentos de fantasmas, que cada uno de los presentes escribiese un relato de terror. Entre los que estaban allí se encontraban Percy y Mary Shelley y también Polidori, aunque sospecho que este no era amigo y se apuntó a lo de escribir un relato de terror porque era un envidioso y quería ser como su jefe. Se dice que esa noche nació el género novelesco de terror porque fue la propuesta de lord Byron lo que empujó a Mary Shelley a escribir *Frankenstein*. Fue por eso y porque no existía la televisión, supongo.

Un par de semanas después, me topé con Higgins en el pasillo del instituto y el hombre me preguntó cómo iban mis lecturas. Le dije que casi me había terminado todos los libros y metí la pata al decirlo porque entonces él me invitó a que fuera ese mismo día a su despacho a comentar lo que había leído. Busqué una excusa rápida para salir de aquel atolladero porque ni había buscado nada sobre *Werther* ni me había mirado la biografía de lord Byron, pero no encontré nada creíble que me librase de enfrentarme a esa especie de examen oral que iba a ser la reunión con Higgins. Al final le dije que de acuerdo, que pasaría a charlar con él por la tarde, y le volví a repetir que no había acabado de leer los libros.

—¿De qué te apetecería hablar primero, Abel? —me preguntó poco después de entrar aquella misma tarde en su despacho y de que volviera a rechazarle un café o un refresco.

—No sé, de lo que usted quiera.

—Entonces, hablaremos de *Wherter*.

—Me parece perfecto, señor Higgins —dije yo, al mismo tiempo que pensaba que se me iba a ver el plumero a las primeras de cambio.

—Pues dime, ¿qué te ha parecido?

—La verdad es que aún no me la he terminado. No sé la razón, pero se me ha atragantado un poco. No creo que sea por culpa de Goethe, que es un genio incomparable, sino mía que a lo mejor no estoy preparado para una obra tan maravillosa —le contesté, todo de un tirón, sin titubear y pensando que cada vez que decía una palabra la excusa iba cobrando más fuerza y sentido. Además no le mentía, era una verdad como un templo, a excepción de eso que Goethe era un genio incomparable, porque con esa cara era imposible.

—Creo, Abel, que ha sido culpa mía. Justo en el momento en el que te di el libro, pensé que había cometido un error. Es un libro que puede despertar en ti unos sentimientos que mal asimilados pueden ser dañinos. Por favor, Abel, no leas el libro, déjalo estar. Hazme ese favor y no lo leas.

Estuve a punto de levantarme de la silla y comenzar a bailar como un brujo apache en año de sequía. ¡Chúpate esa, Goethe, cara culo! ¡EE.UU., EE.UU., EE.UU.! El marcador es de EE.UU. 3 – Alemania 0. ¡A ver si con tres derrotas consecutivas tenéis suficiente! En Dios confiamos. ¡Qué bello es vivir...! Bueno, esto es todo lo que sentí en el momento en el que Higgins me pidió por favor —es que me lo pidió por favor— que no leyera *Werther.* Por supuesto reprimí mi alegría y le seguí el juego al bueno de mi tutor.

—Si usted cree que es lo mejor, tranquilo, no leeré *Werther*, aunque tenga que reprimirme porque Goethe es mucho Goethe y en una edición bilingüe mucho más que mucho.

—Es que te podría explicar por qué no quiero que lo leas, pero al estar tan sensible puede que no consiguiera más que empeorar la situación. En serio, es por tu bien.

Ese «por tu bien» me llevó a la escena de la ruptura con Mary, pero no sonaba igual, qué va, sonaba como tenía que sonar. ¡Sí señor, eso sí que era por mi bien y no que me dejaran por un deportista de un equipo perdedor! Dios nos dio las palabras y la capacidad de juntar unas con otras para comunicarnos, pero siempre con sentido, respetando el equilibrio del universo. Si utilizas mal las palabras, llamas a la puerta del caos, algo que yo había padecido en mis carnes. Aún estaba analizando las consecuencias positivas de no leer *Werther* por hacerle un favor a Higgins, cuando este volvió al tema que nos había llevado allí.

—¿Y Poe? ¿Qué tal Poe? —preguntó Higgins para reanudar la charla.

—Poe creo que murió hace mucho tiempo.

—No, lo que quiero que me digas es qué te ha parecido. Estoy seguro de que ya lo habías leído, pero seguro que fue hace tiempo y no estabas en la situación anímica que estás ahora. ¿Qué has sentido ahora al leer a Poe?

—Bueno, es que Poe para mí es Poe y creo que con eso está todo dicho.

—Sí, es una reflexión interesante, pero estoy seguro de que habrá habido alguna lectura a la que le habrás encontrado un nuevo sentido.

—Hombre, debería pensarlo un poco, no sé qué decirle. Bueno, si tuviera que elegir algo de lo que he leído, posiblemente me decantaría por *El cuervo*. —Otra vez dije la verdad, qué sincero estaba, porque mi única preferencia posible era lo único que había leído.

—Es que *El cuervo* puede que sea una de las cimas de la literatura americana.

—Estoy totalmente de acuerdo. Si nos invadieran los nazis y se pusieran a quemar libros y solamente pudiera salvar una obra, sería *El cuervo.* —Me di cuenta de que la alegría de cargarme a Goethe me había desatado la verborrea y que eso podría acabar perjudicándome.

—¿Y en esta nueva incursión en *El cuervo*, ha habido algo que has leído con otros ojos? ¿Qué has sentido con otro corazón?

—La verdad es que en esta ocasión a lo que le he dado más vueltas es a lo del cuervo parlante.

—¿Qué es concretamente a lo que le has dado vueltas?

—Pues… Lo que me ha parecido chocante en esta ocasión es que con todas las cosas que ese pájaro podría haber dicho, simplemente dijera «nunca más».

—Claro, es que «nunca más» es la clave del poema.

—Eso, eso es precisamente de lo que me había dado cuenta. Fue una revelación.

No me lo podía creer, estaba saliendo airoso. Me había cargado a los alemanes, toreado la estupidez de *El cuervo* y ahora solamente faltaba librarse de lord Byron y con un poco de suerte no haría falta leerme su biografía en internet. Como Higgins había hecho una pequeña pausa para volver a llenar su taza, pensé en aprovechar la situación para tomar yo las riendas de la conversación, de tal manera que solamente hablásemos de aquello que de la biografía de lord Byron había leído.

—De lord Byron, voy por la reunión aquella en Suiza.

—Ah, la noche de tormenta a orillas del lago de Ginebra —dijo Higgins mientras volvía a sentarse frente a mí con otro *capuccino* en las manos—. Fue una noche clave para la literatura. ¡Cuánto talento reunido bajo los techos de Villa Diodati!

—Byron, *Frankenstein*, *El vampiro*, los Shelley, Pomodoro...

—¿Pomodoro?

—El médico de lord Byron.

—Quieres decir Polidori.

—Eso, Polidori. Es que el italiano no es lo mío.

—Fue una noche para la historia. Habría vendido mi alma por haber estado allí —dijo Higgins, aparentemente apesadumbrado—. Te pasas la vida entre libros, leyendo lo que otros han hecho y con cada libro, con cada capítulo, con cada párrafo, con cada frase que lees te vas hundiendo irremediablemente al comprobar que jamás, aunque vivas mil vidas, podrás igualar ni una triste palabra garabateada por esos genios. Lo que amas te destruye y no puedes dejar de amarlo porque entonces dejarías de ser tú mismo.

Después de esa parrafada, no me atreví a decir nada. Cualquier cosa que dijera iba a ser una idiotez. Higgins me había parecido un remilgado, uno de esos profesores que caminan por el instituto mirando a los alumnos con cara de decir «aquí estoy perdiendo el tiempo con estos inútiles que no sirven para nada», como si fuera culpa nuestra que se sintiera un fracasado, pero puede que él no fuera de esos, puede que fuera como yo. Bueno, como yo no, un poco más raro. Yo al menos me destruía, como él decía, amando a una persona y estaba seguro de que todos los libros escritos por todos esos genios admirados por el profesor Higgins no le llegaban ni al dobladillo de la minifalda de Mary Quant, la mía, no la otra. Las palabras de Higgins me reconfortaron, pero al mismo tiempo me hicieron sentir pena por aquel hombre, así que se me ocurrió animarlo.

—¿Usted no escribe?

—No, hijo, yo no he nacido para eso. De vez en cuando escribo alguna reseña en el periódico del condado, pero tengo demasiado respeto por aquellas personas que considero verdaderos escritores para intentar ensuciar el oficio.

—Creo que si uno hace lo que siente que ha de hacer, no ensucia nada. —Olé la frase que acababa de soltar—. ¿Por qué no escribe un relato de terror, como si estuviéramos en el lago de Ginebra?

El rostro de Higgins se iluminó. Había leído en alguna ocasión esa frase de la iluminación del rostro de alguien y siempre me había parecido muy ridícula, pero cuando vi cómo se abrieron los ojos de mi tutor al proponerle eso y la tímida sonrisa que esbozó al mismo tiempo, entendí de qué manera un rostro puede iluminarse. El problema es que debería haber supuesto que esa iluminación era como la calma antes de la tormenta, pero como no sabía ver las cosas venir, me metí sin saberlo en la boca del lobo.

—No, no voy a ser yo quien escriba ese relato. ¡Serás tú! Sé que puedes hacerlo, Abel. Saca de ti esa tristeza interior y conviértela en una obra de arte. Hazlo por mí.

¡Cagada y de las gordas! ¡Con lo bien que había salido todo, por Dios! Me había ventilado sin problemas a Poe, Goethe y lord Byron y, además, me había hecho casi colega de Higgins. Leyendo solamente tres páginas —una de *El cuervo* y dos de la biografía de Byron—, había conseguido caerle bien a mi tutor y puede que eso me beneficiase de alguna manera en el instituto. Podría haberle dicho que no, que no tenía ni idea de escribir, que apenas sabía leer, pero no dije nada de eso y acepté el reto. El hombre estaba entusiasmado por jugar a convertirme en un artista atormentado y yo no iba a quitarle el juguete, en parte porque me convenía, pero también porque no podía dejar de darme pena. Así que le dije que sí y al hacerlo me dio la sensación de que el hombre se sintió como si le acabase de regalar un Ferrari descapotable con Connie Nielsen sentada en el asiento del copiloto; bueno, Connie Nielsen no, que al parecer no era de su agrado. Higgins me propuso que le entregase el relato la semana siguiente y me recomendó, porque al parecer él lo había hecho cuando de joven quería ser escritor, que escribiera escuchando una música que me inspirara y, si podía ser, que esta música fuera de la época de lord Byron y los Shelley. Le dije que escucharía música de esa época, pero en realidad no tenía ninguna intención de escuchar a Sinatra.

Tenía una semana para escribir un relato de terror, y como tenía una semana no me puse a ello hasta la última noche. Me senté frente al ordenador, me froté las manos, tomé aire, puse mis dos dedos índices sobre el teclado y... Nada, no se me ocurría qué escribir. Estuve dos horas así, mirando la página totalmente en blanco, hasta que decidí escribir lo primero que se me pasase por la cabeza, pensando que después de escribir la primera palabra, las otras irían saliendo sin problemas unas detrás de otras. Y lo primero que escribí fue «zapato». Ahora solamente hacía falta saber qué hacer con ese zapato y todo resuelto. Ya está, fácil, se trata de un zapato asesino y el relato se titularía así: *El zapato asesino*. ¿Un solo zapato? ¿Y qué le había pasado al otro? El otro era la víctima. Genial, uno de los zapatos era normal, pero el otro estaba endemoniado y era asesino. Además, el zapato asesino hablaría y con eso Higgins vería que, al menos, el relato se le podría haber ocurrido a alguien como Poe. Entonces al hacer esta reflexión sobre Poe, me di cuenta de que lo del zapato asesino era una estupidez. Volví a la página en blanco y esta me venció. No, no podía escribir nada, no había nacido para ello. Así de sencillo. Perdería parte de lo ganado con Higgins, pero era incapaz de crear un relato. Mi problema era que no tenía imaginación, no podía inventarme nada nuevo, y lo único que había hecho que se pareciese a escribir era bajarme trabajos de internet y retocarlos un poco para que no se notara que se trataba de copias. Lo cierto es que podía ser una persona carente de inventiva, pero era un genio retocando trabajos ajenos, a tal punto que mis notas globales eran más que decentes, pese a suspender la mayoría de los exámenes.

Me metí en la cama y me puse a pensar en cómo iba a decirle a Higgins, sin parecer un vago o un inepto, que no había podido escribir nada. Pensé que era una pena que no hubiera una web en internet dedicada a excusas creíbles para casos como el mío. Aunque, claro, más que una web de excusas, me habría venido mucho mejor una con relatos que plagiar... Entonces me di cuenta de que sí, que existían webs donde encontrar material que copiar y retocar. La literatura estaba al alcance de todos gracias a internet. Me levanté de la cama, volví a encender el ordenador y no tardé mucho tiempo en que se me ocurriese qué retocar. Me bajé de internet *El vampiro* y el fragmento de *El entierro* y tomé notas sobre aquella velada en Villa Diodati y sobre lo que aparecía de lord Byron en la *Wikipedia*. Lo junté todo, le di algo de sentido y al día siguiente deslicé por debajo de la puerta del profesor Higgins un relato al que puse por título *El juramento*.

3

Hay muchos peces en el mar

Y dejé de llorar. ¿Por qué? Pues no fue porque me liara con otra o porque decidiera emborracharme, fue porque, y sé que va a sonar raro, me convertí de la noche a la mañana en una joven promesa de la literatura.

—Hacía tiempo que no leía algo tan bueno —dijo Higgins para empezar a comentarme su lectura de *El juramento*—. Es un relato lleno de ingenio, originalidad y que respeta los hechos históricos.

—Sí, supongo que sí, pero le aseguro que lo hice sin pensar —contesté yo, aunque no especifiqué que lo hice sin pensar pero copiando.

—Hay cosas que has de pulir, por supuesto, y que me he permitido señalarte —me dijo mientras me devolvía mi relato lleno de anotaciones en rotulador rojo—. Por ejemplo, cuando lord Byron se encuentra con el vampiro en el cementerio, no es creíble que le llame «capullo chupasangre». Tampoco queda muy bien que definas al vampiro como «un bicho del demonio». Luego utilizas mucho el término *pringao* para referirte a los personajes. También le cambiaría el nombre a la hija del propietario del *magazine*. Doy por hecho que instintivamente te salió del alma llamarla Mary, pero como también aparece Mary Shelley sería mejor que le cambiases el nombre a ese personaje.

—¿Cuál le pongo? ¿Renée?

—No, es demasiado francés. ¿Qué te parece Helen? Así

sería como un guiño al viaje que hace lord Byron a las ruinas de Troya. Además en el caso de tu relato, como en la epopeya de Homero, también hay una especie de guerra por culpa de una Helen.

—Helen me parece un nombre muy bonito —le dije, dejando el tema ahí porque lo de «epopeya de Homero» me había descolocado y sabía que era poco recomendable volver a hablar de algo de lo que no tenía ni idea.

—Si te parece bien, Abel, querría corregir tu relato yo mismo. Respetaré la esencia y si puedo tu estilo, pero creo que dándole un par de retoques, podemos estar ante la obra de una joven promesa literaria.

No me reí de lo que acababa decir Higgins por respeto, pero era la estupidez más grande que había oído en mi vida. Me sabía mal porque era evidente que Higgins me tenía aprecio, pero si le había colado aquella patraña de relato y el hombre se pensaba que acababa de descubrir a un nuevo Byron o a alguien por el estilo, no era culpa mía, sino de su propia estupidez. Pobre hombre, un niñato que si había leído un libro en su vida había sido por error le había tomado el pelo con un plagio bien disimulado y un toque de *Wikipedia*.

Ahora bien, aquel día ocurrió algo extraño. No lloré. Lo solía hacer a la mínima oportunidad, cuando algo que me recordaba a Mary, y que no fuera la propia Mary, se cruzaba en mi camino. A veces era capaz de aguantar casi todo el día sin llorar, pero siempre que llegaba a mi habitación no podía evitar hacerlo, ya que encima de mi mesita de noche tenía una foto de Mary enmarcada, con sus labios impresos en carmín en el ángulo inferior derecho de la instantánea. Cuando veía esa foto, solían pasar unos tres segundos y medio antes de que me pusiera a llorar. Era irremediable, pero lo más raro era que empezaba a gustarme hacerlo. No sé cómo explicarlo, pero sentía cierto placer en la melancolía. Si lo único que podía hacer con Mary era llorarla, era mejor eso que nada. (Sí, vale, qué nenaza, ¿no? Ya veremos si pensáis lo mismo de mí cuando aparezcan los vampiros. Es muy fácil juzgar a la gente a las primeras de cambio. Así va el país...) Bueno, a lo que iba, llegué a la habitación y no lloré al ver la foto de Mary. Por si acaso, salí de la habitación y volví a entrar, pero nada, que no lloraba. Me tumbé en la cama a meditar sobre esto y llegué a la extraña conclusión de que si no lloraba era porque ya había dejado de ser un niñato y me había convertido en todo un hombre. En algunas tribus africanas, jóvenes con mis mismos años son sometidos a rituales de iniciación a la edad adulta, consistentes en colgar a la gente de sus genitales de algún árbol y cosas por el estilo. Si te duele lo que te hacen y cuando te descuelgan no matas al brujo de la tribu, eres un hombre. Tardarás en tener novia, ni te apetecerá que un chica se acerque a ti en mucho tiempo, pero ya serás un hombre. Por suerte, mi ritual de iniciación a la edad adulta se limitó en escribir un estúpido relato de vampiros finolis, ya que al hacerlo descubrí quién era yo. Sí, la crítica positiva de Higgins me había enseñado quién era Abel J. Young y este era un joven de Tennessee que ya no iba a trabajar toda su vida en una ferretería y a casarse con una tal Mary Quant, sino que se iba a convertir en el nuevo lord Byron, un ser admirado por millones de lectores y lectoras —sobre todo lectoras— que necesitarían sus escritos más que aquellos pardillos que seguían a Moisés por el desierto un GPS.

La tontería esta de ser el nuevo lord Byron me duró un día. Empecé ese primer y último día como escritor afamado comprándome una pipa. Si era escritor estaba obligado a fumar en pipa. Tardé hora y media en encender aquello y diez segundos en marearme después de la primera calada. Asqueroso, en serio, eso de fumar era asqueroso. Descartada la pipa, me decanté por otros dos artículos de escritor: la bufanda y las gafas. No tenía bufanda, así que me las apañé con un *foulard* de mi madre, que en paz descanse, que encontré en una caja del sótano. Tampoco tenía gafas, pero le robé a mi padre las que él utilizaba para leer. Por último, decidí despeinarme bien despeinado, para tener pinta de loco. Me miré en el espejo y, en serio, daba el pego, pero sabía que aún me faltaba algo para ser el nuevo Byron. ¿Escribir algo? No, no fastidiemos, era otra cosa más importante. Resulta que lord Byron había nacido con una extraña malformación en el pie derecho y tenía los dedos de ese pie vueltos hacia dentro. Se ve que no lo pasó muy bien de pequeño, pero a medida que iba creciendo pudo convertir su cojera en una especie de andar elegante que causaba sensación. Si quería ser como él, debería saber cojear con los dedos del pie vueltos hacia dentro. No pude darles la vuelta a los míos, aunque lo intenté con todas mis fuerzas, pero daba igual porque lo importante no era destrozarse el pie sino caminar como Byron, y supuse que él lo hacía apoyando solamente el talón derecho así que le imité. El resultado: tirón muscular, caída torpe y lamentable por la escalera y rotura —no muy grave, menos mal— de no me acuerdo qué hueso del brazo izquierdo. Cuando mi padre oyó el estruendo de la caída, fue enseguida a socorrerme. Puso una cara muy rara al verme tirado en el suelo, con el *foulard* de mi madre alrededor del cuello y sus gafas de leer medio rotas colgando de mi nariz.

—Hijo, ¿tú te drogas? —me preguntó preocupado.

—No, papá, esto no es por las drogas, es por culpa de una chica —le contesté.

—Una drogadicta, supongo —acabó sentenciando mi padre mientras me ayudaba a levantarme.

Aquella misma tarde me escayolaron el brazo. Pensé que cuando llegase al instituto con el brazo escayolado, se formarían largas colas de gente que querría firmarme la escayola para darme ánimos. Me equivoqué al pensar tal cosa. Solo hubo una persona que se digno a firmarme la escayola. Mary firmó en mi escayola con sus iniciales —M.Q.—, pero acompañándolas con tres equis y metiéndolas dentro de un corazón. También escribió una frase de apoyo, un simple «que te recuperes pronto», que me pareció más bonita que todos los poemas del mundo juntos. Escribió en mi escayola cuando nos encontramos por casualidad en la puerta del instituto a primera hora de la mañana.

—¿Qué te ha pasado? —me preguntó ella, con un tono de voz y una expresión en la cara que daban a entender que preguntaba con verdadero interés.

—Nada, un accidente tonto en casa —contesté yo, sin dar más explicaciones.

—La verdad es que pese a lo del brazo, te veo bastante bien.

—Si tú lo dices...

—Sí, de verdad, estás radiante.

—¿Radiante? Pues será radiante, pero escayolado.

—¿Puedo escribir algo en la escayola, Abel?

Le dije que sí, y ella sacó un rotulador rosa de su bolso y escribió la frase de ánimo, sus iniciales y las equis y dibujó aquel corazón. Mientras lo hacía pasó por allí Lucy Simmons, y Mary le preguntó si quería escribirme algo en la escayola y ella respondió que lo de escribir no era lo suyo, pero que si quería me podía romper el otro brazo para que ambos fueran a juego. Yo le levanté un dedo, ella me levantó dos y se largó refunfuñando, al tiempo que le pedía a Mary que se fuera con ella. Mary le hizo caso, pero antes de eso, me dio un beso en la mejilla y me dijo: «Quizá no me creas, pero yo te sigo queriendo igual que antes». No supe qué contestar y, visto que la conversación no iba a continuar, se fue corriendo tras Lucy y desapareció de mi vista. Tenía razón, no me creía que me siguiera queriendo igual que antes, pero me sorprendió darme cuenta de que yo sí, que sí la quería igual que antes y que, tal vez, no dejaría de quererla nunca. Además, sin la necesidad de tener que hacerlo llorando.

Cuando me quitaron la escayola, recorté el corazón de las tres equis y las iniciales de Mary Quant y lo guardé como el tesoro que era. Tenía pensado hacerme un medallón o algo así, para llevarlo siempre conmigo, para tener siempre a Mary presente. Al final no me hice ningún medallón ni nada parecido, sino que lo acabé adhiriendo a la culata de mi ballesta cazavampiros. Arisa me preguntó entonces por qué había colocado eso en la culata y quién era M.Q. Yo le contesté la verdad, que M.Q. era la razón principal por la que había pasado de futuro propietario de una ferretería sin muchas pretensiones a cazador de vampiros novato.

Terminé el curso sin pena ni gloria, o sea, aprobando por los pelos, y empecé a trabajar a jornada completa en la ferretería, dando por fin sentido al cartel que mi padre cambió el día de mi nacimiento. El nuestro era un establecimiento muy modesto, pero tenía de todo, cosa que nos había hecho muy conocidos en el condado. Además, mi padre había sabido ganarse como clientes a empresas de construcción de la zona, convirtiéndose en el proveedor principal de las constructoras del condado de Macon. Nuestra ferretería jamás sería un negocio para hacerse millonario, pero sí para permitirnos vivir cómodamente, sin apuros económicos y eso era así porque mi padre era un lince vendiendo cosas inútiles. Cuando entraba un cliente en la tienda, sobre todo si era un hombre (es que las mujeres solo entraban allí por error), mi padre sabía que tendría muchas posibilidades de hacerle comprar cosas que no iba a necesitar. Había hombres que entraban en la ferretería a comprar una bombilla, un picaporte o un pestillo y se acaban llevando lo que mi padre solía llamar el «pack Noé», es decir, herramientas suficientes para construir dos o tres arcas bíblicas. El truco estaba en intentar convencer al cliente de que era un hombre como los que levantaron América y la pusieron a la cabeza de la civilización. Un hombre que sabía que las herramientas eran en realidad extensiones de su cuerpo. Un hombre que sabía que aunque ahora no necesitara un cortacésped porque no tenía jardín, debía reivindicar el derecho por el que lucharon nuestros padres fundadores a tener uno de esos magníficos aparatos —eléctrico o a gasoil— y la mejor manera de hacerlo era, precisamente, adquiriéndolo. A veces algún cliente dudaba si comprar lo que mi padre intentaba colocarle, diciendo que a su mujer tal vez no le haría gracia. Entonces mi padre soltaba una de esas frases suyas que jamás supe de dónde sacaba: «En la Biblia se deja bien claro que Dios prohibió a los salunitas que dejaran que sus mujeres opinaran sobre herramientas, y como sé que usted es un buen cristiano, no creo que tenga que añadir nada más, ¿verdad?». A veces cambiaba a los salunitas por los mandolitas, los casparitas o los tartufitas, pero el mensaje estaba claro, y no sé por qué, pero funcionaba. Este tipo de clientes pagó las facturas de mi dentista durante toda mi infancia

Una tarde entró un hombre en la ferretería. Era un señor bajito, calvo, rechoncho, con gafas y que llevaba un maletín de piel. Cuando mi padre le vio entrar, se apostó cincuenta dólares a que ese cliente se iba de la tienda con un juego completo de destornilladores, una alarma de incendios y tres aspersores. Acepté la apuesta y me supo mal haberle estafado a mi padre cincuenta billetes, ya que el hombre que había entrado en la ferretería no era un futuro cliente, sino el bueno de Heathcliff Higgins.

—Papá, te presento al señor Higgins, mi tutor.

—Encantado de conocerle, señor Young —dijo el señor Higgins extendiéndole la mano a mi padre, quien la estrechó como si le fuera la vida en ello; otra táctica de ventas.

—Señor Higgins, mi padre dice que usted tiene cara de querer comprar nuestro fantástico juego de destornilladores que, precisamente, está de oferta.

—No solamente cara de eso, sino también de necesitar una buena alarma contra incendios —añadió mi padre, aprovechando que se lo había puesto en bandeja

—No, no necesito ni destornilladores ni alarmas —dijo Higgins.

—¿No? ¿Seguro que no? ¿Y unos aspersores para el jardín? —preguntó mi padre.

—No tengo jardín, vivo en un piso —contestó Higgins.

—¡Y qué más da! —continuó mi padre—. Nuestros padres fundadores lucharon para que nosotros...

—Déjalo, papá, el señor Higgins es un hombre con las cosas muy claras —dije yo para que mi padre no siguiera insistiendo en una venta que no iba a producirse.

—¿No será usted uno de esos hombres que dejan que sus esposas opinen sobre herramientas, señor Higgins? —preguntó mi padre, como introducción a su cita bíblica inventada.

—Soy soltero —contestó Higgins— y no he venido a comprar nada, sino a darles una buena noticia. Abel, sé que debí haberte pedido permiso, pero después de adecentar un poco tu relato, lo envié a una amigo mío que tiene un cargo importante en una editorial neoyorquina, Circle Books, y le ha encantado.

—¿Qué relato? —preguntó mi padre.

—¿No le has explicado a tu padre lo de *El juramento*? —me preguntó Higgins.

—Se me pasó —contesté; pero no se me pasó, es que me pareció que era un tontería decírselo a mi padre.

—Pues su hijo, señor Young, ha escrito un relato maravilloso, tanto que seguramente será publicado en breve en la revista *Circle*, si Abel quiere. *Circle* es una publicación de la propia Circle Books y es utilizada para dar a conocer novedades editoriales de ese sello —comenzó explicando Higgins—. Pero eso no es todo, resulta que esa editorial organiza cada verano un seminario dedicado a jóvenes con talento, futuros autores en potencia y, Abel, te han seleccionado para participar en ese seminario.

—¿Por qué? —pregunté preocupado, ya que eso de que me seleccionaran para algo que tenía que ver con libros me sonaba a reclutamiento forzoso.

—Pues porque eres un escritor en potencia y a esa editorial le interesa ficharte de cara al futuro —contestó Higgins—. El seminario durará un mes, todo el mes de julio, y te pagarán el viaje, la estancia y te darán una beca de mil doscientos dólares.

—No sé, lo veo un poco raro, señor Higgins —dije yo,

aunque si me iban a dar 1.200 pavos por no hacer nada, la verdad era que me importaba bien poco que me sonara raro.

—A ver, es evidente que nadie regala el dinero, Abel —dijo Higgins—. Yo desconozco todos los términos del acuerdo, pero es de suponer que una vez allí, si ven que eres válido te harán una oferta o algo parecido y te harán firmar algún documento de compromiso exclusivo con ellos.

Estuve a punto de decirle la verdad, que no era escritor ni quería serlo, que *El juramento* fue una cosa hecha aprisa y corriendo, copiando e imitando, que no me gustaba leer y mucho menos escribir, pero no dije nada porque mi padre metió baza en la conversación.

—A ver si me entero del tema, señor Higgins —empezó a decir mi padre—. Mi hijo ha escrito un cuento que ha gustado a unos señores de Nueva York que son escritores y tienen una editorial. Estos señores consideran que mi hijo puede ser un buen escritor...

—Pero se equivocan, papá —interrumpí yo.

—Abel, si unos señores que saben de letras dicen que puedes ser un buen escritor, creo que, al menos, deberíamos pensarlo... y mil doscientos dólares es un capital interesante.

—Además, hay otros aspectos interesantes —dijo Higgins dándose cuenta de que mi padre se había puesto de su parte y tenía todas las de ganar—. El seminario lo dirige Elijah Shine, un autor que no publica nada desde hace veinte años, pero que en su tiempo se comía el mundo. Ahora dirige la editorial, y fue profesor de literatura en Columbia. Con él podrás aprender mucho y puede que te abra las puertas de su universidad. Es una buena oportunidad, Abel.

—Es que ahora estoy en la ferretería con mi padre —dije como última excusa.

—Pero en el mes de julio no tenemos mucho trabajo —replicó mi padre.

—No sé, papá, no acaba de convencerme.

Higgins sacó de su maletín una carpeta con documentos

que le habían enviado los de Circle Books y nos dijo que lo mejor sería que nos miráramos con detenimiento en casa la documentación y que si estábamos de acuerdo con todo le llevase aquellos papeles firmados a su despacho y él se encargaría de hacer los trámites. Mi padre y yo repasamos los papeles de Circle Books después de la cena. La verdad era que todo tenía muy buena pinta, quizá demasiada buena pinta. El seminario iba a tener lugar en una gran cabaña de madera a orillas del lago Cayuga y a pocos kilómetros de Ithaca. Las fotos que acompañaban el dossier en el que se hablaba de ese lugar eran espectaculares y mi padre dijo que solamente por pasarse una tarde contemplando el atardecer en aquel lago valía la pena ir allí. A mí me desconcertaba un poco que mi padre quisiera que pasase el mes de julio en Nueva York, haciendo algo que se supone que, de ir bien, podría encaminarme a dejar de lado la ferretería y el futuro que él había pensado para mí. Era evidente que desde el día que nací, él tenía muy claro que debía seguir sus pasos.

—¿Lo dices porque cambié el cartel el día que naciste? —me preguntó cuando le pregunté al respecto.

—Sí, por eso mismo, papá.

—Encargué el cartel el día que tu madre me dijo que esperaba un hijo y al nacer tú lo colgué para anunciar a todo el pueblo que habías nacido. No digo que al hacerlo no pensase que seguirías mis pasos, porque creo que muchos padres piensan eso, pero desde que murió tu madre todo cambió para mí. Decidí que eras lo único que tenía y que debía conseguir que hicieses lo que realmente deseases hacer.

—Yo pensaba que querías que heredara la ferretería...

—Y eso quiero, la verdad es que sí, pero sería un mal padre si en vez de un hijo quisiera una réplica de mí mismo. Me gustaría que siguieras en la ferretería porque ella es parte de mi vida y, a fin de cuentas, lo único que te podré legar.

—Yo no me he planteado otra cosa que seguir tus pasos. Cada vez que veo el cartel de la ferretería pienso que ahí está escrito mi destino.

—¿Tu destino? No, hijo, el destino no existe y si existiese no estaría escrito en un cartel de una ferretería.

Mi padre tenía razón, él sin darse cuenta se había atrevido a escribir mi destino en su cartel, pero el destino no puede escribirse, sino que se construye día a día. Yo siempre había tenido claro que mi vida iba a ser larga y tranquila, trabajando en la ferretería y al lado de Mary, pero una película de Renée Zellweger y un relato aburrido sobre lord Byron ya habían comenzado a cambiarlo todo.

—Creo que es una oportunidad que no puedes dejar escapar, Abel —dijo mi padre retomando el tema del seminario en Ithaca—. Es como un campamento de verano, en un sitio ideal y encima te pagan mil doscientos dólares. Hay que ser muy tonto para no aceptar. Luego puede que te guste o no seguir con eso de ser escritor. Siempre tendrás la ferretería por si eso no resulta.

A la mañana siguiente, le llevé los papeles a Higgins, quien se alegró muchísimo, como si le acabase de dar un remedio para el cáncer o algo así. También aproveché la visita para devolverle los tres libros que me dejó cuando nos conocimos. Se quedó con la biografía de lord Byron y con *Werther*, pero me regaló el de la antología de Poe como muestra de su sincera amistad. Al salir de su despacho, por estas cosas del azar, me topé con Mary. Hacía una semana que el curso había finalizado, pero Mary estaba en el instituto porque era una de las organizadoras de la fiesta de graduación; fiesta a la que yo no pensaba asistir. Al verme me abrazó, me dio un beso y me felicitó por haberlo aprobado todo. Me dijo que a ella le habían ido mejor los exámenes de lo que había imaginado, pero que estaba más contenta por mí que por ella misma. Como ambos no teníamos nada que hacer el resto de la mañana, me preguntó si me apetecía ir a tomar algo al centro y charlar un rato, y le dije que de acuerdo, que me parecía muy bien. Por supuesto, muy bien era poco, ya que me parecía genialmente extraordinario o extraordinariamente genial, da igual, cualquiera de las dos cosas. No cabe duda que eché mucho de menos el contacto físico con Mary, soy un hombre y vivo en el mismo país que los de Ohio, pero después de que ella me dejara, lo que realmente añoré fueron esos momentos aparentemente cotidianos que viví con ella. Mary siempre ponía pegas a ir a la heladería porque los helados la volvían loca y según ella engordaban una barbaridad. Yo siempre proponía ir allí porque los helados la volvían loca y me importaba tres pepinos y medio si engordaban o no. Era un espectáculo maravilloso verla devorar aquellos helados y suspirar al hacerlo con la nariz manchada de nata, chocolate, fresa o vainilla. Este tipo de cosas son las que más eché en falta cuando me dejó, por eso, cuando me dijo que fuésemos al centro a tomar algo, pensé que podría recuperar uno de esos momentos que, mezclados con lágrimas y felicidad, había recuperado en la soledad de mi habitación. Por supuesto, puso las mismas pegas de siempre para no ir a nuestra heladería y, por supuesto, se le volvieron a poner los ojos como platos cuando entró en el local y vio las novedades de la temporada.

—¿Tú sabes cuántas calorías tiene esto, Abel? —me preguntó Mary después de que le sirvieran el especial de la heladería.

—¿7.548,39? —contesté yo.

—Incluso más. Bueno, da igual, un día es un día —dijo mientras hundía la cuchara en la copa—. ¿Vas hacer algo especial este verano o vas a estar todo el tiempo en la ferretería?

—Voy a ir a Nueva York, a un seminario para jóvenes escritores o algo así.

—¿A la ciudad de Nueva York?

—No, a Ithaca, que no sé ahora a cuánto está de Nueva York.

—¿Y de qué va ese seminario?

—No lo sé del todo. Es que escribí un relato, una cosa que me encargó mi tutor, y se ve que no está mal y me invitan a ir allí... Bueno, es muy largo de explicar.

—¿Y cuándo te vas?

—En julio, voy a pasar todo el mes allí.

—¿Y a tu padre le parece bien?

—¿A él? A mi padre, no te lo vas a creer, le hace más ilusión el tema que a mí.

—Pues que te lo pases muy bien por esas tierras, Abel.

—¿Y tú, vas hacer algo especial?

—Este fin de semana empiezo a trabajar en la cafetería de la madre de Lucy.

—Así ahorrarás dinero para tus gastos universitarios.

—No, empiezo a trabajar este fin de semana, pero lo más seguro es que siga después del verano. No voy a ir a la universidad este año, Abel.

Si la vida fuese un deporte y se pudieran pedir tiempos muertos, yo habría pedido uno en ese preciso momento. Me habría apostado un testículo, no los dos, a que Mary me había dejado al principio del curso porque iba a ir a la universidad y eso suponía que iba a cambiar cosas y que había pensado en lo nuestro y patatín y patatán. No recordaba las palabras justas, pero sé que lo de la universidad estaba por el medio y ahora me salía con que no iba a ir.

—¿Por qué no vas a ir? —pregunté yo, no sé en qué tono, pues me sentía estafado, enfadado y muy tonto y no sé si eso se puede demostrar con la voz.

—Es que a Howard le queda un año aún en el instituto y nos iremos juntos los dos cuando él acabe. Es que a él le van a dar una beca para que juegue con los Tigers de la Universidad de Memphis.

—Ah, genial, supongo… Es que pensé que me habías dejado porque ibas a ir a la universidad.

—En verdad yo no te dejé, fuiste tú quien me dejó a mí.

¡Segundo tiempo muerto!

—Te aseguro, Mary, que fuiste tú quien me dejó —fue lo único que se me ocurrió decir.

—No, fuiste tú, lo que pasa es que a lo mejor no te diste cuenta.

¿Puedo pedir un tercer tiempo muerto? Bah, da igual, que siga el partido, total ella está jugando a baloncesto y yo a fútbol americano…

—¿Me lo puedes explicar, Mary? En serio, no tengo ni idea de lo que me estás contando.

—¿No te he dicho muchas veces que las mujeres hacemos lo contrario de lo que queremos hacer para que toméis la iniciativa? Pues era eso. Llevabas unas semanas algo distraído e intenté obligarte a que de alguna manera te comprometieses con nuestra relación. Pensé que al darte cuenta de que me podías perder, reaccionarías.

—Pero nosotros ya estábamos comprometidos.

—Eso del patio del colegio cuando teníamos ocho años no valía, Abel.

—Teníamos siete, Mary.

—Pues mejor me lo pones. Esperaba que te enfadases o que hicieses algo que me demostrara que te importaba de verdad, pero en vez de eso, comenzaste a pasar de mí.

—¿Y qué me dices de Howard?

—A Howard lo conocí cuando fui con Lucy a ver un partido. El chico se acercó a mí y me dijo que si hacía algún *touch down* me lo dedicaría. No hizo ninguno, pero fue un detalle, uno de esos que tú hacía tiempo que no tenías.

—Pensé que me habías dejado por él.

—Ni le conocía, Abel. Luego vi que tú seguías pasando de mí o que incluso ibas de otro rollo y que seguramente ya estabas con otra de fuera del instituto. Vi que yo no te importaba en absoluto y que pensaste que había muchos peces en el mar, peces muchos mejores que yo. En el fondo, aunque ya no me quieras, yo te seguiré queriendo. Lo he pasado fatal, Abel. Ha habido momentos en los que no podía dejar de llorar, un desastre. Por suerte tengo a Howard, es un buen chico al que le estoy cogiendo cariño…

Ya no escuché nada más, aunque ella seguía hablando yo ya no podía oírla, pues estaba en el país de «¿Por qué razón son tan complicadas las mujeres?». ¿Ahora qué se suponía que tenía que hacer yo? ¿Explicarle todo lo que me había pasado, cómo me había sentido desde el día que fuimos a ver aquella película de la Zellweger? Se me pasó por la cabeza decirle que volviésemos a estar juntos, pero si ella me decía que sí, a lo mejor quería decir que no y si me decía que no, ya no sabría qué hacer porque una negativa suya podrían ser muchas cosas al mismo tiempo. Mary era posiblemente una de esas chicas a las que de pequeñas les leen cuentos de princesitas y esperan que su príncipe la rescate de no se sabe dónde y que mate a un dragón que ni siquiera existe. Ahora bien, si ella quería que hiciese de príncipe es que no tenía suficiente con el plebeyo de Abel J. Young. Si me hubiese explicado cómo se sentía realmente, en vez de montarme el numerito de la ruptura, quizá yo tampoco habría reaccionado, ya que no tenía ni idea de qué esperaba Mary de mí. Me di cuenta de que tal vez no me la merecía, que no estaba hecho para ella. Además había fastidiado a la pobre haciéndola sentirse responsable de Howard, por el que iba a retrasar un año su entrada en la universidad. Me sentí muy culpable por todo aquello. Lo único que podía hacer era buscar la manera de compensarla, pero hasta que encontrase eso, me iba a limitar a ser su amigo y a no inmiscuirme en su vida. Así que no le dije nada, no le pedí que volviéramos y, por supuesto, no me disculpé porque hacerlo habría supuesto una especie de nueva petición de matrimonio.

Salí de aquella heladería sabiendo que Mary me seguía queriendo igual que siempre, sabiendo que realmente merecía todas las lágrimas que derramé por ella y sabiendo, por fin, qué diantre quería decirme mi padre con aquello de que hay muchos peces en el mar. No sé a quién se le ocurrió esa frase, pero seguramente fue a un gilipollas que nunca estuvo enamorado de nadie.

SEGUNDA PARTE

LA TUMBA DE HELEN

1

Arisa Imai

Fue mi primer vuelo y empecé a lo grande, con siete horas dentro de un cacharro volador que tomé en Memphis a las 3.30 p.m. y llegó a las 11 p.m. a Syracuse. A mí me habría ido mejor viajar desde Nashville, pero al parecer el aeropuerto de Syracuse es el que estaba más cerca de Ithaca o el que mejor les iba a los señores de Circle Books y no había vuelos Nashville-Syracuse. Pese a ser mi primer vuelo, no pasé miedo alguno ni en el despegue ni en un par de zonas con turbulencias. Al principio, antes de despegar, sí que me puse algo nervioso porque perdí el hilo de las explicaciones que dio una azafata sobre lo que había que hacer en caso de emergencia. En verdad aquella mujer no decía nada, sino que movía los brazos tontamente mientras por los altavoces sonaba la voz de alguien que no era ella. Perdí el hilo porque no me dio muy buena sensación que nada más entrar en un lugar que se va a elevar a miles de pies de altura, una persona, muy mona eso sí, empezase a decirme qué hacer en caso de accidente. Es como si en un restaurante un camarero antes de servirme un plato me dijese qué hacer en caso de que me atragantase o de que pillase una intoxicación. Mal rollo. Pedí a la azafata si podía volver a repetir lo que había explicado, y como todos los pasajeros me miraron mal y algunos se pusieron a abuchearme, aquella mujer me dijo que encontraría toda la información que necesitase en mi asiento y que si tenía alguna duda después de despegar ella vendría a mi asiento a explicarme lo que hiciese falta. Tenía razón, encontré toda la información que ella y la voz habían dado en unos folletos con flechitas y muñequitos, pero de todas formas, como entre esos folletos encontré un par de bolsas para vómitos, le pedí a la azafata que me aclarase si era obligatorio vomitar en esas bolsas o si podía hacerlo en el lavabo. «Tu primer vuelo ¿verdad?», me dijo antes de aclararme que sí podía vomitar en el lavabo, pero que de hacerlo lo hiciera en el váter. Luego me tocó el pelo, supongo que en un gesto de simpatía *azafatil*, y me regaló un bolígrafo de la compañía aérea.

La verdadera razón por la que no me asusté cuando el avión se balanceó violentamente varias veces durante el viaje no fue por los folletos que aclaraban qué hacer antes de estrellarse, sino porque en el asiento de al lado tenía como compañero de vuelo al padre Karras. Le puse ese nombre porque era un sacerdote católico con pinta de exorcista atormentado y llevaba un maletín, seguro que lleno de crucifijos, agua bendita y un diccionario arameo-latín-inglés; el arameo es el idioma de los endemoniados, aunque ellos lo suelen hablar al revés. El padre Karras tenía una cicatriz que le cruzaba toda la cara y que supuse que se la había hecho alguna endemoniada antes de escupirle algo verde desde el techo. Tener a un sacerdote a mi lado me tranquilizaba, ya que no dudaba que en caso de accidente el avión no se estrellaría por nuestro lado. Si hubiese tenido a mi lado a un rabino la cosa habría sido al revés, tendría la absoluta convicción de que el avión haría una extraña pirueta antes de tocar el suelo para que los primeros en palmar fuésemos él y yo. Sé que los judíos son «el pueblo elegido», pero no queda muy claro para qué. Me imagino que al principio de los tiempos Dios reunió a representantes de todas las religiones de la tierra y dijo: «Quiero elegir a alguien para...». Antes de acabar la frase, Moisés, Abraham o uno de esos levantó la mano y pidió que les eligiesen a ellos.

El padre Karras y yo no hablamos mucho durante el viaje,

solamente unos pocos minutos durante la cena. Me sorprendió que no hiciese ninguna oración antes de ponerse a comer.

—¿No bendice la comida, padre? —le pregunté

—No, hijo, la comida servida en bandejas de plástico no se bendice, solamente se ingiere con pesar.

Luego me contó que era ayudante del obispo de Syracuse y que daba clases en un colegio de allí. Era un tipo muy simpático y extrovertido. Doy por hecho que era así para compensar los malos momentos que debía de pasar peleándose con demonios que le mentaban a su madre en lenguas muertas cada dos por tres. Le dije que yo iba a Ithaca, y él me dijo que era un sitio muy bonito y que estaba a hora y media de Syracuse, por lo que si necesitaba algo fuese a la sede del obispado y preguntase por él. Me dijo su nombre, pero no le presté atención porque para mí era el padre Karras y punto. También me contó que había conocido al Papa de Roma cuando aún no era más que el cardenal Schwarzenegger y que después de hablar con él supo enseguida que iba a ser el sucesor del anterior Papa; supongo que Benedicto 15,5. No me contó nada más porque después de cenar nos pusieron una película en el avión y a este hombre, al parecer, le gustaba mucho el cine. La película se llamaba *Las horas*. Doy por hecho que era el título abreviado y comercial de *Las horas interminables y aburridas.* La vi durante diez minutos porque en los títulos decían que salía Nicole Kidman, pero era mentira, la protagonista no era ella, sino una tía muy fea vestida como una vigilante de un campo de concentración y peinada como la vieja de *Psicosis.* Lo único bueno de esa película era que en el minuto once te duermes irremediablemente. Es lo que me pasó a mí, cerré los ojos en ese minuto y ya no los volví a abrir hasta que el padre Karras me despertó para decirme que estábamos a punto de aterrizar.

Como solamente llevaba una maleta, no tuve que esperar mucho en la zona de recogida de equipajes. Mi padre había intentado convencerme de que me comprase ropa nueva para causar buena impresión en el seminario, pero no lo hice porque me daba igual causar mala impresión, ya que lo más seguro era que al segundo día me echasen de allí por ser un fraude y no una joven promesa literaria. A mi padre le sorprendió que no me llevase ningún libro para el viaje —casi me muero de la risa cuando me lo dijo— y curiosamente no me preguntó qué era aquel corazón de escayola con tres equis y dos letras que vio encima de la ropa cuando estaba ayudándome a hacer la maleta.

Nada más salir de la zona de recogida de equipajes, me topé con un señor con traje, alto, rubio y con un cartel en el que se podía leer mi nombre.

—¿Abel Young? —me preguntó aquel hombre cuando me acerqué a él señalando su cartel.

—Sí, señor, ese soy yo.

—Encantado, yo soy Helmut, de Circle Books —me dijo mientras extendía su mano derecha para que se la estrechase—. Te llevaré en coche a Ithaca, pero hemos de esperar a una alumna del seminario que vuela desde Boston. ¿Quieres tomar algo en la cafetería mientras esperamos?

Le dije que sí, que me apetecería tomarme un café, ya que aún estaba medio dormido por culpa de la estafa aquella en forma de película. Nada más sentarnos a la barra de la cafetería, Helmut llamó a alguien para decir que yo ya había llegado y que en menos de media hora daba por hecho que llegaría el avión de Boston. Después de colgar tuvo la cortesía de preguntarme cómo me había ido el viaje y me dijo que había leído *El juramento* y que le parecía muy bueno.

—Parece que eres un joven Goethe —me dijo, no para llamarme cara culo, sino como elogio.

—La verdad, señor Helmut, es que yo no creo que sepa escribir muy bien —dije eso para empezar a ponerme a la defensiva para cuando esa gente se enfadase conmigo por haberles engañado.

—No me llames, señor, solamente Helmut, por favor.

—Bueno, pues solo Helmut. ¿Ese nombre de dónde es?

—¿Helmut? Alemán.

—¿Eres alemán?

—No, yo no. Yo nací en Nueva York, pero mi madre sí era alemana.

—Yo admiro mucho a Alemania, me parece un gran país, con grandes cosas germanas y escritores tan buenos como Goethe y... Bueno, como Goethe.

Entonces Helmut se puso a recitar algo en alemán que se ve que era de Goethe y yo miré de reojo el reloj de la cafetería, esperando que la relatividad del tiempo hubiese convertido los dos minutos que llevábamos allí en treinta y tuviésemos que largarnos a buscar a la chica de Boston. Pero no, los dos minutos siguieron siendo dos minutos que se convirtieron en cuatro cuando Helmut dejó de recitar. El alemán no es un idioma que suene muy bien, la verdad sea dicha. Era la primera vez que lo escuchaba y me pareció que le faltaba algo o que le sobraba todo. A los únicos alemanes que había oído hablar eran a los que salían en las películas de la Segunda Guerra Mundial, pero esos lo hacían en inglés con acento alemán. Después de que Helmut se callase, decidí no volver a hablar en toda esa media hora, o si lo hacía, evitar en todo momento dar pie a que se hablase de literatura o de cualquier cosa extranjera.

Helmut y yo fuimos a la puerta de salida de equipajes cuando se anunció que el vuelo de Boston acababa de aterrizar. La chica a la que esperábamos se llamaba Arisa Imai. Pensé que la gente de la costa Este era tan estúpidamente moderna que a sus hijos les ponían nombres tan ridículos como ese, pero me equivocaba, el nombre era correcto al parecer. Bueno, correcto en Japón porque Arisa era japonesa. Mediría un metro sesenta y poco, tenía los ojos muy grandes y una media melena con un flequillo que le tapaba totalmente la frente. Llevaba un traje gris —falda y americana—, camisa blanca y arrastraba un carro con cuatro maletas y una mochila. ¡Cuatro maletas y vestida con un traje! Yo una maleta y unos vaqueros y una camiseta de publicidad de nuestra ferretería. A lo mejor Arisa tenía pensado montar una tienda de ropa en Ithaca, aprovechando el viaje. Al llegar a donde la estábamos esperando, saludó a Helmut y luego le preguntó si el «niño» era su hijo. Helmut le dijo que no era su hijo, sino un alumno del seminario. Arisa puso una cara muy rara, como si sufriese de hemorroides mexicanas o algo así, resopló —cosa que hizo que su flequillo se agitase levemente— y, después de que Helmut nos presentase, me estrechó la mano y me dijo que estaba encantada de conocerme, a lo que yo contesté de la misma manera. Cuando salimos a la calle, el empleado de Circle Books cogió dos de las maletas y se dirigió hacia el coche, una berlina negra con las lunas tintadas. Arisa cogió la mochila y empezó a mover la cabeza señalando las maletas que quedaban en el carrito. Ni me inmuté.

—¿De dónde eres? —me preguntó Arisa.

—De Tennessee —contesté yo.

—¿Y en Tennessee no os enseñan modales?

—Sí, modales y a llevar poco equipaje.

—Yo pensaba que en el Sur erais todos unos caballeros.

—Ya, pero yo soy de la zona plebeya, donde cada uno carga con sus maletas.

Sé que dijo algo en japonés y que seguro que era un insulto y de los gordos. Me dio su mochila, cogió las maletas y se fue a marcha rápida tras Helmut. El incidente del equipaje hizo que Arisa casi no me dirigiese la palabra en la hora y media de trayecto en coche desde Syracuse hasta Ithaca y que solamente hablase con Helmut. Eso sí, pese a no hablar conmigo me enteré de toda su vida. Al parecer Arisa llegó con sus padres a Estados Unidos cuando tenía cinco años. Su padre trabajaba como *free-lance* para varias empresas japonesas con intereses en el país y tenía su oficina en Chicago, donde ella vivió hasta los dieciocho años, momento en el que se fue a Boston para estudiar en Harvard la carrera de No Sé Qué y Ni Me Importa, de lo que después del verano iba a empezar a doctorarse. ¡Oh, Harvard, como los pedantes de las series de televisión! Deduje que tenía 23 o 24 años, pero dependiendo de cómo la mirase aparentaba 18 o 30. Helmut le dijo que su novela de vampiros medievales le había parecido muy interesante. O sea, que Arisa había escrito una novela que interesaba a Circle Books y que, curiosamente, también iba de vampiros.

—¿Cómo se titula? —pregunté yo, para ver si volvía a romper el hielo, ya que antes lo había roto muy mal.

—*Los señores de la peste* —contestó Helmut, medio minuto después de mi pregunta, debido a que Arisa se negó a contestarme.

—¿De qué va, Arisa? —pregunté esta vez para que quedara claro que estaba con el picahielos.

—Trata sobre unos monjes que descubren que los infectados por la peste son en realidad víctimas de unos vampiros —volvió a contestar Helmut, ya que la japonesa engreída seguía enfadada.

—Pues con ese título que le has puesto parecen más bien las aventuras de unos recolectores de estiércol —dije yo, esta vez para no romper nada helado.

—Todo lo que tienes de niñato lo tienes de estúpido —contestó entonces Arisa—. No entiendo por qué vas a participar en un seminario para el que tienes toda la pinta de no dar la talla.

¿Cómo podía saber eso? Apenas hacía media hora que nos conocíamos y ya se había dado cuenta de que era un fraude sureño. Helmut le dijo a Arisa que yo había escrito un relato excelente sobre lord Byron y un vampiro. Al oír eso me alegré, ya que de la novela de Arisa había dicho que era «interesante», mientras que mi relato era «excelente». No sé por qué era excelente, pero en Tennessee excelente es más que interesante; en Japón y Harvard no sé, pero en mi tierra sí. Arisa no le dio ninguna importancia a lo que acababa de decir Helmut y no preguntó nada sobre mi relato. Estaba claro que, pasase lo que pasase, el seminario de Ithaca era propiedad de ella y no lo iba a compartir con nadie. Al menos eso era lo que supongo que ella pensaba. Seguramente era una alumna ejemplar con notas maravillosas y estaba acostumbrada a ser el centro de atención y a que le llevasen las maletas de aquí para allá.

A parte de decirme que todo lo que tenía de niñato lo tenía de estúpido, Arisa se dirigió a mí en otra ocasión para gritarme «niñato torpe y estúpido». Repitió lo de niñato y estúpido —a lo mejor era una de sus coletillas— porque toqué un botón que había en la puerta de mi lado, pensando que se bajaría la ventanilla, pero en vez de eso la luna y las dos ventanas traseras se cubrieron con una especie de placa metálica, como si fuese un blindaje. Después de que me gritase Arisa, volví a toquetear los botones de la puerta para bajar esas placas, pero en vez de eso hice que apareciese una nueva, también metálica, que nos separó en pocos segundos de la parte del conductor mientras mi, por desgracia, futura compañera de seminario seguía gritándome, esta vez en japonés. Helmut se encargó de que el interior del coche volviera a la normalidad bajando aquellas placas y nos pidió perdón porque se había olvidado de desconectar ese dispositivo del vehículo. Arisa dijo que no tenía por qué disculparse porque la culpa había sido mía. A mí me picó la curiosidad y le pregunté a Helmut sobre la razón de aquel extraño dispositivo.

—Sé que el coche lo lleva, solamente eso, pero no sé por qué razón, Abel —contestó.

—Pues parece que es un sistema antibalas o algo así —dije yo—. A lo mejor este coche era de la CIA o, mejor aún, de la mafia. ¿Era un coche de mafiosos?

Arisa no dejó que Helmut me contestara, volviéndome a llamar «niñato estúpido», aunque sin dirigirse a mí directamente. Habría dado la mitad del dinero que Circle Books había ingresado en mi cuenta ese mismo día por apretar un botón y que apareciese una pantalla en la que se proyectase *Las horas*, y así dormirme lo que quedaba de viaje y no tener que aguantar más a la tonta japonesa de las narices. Tenía la sensación de que con alguien como ella el seminario se me iba a hacer muy largo si no me echaban enseguida, aunque también cabía la posibilidad de que el resto del alumnado fuese gente normal y corriente y no impertinentes superdotados con síndrome de princesa sin reino. Aunque no pude dormirme, sí al menos desconecté de Arisa y de las aventuras de su excitante vida estudiantil y pedante que relataba a Helmut y me dediqué el resto del viaje a pensar en Mary. A lo mejor a esa hora, ella estaría ya dormida con su cabecita dorada apoyada en la almohada de su cama y, por qué no, soñando conmigo. También cabía la posibilidad de que estuviese en la cama, pero no durmiendo precisamente, sino compartiendo fluidos con Howard... No, eso no, Mary estaba durmiendo y soñando conmigo, a Howard solamente le quería para que la acompañara a pasear por ahí, cogidos de la mano. No, de la mano tampoco, sueltos, cada uno por su lado y dejando mucha distancia entre ambos. Ni eso, nada de pasear, a Mary solamente le gustaba hacerlo conmigo. Además, seguro que Howard era gay. Sí, eso, Howard estaba para hacer de buen amigo sensible y consolarla por no estar conmigo. ¡Qué buen muchacho era ese Howard!

Llegamos a Ithaca cuando casi eran las dos de la madrugada. Helmut bordeó la ciudad y siguió por una carretera secundaria que dejaría pocos kilómetros después, entrando en una especie de camino asfaltado que cruzaba un pequeño bosque. Al salir del bosque nos encontramos enseguida con la misma casa que salía en los folletos que acompañaban la información sobre el seminario y que vi con mi padre la noche en la que decidí viajar a Ithaca. Helmut aparcó el coche delante de la puerta principal y en ese momento salió a recibirnos el señor Shine.

—Hola, soy Elijah Shine ¡Bienvenidos a mi humilde morada! —dijo, haciendo algo parecido a una reverencia teatral y señalando la cabaña.

—Hola, yo soy Arisa Imai y no se puede imaginar la ilusión que me hace participar en su seminario, señor Shine —dijo mi compañera, con tono de pelota de la clase.

—Y tú debes de ser Abel, ¿verdad? —dijo el señor Shine—. ¿Qué tal el viaje?

—Un poco largo, pero la ilusión de conocerle y participar en el seminario lo ha hecho más liviano —solté yo, como diciendo que para pelota también servía y que además conocía palabras tan cultas como «liviano».

Sin darnos cuenta, Helmut había sacado ya las maletas del maletero. Nos dijo que tenía mucha prisa, ya que quería llegar a Nueva York antes del amanecer, aunque dudaba que fuera posible. El señor Shine le dijo que podría llegar justo antes del amanecer si corría un poco y no paraba en todo el trayecto. Helmut se despidió rápidamente de nosotros, subió al coche y, sí, parece que iba a correr un poco para llegar a Nueva York, ya que en pocos segundos desapareció de nuestra vista, engullido por la oscuridad del bosque. Yo cogí mi maleta y el señor Shine dos de Arisa, quien, como hiciera en el aeropuerto de Syracuse, solamente cogió la mochila.

—Abel, no permitirás que la señorita entre su equipaje, ¿verdad? —dijo el señor Shine—. Un caballero del Sur no hace esas cosas.

La tontería esa del caballero del Sur, sacada de *Lo que el viento se llevó* y cursiladas semejantes, empezaba a ser un tópico que me tocaba las narices, pero no tenía argumentos para no ser galante en aquella circunstancia, así que me las apañé para coger las otras dos maletas de Arisa. Ella me sacó la lengua a modo de burla fina cuando pasé a su lado quejándome de lo que pesaba una de sus maletas. No solamente tuve que entrarle las maletas a Arisa, sino que se ve que también los caballeros del Sur suben escaleras cargando el equipaje de señoritas burguesas de Boston, pues la habitación de mi querida compañera estaba en el piso superior de aquella casa. Cuando dejé las maletas en su habitación fue cuando Arisa me dijo, quizá sabiendo mi fobia a la lectura, que la más pesada estaba llena de libros, una veintena, para no perder el tiempo fuera de las horas del seminario. No hay duda de que eso de que los opuestos se atraen es una de las chorradas más grandes jamás dichas, ya que de ser cierto, no cabe duda que Arisa sería mi media naranja y les puedo asegurar que en ese momento no llegaba ni a medio limón.

Mi habitación estaba al lado de la de Arisa. El señor Shine quiso hacer una gracia diciendo que ambas habitaciones se comunicaban a través de una puerta interior y que él, por supuesto, era partidario del amor juvenil, libre y literario. Me informó de que la habitación al final del pasillo era la suya, por si necesitaba algo. Entonces me di cuenta de que aquella casa solamente tenía tres habitaciones y que ya estaban ocupadas.

—¿Solamente hay tres habitaciones, señor Shine?

—Bueno, hay una cuarta arriba, en la buhardilla. Es la habitación de mi hijo Gabriel, pero él no está ahora, vendrá mañana.

—Y el resto de los alumnos del seminario, ¿dónde se alojan?

—¿El resto? No, hijo, no hay nadie más, solamente Arisa y tú.

¡Vaya por Dios! Bueno, vaya por Dios y qué seminario más raro. ¿Solamente dos personas? Pensaba que seríamos unos veinte y, no, se ve que el mundo de las jóvenes promesas literarias estaba de capa caída últimamente. La cosa estaba empeorando por momentos. El hecho de que estuviésemos solos Arisa y yo era un problema doble, ya que sabía que convivir con ella iba a ser casi imposible y, por otro lado, no iba a poder esconderme detrás de nadie durante el seminario y enseguida el señor Shine se daría cuenta de que Circle Books había tirado 1.200 dólares más un billete de avión a la basura. Sin embargo, en ese momento también se me pasó por la cabeza pensar que a Arisa quizá le fastidiase más que a mí que fuésemos los únicos alumnos del seminario. Por eso me encargué yo de comunicarle la feliz noticia. ¡Gran momento, sí señor!

La expresión de su cara cuando se lo dije compensó todas sus tonterías de aquella noche. Incluso me pareció extrañamente hermosa cuando dijo otra cosa japonesa de las suyas, posiblemente una maldición samurái para momentos como el que acababa de vivir. Quizá, más que por la maldición japonesa, me pareció hermosa porque ya no iba con traje, sino con un pantalón de pijama corto rosa y una camiseta a juego, y tenía el pelo recogido en una pequeña cola y la luz de la lámpara de la mesita de noche dibuja sombras preciosas en su rostro y... Y no cabía duda de que echaba más de menos a Mary de lo que me había hecho creer a mí mismo cuando decidí renunciar a ella en la heladería del centro. Cosas de la edad, supongo.

A la mañana siguiente, Arisa ya no me pareció tan encantadora y el señor Shine, mientras desayunábamos, aprovechó la ocasión para clavarme la primera puñalada del seminario. Al buen hombre no se le ocurrió otra cosa mejor que proponer que, debido a que solamente estábamos Arisa y yo, ella leyese mi relato y yo leyese su novela y que dentro de unos días hiciésemos una exposición criticando ambas obras. O sea, ella iba a leerse un relato de veinte páginas, mientras yo tenía que leerme, ojo al dato, un libraco de cuatrocientas páginas sobre unos monjes apestados y de eso no me podía librar, ya que no iba a encontrar resúmenes ni nada de esa cosa en internet. ¡*Los señores de la peste* y la madre que los parió! Me pareció injusto, pero no me quejé, básicamente porque no podía, ya que se suponía que me gustaba mucho leer, ¿no?

Después de desayunar, nos reunimos lo tres en el despacho del señor Shine. El despacho era la habitación más grande de la casa, pues en realidad se trataba del salón principal convertido en biblioteca gigante. Dos de las paredes estaban llenas de libros y las otras dos eran las ocupadas por una chimenea, sobre la que también había una estantería con libros, y por un gran ventanal que ofrecía una vista del lago Cayuga y de parte del pequeño bosque que habíamos cruzado la noche anterior para llegar hasta allí. Al entrar, el señor Shine nos comentó que podíamos utilizar su ordenador, que se encontraba en una mesa colocada de espaldas al ventanal, siempre que lo necesitásemos, aunque creía conveniente establecer un horario de uso para que los tres pudiéramos trabajar sin molestarnos. Los tres nos sentamos a una mesa larga que ocupaba el centro de la sala, y el señor Shine nos dio un par de blocs de notas y varios bolígrafos antes de empezar a explicarnos de qué iba a ir el seminario.

—Un seminario es sobre todo una experiencia comunicativa —empezó diciendo el señor Shine—, donde cada uno ha de aportar ideas que nos llevan a debates y reflexiones interesantes. Mi función principal es la de aportar los temas a debatir y dirigir en todo momento nuestros pequeños debates para que alcancéis unos resultados que os puedan ser útiles en el futuro.

—¿El seminario no tratará sobre todo de técnicas narrativas y de redacción? —preguntó Arisa.

—Sí, eso tendrá mucha importancia, puede que sea el interés principal de Circle Books a la hora de organizar este seminario —contestó el señor Shine—. Sin embargo, también es importante saber cómo transformar una idea en un texto y que todo cobre sentido. Es decir, no se puede escribir cualquier cosa, y antes de ponerse a escribir tienes que tener muy claro por qué quieres escribir eso concretamente. Dicho de otra manera, primero necesitamos un qué, luego un por qué y al final un cómo para que ese qué y ese por qué puedan plasmarse con corrección en una obra literaria o de cualquier otro tipo.

—¿Estamos a prueba en este seminario de alguna manera, señor Shine? —preguntó de nuevo Arisa.

—Lo que acabas de preguntarme, Arisa, es lo que acabo de explicar, una manera correcta de plantear una idea —dijo el señor Shine—. Lo que has querido preguntar realmente es si Circle Books quiere saber si sois aptos para ser contratados por ellos, ¿verdad?

—Sí, algo así —contestó Arisa.

—Bien, creo que es importante dejaros claras las cosas desde el principio —siguió Shine—. Vuestros relatos han gustado mucho a los editores de *Circle*. Consideran, y yo soy de la misma opinión, que sabéis redactar y eso es muy bueno. Sin embargo hay mucha gente que sabe redactar relativamente bien, pero lo que no se encuentra tanto en estos tiempos que corren es gente imaginativa. Os voy a poner un ejemplo para que lo entendáis, buscando un paralelismo con el mundo de la música. Hay guitarristas que tocan como dioses, para quienes las guitarras son una extensión de sus cuerpos, pero son incapaces de hacer una buena canción. ¿Entendéis lo que quiero decir ahora? A Circle Books llegan cientos de novelas cada mes, muchas bien escritas, pero casi todas sin un ápice de imaginación. Repeticiones de los mismos temas, de los mismos estereotipos, etcétera. Vuestro caso es diferente porque habéis convertido una serie de hechos históricos, la peste del Medioevo en tu caso y la vida de lord Byron en el caso de Abel, en un relato de ficción con unos personajes tan atractivos como los vampiros de fondo. A la gente de Circle Books le interesa saber si ha sido casualidad o si realmente tenéis ese don.

—Entonces, su labor de cara a ellos es la de dar el visto bueno, supongo —señaló Arisa.

—Sí, eso es, al acabar el seminario he de hacer un informe sobre vosotros —dijo el señor Shine—. Por un lado he de pulir vuestro estilo y enseñaros a plasmar las ideas que podáis tener y por otro lado he de asegurarme de que tenéis buenas ideas. De todas maneras, mi informe no será vinculante, por lo que la decisión final de contrataros o no será de ellos.

Yo tenía claro que mi informe final iba a ser negativo, ya que quizá había hecho creer a todo el mundo que sabía redactar, pero estaba seguro de que se descubriría enseguida que la imaginación no era mi fuerte. El señor Shine continuó explicando cómo funcionaría el seminario. Nos reuniríamos tres horas por la mañana, de 9 a 12, y dos por la tarde, de 15 a 17. Las horas libres entre una sesión y otra las dedicaríamos a reflexionar y preparar material de los temas tratados por la mañana para debatirlos por la tarde. Los fines de semana los tendríamos totalmente libres, aunque él había preparado una serie de excursiones por la zona para que aprovechásemos ese tiempo con diferentes actividades. Como ejemplo de cómo iba a funcionar el método que iba a seguirse en el seminario, el señor Shine propuso que Arisa se leyese ya mi relato y que yo me leyera el primer capítulo de su novela y que en la sesión de la tarde los tres hablásemos del estilo que habíamos utilizado a la hora de escribir esos relatos. Mientras explicaba eso, miré disimuladamente el primer capítulo de *Los señores de la peste* y me alegré al comprobar que solamente tenía doce páginas, menos mal.

Me leí el primer capítulo de *Los señores de la peste* en una media hora. La verdad era que Arisa escribía bastante bien, al menos se entendía perfectamente qué es lo que quería explicar. En ese primer capítulo se limitaba a hacer una descripción de la abadía en la que supuse que vivían los monjes que luego descubren que la peste es obra de los vampiros. La sensación que transmitía lo escrito por Arisa es que esa abadía era un lugar muy oscuro y frío y que la gente de allí vivía una especie de tormento interior, pensando en todo momento que el fin de los tiempos estaba próximo. Me gustó mucho el hecho de que Arisa no se fuera por las ramas, que fuese directa. Una de las cosas por las que no me gustaba mucho leer era porque había escritores que dedicaban páginas y más páginas a describir una habitación, una puerta, un vestido o un árbol, cuando la importancia de esos objetos era totalmente nula y hacía que aquello que leía fuese lento y aburrido. Por eso prefería el cine, porque allí muestran las cosas, no las describen. Algunos autores de novelas deben de pensar que la gente es ciega o que vive en una especie de cubo cerrado y no conoce el mundo, y se lo tienen que describir hasta la saciedad, a veces solamente para dar a entender que estuvieron en ese lugar que describen o que conocen el tema del que hablan. Arisa, en ese primer capítulo, solamente se paraba a describir cosas que sabías que más tarde tendrían importancia. Esto era lo que iba a decir, que Arisa escribía correctamente y no se andaba por las ramas. Bueno, diría esto, pero utilizando palabras adecuadas para la ocasión. Al menos el primer día del seminario iba a pasarlo dando el pego, no estaba mal.

Como me quedaban un par de horas libres hasta la sesión de la tarde, decidí darme un paseo por los alrededores. Al salir de la casa vi que detrás de esta había un pequeño montículo coronado por un cedro. Decidí subir al montículo porque estaba seguro de que la vista desde aquel lugar sería preciosa. Desde allí se podía comprobar que los mapas tenían razón y que el Cayuga era un lago de forma alargada, como si en realidad se tratase de un río muy ancho que no iba a desembocar a ninguna parte. Las orillas del lago estaban cubiertas por muchos árboles, agrupados en pequeños bosques. La vista era preciosa, simplemente preciosa, y tenía pensado volver a subir allí horas después para contemplar el atardecer y describírselo a mi padre en cuanto regresase a casa. Cuando me disponía a bajar, vi dos cosas que me llamaron la atención. La primera era Arisa, caminando decidida hacia el lago con un biquini naranja y una toalla a juego. Estaba claro que la chica era previsora, por supuesto mucho más que yo que ni siquiera me había llevado bañador. Me quedé un par de minutos contemplando las evoluciones de Arisa en el lago y decidí que al bajar me acercaría a ver a la japonesa nadadora de cerca. A lo mejor me parecía tan encantadora en biquini como en pijama. La otra cosa que me llamó la atención antes de descender del montículo fue una lápida que había colocada a un par de metros del tronco del cedro y enfocada hacia el lago. Era una tumba, la de Helen Shine, la mujer del señor Shine. Había muerto veinte años atrás, cuando ella tendría unos treinta. Pese a no conocerla me dio pena que hubiera muerto tan joven, y pensé que debió de ser una persona muy sensible y romántica, pues había decidido que la enterrasen allí arriba, un lugar que podría considerarse un reflejo del cielo en la tierra. Me di cuenta en ese momento de que en *El juramento* tenía mucha importancia la tumba de otra joven Helen, ya que era sobre la que lord Byron juraba destruir al malvado vampiro. Seguramente al leer mi relato, el señor Shine pensó en su difunta esposa y eso debió de entristecerle un poco. Supongo que cuando hablásemos de *El juramento* en el seminario, comprobaría si eso fue así, porque no cabe duda que cuando hablas de algo que te afecta interiormente no puedes disimularlo de ninguna de las maneras. Aunque no quieras, aunque luches para que no sea así, tu rostro y tu tono de voz cambian. Es inevitable. A mi padre siempre le pasaba cuando hablaba de mi madre, aunque fuera para decir que ella compraba dos latas de guisantes en vez de una por si acaso se presentaba gente a comer sin avisar con antelación. Siempre que mi padre tenía que decir algo sobre mi madre, hacía una pausa breve antes de nombrarla. En esa pausa supongo que se mezclaban muchos sentimientos, pero como mi padre y yo éramos cobardes por naturaleza, nunca hablamos sobre dichos sentimientos.

Cuando bajé del montículo, Arisa ya había salido del agua y estaba tomando el sol. Creí que diría alguna maldad feminista al verme aparecer por allí, pero no lo hizo. Al parecer la chica se transformaba cuando se ponía biquini.

—El agua estaba genial, Abel. Has de probarla.

—No me he traído bañador.

—No te preocupes, esta tarde le podemos decir al señor Shine que nos acerque a Ithaca y te compras un par.

—¿Quieres aprovechar estos días para ponerte morena?

—¿Morena? No, no tomo el sol para eso, solamente me estoy secando. Mi piel es muy blanca y es imposible tostarla. Por cierto, Abel, ¿has leído ya algo de mi novela?

—Sí, ya me he acabado el primer capítulo. Me quedan unos cuantos por delante y casi cuatrocientas páginas…

—Ya, me pasé un poco. Era el trabajo final de un curso de novela histórica y pedían un mínimo de cien páginas. Me animé o no supe concretar y al final me quedó eso tan largo. ¿Qué te ha perecido lo que has leído?

—No soy un experto, pero me ha parecido que estaba muy bien escrito.

—Gracias, pero...

—¿Pero?

—Es que estoy segura de que te has dado cuenta de que se trata de una copia retocada de la abadía de *El nombre de la rosa* de Umberto Eco, ¿verdad?

No supe qué contestar, ya que no tenía ni idea de qué era eso de *El nombre de la rosa* ni de quién era el tal Eco. Arisa creyó que mi silencio no era fruto de mi ignorancia, sino una manera de afirmación ante algo muy evidente.

—Es que nunca he visitado una abadía y era importante dar la sensación de que sabía de lo que estaba hablando.

—Pues te juro, Arisa, que yo no me he dado cuenta de eso. Además, seguro que el señor Berto también sacó su abadía de alguna parte.

—Me sabe mal porque es como jugar sucio, no sé si entiendes lo que quiero decir. A lo mejor nadie se da cuenta, pero si no lo hacen de todas formas me sentiré mal. Además, tu relato sí es una obra original que vale la pena.

Como la vi algo alicaída, estuve a punto de decirle la verdad, que lo mío sí era una copia, además hecha con alevosía y nocturnidad, pero preferí no hacerlo porque aún no conocía muy bien a Arisa y no sabía cómo iba a reaccionar. Lo único que tenía claro es que era una persona que variaba su manera de ser dependiendo de la situación y de lo que llevara puesto. Daba la sensación de ser una bruja pedante e implacable cuando iba vestida de seminarista literaria y que se tomaba aquel tema como una competición en la que tenía que ganar por todos los medios, pero sin ese traje de estudiante de Harvard, parecía una persona sensible y vulnerable. No solamente en lo que decía, sino también físicamente. Por eso decidí no decirle entonces la verdad, ya que a lo mejor era comprensiva al borde del lago, pero luego podía transformarse en una zorra maliciosa en el despacho de Shine. Allí, en biquini y secándose al sol, daban ganas de abrazarla y decirle ternuras, pero con más ropa y dentro de la casa, daban ganas de amordazarla y encerrarla en el sótano.

—Querría pedirte un favor, Abel —continuó Arisa—, y es que si el señor Shine no se ha dado cuenta tampoco de lo la abadía, tú no saques el tema.

—Tranquila, no lo haré —dije yo—. Además, no tengo ninguna razón para hacerlo.

Esa petición de Arisa reafirmaba lo que yo pensaba, que ella se había tomado el tema del seminario como una especie de competición cuyo trofeo era un contrato con Circle Books. Luego descubriría que no era así. Quizá el hecho de que estuviéramos los dos solos en el seminario la había hecho relajarse un poco y con aquella petición quería tantearme, saber si yo había viajado hasta Ithaca con su mismo espíritu competitivo. Supongo que esa misma tarde se dio cuenta de que no era así, pues en el comentario que hice del primer capítulo de su novela, no dije nada sobre lo que ella me había contado. Me limité a decir que me parecía que sabía describir muy bien, que utilizaba un lenguaje directo y que eso hacía que la lectura fuera amena e invitase a seguir leyendo. Arisa dijo algo similar sobre *El juramento*, aunque utilizando unas palabras técnicas que yo desconocía y que al parecer el señor Shine consideró muy acertadas. No fue muy emocionante que digamos el primer día de seminario, pero al menos lo había superado sin muchos problemas y, además, parecía que Arisa se había convertido en una compañera de verdad y ya no era la pedante sabihonda e impertinente esnob de Harvard que había conocido en Syracuse.

Al acabar la sesión de la tarde, Arisa preguntó al señor Shine si nos podía acercar a Ithaca a hacer unas compras y este le contestó que esa tarde no podía ser, ya que tenía que ir a buscar a su hijo a un lugar llamado Bringhamton. El bañador o los bañadores deberían esperar una mejor ocasión. Arisa me dijo que ya que no íbamos a ir de compras aquella tarde, iba a dedicarse a leer alguno de los libros que había traído consigo de Boston. Yo hice lo mismo, también me fui a la habitación a leer, en mi caso el libro de Arisa. Me leí el segundo capítulo, en el que llegaba a la abadía un enfermo que en apariencia tenía la peste. Estuve a punto de empezar el tercero, pero cuando iba a hacerlo, me di cuenta de que la luz que entraba por la ventana había bajado mucho de intensidad, cosa que quería decir que estaba a punto de empezar el espectáculo del atardecer en el Cayuga. Salí de la habitación y me asomé a la de Arisa, quien estaba tumbada en al cama, boca abajo y con las piernas levantadas formando un ángulo recto, leyendo alguna cosa seguro que infumable.

—¿Quieres venir conmigo a ver algo que vale mucho la pena? —le pregunté.

—No sé, no me fío. Los chicos tenéis una apreciación muy extraña de las cosas, y eso de que vale mucho la pena puede ser algún bicho muerto con las vísceras al aire y cubierto de gusanos apestosos.

—Te juro que es otra cosa, Arisa.

Tras decirle eso, no le di tiempo a que me contestara, me acerqué a la cama y extendí mi mano para ayudarla a levantarse como gesto de una invitación que ella aceptó enseguida. Un par de minutos después estábamos en la cima del montículo en el que estaba enterrada Helen Shine, apreciando la grandeza de la sencillez de la naturaleza. Quizá porque nada más llegar al montículo se dio cuenta de que era el lugar en el que yacía la mujer de Shine, quizá porque se levantó una brisa algo fresca, quizá porque un atardecer como aquel debía contemplarse abrazado a alguien, Arisa me rodeó la cintura con sus brazos y apoyó su cabeza en mi hombro.

—Sí, tenías razón, Abel, esto vale mucho la pena.

2
Gabriel Shine

Conocimos a Gabriel a la mañana siguiente, durante el desayuno. Arisa y yo pensamos que el señor Shine y su hijo llegarían a tiempo para que cenásemos los cuatro juntos, pero no solo no regresaron a la hora de cenar, sino que pasada la medianoche aún no habían aparecido, así que nos fuimos a dormir. La primera impresión que me llevé de Gabriel era que se trataba de un chico tímido que por alguna razón no acababa de llevarse bien con su padre. Tuve esta impresión porque durante aquel desayuno Gabriel ni siquiera abrió la boca y su padre no se dirigió a él en ningún momento. Quizá fuese porque el día anterior padre e hijo habían discutido por algún motivo, pero la sensación de que entre ambos existía un conflicto de algún tipo estuvo presente encima de la mesa de la cocina de los Shine aquella mañana. Al mediodía, volvió a repetirse la escena del silencio de Gabriel y el desdén de su padre. Arisa y yo nos pasamos toda la comida mirándonos, sin saber muy bien qué decir o qué hacer. Era una situación que nos violentaba mucho a ambos porque, a fin de cuentas, fuera de las horas del seminario no éramos más que dos invitados en aquella casa y no podíamos inmiscuirnos de ninguna de las maneras. No podíamos saltarnos a nuestro anfitrión e intentar entablar una conversación con Gabriel. De todas maneras, era cierto que él tampoco estaba muy interesado en hablar con nosotros; podría haberlo hecho perfectamente de haberlo querido. En la cena no se repitió lo ocurrido en el desayuno y en la comida, porque Gabriel se quedó en su cuarto y no bajó a cenar.

El mal ambiente creado en ese primer día con Gabriel afectó también al seminario. Arisa estuvo a un paso de irse al día siguiente porque el señor Shine se dirigió a ella de malas maneras en una discusión que tuvieron en la sesión matinal; después de un desayuno en el que tampoco apareció Gabriel. En principio ese día íbamos a hablar de los diferentes tipos de narradores en los relatos de ficción, pero en vez de eso, el señor Shine empezó la sesión preguntándonos si creíamos en la existencia real de los vampiros.

—¿Lo está preguntando en serio? —preguntó Arisa entre risas.

—Sí, muy en serio, Arisa —contestó el señor Shine.

—No sé cómo puede usted preguntarnos eso —dijo Arisa—. Claro que no creemos que existan realmente. ¿Verdad, Abel?

—Pues no, son unos bichos para asustar a la gente en las películas, nada más —dije yo.

—Entonces ¿por qué habéis escrito sobre ellos? —preguntó el señor Shine.

—No sé, tal vez porque son unos personajes literarios clásicos que puedes utilizar para darle a tu relato un tono fantástico, supongo —contestó Arisa.

—Yo escribí eso del vampiro porque lo había hecho lord Byron, lo tenía mano, por así decirlo. No fue por otra razón —añadí yo, casi delatando mi proyecto de plagio.

—Pues para tenerles en tan baja consideración, habéis hecho unos relatos muy verosímiles y quiero saber por qué —dijo el señor Shine con cierto tono autoritario.

—Perdone, ¿esto es una especie de interrogatorio? —preguntó Arisa.

—No, pero me interesaría conocer de dónde habéis sacado la idea de vuestros relatos —siguió el señor Shine.

—Me estoy perdiendo, perdone usted —dijo Arisa—. Primero nos pregunta si creemos en los vampiros y da la sensación de que no se cree que pensemos que no existen, y ahora quiere que le digamos de dónde hemos sacado nuestras ideas. ¡Esto es una estupidez sin sentido!

—Yo jamás digo estupideces —dijo el señor Shine visiblemente alterado—, eso es propio de niñatas extranjeras que se creen no se sabe muy bien qué.

Arisa se quedó con la boca abierta, me miró un instante, cerró los ojos y permaneció unos segundos inmóvil. Una lágrima empezó a deslizarse por debajo de su párpado derecho y en ese momento tragó saliva, se levantó de la silla y salió corriendo de aquella habitación. Yo me levanté para ir tras ella, pero al hacerlo el señor Shine me cogió de la muñeca y me dijo que si me iba tras ella sería para acompañarla a hacer las maletas porque nos echaría de su casa. Para él aquello no era más que una rabieta femenina y no había que darle más importancia. Estuve unos segundos dudando qué hacer. Si me iba y el señor Shine cumplía su amenaza, a mí personalmente no me afectaba, pero estaba claro que a Arisa le interesaba mucho seguir en aquel seminario. Por esa razón decidí quedarme y terminar lo antes posible aquella sesión matinal para ir a ver a Arisa. Al sentarme de nuevo, el señor Shine volvió con el tema de si yo creía en los vampiros y de dónde había sacado la idea de mi relato. La verdad es que ya no sabía muy bien qué contestar porque, como había dicho Arisa, parecía que el señor Shine pensaba que yo creía que los vampiros existían de verdad y que ese relato había sido una muestra de ello. Era evidente que ese hombre no estaba muy bien de la cabeza.

—No creo que existan los vampiros —empecé diciendo—, incluso creo que son ridículos.

—¿Por qué dices que son ridículos?

—Pues porque son unos seres un poco estúpidos. Son muertos vivientes que pudiendo utilizar sus poderes para enriquecerse o lograr lo que quieran se dedican solamente a morder por ahí sin mucho sentido. Luego está eso de que duerman en ataúdes. Drácula vive en un castillo inmenso y en vez de dormir en una de esas grandes camas con esa cosa que cubre la parte de arriba...

—Con dosel —señaló el señor Shine.

—¿Dosel? Bueno, pues en vez de dormir en una de esas camas con dosel, en la mejor habitación del castillo, el tipo lo hace en un ataúd en el sótano, con todas las ratas y la humedad que debe de haber allí. Además, es un tipo que no se lava nunca y siempre va con el mismo traje. Vale que está muerto, pero tiene que apestar solo por la mugre de más de tres siglos que debe de llevar adherida por todo el cuerpo. Ya ni me imagino cómo debe de tener los calzoncillos, si es que lleva calzoncillos, claro. Eso sí, la calidad de la tela de la ropa que lleva debe de ser espectacular. Aparte de no lavarse, tampoco aparece peinándose, y cuando se levanta del ataúd siempre lleva el pelo como si acabase de salir de una peluquería. Es que incluso eso de levantarse del ataúd que le acabo de comentar lo hace de manera ridícula, como si tuviese un muelle que se activa cuando se pone el sol. Solamente hace falta que le añadan un «poinnng» cuando se levanta y es para morirse de la risa.

—Así que todo lo que tiene que ver con Drácula te parece una tontería.

—Hombre, todo no. Me parece correcto que pueda caminar por las paredes y el techo, como Spider-Man. Eso está bien, tiene su utilidad. Lo que no me parece tan creíble, para ser tan poderoso, es que se transforme en murciélago, en rata o en animales de ese tipo. No sé, ya que se puede transformar en cualquier bicho, lo suyo sería transformarse en dinosaurio o en una especie de King Kong. Es que lo del murciélago es de risa. Dicen que Ozzy Osborne le arrancó la cabeza a uno de un mordisco.

—¿A qué le arrancó la cabeza de un mordisco?

—A un murciélago, eso dicen. No sé si es una leyenda

urbana, pero es algo que sabe todo el mundo. Así que si Ozzy, que no sé si usted lo ha visto por la tele en la serie esa que hacía con su familia, le arrancó de un mordisco la cabeza a un murciélago, pues creo que no es un animal a tener muy en cuenta. Es un bicho que da pena. Un dinosaurio es otra cosa, sobre todo si es uno de esos que van sobre dos patas y se comen a otros dinosaurios más pequeños.

—Y el resto de los vampiros ¿te parecen creíbles?

—¿El resto?

—Sí, vampiros creados por otros autores.

—No son tan ridículos como Drácula, pero son igual de tontos. Es que la mayoría de los vampiros parecen zombis en realidad. Lo que pasa es que en vez de comer cerebros, chupan sangre. Además, eso de chupar sangre, con los tiempos que corren, no es muy saludable que digamos. Cualquiera te puede pegar una enfermedad mortal. Claro que supongo que a un vampiro, como ya está muerto, le debe dar igual contagiarse de algo que le pueda matar.

—Pero aparte de Drácula y esos que dices que son como zombis, ¿conoces a otros vampiros?

—Bueno, vi una película de Eddie Murphy que se llamaba *Blade*, que aunque era de Eddie Murphy no era graciosa, sino de vampiros. No recuerdo muy bien de qué iba. Creo que Eddie Murphy mataba a unos cuantos, pero ya le digo que no me acuerdo muy bien. Es que no soy muy aficionado al género, y siempre que he ido al cine ha sido con la que era mi novia y a ella no le gustaban las historias de miedo y sustos, como a todas las mujeres. Bueno, como a todas las mujeres a excepción de Mary Shelley, claro está. Aunque, ahora que recuerdo, sí fuimos a ver una película de vampiros una vez, pero era una reposición que dieron un día en el cine de mi pueblo en una sesión doble. Es que ponían una de estreno y luego otra que no lo era. Al final el cine cerró…

—¿Puedes centrarte en la película, por favor?

—Una pena, porque era un cine con encanto.

—Por favor, la película.

—¿Qué película?

—Esa de vampiros que fuiste a ver con tu chica. ¿Cómo se titulaba?

—Creo que se titulaba *Preguntando al vampiro.*

—*Entrevista con el vampiro.*

—Sí, eso, sí, *Entrevista con el vampiro.* Una mierda. Salían Tom Cruise, Brad Pitt y el mexicano ese que está casado con... Con alguien que ahora no recuerdo. Pepe Gonsales o algo así, un tío que hizo la de *La máscara del zorro.*

—Antonio Banderas.

—No, era *La máscara del zorro*, con la maciza de la Catherine Zeta-Jones.

—No, digo que el actor se llama Antonio Banderas, no Pepe Gonsales. Ah, y no es de México, sino de España.

—De México o de España, qué más da. Bueno, que la película esa era una mierda. Imagínese que hasta le gustó a Mary que ya le digo que aborrece ese tipo de películas. Mary era mi novia. Dijo que era una película muy sensible. No sé dónde se supone que una película tiene la sensibilidad, pero es lo que me dijo. A mí me pareció muy ñoña. Eran vampiros muy finolis y Brad Pitt, que era al vampiro que entrevistan en la película, estaba todo el tiempo comiéndose el tarro por si tenía que morder o no a la gente. «Es que eso de morder está mal visto. Es que si muerdes a alguien luego se muere y eso está mal. Voy a morder a esta chica, pero solo un poquito», todo el rato así. Claro que el tío era de Nueva Orleans y a lo mejor eso influía. Un vampiro de un sitio lleno de pantanos y en el que hacen un carnaval no es muy creíble. Tampoco crea que un vampiro de Tennessee sería para tenerlo en cuenta. Nueva York es otra cosa, como aquí ustedes tienen de todo, pues tendría más sentido. Por eso la película de la entrevista no es muy recomendable. Un vampiro de Luisiana y otro de México, no puede ser, no puede ser. Además ni siquiera salían chicas guapas, todo tíos. Salían algunas, pero a los treinta segundos morían, un desperdicio. La única chica que salía rato era Kirsten Dunst, pero de niña. Eso sí, era igualita a como es ahora, pero más bajita. Parecía un Mini-Yo. Bueno, una Mini-Ella. Creo que era una película para mujeres, por eso le gustó a Mary. Si hubiese sido para hombres, no sé, en vez de Brad Pitt habrían puesto a la Zeta-Jones. Es que me ha venido a la cabeza antes al hablar de Gonsales y es la primera en la que he pensado. No sé, mi favorita es Connie Nielsen, pero sí, creo que la Zeta-Jones le habría dado otra dimensión a la película. Sería incluso creíble que una mujer vampiro tuviese remordimientos o que le diera asco morder a según quién. Yo me dejaría morder por ella tranquilamente. Una vez tuve una discusión con Mary porque ella es muy fan de Renée Zellweger y le sentó mal que la otra ganara el Oscar por *Chicago.* Por cierto, otro bodrio de película sin guión…

—Abel, céntrate en el tema, por favor.

—Que me centre en el tema. De acuerdo. La verdad es que no tengo nada más que decir al respecto.

—¿Y qué consideras de las novelas de Stephanie Meyers?

—Pues, bueno, sé que tiene muchos seguidores, pero a mí Harry Potter no me acaba de convencer. No es porque sea inglés…

—No, Stephanie Meyers es la autora de *Crepúsculo* y sus secuelas. Supongo que habrás leído alguna de sus novelas, ya que están teniendo mucho éxito. ¿Qué te parecen sus vampiros? ¿Te parecen también poco creíbles?

Aquí tuve que meditar mi respuesta, ya que no sabía quién era Stephanie Mayer ni lo que era eso de *Crepúsculo*, aunque deduje enseguida que tenía algo que ver con los vampiros. El problema era que no podía dar mi opinión sobre algo que no había leído, ni tenía intención de leer, así que se me ocurrió contestar sin decir nada.

—Esos vampiros creo que tienen aspectos vampíricos muy crepusculares. Todos ellos parece que viven en el crepúsculo. Más o menos.

—Es una curiosa reflexión, Abel —dijo el señor Shine, aceptando, al parecer, la tontería que acababa de decir—. Así que, en resumen, consideras que los vampiros, por norma general, son una especie de zombis que hacen cosas sin sentido y no aprovechan sus poderes.

—Sí, y que son de lugares poco creíbles como Nueva Orleans o México.

—Y el vampiro de tu relato, August Devrall, ¿es también un zombi estúpido?

—No, es malo y le gusta beber sangre, pero es inteligente. Tampoco tiene ningún superpoder, a parte de estar vivo cuando debería estar muerto y enterrado. Además aprovecha que es el dueño de la revista aquella para boicotear el plan de Byron de desenmascararle con su relato.

—Si leyeses una historia como *El juramento*, ¿pensarías que el vampiro puede ser un personaje aparentemente real?

—Supongo que sí.

—Sí, yo también, ese es tu problema.

—¿Mi problema?

—No, perdón, quería decir que eso es la cualidad más destacable de tu narración, que es creíble. ¿Cómo se te ocurrió la idea?

—No sé, supongo que pensé que si yo fuera un vampiro intentaría que la gente no creyese en mi existencia y así poder hacer mis maldades sin que nadie me importunara.

Me di cuenta de que el señor Shine había transcrito literalmente lo último que había dicho y que después de hacerlo, había subrayado «que la gente no creyese en mi existencia». En aquel momento pensé que eran imaginaciones mías, pero todo lo que estaba ocurriendo en aquella casa empezaba a parecerme muy extraño. La reacción del señor Shine ante el comentario de Arisa me pareció fuera de lugar. Ella tenía razón, aquello tenía pinta de interrogatorio. Supongo que el señor Shine lo que quería era saber si ella y yo habíamos copiado el relato de algún sitio. A lo mejor el comienzo del libro de Arisa era demasiado parecido a la cosa aquella de las rosas con eco, y él se había enfadado y la había presionado para que lo confesase, pero las maneras no me gustaron en absoluto. En cuento a mí, me pareció muy raro que dijese que era mi problema que mi vampiro fuera creíble, ya que eso concretamente no lo copié de ningún sitio. ¿Por qué era mi problema? Todo era muy raro.

Después de soltarle aquella especie de discurso sobre mis impresiones sobre los vampiros, el señor Shine dio por finalizada la sesión del seminario del día, suprimiendo la de la tarde. Nada más salir de su despacho, subí corriendo para ver cómo se encontraba Arisa. La pobre estaba tumbada en su cama llorando. Me dio mucha pena. Es extraño cómo, en solo tres días, puedes pasar de odiar a una persona a que te duela algo dentro al verla llorar. Me senté con cuidado en su cama y le acaricié el hombro. Cuando ella sintió mi mano, se dio la vuelta y me abrazó, apoyando su cabeza contra mi pecho sin parar de llorar. Supongo que para ver atardeceres las mujeres apoyan la cabeza en los hombros de los hombres, pero para llorar desconsoladamente prefieren el pecho.

—Me voy, Abel, no quiero seguir con esto —me dijo Arisa, secándose los ojos en mi camiseta.

—¿Por la tontería esa del señor Shine y sus vampiros?

—No es por eso solamente, es que estoy viviendo una mala racha y todo me sale mal. Me rindo. Estoy cansada de todo.

—Vamos, mujer, ya verás como todo va a salir bien.

—Necesitaba este seminario para seguir estudiando y poder quedarme en América, pero no vale la pena sentirse mal. No vale la pena. El señor Shine tiene razón, soy una extranjera y los extranjeros o se vuelven a su tierra o los acaban echando.

—Pero tú llevas aquí mil años o más. ¿No tienes la ciudadanía?

—No, mi padre no me dejó cuando dije que la iba a pedir porque consideraba que era traicionar a Japón. Es que mi padre es un personaje poco recomendable, muy reaccionario y con unas ideas que no sé de dónde las ha sacado. Podía haberlo hecho a sus espaldas, pero tuve miedo de que se enfadara. Es otro mundo, Abel, no lo puedo explicar, es otro mundo.

—Lo que no entiendo es por qué necesitas este seminario para seguir aquí.

—Es porque cuando conseguí que me aceptasen en Harvard, en la facultad de historia, mi padre apartó un dinero para mis estudios, incluyendo el doctorado que es lo que quiero empezar este año. Lo que pasa es que mi hermano Kazuo montó un negocio ruinoso en Japón, algo de inversiones bursátiles, y le pidió dinero a mi padre y él le dio el de mis estudios. Yo protesté porque a mi hermano le había pagado los estudios, pero mi padre consideró que Kazuo era su prioridad. Bueno, consideró que el primogénito es el que realmente importa. Ya este año me pagué el curso con todo lo que tenía ahorrado, no me queda ni un centavo.

—Bueno, tienes los mil doscientos dólares de Circle Books.

—¿Mil doscientos dólares? ¿Te han dado mil doscientos dólares? A mí no me han dado nada, te lo juro. A lo mejor se piensan que soy rica o no me los han dado por ser extranjera.

—Lo siento, Arisa.

—No, da igual, yo no estoy aquí por el dinero, sino porque necesito un certificado de asistencia para justificar una beca amañada que me quieren dar. Les expliqué lo ocurrido a varios profesores y, con este seminario y un trabajo, me concederán esa beca y podré continuar estudiando al menos un año más. Si no consigo la beca, tendré que buscar trabajo para seguir aquí, pero mi padre dice que para trabajar que me vuelva a Japón, con Kazuo.

—Tu padre es un capullo, con perdón.

—Y sin perdón también lo es.

—Entonces, quédate y acaba esto.

—Es que estoy muy cansada y muy triste...

Arisa se puso a llorar de nuevo. Intentaba seguir hablando, pero no podía. Decía una palabra y cuando quería decir la siguiente, se ponía a berrear y no se le entendía nada. Le dije que intentara dormir un poco y que al despertar quizá viera las cosas de otro modo. Le prometí que si ella se iba, yo me iría con ella, pero que lo mejor era que nos quedásemos los dos, que consiguiera ese certificado que quería y que disfrutásemos de lo posible del lago Cayuga y sus alrededores. Me dijo que me haría caso y que intentaría dormir un poco, y quedé con ella en que iría a su habitación a la hora de comer y comeríamos los dos solos, sin el ogro de Shine, sus vampiros y sus otras memeces.

Tal como le había dicho a Arisa, a la hora de comer volví a su habitación. Le dije al señor Shine que era mejor que no nos sentáramos los tres juntos a comer porque Arisa no se sentía bien y yo estaba algo enfadado. Lo mejor era que ese día pasara y nos tranquilizáramos todos un poco. El señor Shine intentó disculparse por lo que había pasado en su despacho, pero yo ni siquiera me molesté en escucharle. Cogí una bandeja, puse en ella un par de platos, dos vasos, cubiertos y pan, y después de que el señor Shine se sirviese una ración de los macarrones a la boloñesa que había preparado él mismo, me llevé la fuente en la que estaba la pasta y salí de la cocina. Antes de empezase a subir la escalera, el señor Shine añadió a mi bandeja un trozo de queso y una botella de vino que dijo que era un tinto excelente. Al entrar en la habitación vi que Arisa estaba durmiendo plácidamente. Dejé la bandeja en el suelo y me acerqué con cuidado a ella, con la intención de despertarla sin brusquedad. Cuando estaba a punto de ponerle mi mano sobre el hombro, una voz me ordenó que me detuviera. Me volví y detrás de la puerta estaba Gabriel Shine, sentado en una silla y con un gran bloc de dibujo en las manos. Me acerqué a él y me fijé en lo que estaba dibujando. Estaba haciendo un retrato, una reproducción fiel a carboncillo del sueño de Arisa.

—Es preciosa, ¿verdad? —dijo Gabriel mientras seguía dibujando a mi querida japonesa.

En el dibujo, como en la realidad, Arisa estaba tumbada

boca abajo. Sus pies estaban completamente desnudos y sus tejanos ajustados hasta llegar a la cintura, donde se veía claramente que se había desabrochado el botón y quizá se había bajado un poco la bragueta para estar más cómoda, pues esa parte del pantalón estaba bastante separada del cuerpo, permitiendo que se pudiera ver el elástico de su tanga rosa. También era rosa la camiseta de tirante que llevaba, pero en el dibujo daba igual porque aparecía del mismo color del papel en el que estaba dibujando Gabriel. Arisa tenía el brazo izquierdo colgando de la cama y las puntas de sus dedos rozaban el suelo. No se le podía ver la cara porque tenía la cabeza apoyada de tal manera en la almohada que su pequeña melena la tapaba casi por completo, dejando ver solamente su barbilla y parte de sus labios. Era un dibujo muy realista, casi una fotografía de lo que los ojos de Gabriel, y en ese momento también los míos, estaban viendo. Gabriel solamente se había permitido un par de licencias artísticas. Una consistía en no haber plasmado en el papel el hilo de baba que salía de la boca de Arisa para aterrizar en la almohada. La otra licencia era añadir al dibujo algo que no se hallaba en la habitación, una rosa roja. Gabriel la dibujó en el suelo, al lado de la cama, como si Arisa hubiera intentado alcanzarla con el brazo y se hubiera quedado dormida, agotada por el esfuerzo de atrapar una flor inexistente. Sabía que la rosa era roja porque Gabriel la había pintado así, utilizando una cera para ello y siendo ese rojo casi púrpura el único color que aparecía en el dibujo.

Cuando Gabriel acabó de dibujar, se levantó y dejó su obra junto a la cama, en el mismo lugar en el que había dibujado la rosa inexistente. Después de dejar el dibujo, gesticulando me hizo entender que cogiera la bandeja y que nos fuésemos de la habitación. Ya en el pasillo, señaló la escalera que comunicaba aquel piso con su buhardilla e hizo el gesto universal de comer en su versión larga: agitar la mano con los dedos juntos delante de la boca y tocarse la barriga haciendo círculos. Seguí a Gabriel hasta su habitación y al abrir la puerta vi sorprendido que todas las paredes estaban cubiertas de dibujos. Nos sentamos en la cama y empecé a mirar con detenimiento aquella pequeña galería de arte humilde. Me di cuenta enseguida de que los dibujos estaban agrupados por temas, cuatro diferentes, ocupando cada uno de ellos una pared. La de la ventana estaba cubierta de acuarelas que representaban diferentes paisajes, hechos al parecer desde aquella misma ventana o desde el montículo del cedro gigante y la tumba de Helen Shine. En la pared de la puerta de la habitación, que era la contraria a la de la ventana, había dibujos a carboncillo de personas y de algún lugar que parecía un hospital. En la pared de la cabecera de la cama de Gabriel colgaban unos extraños dibujos que parecían no representar nada en concreto. Eran dibujos hechos con rotuladores de colores en los que aparecían, combinándolas de diferentes formas, las tres mismas cosas: un dragón, un naipe con el dos de diamantes y una especie de gruesa T mayúscula incrustada en un círculo. La cuarta pared estaba llena de retratos de varios tamaños de una mujer delgada y morena en diferentes poses. Estos dibujos se parecían al que Gabriel había hecho de Arisa porque eran a carboncillo, pero con un pequeño toque de color: el verde de unos ojos, el azul de una cinta para el pelo, el amarillo de un anillo, etcétera.

Gabriel cogió la botella de vino, leyó la etiqueta y me dijo que era un vino de una bodega cercana.

—Es un buen vino, pero no puedo beber —dijo mientras hundía el sacacorchos en el tapón de la botella—. Una lástima.

—Pues yo no bebo casi nunca —le dije—, solamente en alguna celebración especial y un culín como mucho.

—Eres un chico sano y legal, ¿no? Pues vale, lo dejamos para una ocasión especial.

—¿Tú por qué no puedes beber? —le pregunté, viendo que en el fondo le daba pena no poder probar aquel vino.

—¿Yo? Por la medicación que tomo. No es conveniente que la mezcle con alcohol.

—¿Estás enfermo? —Y al preguntar eso, me di cuenta de que seguramente sí lo estaba y eso explicaba los dibujos de lo que parecía un hospital.

—Estoy mal de la sesera. Al menos eso dicen todos. Yo me siento bien, pero siempre me he sentido bien. Lo que ocurre es que sentirse bien no es suficiente en según qué casos.

—¿Qué es lo que padeces?

—Esquizofrenia, pero no muy grave al parecer.

—Ah, como la madre del tío de *Psicosis.*

—No, la madre del tío de *Psicosis* no estaba enferma, estaba muerta y disecada.

—Entonces como el tío de *Psicosis*.

—Yo no me acuerdo muy bien de la película, solamente recuerdo que la madre estaba disecada en el sótano y que el tipo mataba a una chica en la ducha vestido con la ropa de su madre, pero no sé qué enfermedad padecía. Psicosis hay de muchos tipos y yo no soy un experto.

—¿Y lo que te pasa a ti es peligroso?

—¿Para quién? ¿Para ti o para mí?

—En general.

—Depende de la gravedad de la enfermedad. Hay tipos que se imaginan que están siendo perseguidos o que todo el mundo que los rodea quiere matarlos. No sé, prefiero no hablar de ello, si no te importa.

—Pero tú te sientes bien, ¿no?

—Muy bien, ahora. Mañana no sé.

—No entiendo cómo puedes estar enfermo y dibujar tan bien.

—Empecé a dibujar cuando me internaron la primera vez. —Y señaló los dibujos de la pared de la puerta—. Era como una especie de terapia. La doctora Phillips, una de las que me trata, no tiene muy claro que sea esquizofrénico por mis dibujos, porque son realistas casi todos, pero por otro lado se ve que tengo otros síntomas que dicen lo contrario, que estoy más para allá que para aquí.

—La doctora Phillips es aquella mujer —le pregunté, señalándole los dibujos que teníamos en la pared de enfrente.

—No, esa mujer es mi madre. Son retratos copiados de fotos e imágenes mentales que de vez en cuando afloran y me la devuelven por un instante.

—Era muy guapa.

—Sí, lo era. No sé cómo se pudo casar con un tío tan feo como mi padre, pero ya dicen que el amor es ciego. Bueno, ciego y sordo.

—Y estos dibujos que tienes colgados encima de la cama ¿de qué son?

—¿Estos? Son de mis sueños. Mejor dicho, son de mis pesadillas. Siempre sale un dragón, el círculo ese y el naipe.

—¿Y qué significan?

—No tengo ni la más remota idea. Me obsesionan porque tengo la sensación de que ocultan algo que debería saber y no sé. Es que también tengo lagunas en la memoria, que dicen que es otro síntoma. La verdad es que la esquizofrenia tiene mil síntomas, y si nos ponemos a hilar fino, todo el mundo padece un par de ellos. Lo que ocurre es que una vez que tienes alucinaciones, la cosa cambia y los síntomas leves se unen a ello y lo agrava todo… ¿Ves? No quería hablar del tema y al final aquí estoy, soltándote un rollo.

—Lo siento.

—No, hombre, no te preocupes. También es bueno hablar, lo que ocurre es que me paso hablando del tema todos los días con la gente que me trata y cansa un poco.

—¿Y tu padre qué piensa de todo esto?

—Mi padre no lo lleva muy bien, la verdad. Le compadezco. Murió su mujer y su hijo es un tipo raro. Siempre que vengo aquí estamos como ahora, casi sin hablarnos. Más que nada porque a mí solamente me apetece estar encerrado y él tampoco hace nada para que sea diferente. Luego es como si me adaptase y la cosa cambia, y disfruto de estar con él y pintar. A veces parece que todo se va a arreglar, pero al final siempre ocurre algo que lo fastidia. Tengo algún tipo de alucinación o pienso que han pasado cosas que no han ocurrido realmente, como que ha venido alguien a cenar, y no es cierto, o que he rellenado un bloc con dibujos, y cuando voy a buscarlo ya no está porque jamás había existido. Entonces mi padre se pone nervioso, yo me cabreo y me deprimo, y decidimos que lo mejor es volver con los médicos. Así siempre, siempre. Medio año aquí y medio año allí. No tiene fin.

—Debe de ser horrible.

—Te acostumbras y siempre hay buenos momentos. Me alegro mucho de que estéis tú y...

—Arisa.

—Pues eso, que estoy contento de que estéis aquí porque mi padre se agobiará menos y yo, como ves, tengo alguien con quien hablar. Además Arisa alegra la vista.

—Hoy no mucho.

—Ya sé que mi padre la ha hecho llorar. Seguramente tenía ganas de gritarme a mí y como no puede hacerlo, le ha tocado a ella, pero ya verás como se le pasará pronto el cabreo que lleva y todo volverá a ser normal. Puede que mañana por la mañana se comporte como si nada hubiese pasado. No quiero justificarle, pero entiendo que el pobre no lo debe de estar pasando bien.

Como vi que a medida que hablaba de su enfermedad, pese a intentar quitarle dramatismos e incluso bromear al respecto, Gabriel se iba entristeciendo, decidí cambiar de tema y hacer varios comentarios sobre sus dibujos de paisajes. Le dije que me parecían muy bonitos y para animarle añadí que me gustaría poder dibujar tan bien como él. Gabriel me dijo que dibujar era muy sencillo, que la cuestión era proponérselo y practicar. Me dijo que si no dibujaba bien no era por mi culpa —¡bien por Gabriel!—, sino de mis profesores que no habían sabido enseñarme y se apostó cien pavos a que antes de que me fuera de Ithaca conseguiría hacer de mí un buen dibujante o, al menos, un dibujante decente. Acepté la apuesta, aunque de perderla no tenía pensado soltar ni un centavo, y él me citó en el montículo del cedro aquella misma tarde para recibir mi primera lección.

El sol se estaba ya poniendo cuando subí al montículo. Mi nuevo profesor de dibujo me dio un bloc y unos carboncillos. Gabriel me pidió que para empezar me limitara a dibujar las líneas básicas del paisaje que veía: las de las orillas del lago, la recta del horizonte, las onduladas de los montes cercanos... Según él, lo primero que tenía que aprender era a convertir un paisaje complejo en cuatro líneas simples que me sirvieran para acotar un espacio. Más adelante debería dividir el paisaje en figuras geométricas y una vez conseguido eso venía lo más difícil, los detalles que era, a fin de cuentas, lo que diferenciaba a un pintor de un tipo que hacía rayajos en una hoja. Cuando acabé lo que me había mandado dibujar se lo enseñé, y él cogió un carboncillo y dibujó por encima de mis líneas otras de mayor tamaño que eran mucho más acordes con las que la naturaleza había dibujado en ese paisaje. Me pidió que volviera a intentarlo y en este segundo intento no corrigió nada de mi dibujo.

—Muy bien. Fin de la primera clase —dijo Gabriel—. Puedes practicar tú solo con este paisaje y con lo que quieras, y mañana o pasado seguiremos. Ya verás como esto de dibujar es mucho más fácil de lo que parece.

Gabriel apoyó su espalda en el cedro, suspiró un instante, sacó un paquete de tabaco y se encendió un cigarrillo.

—¿Tú fumas? —me preguntó, ofreciéndome tabaco.

—No, ahora no. Fumé un tiempo, pero no me gustó.

—Ah, eso está bien. Yo no fumo mucho y no sé muy bien por qué lo hago. La verdad es que no sé por qué hago la mayoría de las cosas.

No sé la razón por la que Gabriel me parecía un personaje interesante. Puede que fuera por sus dibujos, sobre todo por los de sus pesadillas, o porque su forma de hablar y comportarse le hacían parecer un tipo misterioso, como si ocultase un importante secreto. Tal vez esa aura de misterio se debiera a la enfermedad que padecía, aunque para mí ese chico no parecía sufrir ningún tipo de trastorno. Claro está que yo de psicología o psiquiatría no tenía ni idea, y a lo mejor todo lo que veía en él eran precisamente síntomas de su enfermedad. Se había mostrado muy abierto conmigo al explicarme que estaba enfermo, pero a mí no podía dejar de picarme la curiosidad y quería saber más, quería saber ese secreto que antes he dicho que creía que él ocultaba. Aproveché que ambos estábamos relajados, contemplando ese atardecer que las mujeres contemplan apoyando la cabeza en los hombros de los hombres, para preguntarle, con el mismo tono utilizado para preguntar la hora, cuál era la razón por la que le habían ingresado en el sanatorio por primera vez y le habían diagnosticado su esquizofrenia.

—Es por ella —me contestó Gabriel señalándome la tumba de Helen Shine.

—¿Por tu madre?

—Sí. Es algo complicado de explicar y además tengo vacíos en mi memoria, pero sé que es por ella.

—Te traumatizó su muerte. ¿Es eso?

—No, ella murió cuando yo tenía cuatro años. Murió en un accidente de coche. Al parecer quedó tan desfigurada que en el funeral el ataúd permaneció cerrado todo el tiempo. Eso lo recuerdo muy bien. Sabía que había muerto, que no la volvería a ver. Era un crío que aún creía en Papa Noel y ya era consciente de lo que era la muerte. Tengo la imagen de mí mismo llorando sobre aquel ataúd cerrado. Mi problema empezó realmente dos años después, cuando la volví a ver.

—¿A tu madre?

—Sí. Entonces aún vivíamos en Nueva York. Poco después de cumplir los seis años, mi madre entró una noche en mi habitación, me arropó, me dio un beso en la frente y se fue.

—¿Y qué hiciste?

—Nada. Me sentí muy bien. Era mi madre, no sé cómo

explicarte la sensación. Después de esa, me visitó más veces. Siempre era después de que yo me acostara. Cada vez fue viniendo con más frecuencia. Al final me visitaba unas tres veces por semana de media. Era muy bonito, en serio.

—¿Hablabas con ella?

—No, jamás hablé con ella, pero una vez le regalé una cinta para el pelo, y me dio las gracias y a partir de entonces siempre que venía la llevaba puesta.

—¿Es la del dibujo?

—Sí, la cinta azul.

—¿Y no te daba miedo?

—No, para mí no era un fantasma, era mi madre. Me hacía sentir igual que cuando estaba viva. Dejé de verla a partir del momento en el que le expliqué a mi padre aquellas visitas.

—Ah, claro, entonces él te llevó a un psicólogo o a un psiquiatra, ¿no?

—No, se lo dije y no hizo nada de eso, pero a partir de ese momento se acabaron las visitas de mi madre. Supongo que me la imaginé, que soñaba despierto. Hay niños que tienen amigos imaginarios, y yo tenía una mamá imaginaria. Quizá al decírselo a mi padre saqué de mi subconsciente el trauma de su pérdida y ya no la volví a ver. Es la explicación que me dieron en su momento y me parece la más correcta.

—Pero si sabes que eran imaginaciones tuyas y eran por un trauma del que ya eres consciente, tu madre no pinta nada en tu enfermedad o a lo mejor ni siquiera estás enfermo.

—Es que aún no te he contado toda la historia. Mi madre dejó de visitarme, pero yo la volví a ver años después y ya no era un crío que añoraba a su mamá, sino un tipo de diecisiete que ya se afeitaba, conducía y tenía novia.

—¿Volvió a presentarse en tu habitación?

—No, la vi por la calle. Lo que ocurrió ese día lo tengo muy borroso. Sé que la vi, sé que me vio, sé que llevaba aquella cinta azul en el pelo, pero no recuerdo nada más. Solamente tengo la sensación de haberla visto y cuatro imágenes borrosas. Una es el dibujo con esa cinta. No sé, la vi y no sé dónde fue. De esa noche, a parte de haberla visto, solo recuerdo que me desperté de madrugada en un calabozo de una comisaría. Al parecer agredí a un policía en un ataque de nervios. Después de despertarme en el calabozo tengo otra laguna mental que termina ya en el sanatorio. No sé dónde vi a mi madre ni por qué pegué a ese policía. Tampoco sé por qué me metieron realmente en el sanatorio. Me faltan piezas, solamente tengo la de mi madre, por eso sé seguro que mi enfermedad tiene que ver con ella. Supongo que cuando recuerde todo lo que ocurrió esa noche, empezaré a curarme de verdad. Mi cerebro decidió borrarla, pero espero poder recuperar esa parte de mi historia. Lo necesito.

Después de que me contase aquello, Gabriel me pareció mucho más interesante. Él era consciente de su problema y también de cuál podía ser su solución. Quizá se equivocase al pensar eso, pero al menos era una deducción lógica, no los desvaríos de un demente. Ahora bien, seguro que se debía de sentir muy angustiado al pensar que lo que había olvidado podía ser lo que podía ayudarle a recuperarse. La pérdida de una madre o un padre, o de ambos, puede afectar de manera brutal a un crío, y a lo mejor este no es consciente de ello hasta que se hace mayor. Mi caso era diferente al de Gabriel. Mi madre murió cuando yo tenía trece años y fue de leucemia. Quizá porque mi padre y yo nos concienciamos de que íbamos a perderla cuando vimos que ya nadie podía hacer nada por ella, cuando murió no lloramos. Ni una sola lágrima. Algo extraño. Tampoco lloramos en el funeral, y desde entonces mi padre y yo jamás hablábamos del tema. Hablábamos de ella, pero como protagonista de una anécdota o como autora de una frase que utilizábamos en una ocasión concreta, pero jamás para decir que la echábamos de menos y que su pérdida fue muy dura. Se había ido, eso era todo, como si se hubiese ido de viaje a no sé sabe dónde y algún día fuese a regresar. Irene se llamaba.

Gabriel y yo bajamos del montículo y a medida que nos acercábamos a la casa se iba oliendo con mayor intensidad el aroma inconfundible de una barbacoa. Al llegar a la entrada del hogar de los Shine, nos encontramos al padre de Gabriel y a Arisa charlando amigablemente al lado de las brasas sobre las que se estaban asando hamburguesas y salchichas. Al parecer, el incidente de la mañana había pasado a mejor vida. Cuando Arisa nos vio llegar, cogió dos copas de vino tinto y nos las ofreció. Gabriel le dijo que no podía beber y yo que solamente lo hacia en celebraciones muy especiales.

—Pues entonces, bebe —me dijo ella poniéndome la copa en la mano.

—¿Qué celebramos? —le pregunté.

—Pues que me quedo. ¿Te parece algo digno de celebración?

Asentí con la cabeza, me besó y me dio las gracias por haberla apoyado. Entonces se volvió un momento hacia la mesa de madera en la que íbamos a cenar esa noche y cogió el dibujo que le había hecho Gabriel y que hasta ese momento no me había dado cuenta de que estaba allí.

—¿Es tuyo? —le preguntó Arisa a Gabriel.

—Sí. Lo siento, debí haberte pedido permiso.

—¿Permiso para hacerme sentir bien? Eres tonto, para eso no se pide permiso.

Entonces Arisa se acercó a él y le besó. Gabriel se puso más rojo que un tomate avergonzado, me quitó la copa de la mano y se la bebió de un trago.

3

El Año del Dragón

Vino tinto. Habría sido preferible que Gabriel se hubiese mantenido firme y no se hubiese bebido mi copa de vino. No le pasó nada grave, pero se quedó como un tronco antes de acabarse la primera hamburguesa que se había servido. Quizá bebió para mitigar los efectos del beso de Arisa, pero el remedio fue peor que la enfermedad —si es que eso de que te besen sin esperártelo se puede considerar algo enfermizo— porque Gabriel cayó redondo sobre la mesa y no hubo manera de despertarle. Entre el señor Shine y yo le estiramos sobre uno de los bancos sobre los que nos sentábamos y Arisa sacó un cojín de uno de los sillones de la casa para que hiciese de almohada para la improvisada cama de Gabriel.

Arisa y el señor Shine se bebieron dos botellas de vino en la cena. Pensé que ella acabaría por los suelos por la cantidad de alcohol que había ingerido, pero no fue así, tenía más aguante que un cosaco ruso mataosos. En vez de caerse inconsciente, que habría sido lo suyo, se pasó toda la cena charlando de vinos con el señor Shine, utilizando palabrotas francesas que solamente entendían ellos. Llegó un momento en el que envidié a Gabriel porque él se estaba librando de soportar aquel rollo patatero sobre el maravilloso mundillo del zumo de uva alcoholizado. Me estaba aburriendo mucho y ninguno de mis compañeros de mesa despiertos me hacía caso. Estuve a punto de dejarlos allí con sus vinitos e irme a dormir, pero ocurrió algo que me hizo cambiar de idea: Arisa se cargó el seminario.

—Señor Shine, creo que su seminario es un rollo inútil —dijo Arisa balbuceando mientras se llenaba otra copa de vino.

—Creo que te quedas un poco corta, encanto —dijo el señor Shine—. En realidad este seminario es una patraña.

—Bueno, yo también soy una patraña —añadió Arisa— porque en realidad su seminario me importa una mierda.

—Pues te juro, hija mía, que si me dieran a elegir entre impartir este seminario y que una tarántula infectada de gonorrea pusiera sus huevos en mi oído, preferiría esta segunda opción.

Los dos comenzaron a reírse como posesos. Aquella misma mañana se odiaban a muerte y ahora parecían colegas de juergas californianas de actores de capa caída y cantantes femeninas que ya no saben qué estupidez hacer para llamar la atención.

—Solamente me interesa el seminario para conseguir una beca y poder empezar mi doctorado. —En realidad dijo *drotado*, pero era evidente a qué se refería Arisa—. El inútil de mi hermano se ha quedado con todo mi dinero y creo que mi padre me odia.

—No te preocupes, hija —dijo el señor Shine—, si necesitas un certificado o algo así para tu beca, yo te lo daré. ¿Y no te interesa ser escritora?

—No, no me interesa en absoluto. Hasta creo que empiezo a odiarlo. No, yo lo que quiero es ser profesora, dar clases, dirigir investigaciones, suspender a mucha gente —contestó Arisa.

—¡Perfecto! Me alegro, de verdad que me alegro mucho —dijo el señor Shine—. Y tú, Abel, ¿tampoco quieres ser escritor?

—No, señor Shine, yo he nacido para regentar una ferretería —le contesté.

—¡Perfecto! —repitió el señor Shine—. Esto hay que celebrarlo.

Volvió a llenar su copa, la de Arisa y la mía y nos invitó a brindar por la cándida adolescencia. Yo bebí un pequeño sorbo solamente porque no sabía muy bien qué estábamos celebrando. Era evidente que Arisa y el señor Shine llevaban un pedal del quince y medio y no sabían muy bien lo que estaban diciendo. No sería de extrañar que a la mañana siguiente se sintieran avergonzados del numerito que estaban montando. Al parecer a la gente que se emborracha le suele pasar eso. En la película favorita de Mary, *Jerry Maguire*, Tom Cruise, completamente borracho, le toca un pecho a Renée Zellweger y al hacerlo dice que vislumbra la vergüenza que sentirá a la mañana siguiente. La segunda vez que vi la película fue en casa de Mary y a mí se me ocurrió imitar a Cruise cuando veíamos esa escena. Me dio una bofetada. No fue porque le molestara que hubiese aprovechado la ocasión para sobarla un poco, sino porque me había equivocado de teta. Mary era fan de Renée Zellweger porque se parecía mucho a ella, sobre todo en *Jerry Maguire*; por suerte no en *El diario de Bridget Jones*. Vaya mierda de película, por cierto. «Estoy gorda, uso bragas grandes, salgo con un gilipollas y me acuesto con otro más gilipollas aún, hago el ridículo siempre», todo el rato así, como si fuese una película de vampiros de Nueva Orleans, pero sin mordiscos.

El señor Shine después de, al parecer, librarse del seminario, nos preguntó por qué habíamos escrito aquellos relatos de vampiros. Arisa le explicó lo de aquel curso de novela histórica que me había contado en biquini y, tal vez porque el alcohol ya hablaba por ella, aprovechó la ocasión para confesar su copia de la abadía con eco. El señor Shine dijo que no se había dado cuenta y que de todas maneras no tenía ninguna importancia y que muchos escritores hacen cosas similares. Aplaudió su sinceridad y prometió, sin que nadie se lo pidiera, que guardaría el secreto.

—Abel, ¿tú por qué escribiste *El juramento* si tampoco quieres ser escritor? —me preguntó el señor Shine cuando me llegó mi turno de sincerarme.

—Fue un encargo de mi tutor, el señor Higgins —contesté.

—¿Higgins? ¿Heathcliff Higgins?

—Sí, ese mismo. ¿Le conoce?

—No, he oído hablar de él a alguien, pero no le conozco personalmente.

Supongo que el señor Shine había oído hablar de Higgins a algún tipo de Circle Books, después de que llegara mi relato a la editorial o aunque también podía ser que conociese al amigo neoyorquino de mi tutor. En realidad me daba igual saberlo o no porque lo importante era que el seminario estaba finiquitado y yo me iba a librar de ser escritor. El señor Shine me preguntó si yo quería también un certificado de asistencia y le dije que me daba igual, aunque tal vez me sirviera para algo que en aquel momento no se me ocurría. Seguimos hablando durante un rato sobre nuestros relatos, el seminario y sobre por qué no queríamos ser escritores hasta que Arisa cambió inesperadamente de tema.

—Señor Shine, ¿Gabriel tiene novia?

—No, hija, creo que no.

—¡Perfecto! —contestó Arisa, repitiendo la exclamación estrella de la noche, y llenó su copa, la del señor Shine y la mía, aunque en esta ocasión no bebí nada porque consideré que eso de que Gabriel no tuviera novia no era un motivo de celebración.

Arisa desayunó a la mañana siguiente con gafas de sol y me rogó que de hablar, lo hiciera en voz baja. Ella y el señor Shine solo desayunaron café, mucho café. Aquella mañana también nos acompañó Gabriel, quien nada más entrar en la cocina dijo que había dormido como un tronco encima de un tronco. Durante el desayuno Arisa volvió a sacar el tema de nuestro escaso interés por el seminario con la intención de comprobar si lo dicho la noche anterior por el señor Shine seguía en pie o si, por el contrario, había sido el alcohol y no él quien había decidido cargarse aquel suplicio literario. El señor Shine dijo que ya había firmado nuestros certificados de asistencia, pero que antes de dárnoslos debíamos aceptar una serie de condiciones.

—Debéis firmar este documento y yo os entregaré los certificados —nos dijo el señor Shine mostrándonos un papel que sacó de su escritorio, una vez que los tres nos reunimos en su despacho.

—¿De qué se trata? —preguntó Arisa.

—Es una cesión de los derechos de tu novela y del relato de Abel. Al firmar os comprometéis a no publicarlos en otro sello editorial que no sea Circle Books. Me dijisteis que no queríais ser escritores, ¿verdad?

—Y es cierto, en principio —contestó Arisa.

—Ya, en principio, pero nunca se sabe —dijo el señor Shine—. Por eso, por si os interesa algún día publicar lo que habéis escrito, deberá ser en Circle Books.

—¿Y si queremos escribir otra cosa? —preguntó Arisa—. A mí la novela no me gusta, pero sí quiero escribir ensayos.

—Entonces, y ahí lo podrás leer, Circle Books tendrá derecho a tanteo. Es decir, ellos te harán una oferta y si no es mejorada por otra editorial, deberás vendérsela a Circle.

—No pinta mal. De todas maneras no se rompe el vínculo con Circle Books —dijo Arisa con cierto entusiasmo.

A mí me daban igual esas cláusulas, no tenía ni la más remota intención de volver a escribir algo en mi vida que tuviera más de dos líneas, pero supongo que a Arisa la oportunidad de poder publicar obras aburridas de historia le interesaba y mucho. Los dos firmamos finalmente el compromiso con Circle Books y recibimos nuestros certificados. El seminario había muerto, pero según el señor Shine quedaba por resolver un pequeño problemilla.

—Mirad, en realidad lo que habéis firmado tiene fecha de cinco de agosto, pues es la fecha oficial de finalización del seminario —dijo el señor Shine—. Eso quiere decir que deberéis permanecer aquí hasta entonces.

—¿Por qué? —pregunté yo.

—Pues porque un día puede aparecer alguien de Circle Books y si descubre que no estás te pueden anular el certificado y a mí me meterías en un lío.

—Por mí no hay ningún problema —dijo Arisa—. Aprovecharé el tiempo para hacer el trabajo que me piden también para la beca. He de hacer un trabajo relacionado con este seminario y que tenga que ver con la historia. La pega es que ni siquiera he empezado y no tengo muy claro cómo enfocar este trabajo.

—Si quieres yo te puedo echar una mano en eso —dijo el señor Shine—. Podemos aprovechar las horas matinales que habíamos previsto para el seminario.

—Gracias, suena genial —dijo Arisa—. Muchas gracias.

Para mí tampoco suponía un problema quedarme, ya que no le hacía falta a mi padre en la ferretería. Me iba a tomar ese mes que tenía por delante en Ithaca como unas vacaciones muy bien pagadas, en un lugar paradisíaco lejos de cualquier paraíso para turistas y compartiendo el tiempo con dos personas, Arisa y Gabriel, a las que había empezado a coger cariño. Es decir, no es que quedarme un mes más allí no fuera un problema, es que casi era una bendición.

Los días que siguieron al final vinícola del seminario fueron posiblemente los más agradables de mi vida. Gabriel y yo dedicamos las mañanas a dibujar, mientras su padre y Arisa trabajaban en el despacho. Las tardes las dedicábamos a bañarnos en el lago —me compré tres bañadores, uno que hacía juego con el biquini de Arisa— o a hacer excursiones por los alrededores. Después de cenar solíamos pasarnos horas y horas en el porche charlando, contando historias y anécdotas y riéndonos, riéndonos mucho; sobre todo los dos fans del vino tinto. Disfrutaba muchísimo de todo lo que hacía, incluso disfrutaba de no hacer nada. Me encantaba ver que mis nuevos amigos se divertían conmigo y la diferencia de edad no se notaba en absoluto. Aunque también es cierto que el hecho de que Arisa y Gabriel solamente se llevaran un año de diferencia, puede que incluso menos, hacía que ellos se entendieran mejor entre sí que conmigo, pero en ningún momento, como digo, me hicieron sentir fuera de lugar. Gabriel me trataba a veces como el hermano pequeño que nunca tuvo, dándome consejos que nunca le pedía, pero que me gustaba recibir. En cuanto a Arisa, cada día que pasaba me parecía más encantadora. Quizá la palabra encantadora se queda muy corta, ya que en muchas ocasiones Arisa me hacía dudar sobre si Mary Quant debía ser la dueña y señora del cien por cien de mi corazón. Incluso me hacía dudar de que la frase «hay muchos peces en el mar» fuera errónea. La pega es que todo lo bueno, no sé por qué, pero un día se acaba y además lo hace a lo grande, dándole la vuelta a la tortilla, convirtiendo tu felicidad en preocupación y tu calma en tormenta. Lo curioso es que esa tormenta metafórica de la que hablo fue también real en nuestro caso. Llegó la tormenta y arrasó con aquellos maravillosos días de verano e indirectamente nos llevó a un lugar que jamás habríamos creído que existiera.

Teníamos la intención de cruzar la frontera para visitar a nuestros amigos canadienses. Un viaje relámpago después de comer para que yo tuviera el supuesto placer de volver a casa con tierra extranjera en mis zapatos. Jamás había salido en mi vida de Tennessee y ese verano no solamente iba a viajar a otro estado, sino que iba a visitar otro país. Vale que Canadá no es gran cosa, nadie se mata por ir allí, pero no deja de se ser extranjero y en principio esa era la gracia del viaje. Estábamos a punto de salir rumbo al país de los *cabezas partidas*, cuando el tiempo cambió rápidamente. Como surgidos de la profundidad del Cayuga, en pocos minutos nubarrones negros cubrieron la casa de los Shine y todo el paisaje que desde allí se podía contemplar. Viento, lluvia, rayos y truenos nos obligaron a guarecernos en la casa y dejar Canadá para una mejor ocasión. Aquella tormenta era un espectáculo de la naturaleza provisto de gran belleza, no como un atardecer en el lago Cayuga con una estudiante de Harvard al lado, pero casi. Gabriel, Arisa y yo subimos a la buhardilla, pues desde su ventana podíamos tener una visión panorámica de la mayor parte de un lago que se había convertido en un mar embravecido. Gabriel cogió su bloc porque dijo que aquello debía ser inmortalizado, pero ni siquiera pudo dibujar ni una sola línea, ya que un rayo cayó en un árbol cercano y arrancó una rama de este con tal violencia que la lanzó contra la ventana en la que nos encontrábamos. El cristal de la ventana explotó en varios pedazos, alcanzando uno de estos a Arisa y produciéndole un corte en la mano derecha. Arisa salió corriendo en busca del señor Shine para que le curase la herida mientras Gabriel y yo cerrábamos las contraventanas.

—Vaya desastre —dijo Gabriel, contemplando los cristales rotos esparcidos por toda su habitación—. Mañana llamaremos a alguien para que arregle este estropicio.

—Si quieres puedo hacerlo yo —le propuse.

—¿Sabes arreglar ventanas?

—No soy un experto, pero soy algo mañoso y me he pasado toda la vida en una ferretería.

—Da igual, Abel, ya llamaremos a algún cristalero de Ithaca.

—No por favor, déjame hacerlo a mí. Será como pagarte por tus clases de dibujo y, además, si me ayudas te puedo enseñar algo de bricolaje.

Gabriel aceptó el ofrecimiento y a la mañana siguiente llamé a mi padre para explicarle lo sucedido con la intención de que me diera un par de instrucciones rápidas. Aparte de explicarme lo que debía hacer con la puñetera ventana rota, me dictó la lista de herramientas que necesitaría para llevar a buen término la reparación. Le enseñé el listado al señor Shine y me dijo que había tres o cuatro cosas de la lista que no tenía y me pidió que fuese a comprarlas a Young's, una ferretería que se encontraba al otro extremo de Ithaca y que, aparte de las herramientas que necesitaba, podía suministrarme también los vidrios que debía cambiar. El señor Shine me dio las llaves de su todoterreno y Gabriel se ofreció a acompañarme a Young's como guía copiloto, pues él no tenia carnet debido a que se lo habían retirado porque su medicación provocaba somnolencia.

En menos de veinte minutos llegamos a Young's, una ferretería que podía ser considerada la hermana mayor de la Young de mi padre, ya que por tamaño era unas treinta veces más grande. Nada más entrar me di cuenta de que aquello era otro mundo, un mundo que mi padre jamás habría podido imaginar. Decidí fijarme en todos los detalles para explicarle con pelos y señales a mi padre lo que era el cielo del país de las ferreterías. Había de todo, pero de todo todo todo, incluso cosas que no sé lo que eran ni para qué servían. Me hizo gracia descubrir que en Young's también tenían el «pack Noé», pero no como chiste contando después con venderle a un señor una cantidad abusiva de herramientas que no necesitaba. No, el «pack Noé» de Young's era un pack de verdad, físico y mesurable, al que le habían puesto ese nombre: mazos, martillos, destornilladores, cepillos, cuerdas, siete millones de tipos de clavos, lijas, una mini grúa, un par de bidones de brea, etcétera. Doy por hecho que se trataba de algún tipo de reclamo publicitario porque aquella exposición de artefactos estaba coronada por un cartel gigante en el que salía un Noé, vestido con una camiseta de la ferretería, diciendo en un típico bocadillo de cómic: «Dios pone la idea, el agua y los animales. Tú, tu tiempo libre y tus habilidades. Las herramientas... Las herramientas siempre son cosa de Young's».

Decidimos repartirnos las tareas; Gabriel se encargaría de

que le tallaran los cristales que necesitábamos en el pequeño taller de la tienda y yo buscaría de la lista de mi padre las herramientas que no tenía el señor Shine. No tardé mucho en encontrar lo que necesitaba porque todas las secciones de la ferretería estaban muy bien señalizadas. Otro punto a favor para Young's. Había quedado con Gabriel en que nos encontraríamos en la caja número uno al acabar nuestras respectivas tareas, y me sorprendió ver que él había terminado antes que yo y que estaba allí esperándome. Esos tipos de Young's eran de lo bueno lo mejor y de lo mejor lo superior; tenían de todo, una buena distribución del espacio y eran rápidos y eficaces. ¡Qué asco! Gabriel dejó con cuidado los cuatro cristales de su futura ventana renovada en la cinta transportadora y yo las tres herramientas que había cogido. Una de estas herramientas era un diamante, una especie de cuchilla con mango que se utilizaba para cortar cristal. La necesitábamos porque las medidas de los cristales que había pedido Gabriel eran ligeramente superiores a las que habíamos tomado de la ventana y tendríamos que cortar el sobrante después. De haber apurado, a lo mejor nos quedaríamos cortos y tendríamos que poner mucha silicona para que el cristal no bailase. La cajera cogió el diamante y le pasó su pistola láser —bueno, el trasto ese para leer los códigos de barras—, pero no pudo registrar su precio. Sopló el cañón de su pistola, como si se hubiera acabado de cargar a alguien en Tombstone, y volvió a intentarlo, pero nada, que el cacharro aquel parecía no funcionar. La mujer maldijo a no sé quién y se puso a teclear muy lentamente el código de barras en su caja registradora, mientras no paraba de refunfuñar; se ve que, como a mí, tampoco le gustaba escribir. Su lentitud en el teclear se debía a que estaba utilizando el sistema de mecanografía conocido como el «buitre», consistente en dar vueltas por encima del teclado buscando la tecla a apretar con el dedo índice encorvado. La tardanza de la cajera en teclear el código de barras hizo que Gabriel se fijara en algo que a mí me había pasado desapercibido.

—Es la T mayúscula de mis pesadillas, Abel —me dijo Gabriel señalando la pequeña caja de cartón que sostenía la cajera.

—¿Qué te?

—Esa, la de la marca que aparece en la caja.

Me fijé en la caja que contenía el diamante y, sí, estaba impresa la misma T mayúscula dentro de un círculo que Gabriel había dibujado recordando sus pesadillas. Era el mismo tipo de letra y tenía el mismo tamaño en proporción con el círculo que la contenía. Cuando la cajera acabó de registrar el código de barras del diamante, nos hizo la cuenta y se la abonamos. Gabriel le preguntó entonces sobre aquel logo de la caja. Ella nos dijo que no sabía qué significaba y nos invitó a que lo preguntásemos en un mostrador de información que estaba frente a nosotros.

—Esto es el logo de Thorn —nos dijo el chico encargado de informar a los clientes de Young's de todo aquello de lo que quisieran ser informados y se les pudiera informar.

—¿Es una fábrica de herramientas o algo así? —preguntó Gabriel.

—Es una empresa que se ha dedicado siempre a proporcionar equipo para obras de envergadura como puentes, estructuras para edificios y cosas así. Incluso creo que tienen contratos con el gobierno, el ejército y la NASA. Siempre se han movido así, a lo grande. Desde hace un par de años están ofreciendo también productos para el público en general, aunque por ahora se están limitando al sector del vidrio. Por ejemplo, este diamante que habéis comprado. Son los mejores, eso sí, en todo lo que tenga que ver con herramientas para tratar el vidrio. Os puedo asegurar que habéis hecho una compra excelente.

—¿Tienes alguna dirección de la empresa, un teléfono o un e-mail para que podamos ponernos en contacto con ellos?

El muchacho abrió un cajón, sacó un grueso catálogo de los productos de Thorn y nos permitió que le echásemos un vistazo mientras él atendía a otro cliente. En la introducción del catálogo aparecían fotos de varias grandes obras en las que había participado Thorn y se resaltaba con letras de gran tamaño que desde hacía más de treinta años la empresa era proveedora oficial de la NASA. Gabriel pasó rápidamente las hojas hasta llegar a la sección que le interesaba, la dedicada a las direcciones y los contactos. De repente apareció una expresión en el rostro de Gabriel que jamás había visto en él y empezó a golpear repetidamente aquella página de la revista con su dedo índice, como si estuviera enviando un mensaje telegráfico.

—Yo vivía cerca de esta calle, en Tribeca —me dijo señalando una dirección de las oficinas de Thorn en la ciudad de Nueva York.

Gabriel le pidió un bolígrafo y un papel al muchacho del mostrador de información y apuntó aquella dirección. Luego me pidió mi móvil y llamó a su padre.

—¿Papá? Sí, ya hemos comprado todo lo necesario. No, te llamaba porque como hace un día muy bueno a Abel —y al decir mi nombre me guiñó un ojo— se le ha ocurrido que podíamos ir a Nueva York. No, solo sería ir comer, dar una vuelta en coche y volver. Sí, para la cena estamos en casa seguro. Sí, tranquilo, conduce él. Que sí, que ya sé que yo no puedo. No nos perderemos, hombre, entre el GPS y mis indicaciones perderse es imposible. La tía Gertrud era idiota, no vale como ejemplo. Tranquilo, llegaremos para la cena. Vale. Muy bien. Sí, no te preocupes. Hasta luego.

Nueva York. Muy grande. Demasiado grande. Muchos coches. Demasiados coches. Es una ciudad que solamente le puede gustar a los propios neoyorquinos y a turistas que van del hotel a un monumento y de un monumento al hotel. Puede que el condado de Macon sea un lugar excesivamente plácido y nada cosmopolita, pero Nueva York es una ciudad loca donde todo va muy deprisa, aunque no queda muy claro adónde concretamente. Sabes que hay cielo porque los edificios no se encorvan hacia el suelo y dejan vislumbrar que hay algo por encima de ellos, aunque no es del mismo color que lo que tenemos sobre nuestras cabezas en Tennessee. Es verdad que tampoco fui a hacer turismo en aquella primera visita a la gran manzana, ya que mi misión era la de hacer de taxista ciego para Gabriel y llevarle a la dirección que había apuntado en Young's, pero aunque hubiese ido a hacer turismo creo que, al menos ese día, Nueva York habría seguido pareciéndome horrible.

También es cierto que yo estaba excesivamente nervioso y quizá no pude apreciar por ello la belleza sin igual del hogar de los Yankees. Me había acostumbrado a conducir por las calles de un pueblo de poco más de tres mil habitantes o como mucho a perderme alguna tarde por Nashville, y nada más llegar a la entrada de Nueva York vi que había más coches circulando a mi alrededor de los que posiblemente había en todo el estado de Tennessee. Además me daba la sensación de que a los neoyorquinos les regalaban el carnet de conducir cuando hacían su primera visita a la estatua de la Libertad, ya que era imposible que lo hubiesen conseguido tras aprobar un examen de conducción. También era posible que ellos siguieran otras normas diferentes, más propias de la NASCAR que de las del código de circulación. Además, no eran conductores muy sociables. Jamás me habían levantado tantos dedos en mi vida. Dedos blancos, rosas, amarillos, negros, enguantados, con uñas de manicura, con uñas sucias, con mocos pegados... Incluso hubo un señor que me levantó un muñón. El dedo corazón levantado que más me dolió fue el que me dedicó una cría a la que le estaban haciendo un examen de conducir que, al parecer, iba a suspender por mi culpa. ¿Y qué hacía Gabriel mientras tanto? Pues nada, se limitaba a taparse la cara disimuladamente y a decirme todo el rato que al final alguien se bajaría de su coche y me partiría la cara. No voy a negar que provoqué más de un pequeño caos circulatorio aquel día y puede que algún accidente de rebote también, pero puedo asegurar que no fue culpa mía, sino de esa panda de neoyorquinos que no saben conducir. Yo hice los cedas al paso, me paré en los stops, puse los intermitentes con antelación, evité quedarme parado en los cruces, no di ningún volantazo para cruzar tres carriles de golpe y, al parecer, en Nueva York se conduce al revés de como a mí me habían enseñado. Me hicieron sentirme como un amish de visita en Las Vegas.

Por cierto, la frase «no nos perderemos, hombre, entre el GPS y mis indicaciones perderse en imposible» resultó ser falsa. El GPS es un aparato útil para ir de El Paso a Anchorage —«siga recto, siga recto, siga recto, entre en Canadá, siga recto, siga recto, siga recto, salga de Canadá, siga recto, esquive a ese alce, siga recto, ya ha llegado a su destino»—, pero algo inútil si uno se adentra en Nueva York por primera vez y encima lleva a un neoyorquino de copiloto.

GPS: *Gire a la izquierda en cincuenta metros.*

GABRIEL: Tú ni caso, sigue recto.

YO: Es que el GPS dice que gire.

GABRIEL: ¿Te fías más de un trasto que de mí, que me he pasado casi toda la vida en estas calles?

YO: Pero es que... ¡Hala, ya me he pasado!

GABRIEL: No te has pasado, sino que sigues por el buen camino.

GPS: *Recalculando ruta...*

YO: ¿Ves? Ahora el cacharro tiene que recalcular.

GABRIEL: Pues que recalcule lo que le dé la gana, tú hazme caso a mí.

YO: Nos vamos a perder como tu tía Gertrud.

GPS: *Gire a la derecha en setenta metros.*

GABRIEL: Ni se te ocurra hacerle caso a ese trasto.

YO: Joder, Gabriel, ya verás, nos vamos a perder.

GABRIEL: Es que no me lo puedo creer, en serio. A ver, dime, ¿dónde han fabricado este GPS?

YO: No sé, parece que en Corea.

GABRIEL: ¿Del Norte o del Sur?

YO: No lo especifica.

GABRIEL: Da igual. De todas formas, piénsalo, ¿tú crees que un coreano sabe adónde vamos?

Ni un coreano ni él porque al final nos perdimos y, por supuesto, fue por mi culpa, según mi guía neoyorquino. Acabé aparcando el coche en el primer lugar que encontré libre, media hora después de decidir rendirme y aparcar, y cogimos un taxi. Fue algo ridículo, pues al final nos perdimos menos de lo que yo pensaba y el taxi nos dejó en una dirección, la de Thorn, que estaba solamente a tres manzanas de donde habíamos aparcado el coche. Al salir del coche nos topamos de morros con la oficina de Thorn, un pequeño establecimiento que se encontraba en una esquina y que tenía la mítica T mayúscula dentro de un círculo ocupando sus dos grandes ventanas, de tal manera que solamente se podía ver lo que había dentro a través del hueco no pintado del interior de la letra. Gabriel estuvo dando vueltas alrededor de la oficina y mirando el interior, al tiempo que iba negando con la cabeza. No, aquello no le recordaba nada que tuviera que recordar. Una decepción, una pista falsa.

—Lo siento, Abel, ha sido un viaje en balde —me dijo.

—¿No quieres entrar? —le pregunté.

—No, no hace falta. Si hubiese tenido algo que ver con mis pesadillas, lo habría notado enseguida.

—¿Y qué hacemos ahora?

Gabriel se quedó unos segundos pensativo y miró a su alrededor. Al otro lado de la calle había un pequeño restaurante y me propuso que comiéramos algo allí antes de volver a Ithaca. Nos sentamos a una mesa pegada a uno de los ventanales del establecimiento y pedimos dos especiales de la casa, sin preocuparnos qué llevaban, ya que fuese lo que fuese seguro que era algo especial. Mientras esperábamos a que nos sirvieran, Gabriel se zambulló en sus pensamientos, cabizbajo y negando con la cabeza al mismos tiempo que murmuraba algo que ya no acababa de entender. Me daba pena verle así, el pobre había salido de Young's con la esperanza de desentrañar uno de los tres misterios de sus pesadillas y había fracasado. Tenía ganas de decirle algo, pero no se me ocurría qué. Entonces, ocurrió. Mientras buscaba esas palabras con las que consolar a mi amigo, miré un momento a través del ventanal del restaurante y me topé con El Año del Dragón. En la misma acera en la que se encontraba la oficina de Thorn, a apenas diez metros de su famosa T mayúscula, había un restaurante chino abandonado, en un aparente estado ruinoso, que tenía un inmenso dragón sobre la marquesina de la entrada, justo encima de un letrero en chino e inglés en el que se podía leer el nombre del establecimiento. No había encontrado palabras de consuelo, había encontrado algo mejor: el segundo elemento de los misteriosos dibujos de las pesadillas de mi amigo.

—Gabriel, vuélvete despacio y dime qué ves al otro lado de la calle.

Gabriel me hizo caso, incluso en eso de volverse lentamente, y enseguida se dio cuenta de que la T y el dragón de sus pesadillas estaban casi puerta con puerta, convertidos en el logo de una empresa y el adorno hortera de un restaurante chino abandonado. Solamente nos faltaba encontrar un naipe con el dos de diamantes.

4

El dos de diamantes

Lo vi venir. Sí, ya sé que dicho por mí no suena muy creíble, pero juro que lo vi venir cuando Gabriel me dijo que era incapaz de relacionar Thorn y El Año del Dragón con sus pesadillas. Lo que vi venir fue lo que me propuso acto seguido: entrar en el restaurante chino.

—Mira, Abel, estoy convencido de que en la oficina de Thorn no hay nada, pero también estoy convencido de que dentro del restaurante sí. Me ha venido la imagen de la puerta del restaurante abriéndose y alguien entrando.

—¿Tú?

—No, yo no, otra persona. Quizá esa persona sea el dos de diamantes.

—¿No puede ser otro negocio cercano que se llame así o que incluso sea una carta real que viste en una partida de póquer o algo por el estilo?

—No, estoy seguro de que el dos de diamantes es una persona. No sé quién aún. Es una persona que entró allí. Es que es difícil de explicar. Tengo la imagen borrosa en mi mente de la T de Thorn, del dragón y de alguien entrando en el restaurante. Bueno, entrando o saliendo, porque veo una persona y la puerta abierta. Tenemos que entrar, Abel.

—Pues eso es allanamiento de morada.

—Ahí, como mucho, estarán morando ratas y no creo que les importe.

Cuando nos acabamos nuestros especiales, salimos del restaurante y no fuimos directamente a El Año del Dragón, sino que volvimos al coche para buscar una linterna y alguna herramienta que nos pudiera ser útil en aquella aventura. Al final nos decantamos por llevarnos con nosotros una llave inglesa y el diamante de Thorn. Lo de llevarnos el diamante fue idea mía, ya que había visto que en las películas se suelen allanar las moradas rompiendo los cristales de las puertas traseras, pero solamente en los casos en que los allanadores sean zombis, violadores o asesinos que quieran avisar a sus víctimas de su presencia. Es algo que no se acaba de entender del todo, como ocurre con el cine musical, pero los chicos de Hollywood a veces utilizan el sentido común como si fueran supositorios. Por el contrario, en las películas de ladrones, sobre todo si estos son aficionados a robar cajas fuertes colgados del techo boca abajo, el sigilo tiene su importancia y se suelen utilizar diamantes para cortar los cristales, meter la mano y abrir la puerta o ventana de turno. Ya que íbamos a hacer algo tan peliculero como entrar en un restaurante chino abandonado, lo mejor era hacerlo como auténticos profesionales.

Tras equiparnos para la misión, regresamos corriendo a la calle de El Año del Dragón, bordeamos el edificio y entramos en el callejón en el que se encontraba la puerta trasera del restaurante. Después de comprobar que no había nadie por los alrededores, saqué el diamante de su cajita. La herramienta estaba envuelta en un plástico duro y transparente a prueba de niños. No sé qué concepto tenía Thorn de la infancia norteamericana porque si aquello estaba hecho a prueba de niños, estos debían de ser mini culturistas anabolizados hasta las cejas. Probé con las uñas, mordí, rocé el plástico contra ladrillos que sobresalían de una pared y, nada, que no había manera de abrirlo. Me rendí y le pegué una patada al puñetero diamante, enviándolo a diez metros de distancia, momento que aprovechó Gabriel para romper el grueso cristal de la puerta trasera del restaurante golpeándolo con la llave inglesa. Al entrar, lo primero que nos encontramos fue un corto pasillo por el que pasamos sin necesidad de utilizar la linterna, pues veíamos sin problemas gracias a la luz natural que entraba a través de la puerta. Al final de ese pasillo se encontraba la cocina, y al entrar Gabriel me dio la llave inglesa y encendió la linterna. La cocina estaba vacía, no había ni neveras abandonadas ni pucheros olvidados, solamente un gran fogón en el centro y una extraña peste a curry en el ambiente. Dejamos la cocina y accedimos al comedor. Algo de luz entraba por los huecos de los tableros que cubrían las ventanas del local. Eran unas ventanas pintadas, que imitaban paisajes de una China de dibujos animados sin dictadores comunistas de cabeza grande y frente despejada. Las paredes estaban cubiertas de un papel pintado con motivos orientales y adornadas con grandes manchas de humedad. No había ni mesas ni sillas ni ningún otro tipo de mueble, solamente una barra de bar al lado de la puerta de la cocina. Gabriel estuvo paseando por aquel comedor durante varios minutos, enfocando todos y cada uno de los rincones, esperando encontrar un dos de diamantes que, al parecer, no estaba allí. Tras suspirar amargamente, me miró alumbrándome con la linterna. Yo no podía verle la cara, pero estaba seguro de que era la misma que había puesto cuando la T mayúscula de Thorn fue incapaz de traerle ningún recuerdo útil.

—Nada, Abel, aquí no hay nada. Lo mejor será que volvamos a casa. Quizá esta noche, meditando un poco, sea capaz de unir las piezas.

Bajó la linterna y la enfocó hacia la puerta de la cocina. En ese momento sentí que algo estaba subiendo por una pernera de mi pantalón. Di un grito, Gabriel se volvió, enfocó mi pierna y vi que se trataba de una rata. Empecé a agitar la pierna bruscamente para que el bicho se desenganchara, pero la rata no estaba por la labor de despegarse de mí. Así que hice lo más irracional, golpearla con la llave inglesa. Irracional porque conseguí darle al tercer intento, golpeándome a mí mismo las dos primeras veces. La rata salió corriendo, y yo estaba tan rabioso de haberme golpeado a mí mismo por su culpa que le lancé la llave inglesa. Le di en toda la cabeza y el bicho chilló como un loco antes de estirar la pata... No, es mentira, no le di. A ver, si cuando la tenía pegada al cuerpo atiné con ella al tercer intento, las probabilidades de logarlo con la rata corriendo hacia la oscuridad eran nulas. No, no le di, lancé la llave inglesa y esta se estrelló directamente contra el suelo produciendo un gran eco.

—¿Has oído eso? —me preguntó Gabriel.

—Ha sido la lleve inglesa, la acabo de lanzar. Mierda de rata, espero que no me haya llenado de pulgas, piojos o de...

—No, ya sé que ha sido la llave inglesa, pero ese eco no era de esta habitación, sino que provenía de debajo del suelo.

—¿Crees que hay un sótano?

—Sí, seguro que hay algo aquí abajo.

Me di cuenta enseguida de que lo que realmente estaba diciendo Gabriel era que había un sótano y que, por supuesto, íbamos a bajar para investigar. A mí el tema empezaba ya a preocuparme, básicamente por la fauna roedora *cloaquera* y repulsiva que seguramente habitaba en ese sótano al que con tanta alegría quería bajar Gabriel. Iba a decirle que por lo que a mí respectaba la aventura ya había concluido. Si se había pasado varios años entrando y saliendo de un sanatorio, era poco plausible que sus problemas mentales —que en aquellos momentos yo no dudaba que existieran— fuesen a arreglarse por visitar el tenebroso sótano de un restaurante chino abandonado. Pero no le dije nada porque antes de que me diera cuenta, Gabriel ya había abierto una trampilla del suelo y había bajado un par de escalones de la escalera que llevaba al sótano rateril.

—Anda, recoge la llave inglesa y sígueme —me dijo mientras su cuerpo iba desapareciendo por aquel agujero del suelo del restaurante.

La escalera era larga y muy empinada. Descendimos lo equivalente a dos pisos de un edificio normal. Mucho descenso para un simple sótano, pensé yo. Al final de la escalera nos topamos con una puerta de metal que parecía nueva. La abrimos y entramos en un largo pasillo que la linterna no podía iluminar en toda su extensión. Gabriel enfocó la linterna hacia el suelo de aquel pasillo y la luz reflejada en él nos deslumbró. Las baldosas que estábamos pisando parecían ser de mármol blanco, pulido y encerado. Gabriel apuntó con la linterna el techo, que también era de mármol blanco, y vimos que había una hilera de lámparas doradas, imitando candelabros, colgando de él. Mi compañero se volvió automáticamente al ver aquellas lámparas, dirigió su luz a la puerta por la que habíamos entrado y junto a ella vimos que había un interruptor. Me acerqué hasta allí, lo accioné y al instante el pasillo se iluminó por completo, dejando de ser un pasillo para convertirse en otra cosa muy diferente. En las paredes, también de mármol blanco, había cavidades rectangulares de unos dos metros de profundidad, unos noventa centímetros de ancho y sesenta centímetros de altura. En total conté sesenta, treinta a cada lado del pasillo central. Cada una de estas cavidades tenía un pequeño cojín dorado que parecía hacer las funciones de almohada.

—Esto parecen nichos —dijo Gabriel—. Es como un mausoleo o como una catacumba de lujo.

—¿Catacumba? ¿Eso no es un baile vudú jamaicano?

—No, hombre, las catacumbas eran una especie de cuevas subterráneas que los primeros cristianos de Roma utilizaban como cementerios.

—Pues peor me lo pones, Gabriel. Esto tiene muy mala pinta.

—Quizá aquí había un cementerio antes de que edificaran encima y tal vez esto sea una especie de monumento subterráneo que los propietarios de los edificios de arriba están obligados a conservar.

—¿Tú has visto *Poltergeist*, Gabriel?

—¿Es una película? No, no la he visto.

—Pues yo sí y te aseguro que no es recomendable construir nada encima de un cementerio. Más aún, teniendo en cuenta la gente que ha muerto misteriosamente después de trabajar en *Poltergeist* y sus secuelas, es incluso poco recomendable hacer una película sobre cualquier edificio construido encima de un cementerio.

—Lo que me parece curioso es que los nichos tengan cojines.

—A mí no me parece curioso, a mí me acojona directamente. Tío, vámonos, por favor.

Gabriel no me hizo caso. Supongo que el hecho de que fuera esquizofrénico declarado le permitía decidir lo que era real o no dependiendo de las circunstancias. Si estaba a ocho o diez metros bajo el suelo de Nueva York, metido en una especie de cementerio de lujo de sesenta nichos con cojines dorados y no tenía miedo era porque algo no funcionaba bien en su cabeza. A mí aquellos cojines dorados me parecían siniestros y a él no, a él le parecían curiosos. Incluso se atrevió a coger uno, sin guantes de CSI ni nada, para mirarlo más detenidamente.

—Mira, Abel, aquí hay un pelo —me dijo enseñándome un cabellos largo y rubio que alguien se había dejado olvidado en aquel cojín.

—Vámonos, por favor, Gabriel, por favor, por favor —supliqué arrodillándome.

—De acuerdo —dijo Gabriel dejando el cojín en su nicho y señalando otra puerta metálica que estaba al final del pasillo—. A ver qué nos encontramos detrás de esa puerta.

—No, tío, cuando digo que nos vayamos, me refiero a que volvamos a Ithaca ya mismo.

—Hombre, ya que hemos llegado hasta aquí, no me digas que no tienes curiosidad por saber qué puede haber más adelante.

—No, no tengo ninguna curiosidad, te lo juro.

—Yo sigo, tú haz lo que quieras. Yo no me voy de aquí sin averiguar lo que he venido a averiguar.

—Mira, Gabriel, no tengo ni la más remota idea de lo que puede haber detrás de esa puerta, pero dudo que ahí encuentres tu dos de diamantes. Por lógica, haya lo que haya, será peor que lo que hay aquí, y aquí hay un cementerio con cojines que acojonan.

Gabriel ni me escuchó, me cogió de la mano y me arrastró consigo hacia la segunda puerta metálica de la excursión a las entrañas de El Año del Dragón. ¿Y qué había detrás de esa puerta? Pues más de lo mismo, oscuridad absoluta y una nueva escalera, en esta ocasión en forma de espiral. Sí, una bonita escalera de caracol metálica, colgada de no se sabe dónde y que era más larga que la versión extendida de la trilogía de *El señor de los anillos*. Aparte de la oscuridad y la escalera, la otra cosa que nos encontramos al atravesar aquella puerta fue un hedor nauseabundo que a medida que descendíamos se hacía cada vez más penetrante. Parecía una mezcla de cloaca saturada y carne putrefacta de algún animal muy grande. Cuando llegamos al final de la escalera, el hedor ya era tan insoportable que no pude soportarlo y vomité el especial de la casa que me había comido en el restaurante de enfrente. No sé si aquello era el infierno, pero seguro que apestaba igual. Gabriel comenzó a alumbrar hacia todas partes con la linterna, pero parecía que estábamos en medio de la nada absoluta. No se veía nada delante ni tampoco a los lados, y el techo de aquel lugar debía de estar a cincuenta metros de altura. Era un momento ideal para darse la vuelta y largarse de allí; no podíamos seguir en medio de la oscuridad absoluta, sin referencias visuales y envueltos por aquella peste nauseabunda. Por supuesto, Gabriel no pensaba lo mismo, él quería continuar con su búsqueda absurda. Iluminó el suelo, de cemento gris oscuro, y seguimos hacia delante esperando encontrar alguna nueva puerta o algo que nos sirviera para situarnos. Caminábamos muy lentamente, deteniéndonos cada cuatro pasos para comprobar si algo de lo que nos rodeaba había cambiado. En una de estas ocasiones que nos detuvimos, sí se produjo un cambio, pero no fue visual, sino sonoro. Por encima de nuestras cabezas se oyó un sonido que yo identifiqué como un gemido humano enmudecido bruscamente. A este sonido le siguieron otros que no sabría definir. Nos quedamos totalmente inmóviles, y en aquel momento los pensamientos de Gabriel coincidieron con los míos, ya que me cogió del brazo y me hizo dar media vuelta. Sí, volvíamos a Ithaca, la aventura había acabado.

Bueno, eso es lo que pensé yo, pero no fue así, ya que no habíamos dado ni un paso cuando Gabriel empezó a tambalearse. Al parecer el hedor de aquel lugar también estaba causando efectos en él. Se separó de mí, dando cuatro largos pasos, se detuvo y me lanzó la linterna, al tiempo que se encorvaba para poder vomitar como Dios manda. Yo no pude coger la linterna al vuelo porque en la mano derecha llevaba la llave inglesa y la mano izquierda la suelo tener de adorno. La linterna acabó dándome en un costado, salió rebotada hacia delante y rodó por el suelo unos cuantos metros. Fui hasta donde se había parado, y cuando me agaché a recogerla, me di cuenta de que se encontraba en el borde de algo, que un palmo más allá había una nueva escalera, un pozo o, tal vez, un precipicio por el que caer definitivamente al infierno. Cogí la linterna e iluminé hacia abajo para saber al borde de qué estaba. No, no era una escalera. Tampoco era un pozo. ¿Era el infierno? Sí, el infierno en forma de una inmensa fosa abierta, del tamaño de una piscina olímpica, en la que había cientos de esqueletos y sobre estos otros cadáveres en diferentes estados de putrefacción. Algunos de estos cadáveres estaban desnudos, pero la mayoría de ellos se estaban descomponiendo embutidos en las ropas que llevaban el día que, por alguna razón, les sobrevino la muerte. No se podían distinguir muy bien los colores de las ropas que llevaban porque todas tenían un mismo color marrón verdoso, quizá producido por los líquidos que supuraban de los cuerpos de aquella gran olla de putrefacción. Evidentemente, yo estaba en estado de shock porque de no estarlo me habría desmayado. En vez de desmayarme, lo que hice fue ponerme a caminar tomando como referencia el borde de aquella fosa, con la intención de iluminar todos y cada uno de los rincones de aquel infierno de cadáveres. Gabriel se acercó a mí poco después de iniciar mi paseo de reconocimiento, y al asomarse a aquel espectáculo de muerte, se apoyó con fuerza sobre mi hombro derecho y musitó: «Joder, ¿qué es esto?». No podíamos dejar de mirar hacia el interior de la fosa, mientras seguíamos caminando lentamente por su borde. Era tan real que parecía irreal. Ya no sentíamos el pestazo de la putrefacción de aquellos cadáveres que nos había golpeado al entrar en aquel lugar. Creo que el hecho de que la linterna solamente iluminara un espacio muy limitado nos permitía seguir nuestro recorrido, ya que de haber podido iluminar completamente aquel lugar, no tengo la menor duda de que no habríamos podido soportarlo. Aun así, llegó un momento en el que no pudimos continuar más. La linterna iluminó unas piernecitas desnudas que parecían ser de un bebé que estaba boca abajo, con el resto del cuerpo sepultado entre dos cadáveres.

—¡Dios mío! ¿Dónde nos hemos metido, Abel? —preguntó Gabriel con la voz trémula.

—No lo sé. Lo único que no entiendo es por qué seguimos aquí.

—Es verdad, vámonos a casa y que mi padre llame a quien tenga que llamar.

Nos dimos media vuelta y volvimos hacia atrás. Había tenido la precaución de buscar una referencia dentro de la fosa antes de ponerme a pasear por su borde, para poder volver si hiciera falta al lugar en el que se había quedado Gabriel vomitando o a la escalera por la que habíamos bajado hasta allí. Esa referencia era un zapato rojo de tacón de aguja, que estaba muy cerca del borde de la fosa, sin ningún pie en su interior, aclaro. Encontramos el zapato sin problemas, así que solamente había que darse la vuelta, caminar unos metros y estaríamos a los pies de la escalera de caracol. Sin embargo, un nuevo incidente retrasó un poco más nuestra salida de aquel lugar. De la nada absoluta cayó algo en la fosa, estrellándose delante de nosotros, aunque a muchos metros de distancia. La linterna no alcanzaba a iluminar el lugar exacto en el que había caído lo que seguramente era un nuevo cadáver. Eso podía explicar aquel gemido enmudecido que habíamos escuchado antes. Alguien había matado a una persona, encima de nuestras cabezas, y luego había lanzado el cuerpo a la fosa. Si eso había ocurrido estando nosotros allí, por lógica el asesino nos había visto y corríamos peligro. No había tiempo que perder, teníamos que salir de allí inmediatamente.

Corrimos en línea recta hacía donde suponíamos que estaba la escalera de caracol, pero no subimos inmediatamente al llegar a ella. No, había algo que nos lo impedía. Sentada en el primer escalón había una muchacha con la cabeza agachada. Era rubia y llevaba el pelo recogido en una cola, vestía unos tejanos y un top color pistacho y no llevaba calzado alguno. No sabíamos qué hacer, si decirle algo, pasar por encima de ella como si no estuviera o esperar a que fuera ella quien tomara la iniciativa para desbloquear la situación. Si ella estaba sentada allí era porque sabía que nosotros queríamos utilizar la escalera y si lo sabía era porque nos había visto entrar y nos había observado en todo momento. Fue ella quien acabó tomando la iniciativa, quizá porque era la que sabía realmente lo que estaba sucediendo allí. Se levantó de golpe y alargó uno de sus brazos hacia nosotros abriendo la mano, dejando claro con ello que no nos iba a dejar pasar. Instintivamente le iluminé el rostro. Su piel era extremadamente blanca, tanto que parecía grisácea. Su nariz era pequeña y un poco respingona. Sus ojos eran azul cielo y brillaban de una manera muy extraña. Era muy joven, puede que de mi edad o un año mayor y, posiblemente, era la muchacha más hermosa que había visto en mi vida. Tenía cara de ángel, y habría jurado que era uno de ellos si no fuera porque estábamos en el infierno y porque la muy zorra tenía la cara manchada con la sangre de alguien, posiblemente de la persona que había tirado a la fosa un par de minutos antes.

—¿Por qué me miráis así? ¿Es por esto? —nos preguntó la muchacha señalándose la sangre que había alrededor de su boca—. Es que soy demasiado golosa. Bueno, nadie es perfecto.

Entonces empezó a relamerse muy lentamente, como intentando provocarnos de alguna manera. Era evidente que se trataba de una psicópata peligrosa y nosotros, a no ser que reaccionáramos inmediatamente, íbamos a ser sus próximas víctimas. Tampoco podíamos precipitarnos; antes de mover un solo dedo debíamos tener muy claro qué era lo que íbamos a hacer, pues un paso en falso podía ser fatal. Teníamos, no obstante, una gran ventaja y es que éramos dos tíos, no muy fuertes pero tampoco enclenques, y ella una chica de constitución normal. Sin embargo había que ir con mucho cuidado porque a lo mejor llevaba alguna arma escondida, la misma que había utilizado para cargarse a su última víctima. Así que esperamos a que ella volviera a mover ficha para contraatacar nosotros y desembarazarnos de ella de alguna manera. La muchacha acabó de relamerse, suspiró de satisfacción y, de nuevo con una voz muy dulce, se dirigió a Gabriel para preguntarle: «¿Tú no eres Gabriel Shine?». Y sin esperar a que le contestase, la muchacha dio un grito aterrador y su cara comenzó a transformarse. Fue una mutación casi instantánea que convirtió su cara de ángel en la de un animal salvaje. Era como si alguien detrás de ella estuviera estirándole la piel, de tal manera que los huesos de su cara, sus músculos y sus tendones se hacían visibles. También podía verse su dentadura al completo, como si los dientes se le saliesen de la boca, y entre estos dientes destacaban sus colmillos superiores que a mí me parecía que se estaban alargando por momentos. ¿Y sus ojos? Sus ojos cambiaron también de color, desapareciendo el azul cielo para dar paso a un rojo púrpura. Todos estos cambios se produjeron en pocos segundos y no nos dio tiempo a reaccionar, cosa que aprovechó ella para abalanzarse sobre Gabriel. Ambos cayeron al suelo y la muchacha se sentó encima de él, aprisionándole con las piernas. Yo, instintivamente, cogí la llave inglesa y la golpeé en la cabeza por detrás. Ella se volvió, me gritó alguna cosa y entonces le di un segundo golpe en plena frente que hizo que cayera a un lado, liberando así a Gabriel. Ayudé a mi amigo a levantarse y corrimos hacia la escalera sin mirar atrás.

Subimos por la escalera de caracol como si nos ardiera el trasero y sentimos cierto alivio al volver a encontrarnos en la habitación de los nichos. Estábamos a un paso de la salvación. Cruzamos también rápidamente por el pasillo, y justo cuando tocábamos con la punta de los dedos la puerta metálica tras la que estaba la salida, a Gabriel no se le ocurrió cosa mejor que hacer que resbalarse y torcerse un tobillo. No podía levantarse del suelo, así que tiré la linterna y la llave inglesa y me agaché para ayudarle a incorporarse. Gabriel se agarró a mí, abrazándome por detrás de la cabeza, y yo le cogí por debajo de las axilas. Doblé las rodillas, tomé impulso y lo levanté del suelo, momento en el que escuché una dulce voz que por desgracia empezaba a serme familiar.

—¿Necesitáis que os eche una mano?

Nos volvimos y allí estaba ella de nuevo, la loca sanguinaria de las narices, aunque en su versión angelical. Su rostro volvía a ser el que yo había alumbrado con la linterna por primera vez, ya no se le veía la dentadura y sus ojos de nuevo eran azules. Además, extrañamente, en su frente no había señal alguna del golpe que le había dado con la llave inglesa. Comenzó a caminar lentamente hacia nosotros, como si estuviera tomando algún tipo de precaución a todas luces ilógica, ya que Gabriel estaba cojeando y yo completamente desarmado. Decidí echar el resto, sacar fuerzas de donde fuera, y cogí en brazos a mi amigo y comencé a subir por la escalera lo más rápido que pude. Ya podía ver la luz que iluminaba levemente el comedor del restaurante, cuando di un paso en falso y me tropecé, haciendo que Gabriel y yo diéramos con nuestros huesos contra los escalones. Me volví lentamente, esperando encontrarme a la psicópata angelical detrás de nosotros, pero no fue así. Ella se había quedado al principio de la escalera, sin atravesar el vano de la puerta metálica.

—Bueno, muchachos, ha sido un placer conoceros —dijo sonriendo—. Por cierto, Gabriel, cuando veas a tu padre dale recuerdos y un beso muy fuerte de parte de Julia Hertz.

Nos dijo adiós con la mano y cerró la puerta. Gabriel y yo nos miramos sin decir nada y subimos a rastras el tramo de escalera que faltaba. Ya en el comedor del restaurante, cerramos la trampilla y nos tumbamos encima para que evitar que pudiera ser abierta desde el otro lado mientras recuperábamos el aliento. En esos minutos que pasamos allí, no hablamos de lo que nos acababa de pasar. Demasiadas sensaciones fuertes en un espacio de tiempo muy breve. Creo que ambos aprovechamos aquellos minutos para intentar volver a poner nuestro cerebro en marcha, ya que había sido golpeado de tal manera que estaba colapsado. Yo en lo único que podía pensar era en Mary Quant. Ya sé que suena raro, pero solamente podía pensar en ella. Para mí Mary representaba todo lo contrario a lo que acababa de vivir, quizá por eso pensé en ella, como buscando una especie de droga interior que mitigara la angustia que aún sentía por lo que me había sucedido en el sótano de aquel restaurante abandonado. Doy por hecho que Gabriel aún estaría dándole vueltas a su dos de diamantes, el naipe de sus pesadillas que nos había llevado hasta allí. Aunque más que el naipe, lo que nos había llevado hasta allí era el diamante que habíamos comprado en Young's y que ahora debía de estar tirado en el callejón de detrás del restaurante. Supongo que estaba pensando en eso, porque de este tema me hablaría después, una vez que abandonamos Nueva York.

Gabriel se había recuperado de su torcedura cuando llegamos al coche y se ofreció a conducir, aunque no tuviera permiso. Decidió arriesgarse porque quería llegar lo antes posible a casa y contarle a su padre lo sucedido para que este llamara a quien tuviera que llamar y se investigase aquel maldito lugar. Intenté nada más ponernos en marcha que hablásemos de lo sucedido, pero Gabriel no quiso porque me dijo que todavía tenía todas las imágenes de aquella tarde pululando por su cabeza sin control alguno. Al dejar, por fin, Nueva York atrás, Gabriel paró en una gasolinera para llenar el depósito del coche. Yo aproveché para ir al lavabo y asearme un poco. Al salir vi que Gabriel había aparcado el coche frente a una cafetería que estaba al lado de la gasolinera, por lo que supuse que estaría dentro del local. Al entrar, Gabriel me hizo señas desde la otra punta de la cafetería, donde se encontraba sentado a una mesa. Me senté junto a él y al hacerlo apareció como por arte de magia una camarera que me preguntó qué deseaba tomar. No tenía hambre, pero pedí un sándwich de queso, algo con lo que llenar un poco mi estómago que había vaciado en su totalidad en el sótano de El Año del Dragón. Un sándwich ligero que mi estómago pudiera soportar sin problemas y que me permitiese realizar lo que quedaba de viaje sin marearme. No recuerdo lo que pidió Gabriel, puede que incluso no pidiera nada, a lo mejor su cuerpo estaba como su mente, totalmente colapsado. Pensé que quizá había querido que entrásemos en la cafetería para poder hablar con tranquilidad de lo que nos había pasado aquella tarde. Acerté en lo que se refería a querer hablar conmigo aprovechando esa pausa en el viaje, pero me equivoqué en el tema.

—Está claro qué significa el dos de diamantes, ¿verdad?

—¿El dos de diamantes? —pregunté extrañado, ya que no sabía a santo de qué venía eso ahora.

—Sí, el dos de diamantes. La T mayúscula es la oficina de Thorn, el dragón el restaurante y el dos de diamantes dos ojos rojos.

—¿Los ojos de aquella loca?

—No, los de ella no, los de otra persona. Los de una persona que vi el día que vi a mi madre por última vez.

—¿Viste a alguien que también tenía los ojos rojos?

—Sí. Cuando estábamos tumbados en el suelo del restaurante, lo he recordado todo. He recordado todo lo que ocurrió aquella noche.

—¿Seguro?

—Sí, absolutamente todo. Mi padre y yo vivíamos a un par de manzanas de la calle del restaurante. Aquella noche fui a cenar a casa de una chica con la que estaba saliendo, Beth, que compartía piso con dos amigas. Ella era dos años mayor que yo y ya estaba en la universidad. Bueno, esto no importa mucho. El caso es que después de cenar nos pusimos a ver la tele y me quedé dormido en el sofá. Cuando desperté eran las tres de la madrugada y me fui. De camino a casa, pasé por delante de la oficina de Thorn e iba a cruzar la calle cuando de repente apareció un coche negro que frenó en seco delante del restaurante chino. Se abrió la puerta trasera del coche y salió de él un hombre muy alto que llevaba una gabardina larga. Solamente podía verle de espaldas. El hombre se volió hacia el interior del coche, se agachó y sacó a la fuerza a una mujer de su interior. La mujer empezó a golpearle intentando que la soltara. Entonces fue cuando la puerta del restaurante se abrió. Ya estaba abandonado, de eso también me he acordado ahora. Yo me acerqué a socorrer a aquella mujer y al hacerlo me di cuenta de que se trataba de mi madre.

—¿Tu madre?

—Sí, era ella, te lo juro. Llevaba la misma cinta azul para el pelo que yo le había regalado en aquellas visiones de crío.

—¿Y no podía ser aquello otra visión?

—Es lo que muchas veces he pensado, que aquello también era una visión, pero el dos de diamantes lo cambia todo. Cuando vi que era ella, la llamé diciéndole «mamá» y se volvió, y al verme puso cara de sorpresa. Entonces el hombre que la sujetaba se volvió hacia mí. Tenía los ojos rojos y, al igual que a la tía de esta tarde, su cara se transformó y pude ver también su dentadura con esos colmillos largos. El tipo empezó a gritarme cosas que no entendí mientras mi madre continuaba intentando liberarse de él. Entonces alguien que no vi llegar me golpeó en la cabeza y perdí el conocimiento. Cuando volví a abrir los ojos, estaba siendo atendido por dos policías. Uno era negro y llevaba gafas y el otro era blanco, muy gordo y con mostacho. Me preguntaron qué había sucedido y les expliqué lo que te he contado, que alguien estaba intentando hacer entrar a mi madre por la fuerza en el restaurante y que al ir a socorrerla me golpearon en la cabeza y perdí el conocimiento. El policía del mostacho vio que la puerta del restaurante no estaba cerrada con llave y entró en él. Su compañero llamó a una ambulancia y después me preguntó si vivía cerca de allí. Le dije que sí, que vivía muy cerca de allí con mi padre. Me pidió el teléfono de casa y llamó a mi padre, que en dos o tres minutos apareció por allí.

—Seguro que tu padre se quedó alucinado con todo aquello, ¿eh?

—Fue algo más que eso. Justo cuando mi padre llegó, el poli que había entrado en el restaurante salió diciendo que no había nadie allí dentro, que estaba totalmente vacío y que tenía pinta de llevar mucho tiempo abandonado. Entonces fue cuando le preguntaron a mi padre si mi madre había desaparecido o si tenía constancia de que la hubieran secuestrado y él les dijo que llevaba trece años muerta. Mi padre agachó la cara, pero los policías me miraron con cierto desprecio, como si estuviera drogado, borracho o loco. Empecé a gritar y a jurar que lo que había explicado era cierto. Intentaron tranquilizarme y como no lo consiguieron hablándome, el gordo me cogió con fuerza y entonces le di un cabezazo en toda la nariz y empezó a sangrar a lo bruto. Su compañero me agarró por detrás y me esposó inmediatamente. Pasé aquella noche en el calabozo.

—¿Y te metieron en la cárcel?

—No, no me metieron en la cárcel, lo que me hicieron fue un informe psiquiátrico, y como expliqué que mi madre había venido a mi habitación cuando yo tenía seis o siete años y ella hacía tres años que estaba muerta, me diagnosticaron esquizofrenia. Bueno, por eso y otras cosas, pero hicieron mucho hincapié en que lo de mi madre era una alucinación. A partir de entonces, me he pasado el tiempo entrando y saliendo del sanatorio. Mi padre dejó Nueva York y se fue a Ithaca, supongo que para alejarme de Tribeca, sus calles y el escenario de mi última alucinación. Además, al estar allí enterrada mi madre, eso se suponía que debía de recordarme constantemente que ella estaba muerta y que las veces que la había visto eran alucinaciones mías, de un enfermo mental. Lo curioso es que había olvidado todo esto que te acabo de contar, lo de los policías, el restaurante y lo del tipo con los ojos rojos, pero no el hecho de haber visto a mi madre. Y luego, si te das cuenta, en alguna parte de mi cabeza esto seguía presente y se manifestaba en mis pesadillas.

—¡Joder, vaya historia!

—Ya, es para escribir una novela de misterio, pero ahora tengo que hacerte una pregunta que quizá te parezca extraña.

—Dime.

—¿Esta tarde hemos visto una fosa llena de cadáveres y nos ha atacado una mujer con ojos rojos?

—Pues claro que sí.

—¿Estás seguro de que eso ha ocurrido?

—Sí, te lo juro, estoy seguro de que eso ha pasado y de que lo he pasado muy mal esta tarde.

—Bien, entonces esto quiere decir que o tú y yo estamos locos o que realmente ha ocurrido todo lo que hemos vivido esta tarde. Y si eso es así, quiere decir que yo jamás me he inventado nada, jamás he tenido alucinaciones, jamás he estado realmente enfermo.

5

Están entre nosotros

Llegamos a la cabaña a orillas del Cayuga cuando ya había oscurecido. Antes de entrar pudimos ver que Arisa y el señor Shine estaban en la cocina. Ella sentada a la mesa con una copa de vino tinto en la mano y él cortando verduras al lado de los fogones. Cuando entramos en la cocina, Arisa se volvió y puso cara de enfado ficticio.

—Ya os vale. Os vais de excursión y me dejáis aquí tirada.

Excursión. Yo no habría podido encontrar una definición mejor a lo que Gabriel y yo habíamos hecho en Nueva York aquella tarde.

—Papá, hemos estado en Tribeca —dijo entonces Gabriel.

—Tribeca. ¿Visitando nuestro antiguo barrio? —preguntó el señor Shine.

—Hemos estado en un restaurante chino —siguió Gabriel.

—Menos mal —dijo Arisa—, tu padre quería hacer arroz para cenar y yo le he dicho que…

—El restaurante era El Año del Dragón —dijo Gabriel, dejando a Arisa con la palabra en la boca.

El señor Shine dejó de cortar verduras de golpe y se sentó a la mesa, apoyando su cabeza en las manos.

—Es un restaurante abandonado —continuó diciendo Gabriel—, cerca de nuestra casa. ¿Lo conoces?

—¿Habéis estado en un restaurante abandonado? —me preguntó Arisa, volviéndose hacia donde yo me encontraba.

—¿Conoces ese restaurante, papá? —volvió a preguntar Gabriel.

De repente sonó el teléfono y el señor Shine se levantó de la mesa como un resorte.

—Deja que suene, no lo cojas —dijo Gabriel.

—Seguro que es importante —contestó su padre.

—Papá, deja que suene y contéstame —insistió Gabriel.

—Es importante, he de contestar —acabó diciendo el señor Shine mientras salía de la cocina para entrar poco después en su despacho.

—¿Me podéis explicar qué está pasando? —nos preguntó Arisa.

—Gabriel y yo hemos tenido un…

—No le cuentes nada aún, Abel, espera a que vuelva mi padre —me ordenó Gabriel.

—Es de mala educación ir con secretitos —dijo Arisa, esta vez con cara de verdadero enfado.

—Te enterarás cuando tengas que enterarte —replicó Gabriel—, pero antes mi padre ha de aclararnos unas cuantas cosas.

El señor Shine volvió a la cocina. Estaba sudando y le temblaban las manos. Se sirvió una copa de vino, se la bebió de un trago, tomó aire y acabó soltando su bomba.

—Debéis iros de aquí inmediatamente. Los tres, ahora mismo.

—¿Por qué? —preguntó Gabriel.

—Dentro de cuatro horas ellos se presentarán aquí y es mejor que no os encuentren —le contestó su padre.

—¿Quién vendrá a por nosotros? —pregunté yo entonces.

—Ellos, los vampiros —me contestó el señor Shine con voz trémula.

—¿Vampiros? Usted está un poco obsesionado con ese tema, ¿no? —dijo Arisa.

—Te ha reconocido una de ellos, Gabriel —dijo el señor Shine a su hijo.

—¿Esa tal Julia Hertz es una vampiro? —preguntó Gabriel.

—Sí, eso mismo. Ella ha llamado a los otros y van a venir a buscaros —dijo el señor Shine mientras volvía a sentarse a la mesa, sin dejar de temblar—. Yo he intentado protegerte, Gabriel, pero al final ha sido inútil.

Arisa volvió a llenarse la copa de vino y, al igual que hiciera el señor Shine, se la bebió de un trago. Era una especie de convidada de piedra en una fiesta, con malos humos, de la que no sabía qué se estaba celebrando.

—¿Habéis visto un vampiro, Abel? —me preguntó en el momento en el que me senté a su lado, pues la notaba algo nerviosa y quería tranquilizarla con ese gesto.

—No sé si era una vampiro o una loca, pero eso no es lo peor que hemos visto esta tarde —le dije a Arisa, susurrándoselo al oído, para que Gabriel no me escuchase—. Ya te lo explicaré más tarde.

La verdad era que aunque se lo hubiese dicho gritando, Gabriel no se habría enterado, ya que estaba totalmente concentrado en el diálogo que mantenía con su padre y creo que hacía rato que se había olvidado de Arisa y de mí.

—¿De qué querías protegerme, papá?

—De ellos, quería evitar que te mataran.

—No te entiendo. Te juro que no te entiendo.

—No quería perderte. Había perdido a tu madre y no podría soportar perderte a ti también.

—¿Por qué quieren matarme? ¿Qué he hecho yo?

—Es muy largo de explicar. No tengo tiempo ahora. Por favor, preparad vuestro equipaje y huid de aquí. Cruzad la frontera, allí estaréis a salvo por el momento.

—¿Es por aquel hombre de ojos rojos que con el que me topé cuando vi a mamá delante del restaurante?

—Por aquel hombre que creíste ver…

—No, por aquel hombre que vi, como he visto hoy a esa mujer que parece conocerte, como he visto los nichos, la fosa de los cadáveres… Tú sabías que yo no estaba enfermo, ¿verdad?

—Claro que lo sabía, pero mientras creyeses que estabas enfermo y fueses olvidando aquello estaríamos a salvo, pero hoy te has vuelto más peligroso que nunca.

Arisa me cogió de la mano. Su nerviosismo se acababa de convertir en miedo. «¿Fosa de cadáveres?», me preguntó susurrando, y cuando yo asentí, me apretó la mano con más fuerza. Supongo que su instinto la estaba empujando a abandonar la cocina, pero su miedo la aferraba a mí.

—¿Me he pasado los últimos años tratándome una enfermedad que no padecía? ¿Pensado que estaba loco? —preguntó Gabriel a su padre.

—Tuve que hacerlo. Eso y… —El señor Shine dejó la frase inacabada sin que nadie le interrumpiera.

—¿Eso y qué más, papá?

—Siempre que salías del sanatorio, ellos me llamaban y me amenazaban. Me decían que me asegurara de que no dirías nada y de que todo iba bien. Yo les mentía, veía que seguías dibujando esos ojos rojos y el dragón y a tu madre…

—Por eso siempre te has comportado mal conmigo, siempre me has hecho pensar que no te importaba o que te molestaba. Todo para que me hundiera en la depresión que tú y esa gente, tus vampiros, habíais fabricado para mí. Siempre igual, venía aquí y te distanciabas de mí, luego te salía la vena de padre y al final el pobre Gabriel volvía a tener visiones y a recaer. Era mentira, tú me estabas haciendo luz de gas aquí, en nuestra casa. Cosas que desaparecían misteriosamente, gente que venía a casa y que decías que nunca había estado aquí… Y yo, mierda, yo pensando que estaba enfermo.

—Era por tu bien, hijo. Un día ya no dibujarías nada que les preocupase. Se quedarían tranquilos y nosotros comenzaríamos una nueva vida lejos de aquí.

—Y yo compadeciéndote. Pobre hombre, se muere su mujer y su hijo está loco. Pensé que eras una especie de mártir.

—Lo siento, hijo.

El señor Shine comenzó a llorar mientras Gabriel le miraba con una expresión mezcla de odio, tristeza e incredulidad. Arisa, la pobre, seguía perdida en aquel país sin maravillas.

—¿A nosotros también nos quieren matar, señor Shine? —preguntó Arisa.

—Sí, hija, también vienen a por vosotros —contestó el señor Shine.

—Pero yo no he estado esta tarde con Gabriel y Abel, y ni siquiera creo en esos vampiros que usted dice que existen. Yo no soy peligrosa —acabó diciendo Arisa, algo alterada.

—Para ellos sí lo eres. Has escrito una historia de vampiros creíble, igual que ha hecho Abel —dijo el señor Shine—. De eso iba el seminario, de saber si vuestras historias eran producto del azar, de alguna teoría plausible o de la investigación de alguien. ¿Entendéis? Circle Books es una editorial fantasma, encargada de apoderarse de cualquier relato que pueda perjudicarlos. Ellos evitan que vea la luz cualquier historia de vampiros que contenga algo que pueda hacer pensar a la gente que un ser así es creíble. Ellos están entre nosotros. Los vampiros están entre nosotros y su verdadera fuerza, al igual que pasa con el diablo, reside en que la gente no cree en su existencia. Si creas una mínima duda, puedes provocar que alguien se dé cuenta de que según qué puede ser obra de un vampiro. ¿Te suena eso, Abel?

—Sí, me suena, es lo que hace el vampiro de mi relato, evitar que una historia que podría perjudicarle se publique —contesté pensando que por eso dijo el señor Shine que mi vampiro creíble era mi problema, y pensando también que había sido un estúpido al dejarme embaucar por dos fotos bonitas y mil doscientos pavos.

—Cuando me dijisteis que no queríais escribir, me alegré muchísimo. Os hice firmar ese documento y con eso estabais a salvo —explicó el señor Shine.

—¿Y si no hubiésemos firmado? ¿Y si hubiésemos querido ser escritores? —preguntó Arisa.

—Entonces, se pondría en marcha el plan B y os liquidarían —dijo Gabriel, adelantándose a su padre—. ¿También les haces ese trabajo a ellos? ¿Seleccionar víctimas?

—Todo lo contrario, lo que intento es convencer a los alumnos del seminario de que abandonen el género fantástico y apartarlos del mundo literario haciéndoles firmar el compromiso —explicó el señor Shine—. Todos los que he tenido hasta ahora han firmado ese compromiso y están a salvo. Si quieren escribir algo, te aseguro que no será de vampiros. Debéis saber que todas las novelas, todas las películas y series de televisión en la que aparecen vampiros son estupideces que les benefician a ellos por lo que antes os he comentado, porque son unos personajes tan ridículos que la gente no se los toma en serio. ¿Lo entendéis ahora? Ellos permiten que se escriba sobre vampiros, que se hagan películas sobre ellos porque mientras eso sucede pueden seguir actuando con total impunidad.

—¿Como *El vampiro* de Polidori en mi relato? —pregunté yo al recordar que había escrito algo parecido a lo que acababa de oír en *El juramento.*

—Sí, Abel, como *El vampiro* de Polidori —contestó el señor Shine—. Además, por pura casualidad, adivinaste cómo murió realmente lord Byron.

—¿Murió en manos de un vampiro? —preguntó Arisa.

—La historia dice que murió tras realizarle tres sangrías para curarle el cólera —contesté yo, recordando lo que había leído sobre la muerte de Byron.

—¿Y no te parece demasiado casual, Abel, que un escritor que quería escribir un relato sobre un vampiro muriese desangrado? —preguntó el señor Shine.

—Fue causalidad, no lo sabía —dije yo, intentando excusarme sin razón.

—Hay una cosa que no entiendo, señor Shine —dijo Arisa—. Yo firmé ese compromiso editorial y no tengo intención de dedicarme a escribir ficción. ¿Por qué también me quieren matar a mí esos señores?

—Es que ahora ya da igual, Arisa. Ahora ya sabes lo que les ha pasado a Gabriel y a Abel esta tarde, pero aunque no lo supieras, a ellos les daría lo mismo. Por favor, hacedme caso y marchaos lo antes posible —acabó diciendo el señor Shine, acompañando sus palabras con un golpe en la mesa con el que intentaba dar más fuerza a lo dicho.

Gabriel nos hizo un gesto con la cabeza a Arisa y a mí para que saliéramos de la cocina, y una vez fuera, nos pidió que obedeciéramos a su padre y subiésemos a preparar el equipaje. Le hicimos caso, y mientras subíamos la escalera, Gabriel volvió a entrar en la cocina, seguramente para hablar a solas con su padre de todo lo que estaba pasando. Aunque Gabriel no nos hubiera pedido que obedeciéramos al señor Shine, lo habríamos hecho de todas maneras, ya que estaba claro que para Arisa y para mí lo mejor era largarnos de allí lo antes posible, fuese o no cierta aquella historia de vampiros editoriales, fuesen o no reales las experiencias que yo había vivido aquella misma tarde. Arisa subió la escalera y entró en su cuarto sin decir nada, pero un par de minutos después abrió la puerta interior que comunicaba nuestras habitaciones buscando respuestas. Quería saber qué nos había ocurrido en Nueva York, lo de la mujer vampiro y lo de la fosa de cadáveres. Le pedí que se sentara en la cama y que me diera algo de tiempo para encontrar la mejor manera de contarle lo sucedido. Después de darle vueltas al asunto, llegué a la conclusión de que la mejor manera de explicar la historia del sótano de El Año del Dragón era apoyándome en algo que la ilustrara, y ese algo eran los dibujos de Gabriel.

Arisa y yo subimos a la buhardilla y le pedí de nuevo que se sentara en la cama, para poder moverme con libertad e ir señalando cada uno de los dibujos que me iban a servir para que ella entendiese qué es lo que había ocurrido en Nueva York y, si era posible, me creyese. El tema era que a una japonesa le tenía que contar que un esquizofrénico y un *pringao* habían sido atacados por una vampiro de ojos rojos en el sótano de un restaurante chino abandonado en el que, aparte de sesenta nichos con cojines dorados, había una fosa gigante con cientos de esqueletos y cadáveres en estado de putrefacción. Pues bien, para contar esta historia tuve que empezar por el principio, como es lógico, y este principio era la madre de Gabriel. Señalando los dibujos de Helen Shine, le conté lo de su accidente, lo de sus apariciones nocturnas y lo de la cinta de pelo azul. Arisa volvió a abrir la boca de nuevo y ya la dejó así de abierta hasta que terminé la explicación. Seguí con el relato explicándole lo que ocurrió cuando Gabriel vio a su madre en el momento en el que intentaban obligarla a entrar por la fuerza en El Año del Dragón.

—Un momento, que me estoy perdiendo —me interrumpió Arisa—. ¿Vio a su madre más de diez años después de que ella muriese?

—Sí, eso mismo, y llevaba la cinta azul para el pelo —le contesté, señalándole el dibujo en el que aparecía Helen Shine con esa misma cinta.

—Es algo increíble.

—Sí, supongo que ese ha sido siempre el problema, Arisa, que es una historia increíble, pero espera que aún no te he contado lo mejor.

Le expliqué a continuación que Gabriel lo había olvidado todo y lo que significaban cada uno de los dibujos de sus pesadillas: el dragón y la T mayúscula indicaban lugares, y el dos de diamantes, el tipo que quería hacer entrar a la señora Shine en el restaurante. A la hora de contarle lo que había pasado en el restaurante, omití lo de la rata porque consideré que no era importante. Sí que hice hincapié en lo de los cojines dorados de aquella especie de mausoleo, y añadí que había un pelo rubio en uno de ellos. Por supuesto, el momento culminante de mi explicación llegó cuando le describí la fosa de los cadáveres. Aquí tuve la delicadeza de no ser muy preciso y no contarle, por ejemplo, lo de las piernas de aquel bebé. De todas maneras Arisa ya llevaba tiempo en estado catatónico: paralizada, con la boca abierta, los ojos como platos y temblando. Sé lo del estado catatónico porque una vez me lo preguntaron en clase y dije que era la forma de gobierno de Catatonia, y el profesor me obligó a que buscara información para que, al día siguiente, volviese a contestar la pregunta sin hacer el ridículo. Por último, le conté el enfrentamiento con Julia Hertz y lo que nos había dicho ella al despedirse. Aquí he de reconocer que me pasé un poco, ya que lo expliqué a la italiana, moviendo mucho las manos, tirándome por el suelo, repitiendo el golpe que le di en la cabeza a la bestia aquella, etcétera.

—Y ella tenía los ojos rojos. No todo el tiempo, solamente cuando se puso a gritar y atacó a Gabriel —dije para terminar con mi relato.

—Es espeluznante, Abel.

—Dímelo a mí, que pensé que de allí no iba a salir entero. ¿Te lo crees?

—Si me lo contara otra persona o si lo leyera en algún sitio, no lo creería, pero tú no tienes por qué mentirme. Además, ahora entiendo de qué se estaba hablando en la cocina. Sin embargo, la verdad es que cuesta asimilarlo. Tú has estado allí y, no sé, parece que estás como si nada.

—Es que creo que no me he parado a pensar en serio sobre lo de esta tarde. Lo he pasado fatal, pero he sobrevivido y en eso es en lo único que realmente he pensado.

—¿Vampiros? ¿Crees que esa mujer es una vampiro y vendrán vampiros a matarnos?

—El problema es que el señor Shine no tenía por qué mentirnos ahora. Si lo que nos ha contado él nos lo hubiese contado otro día, sin haber visto lo que he visto, pues seguramente no lo creería, pero lo que ha dicho cuadra demasiado. Creo, Arisa, que si fuese mentira lo que nos ha dicho, todo lo que pasó en el restaurante no sería más que una especie de montaje muy caro, ¿no? Te juro que ha pasado tal y como te lo he contado.

—Vampiros de ojos rojos y una fosa en la que tiran a sus víctimas. Los vampiros no existen.

Le dije que yo no podía estar seguro de si existían o no los vampiros, pero que de todas maneras esa gente era mala gente. Daba igual si eran o no vampiros, puede que fueran miembros de una secta de locos, pero eso, como digo, daba igual, ya que estábamos en peligro. Debíamos largarnos de allí como había dicho el señor Shine, y una vez a salvo, ya tendríamos tiempo para meditar sobre todo lo que nos estaba pasando y encontrarle una explicación que nos pareciera más lógica. Lo único que podíamos tener claro en ese momento era que alguien quería matarnos y que lo mejor era largarse de allí lo antes posible. Cuando tu cuello está en peligro, no pierdes el tiempo en buscarle sentido a lo que te rodea, solo piensas en sobrevivir y eso es lo que teníamos que hacer.

—Mira, cuando le di a la tía aquella con la llave en la cabeza, no pensé si era una loca, una vampiro o una violadora sotanera. Lo único que me importaba, Arisa, era quitársela a Gabriel de encima. ¿Comprendes?

—Sí, entiendo lo que quieres decir. No importa quién quiere matarnos, sino que alguien quiere hacerlo.

—Exacto, y no sé tú, pero a mí me gustaría evitarlo.

—Sí, démonos prisa en hacer las maletas y larguémonos de aquí.

Salimos de la habitación y al bajar por la escalera nos topamos con Gabriel. Nos dijo que había intentado convencer a su padre de que se fuera también de la casa, pero que no había podido hacerle cambiar de opinión.

—Me ha dicho que prefiere quedarse aquí e intentar razonar con ellos, convencerles de que no vamos a decir nada —explicó Gabriel—. Cuando esos tipos se vayan, llamará a alguno de vuestros móviles y nos explicará cuál es la situación y qué debemos hacer.

—¿Y a él no le harán nada? —preguntó Arisa.

—Temo que sí, por esa razón he intentado convencerle de que se venga con nosotros —contestó Gabriel resignado—. Hasta ahora parece que le ha seguido el juego a esa gente, pero al dejarnos marchar, se pone en su contra. No sé lo que puede pasar, pero seguro que nada bueno.

—Y si le pasa algo, ¿cómo sabremos qué hacer? —pregunté yo.

—Me ha dicho que si al salir el sol no nos llama, que os compre dos billetes de vuelta a casa y que cuando lleguéis allí comentéis a vuestros padres lo sucedido —explicó Gabriel.

—¿Y tú qué harás? —preguntó en esta ocasión Arisa.

—A mí me ha dado una carta para un tal Tom S. Braker —nos dijo, enseñándonos un sobre que se sacó del bolsillo—. Al parecer es un antiguo alumno suyo. Él me ayudará en todo lo que pueda, es un tipo de fiar. Ah, Abel, toma las llaves del coche, conduces tú otra vez.

Gabriel me dio las llaves del todoterreno de su padre y quedamos en vernos en el vestíbulo en diez minutos, con todo dispuesto para abandonar la casa. Yo no tardé mucho en hacer la maleta; me había llevado poca ropa y los bañadores que me había comprado en Ithaca no abultaban nada. Como me sobraba espacio en la maleta, también guardé en ella el libro de Arisa, *Los señores de la peste.* Con las tonterías, y casi sin darme cuenta, ya iba por la mitad. No estaba mal el libraco, además lo estaba leyendo con mucho cariño por ser de quien era. Mientras metía el libro en la maleta, pensé que ahora Arisa se estaría arrepintiendo de haber viajado con aquellas cuatro maletas. Seguramente aún estaría intentando cerrar la primera de las cuatro, ya que seguro que había doblado toda la ropa con meticulosidad y la había colocado con mucho cuidado en la maleta para que no se arrugase. Al cerrar mi maleta, decidí pasarme por su habitación para ayudarla a acabar de hacer el equipaje, utilizando mi estilo ovillero de meter la ropa en la maleta, consistente en eso, en hacer un ovillo con toda la ropa y no preocuparme por las arruguitas y demás cosas femeninas. Entré en su habitación por la puerta interior, pero ella ya no estaba allí. Ni ella ni sus maletas. Salí al pasillo, me asomé por la barandilla de la escalera y me la encontré con sus cuatro maletas y su mochila al lado de la puerta principal, hablando con el señor Shine, el cual también llevaba una mochila cogida con una mano. O yo me había dormido sin darme cuenta mientras hacía mi maleta o Arisa tenía tantas ganas de largarse de allí que había batido el récord mundial de hacer equipajes. Lo más gracioso del tema es que en Syracuse se enfadó conmigo por no llevarle las maletas y al llegar a aquella casa también se hizo la remolona para que le subiera el equipaje a la habitación, pero ahora ella solita había cargado con sus maletas al menos hasta la puerta. Bajé los escalones de la escalera de dos en dos, como si con eso ganara algo de tiempo, y puse mi maleta junto a las de Arisa. El señor Shine me dijo lo mismo que al parecer le acababa de decir a Arisa, que sentía mucho todo lo que había ocurrido y que esperaba que algún día pudiéramos perdonarle. Yo no supe qué contestarle, ya que tampoco era aún consciente del mal que ese señor me había hecho. ¿Me había tendido una trampa o había intentado salvarme una vez que yo solo me había metido en la boca del lobo? Cuando bajó Gabriel, el señor Shine ni se excusó ni le pidió que le perdonara; seguramente ya lo había hecho antes, cuando él y su hijo se quedaron a solas en la cocina. Gabriel intentó convencerle una vez más para que se viniera con nosotros, pero el señor Shine dijo que debía quedarse y hacer todo lo posible para proteger de nuevo a su hijo y, de rebote, a los dos alumnos de su falso seminario. Gabriel abrazó a su padre a modo de despedida, y el señor Shine le dio la mochila que llevaba en la mano y le dijo que era dinero y unos documentos que había preparado como plan de fuga, por si algún día ocurría lo que parecía que ya había ocurrido. Entonces Gabriel aprovechó la entrega de esa mochila para decirle que si tenía un plan de fuga, dicho plan podía aplicarse en ese momento. El señor Shine le contestó diciendo que ese plan lo había pensado para Gabriel y él a solas, pero que si se quedaba era para cubrirnos a los tres. Gabriel no entendía la actitud de su padre, y lo cierto era que yo tampoco, pero en aquellos momentos me daba igual si aquel hombre se quedaba o se venía con nosotros; para mí la despedida ya estaba durando demasiado. El señor Shine quizá me leyó la mente, ya que abrazó a su hijo, nos deseó suerte a Arisa y a mí y nos abrió la puerta de la casa para que no perdiéramos más tiempo. Salimos de la casa y sin mirar atrás nos dirigimos directos al coche. En esta ocasión no hizo falta que Arisa me pidiera que le ayudara con las maletas; le cogí un par y Gabriel otra, y en menos de un minuto colocamos todo nuestro equipaje en el maletero y salimos de allí rumbo a Canadá.

El viaje a Canadá fue más corto de lo esperado, duró apenas diez minutos. Duró tan poco porque en realidad nunca fuimos a Canadá, ya que después de repostar en una gasolinera que había a la entrada de Ithaca, Gabriel me dijo que volviéramos de nuevo a la casa.

—Ni hablar, Gabriel —le dije—, vamos a seguir con el plan previsto.

—No puedo dejar a mi padre allí solo —me dijo él—. Volvamos.

—Él nos ha dicho que crucemos la frontera y que ya nos llamará después —dijo Arisa—. Creo que él tiene las ideas muy claras sobre lo que hay que hacer.

—Vosotros no hace falta que os quedéis, me dejáis allí y os largáis —añadió Gabriel.

—¿Y qué vas a conseguir quedándote con tu padre, Gabriel? —le preguntó Arisa.

—No sé, a lo mejor solamente vienen un par de tipos y puede que mi padre y yo nos podamos defender —intentó argumentar Gabriel.

—Tío, la vampiro de esta tarde era una tía y casi te liquida. Y ya viste que le pegué con la llave inglesa en toda la frente y después estaba más fresca que una rosa —le dije para hacerle ver el peligro que corría si volvía junto a su padre.

—Es que me jode que se quede solo, a modo de sacrificio —dijo Gabriel con tono de enfado—. ¿Qué crees, que esos vampiros o lo que sean se van a poner a jugar a las cartas con él?

—¿Y, tú, qué se supone que puedes hacer, Gabriel? —pregunté la típica pregunta que no es una pregunta, sino una afirmación reforzada con un tono de interrogación.

—A lo mejor solamente viene uno y, con un poco de suerte, mi padre se da cuenta de que está cometiendo un error.

—Quiero proponeros una cosa que creo que es la mejor solución —dijo entonces Arisa—. Volvamos todos a la casa, pero quedémonos fuera, escondidos en el bosque. ¿Conoces un sitio en el que podamos ocultarnos con el coche y ver desde allí la casa? —le preguntó a Gabriel.

—Sí, hay un pequeño claro al que podemos llegar con el todoterreno —contestó Gabriel—. Está a unos cien metros de la entrada de la casa y la visión es directa.

—Vale, pues iremos hasta allí y nos esconderemos hasta que lleguen —continuó Arisa—. Si vemos que solamente son uno o dos, creo que los cuatro les podremos hacer frente. Aunque yo soy algo baja y Abel no es muy forzudo que digamos, quizá con un par de llaves inglesas salgamos del aprieto.

—¿Y si son más? —pregunté yo.

—Si son más, y visto que una mujer esta tarde casi os liquida, no me la jugaría —dijo Arisa—. Si son más de dos vemos lo que ocurre, y cuando se vayan ya pensaremos lo que hacer. ¿Qué os parece?

—Gracias, Arisa, muchas gracias —dijo Gabriel, antes de devolverle el beso con el que ella le obsequió algunas noches atrás.

Yo contesté a la propuesta arrancando el coche, poniendo el intermitente izquierdo y regresando a la carretera. Una vez que entramos en el camino que partía en dos el bosque cercano a la casa de los Shine, Gabriel me pidió que aminorara la marcha y que siguiera sus instrucciones para que no me pasara aquel claro que nos iba a servir para escondernos y vigilar. Cuando él me indicó, giré a la derecha para entrar en lo que parecía el cauce seco de un riachuelo por el que seguí durante unos treinta metros, para girar a la izquierda en esta ocasión y meter el todoterreno en un camino de tierra que nos acabaría llevando al claro del bosque. No era un camino propiamente dicho, sino más bien una zona en la que la hierba del lugar había desaparecido después de que durante varios años los excursionista se abrieran paso a través del bosque por ese lugar. El todoterreno era tan ancho como ese falso camino, incluso creo que en algún momento rocé con los retrovisores algunos de los árboles que lo flanqueaban. Una vez en el claro, vi que Gabriel tenía razón, que desde allí se podía ver la entrada de la casa, concretamente el porche y un trozo de la ventana de la cocina, y que era imposible que desde allí nos descubrieran. Apagué el motor y las luces del coche. Ahora solo hacía falta esperar.

Las tensiones vividas durante aquel día acabaron haciendo mella en mí y me quedé dormido. Arisa me despertó cuando los coches de los vampiros llegaron y se detuvieron frente al porche de la casa. Sí, coches, dos concretamente, y de ellos se bajaron cuatro individuos. De las dos posibilidades apuntadas por Arisa, acababa de quedar descartada la primera, ya que no podíamos enfrentarnos a cuatro vampiros ni con todas las llaves inglesas del mundo. Enseguida vi que Gabriel había llegado a la misma conclusión: no iba a poder ayudar a su padre. Dejaron las luces de los coches encendidas, cosa que nos iba a permitir ver nítidamente todo lo que fuese a pasar, ya que los focos de los vehículos estaban dirigidos hacia la casa. Los cuatro vampiros que bajaron de los coches iban vestidos como los tipos esos de la CIA que se presentan en casa de la gente para convencerla de que lo que aterrizó en su jardín no es un platillo volante, sino un globo meteorológico defectuoso, y para asegurarle que esos señores con ojos rasgados que le habían metido un tubo por el ano eran fruto de su imaginación o de la inhalación de algún gas nocivo surgido de vaya usted a saber dónde. De los cuatro tipos, había uno que se diferenciaba del resto porque era un poco más bajo que sus compañeros y además cojeaba. Este parecía que llevaba la voz cantante, ya que se quedó fuera fumando un cigarrillo, mientras los otros tres entraban en la casa. Uno de estos tres salió pocos segundos después, seguramente para informarle de que no estábamos allí. El cojo le dio una calada profunda al cigarrillo, lo tiró como si fuera veneno y entró en la casa. Oímos un grito y dedujimos que era del señor Shine. La cosa empezaba a pintar muy mal. Todas las luces del interior de la casa se encendieron; aunque solamente podíamos ver con claridad la que salía de la ventana de la cocina pudimos intuir que estaban encendidas todas por los reflejos que estas producían en las hojas de los árboles que nos tapaban la visión total del hogar de los Shine. Uno de los cuatro vampiros salió de la casa y comenzó a mirar a su alrededor, al parecer buscaba alguna otra construcción cercana, un cobertizo o un invernadero, un sitio en el que pudiéramos estar escondidos. Tras comprobar que el único edificio de la zona era la casa de la que había salido instantes antes, el vampiro empezó a caminar en dirección a donde nos encontrábamos. Fue el momento en el que Arisa, que estaba sentada en el asiento de atrás, no pudo aguantar más la presión y soltó un grito, una de sus exclamaciones japonesas incomprensibles. Gabriel se volvió inmediatamente y le tapó la boca. Yo cerré los ojos un instante, rogando a Dios que el vampiro no hubiera oído a Arisa. O Dios no me oyó o yo no me expliqué bien o sí me oyó y pasó olímpicamente, ya que al abrir de nuevo los ojos vi que el vampiro se había parado en seco y miraba fijamente hacia nosotros, pero sin vernos, en este caso gracias a Dios (mira, una cosa por la otra, empatados). El vampiro movía la cabeza, intentando ver entre los árboles. Dio dos pasos más hacia nosotros y, en ese momento, los focos de uno de los dos coches le iluminaron el rostro y pude ver que se trataba del hombre que nos había recogido en el aeropuerto, Helmut. No lo podría asegurar al cien por cien, ya que le vi la cara de lejos y entre el hueco de dos árboles, pero si no era él, era un familiar que se le parecía mucho. Me volví para decirle a Arisa si le parecía que aquel era Helmut, pero la pobre estaba llorando, tapándose la cara con las manos, y pensé que era mejor no tentar a la suerte y dejarla tranquila. Helmut siguió caminando hacia donde estábamos nosotros, y a medida que se acercaba su cuerpo tapaba la visión que teníamos de la casa. Se aproximaba a nuestro escondrijo dibujando una línea recta casi perfecta, pero se notaba por su caminar dubitativo que no tenía muy claro adónde se dirigía. Justo cuando estaba a punto de entrar en el bosque, cosa que habría hecho que nos viera seguro después de dejar atrás los árboles más cercanos a la casa, se detuvo de nuevo, se volvió y echó a correr hacia los coches. Al quitarse de en medio, pudimos ver de nuevo los coches y la entrada de la casa. Cuando Helmut llegó a donde estaban los coches, abrió la puerta trasera de uno de ellos y poco después salieron dos de sus compañeros de la casa llevando a rastras al señor Shine, que parecía estar totalmente inconsciente. Lo metieron en el coche y Helmut entró tras él. Los dos vampiros que lo habían sacado de la casa se metieron en el otro coche y se marcharon.

Unos cinco minutos después, el cojo salió de la casa, subió al coche por la puerta del conductor y puso el motor en marcha. Pensé que se iban a ir enseguida, pero no, el cojo volvió a apagar el motor y él y Helmut salieron del coche. Ambos estuvieron hablando durante unos instantes y se volvieron a la vez hacia donde estábamos nosotros. Yo miré a Gabriel y tenía todos los músculos del cuerpo en tensión. Me hizo una señal para que pusiera la mano en la llave de contacto por si teníamos que salir de allí pitando. Helmut y el cojo repitieron el mismo camino que había hecho el primero antes. Cuando ya habían entrado en el bosque, por lo que pasando un árbol más nos descubrirían seguro, se detuvieron, se volvieron y salieron corriendo hacia el coche. Al parecer, el señor Shine había vuelto en sí y había decidido huir aprovechando que se había quedado a solas en el coche de sus raptores. En ese momento Gabriel salió del todoterreno y yo salí tras él, mientras Arisa creo que no se estaba enterando de nada de lo que sucedía a su alrededor. El señor Shine estaba dando marcha atrás para poner el coche en dirección al camino que le podría sacar de allí. Helmut llegó al coche y sin que este se detuviera intentó abrir una de las puertas, pero no pudo conseguir su propósito. Gabriel comenzó a caminar hacia ellos y yo le seguí. «Somos tres contra dos, Abel, podemos hacerlo», me dijo cuando le cogí de un brazo intentando detenerlo. Sí, éramos tres contra dos, ya que no contábamos con Arisa, pero no pudimos hacer nada. Cuando estábamos a punto de salir del bosque y enfrentarnos cara a cara con aquellos vampiros, el cojo sacó una pistola y disparó dos tiros al aire y apuntó acto seguido al señor Shine. El coche se detuvo y Helmut abrió la puerta del conductor; tras sacar al señor Shine de su interior, lo tiró al suelo con fuerza y comenzó a patearle con rabia, mientras el padre de Gabriel no dejaba de gritar. El cojo se acercó a Helmut y le hizo una señal, y este se detuvo, levantó al señor Shine del suelo y lo empujó contra el coche. El cojo se acercó a su víctima y le metió la pistola en la boca mientras parecía estar explicándole algo, acompañándose con gestos que hacía con la mano que tenía libre. Después de que el señor Shine asintiera, el cojo se guardó la pistola y volvió a sentarse en el asiento del conductor, mientras Helmut le propinaba un puñetazo en el estómago que le hizo caer de rodillas. Helmut abrió la puerta trasera del coche, cogió al padre de Gabriel de los hombros y lo metió a golpes en el vehículo, entrando tras él. El coche arrancó, y los secuestradores y su secuestrado abandonaron el lugar a toda prisa. El señor Shine nos había salvado la vida, ya que su intento de fuga había hecho que los vampiros se olvidaran de averiguar si aquello que había escuchado Helmut era el grito de una persona, el graznido de algún bicho nocturno o imaginaciones auditivas de un vampiro de madre alemana.

6

La tumba de Helen

Cuando el coche de los vampiros desapareció de nuestra vista, Gabriel y yo volvimos junto Arisa. La pobre seguía inmersa en su particular ataque de nervios oriental. Le explicamos lo que había sucedido y se tranquilizó un poco, no porque hubiesen secuestrado al padre de Gabriel, sino porque todo había acabado. Era evidente que el señor Shine no iba a poder llamarnos a la mañana siguiente, así que debíamos poner en marcha el plan B: Arisa y yo volveríamos a casa, y Gabriel buscaría al antiguo alumno de su padre para que le echase una mano. El señor Shine también nos había dicho que les explicásemos lo sucedido a nuestros padres, pero no sabía si mi padre se iba a creer todo lo que se suponía que le tenía que contar y tras escucharme denunciar el caso. Conociéndolo, era de sospechar que prefiriese pasar página y seguir con su tranquila vida, así que lo mejor sería no decirle nada. Solo tendría sentido contarle lo sucedido en caso de que fuera a tomar alguna medida y como no iba a ser el caso, lo único que iba a conseguir es que se preocupara sin razón. Supongo que por parte de Arisa la cosa era aún más compleja, ya que la relación con su padre era muy mala. Directamente no la creería, ya que si la menospreciaba pese a ser un chica modelo y una de las mejores estudiantes de su promoción, que ella le contase una historia de vampiros podía empeorar más aún la relación entre ambos. No se lo pregunté, pero creo que ella tampoco le diría nada al señor Imai. Por lo menos había sacado algo bueno de su estancia en Ithaca, el certificado de asistencia al seminario, un papel que le iba a permitir continuar en Harvard y en el país. La responsabilidad de investigar lo ocurrido recaería por entero en Gabriel, si a este le echaba una mano ese tal Tom Braker. Él solo no iba a poder hacer nada, pues nadie le creería, a parte de que, oficialmente, era un esquizofrénico que había golpeado a un policía años atrás. Después de contarle a Arisa lo sucedido, permanecimos algunos minutos en silencio. Aunque habíamos salvado el pellejo —y en el caso de Gabriel y un servidor en dos ocasiones—, nos sentíamos totalmente derrotados. Quizá fuese también por el cansancio de un día lleno de sobresaltos.

—Creo que podríamos pasar la noche en Syracuse y mañana por la mañana ir al aeropuerto y comprar vuestros billetes —dijo Gabriel para comenzar a poner en marcha el plan B diseñado por su padre.

—¿Llevas suficiente dinero? —preguntó Arisa—. Es que tengo solamente cincuenta dólares.

—No te preocupes, mi padre me ha dado mucho dinero. —Y después de decir eso, nos enseñó el interior de la mochila que le había entregado el señor Shine—. Creo que hay unos cien mil dólares que mi padre fue ahorrando para su plan de fuga. Tenemos de sobra.

—¿Y qué son esas otras cosas que hay en la mochila? —pregunté yo al ver que, aparte de varios fajos de billetes, había un par de carpetas y algo que no adivinaba qué podía ser.

—Son cosas que no os competen —contestó Gabriel—. Las carpetas son documentos varios de la casa, seguros y apuntes sobre el seminario. Lo otro, bueno, se ve que mi padre es un poco peliculero e hizo pasaportes y permisos de conducir falsos, supongo que para no dejar rastro si nos perseguían los vampiros.

—Tu padre lo tenía todo pensado —dijo Arisa—. Espero que no le pase nada.

—Eso también espero yo, Arisa —añadió Gabriel—. A lo mejor solo quieren asustarle y todo vuelve a ser como era antes... Bueno, mejor, espero que mejor.

—¿Nos vamos ya? —pregunté.

—Antes de irnos, me gustaría comprobar una cosa, si no os importa —dijo Gabriel—. Es algo que tiene que ver con mi madre.

—¿De qué se trata? —preguntó Arisa.

—Creo que mi madre no está enterrada allí —dijo señalando en dirección al montículo en el que estaba la tumba de Helen Shine—. Creo que no murió hace veinte años. Estoy seguro que la vi hace siete en la puerta del restaurante chino. ¿Os disteis cuenta de que cuando estábamos hablando de lo que nos había pasado en Nueva York, mi padre reconoció lo de los ojos rojos y que en ningún momento negó que yo hubiera visto a mi madre en aquella ocasión?

—¿Y tú por qué no sacaste el tema? —pregunté yo.

—Pues porque no hacía falta, el silencio de mi padre era suficiente para saber que yo no me inventé nada —me contestó Gabriel—. Tampoco quise sacar el tema porque la situación ya era lo suficientemente complicada para complicarla aún más. Quizá no quería saber por qué mi padre me mintió al decirme que mi madre había muerto o por qué no se enfrentó a esa gente y dejó que yo creyera estar enfermo. No sé explicarlo, es mi padre y aún no tengo claro cuál es su papel real en esta historia. Si hubiese sacado lo de mi madre, quizá habría escuchado algo que no quería escuchar. Saber que has vivido engañado media vida ya es un golpe suficientemente fuerte para querer intentar conocer toda la verdad.

—¿Crees que tu padre traicionó a tu madre o algo así? —preguntó en esta ocasión Arisa.

—No lo sé, ya te digo que ahora no quiero saber si eso fue así o no —dijo Gabriel—. Mira, cuando mi padre nos dijo que iba a venir una gente a matarnos y que él se iba a quedar, lo único que me importaba era que él también se salvase, eso era lo primordial. Ahora quiero comprobar que mi madre está enterrada en su tumba.

Salimos del claro del bosque y nos dirigimos a la casa de Gabriel. Me pidió que subiera con él al montículo y yo no me negué. Arisa dijo que también quería ir con nosotros, pero Gabriel consideró que era mejor que se quedara en el coche o que entrara en la casa y comiera algo. Refunfuñó un poco, pero al final creo que entendió que nuestro amigo quería dejarla al margen de algo que quizá la pudiera afectar de muchas maneras y que se repitiese una situación como la que había vivido una hora antes cuando Helmut se dirigía hacia nuestro escondite. Gabriel y yo entramos en la casa para coger un pico, una lámpara de gas y un par de palas, y luego subimos al montículo. Había comenzado el día llamando a mi padre para que me ayudara a quedar bien con los Shine arreglándoles la ventana e iba a acabarlo desenterrando a Helen Shine. Un día completito. Gabriel golpeó varias veces con el pico la tierra de la superficie de la tumba y cuando esa tierra dejó de estar totalmente compacta, cogimos las palas y empezamos a cavar. No sé cuánto tardamos en vaciar la tumba de los dos metros de tierra que había sobre el ataúd de Helen Shine, pero a mí se me hizo eterno. Gabriel me pidió que saliera del hoyo, cogió el pico y destrozó con él la tapa del ataúd, haciéndole varios orificios de diferente tamaño. Agarrando los bordes de esos orificios, fue arrancando los trozos de la tapa que no había arrancado con el pico. Después de hacer eso, permaneció unos instantes quieto, con el rostro entre las manos y murmurando algo. Le pregunté qué ocurría y él no me contestó; lo que hizo fue volverse, salir de la tumba y dejar que yo mismo me contestase a la pregunta. Sí, como Gabriel sospechaba, el ataúd estaba vacío, su madre jamás fue enterrada allí

—¿Cómo ha ido? —nos preguntó Arisa cuando volvimos al coche.

—El ataúd estaba vacío —contesté yo—. La madre de Gabriel no está enterrada allí.

—¿Cómo es posible? —preguntó de nuevo Arisa.

—Muy sencillo, mi madre no murió en aquel accidente —contestó Gabriel—. Mi madre murió trece años después y su cadáver está sepultado bajo otros muchos en un sótano de Nueva York.

—¿Crees que la mataron la noche que la viste? —pregunté yo.

—Sí, esa misma noche la mataron —dijo Gabriel dando la impresión de que estaba conteniendo las lágrimas—. Supongo que le chuparon la sangre. Es lo que hacen esos hijos de puta, ¿no? Le chuparon la sangre y luego la arrojaron allí. Hoy hemos visto un zapato rojo de tacón, si hubiésemos ido ese día, habríamos encontrado una cinta de color azul.

—La que tú le regalaste —dijo Arisa.

—De eso ya no estoy tan seguro, no cuadra con lo que he descubierto hoy —dijo Gabriel—. Creo que aquellas visitas nocturnas me las imaginé de verdad. Quizá los que me dijeron que me imaginaba a mi madre porque la añoraba decían la verdad. Ella nunca vino a mi habitación cuando yo era crío. Tal vez yo presentía que ella estaba viva, como les ocurre a los gemelos. La cinta azul a lo mejor la llevaba siempre y me imaginé que se la regalé.

—Es algo muy extraño, Gabriel —señaló Arisa—. ¿Crees que la secuestraron o algo así?

—Puede que fuera eso, pero no sé cuáles podrían ser los motivos de esa gente o por qué mi padre fingió su muerte —comentó Gabriel—. ¿Ves? Ahora sí que me gustaría hablar con mi padre de lo que sucedió. Ahora sí tengo algo concreto que preguntarle. Puede que cuando dijo que todo lo que había hecho era para protegerme, dijera la verdad.

—¿Qué hacemos ahora? —pregunté yo.

—Creo que tú y yo podríamos darnos una ducha y cambiarnos de ropa —me contestó Gabriel.

—Yo, mientras, podría preparar café —dijo Arisa.

—Sí, un buen café nos irá muy bien. Un café cargado y

nos vamos a Syracuse —añadió Gabriel—. Al lado del aeropuerto hay un hotel, descansaremos un poco allí y después compramos los billetes y regresáis a casa.

—¿Por qué no dormimos aquí esta noche? —propuse yo.

—No, cuanto antes dejemos este lugar, mejor —dijo Gabriel—. Deberíamos estar ahora en Canadá y aún seguimos aquí. Una ducha, un café y mañana despertarse en otro lugar, eso es lo que quiero.

Gabriel y yo cogimos ropa de nuestras maletas para cambiarnos después de ducharnos mientras Arisa se dirigía decidida a la cocina para prepararnos un café que nos mantuviera despiertos hasta llegar a Syracuse. Al menos para mantenerme despierto a mí, pues seguro que me volvería a tocar conducir el todoterreno del señor Shine. Al salir de la ducha me di cuenta de que la ropa que había llevado todo el día apestaba. Supongo que era una mezcla del olor de la fosa de Nueva York, del de la tierra húmeda de tumba sin cadáver de Helen Shine, de mi sudor y, por qué no decirlo, del miedo que había pasado a lo largo del día. Cuando bajé a la cocina Gabriel y Arisa estaban charlando sentados a la mesa. Además del café, había una bandeja con donuts y tostadas. Al ver aquella comida, mi estómago rugió, supongo que para recordarme que en las últimas dieciséis horas solamente le había proporcionado un triste sándwich, insuficiente para cubrir el gasto energético al que había sometido a mi cuerpo, física y mentalmente. No sé quién de los dos, Gabriel o yo, devoramos lo que nos había preparado Arisa con más rapidez, pero de lo que estoy seguro es que ella se limitó al café. No porque no tuviera hambre, que seguro que la tenía, ya que no había cenado, sino porque nosotros nos comportamos como dos leones peleando por una presa que había cazado nuestra leona.

Al acabar aquel desayuno temprano o aquella cena tardía, nos dispusimos a ponernos en marcha camino de Syracuse. Ya estábamos los tres en el coche, cuando Gabriel dijo que se había olvidado una cosa y salió camino de la cabaña. Un par de minutos después regresó con lo que se había olvidado, el dibujo que le había hecho a su madre, llevando la cinta azul. Cuando Arisa lo vio, se ve que no pudo contenerse y entre lágrimas besó a Gabriel, que esta vez no se puso rojo. Yo me la quedé mirando con carita de pena, y creo que entendió enseguida que, aunque mi situación no era como la de nuestro amigo, yo también necesitaba una pequeña muestra de cariño y me besó a mí también. Creo que ejerció de madre sustituta con nosotros al hacer aquello.

Llegamos a Syracuse cuando ya estaba amaneciendo. Seguramente los vampiros que habían secuestrado al señor Shine ya estarían a esas horas en sus refugios neoyorquinos. Antes de entrar en el hotel que estaba junto al aeropuerto, Gabriel nos dijo que cogiéramos solamente ropa para cambiarnos al levantarnos, ya que era un tontería sacar el equipaje del coche si solo íbamos a descansar unas horas antes de ir a comprar los billetes de los primeros aviones que nos pudieses llevar a Nashville o a Memphis y a Boston. En la recepción del hotel, Gabriel se registró como Daniel Berger, enseñando un carnet de conducir en el que aparecía su foto y ese nombre. Supongo que había decidido seguir aquel plan de fuga ideado por su padre y no quería dejar rastro. Lo de llamarse Berger —apellido nórdico— colaba con su aspecto físico, ya que Gabriel era bastante alto y muy rubio, aunque sus padres fueran ambos morenos. Cosas de la genética rebotada, supongo. Pidió una habitación doble para él y para mí y una individual para Arisa, pero ella comentó que prefería dormir con nosotros. No le preguntamos la razón, pero fuera cual fuese seguro que estaba muy justificada. Supongo que era porque necesitaba tener a alguien cerca, después de lo mal que lo había pasado aquel día, para sentirse más segura y tranquila. Gabriel preguntó si había habitaciones triples y el recepcionista le dijo que estaban todas ocupadas, pero que había dobles que tenían un sofá nido y que nos podía dar una de esas, aunque nosotros tendríamos que encargarnos de hacer esa tercera pseudocama, ya que no había servicio de habitaciones a esas horas de la madrugada.

Arisa y yo nos acostamos en las camas convencionales y Gabriel en la falsa del sofá. No tardé mucho en dormirme, aunque lo hice un poco más tarde que el otro hombre de la habitación, que se puso a roncar dos minutos después de darnos la buenas noches, aunque ya era de día. La única que parecía que no podía dormir era Arisa, ya que me despertó poco después de que me hubiese dormido, con la mítica frase: «¿Estás despierto?». Cuando te despiertan con esa pregunta, te imaginas que la otra persona la ha estado repitiendo cien veces hasta que deja de ser una pregunta para convertirse en una comprobación empírica. Eso es lo que piensas porque sueles tener aprecio a esa persona, ya que lo más seguro es que solamente hace esa pregunta dos veces; la primera para comprobar si es cierto y la segunda después de haberte movido violentamente, soplado en el oído, etcétera. Me pidió que saliéramos un momento al pasillo, para poder charlar sin despertar a Gabriel.

—He pensado que podríamos quedarnos un par de días más con Gabriel —empezó diciendo Arisa—. El pobre debe de estar destrozado y no tiene a nadie.

—Supongo que irá a ver al señor ese al que le tiene que dar la carta de su padre.

—Ya, pero eso no es lo mismo. No es lo que estoy intentando decirte. Esta noche han secuestrado a su padre y a lo mejor ya lo han matado. Además ha descubierto que a su madre la asesinaron unos vampiros y que está en ese sitio que descubristeis y que debe de ser horrible.

—Horrible es poco, Arisa.

—Pues imagina que te enteras de que te pasa a ti eso. Que a tu padre se lo llevan unos vampiros o lo que sea, da igual, y que a tu madre le pasó lo mismo, que no está enterrada donde ibas a llorarla.

—Mi madre también murió, Arisa.

—¿Ah, sí? No lo sabía, lo siento.

—Murió de leucemia hace cuatro años y pico.

—Lo siento, de verdad, pero eso quizá te haga entender mejor lo que te estoy diciendo. Piensa que esta noche es como si hubiese muerto su madre otra vez y que, encima, puede que haya muerto su padre también. No tiene a nadie y lo va a pasar muy mal.

—¿Quieres que nos quedemos hasta que se recupere?

—No, tanto tiempo no, pero deberíamos retrasar nuestro viaje unos días para estar a su lado, y si tiene que llorar, desahogarse o lo que sea, que tenga un amigo cerca.

—Tengo muchas ganas de volver a casa, Arisa.

—Ya, lo entiendo, pero solamente serán un par de días.

—Creo que tienes razón. Él es un buen tipo y me ha tratado muy bien. Vale que casi me matan por su culpa, pero es un amigo, al menos así lo considero yo.

—Para mí también es un amigo y ahora nos necesita.

Arisa y yo pensamos que Gabriel no estaría de acuerdo con que nos quedásemos con él unos cuantos días más, así que no le dijimos nada. Una vez en el aeropuerto, comprobamos que había dos vuelos a media tarde que salían de Syracuse rumbo a Boston y Memphis; no había ninguno a Nashville. Gabriel se alegró mucho de que ese mismo día pudiésemos regresar a casa. Entonces nosotros pusimos en marcha nuestro plan y le pedimos que nos dejara dinero para comprar nuestros respectivos billetes mientras él podía ir al restaurante del aeropuerto y pedir mesa para tres, ya que tampoco habíamos comido nada desde las tostadas y los donuts de la cena-desayuno de Ithaca. Gabriel picó el anzuelo, nos dio dinero y Arisa y yo compramos los billetes de esos mismos vuelos, pero para volver a casa tres días después. Cuando le dijimos la verdad se enfadó muchísimo y nos pidió que cambiásemos los billetes inmediatamente, pero nos negamos.

—¿Sois idiotas o qué os pasa? ¿No entendéis que estáis en peligro? —nos preguntó muy alterado.

—No somos idiotas, Gabriel, lo que ocurre es que no queremos dejarte solo —le contestó Arisa.

—¿Pensáis que esto se ha acabado? No, ni por asomo, esto acaba de comenzar —dijo Gabriel, con una sonrisa que demostraba incredulidad ante nuestra decisión—. Estoy seguro de que van a seguir buscándonos. A lo mejor esta tarde se presentan aquí.

—No pueden saber dónde estamos —dije yo—. Has registrado la habitación con un nombre falso. ¿Van a buscarnos habitación por habitación por todos los hoteles de la zona?

—Tú quizá no seas consciente de lo que te ocurre, Gabriel —apuntó Arisa.

—A mí no me ocurre nada —dijo él.

—Mira, una cosa es que te quieras hacer el fuerte o que creas que debes seguir lo que tu padre ha dicho, pero nosotros pensamos que no puedes estar bien del todo —dijo Arisa.

—La verdad es que no quiero ni pensar en cómo me siento. No quiero pararme ni un segundo a compadecerme, a enfadarme o a asustarme —dijo Gabriel, reconociendo que, como decía Arisa, estaba muy tocado anímicamente.

—Solamente serán un par de días. A nosotros nos vendrá bien descansar antes de volver, y la verdad es que si te dejamos tal como estás ahora, no estaremos tranquilos —le dijo Arisa, mirándome todo el tiempo para que asintiera y así dejar claro que yo secundaba sus palabras.

—Aquí no corremos peligro, Gabriel, y creo que podemos aprovechar el tiempo para descansar y pensar en qué vamos a hacer a partir de ahora —añadí yo.

—Yo iré a llevarle la carta que me dio mi padre a aquel hombre —dijo Gabriel—. Es lo que tenía pensado hacer hoy mismo.

—Deja que te acompañemos y si aquel hombre te da con la puerta en las narices, entonces te puedes venir conmigo y hablar con mi padre —propuso Arisa.

—O te puedes venir conmigo a Tennessee —añadí yo.

—Vale, si así os quedáis más tranquilos, haré lo que decís —acabó aceptando Gabriel.

—Genial, pero creo que podríamos ir mañana a buscar a ese hombre y hoy descansar como Dios manda —dijo Arisa—. ¿Dónde vive ese señor?

—En Nueva York, cerca del campus de Columbia —contestó Gabriel.

—¿Otra vez Nueva York? Voy a acabar cogiéndole manía a esa ciudad de las narices —dije yo—. Al menos espero que es tipo no sea un vampiro camuflado u otro bicho de esos.

Al salir del aeropuerto nos topamos con el padre Karras. Me reconoció enseguida y yo también a él, aunque en mi caso era más fácil porque yo no tenía pinta de exorcista ni tenía una cicatriz cruzándome la cara. Le presenté a Arisa y a Gabriel, pero teniendo la delicadeza de no decir su nombre, pues sabía que no se llamaba Karras, me limité a decir: «Padre, estos son mis amigos, Arisa y Gabriel». Esperaba que él al saludar a sus nuevos conocidos dijera su nombre, pero no lo hizo, así que para mí sigue siendo el padre Karras, aunque descubriese ese día que no era exorcista.

—¿Vuelves a casa, Abel? —me preguntó, deduciendo que si estaba en el aeropuerto es porque iba a volver a Tennessee.

—No, padre, aún no. Voy a quedarme un par de días más por aquí.

—Muy bien, hijo, que disfrutes.

—¿Y usted viaja de nuevo a Memphis?

—No, esta vez he de ir a Seatle.

—¿A hacer algún exorcismo? —le pregunté, al mismo tiempo que me daba cuenta de que acababa de meter la pata.

—¿Un exorcismo? ¿Cómo se te ha podido ocurrir tal cosa?

—¿No es usted exorcista?

—No, hijo, no lo soy. ¿Por qué has pensado eso?

—Pues por el maletín, el traje negro...

—Ves demasiadas películas.

—Bueno, también lo he pensado por lo de la cicatriz.

—No entiendo por qué una cicatriz te ha hecho pensar eso.

—Ya, es porque me imaginé que se la había hecho algún endemoniado en mitad de un exorcismo.

—¡Vaya imaginación! No, esta cicatriz me la hizo una novia a la que dejaron plantada en el altar.

—Pues vaya uñas debía de tener.

—No, me lo hizo con un adorno en forma de flecha que había en un candelabro de pie de la iglesia. Fue algo muy triste. Pasó hace unos dieciocho años. Yo entonces era párroco en un pueblo de Ohio. La pobre mujer estaba embarazada y el canalla del padre de la criatura ni se presentó. Entonces le dio un ataque de nervios e intentamos calmarla, pero no hubo manera. Le abrió la cabeza al fotógrafo con el candelabro y a mí me hizo esta cicatriz. El sacristán también recibió lo suyo, una patada en sus partes. El pobre estaba en el suelo retorciéndose de dolor y ella, mientras el pobre se quejaba, le decía: «Todos los hombres sois iguales». Luego se volvió hacia la gente que estaba en la ceremonia y añadió: «Y los de Ohio peores que los demás». Ahora me hace gracia, pero lo pasé muy mal ese día. Solamente espero que su hija, porque recuerdo que me dijo que estaba embarazada de una niña a la que quería llamar Lucy, sea una jovencita feliz a la que Dios la llene de gracias para compensar las penas de su madre.

Fue algo decepcionante saber que al padre Karras no le había hecho aquella cicatriz alguna poseída escupidora de mocos gigantes, aunque su aventura con aquella loca preñada tampoco estaba mal. No sé por qué, pero lo que me había contado me sonaba de algo, quizá porque alguien había hecho un telefilme o alguna otra sandez televisiva basada en algún caso similar.

Volvimos al hotel y Gabriel dijo en recepción que íbamos a quedarnos un par de noches más. Los tres dormimos una pequeña siesta de un par de horas, para sumarlas de alguna manera a las cuatro o cinco que habíamos dormido por la mañana. Al despertar, fuimos a dar una vuelta por Syracuse y me pareció muy similar a Ithaca; supongo que cada zona tiene un modelo de ciudad estándar que van aplicando después de comprobar que funciona. Cenamos en un restaurante italiano —Dino's, Gino's, no recuerdo— y durante la cena no hablamos en ningún momento ni de vampiros ni de ataúdes vacíos ni de nada que nos recordase lo que había pasado y que nos hiciese pensar en lo que podía pasar a partir de entonces. Éramos tres amigos cenando en un italiano, hablando de cosas normales: música, cine, de la decoración del local, de que la camarera parecía que tenía una teta más grande que la otra, de que si aquello era una tapadera de la mafia, etcétera. Después de cenar nos dimos una vuelta por el puerto. Los de Syracuse tienen el lago Ontario que no está mal, pero el Cayuga, al menos desde el montículo de la tumba vacía de la madre de Gabriel, le daba cien vueltas a simple vista. Después del paseo, volvimos al hotel. Con las tonterías era ya medianoche y teníamos pensado levantarnos a eso de las ocho de la mañana para llegar a Nueva York al mediodía, por eso me metí en la cama nada más entrar en la habitación y no me di cuenta de que tenía una llamada perdida de mi padre. Al despertarme, le llamé y jamás le conté tantas mentiras en menos espacio de tiempo.

—¿Papá, me llamaste anoche?

—Sí, Abel, ¿pasa algo, hijo?

—¿A qué te refieres con algo?

—¿Tú estás bien?

—Sí, un poco cansado tal vez, pero estoy bien.

—Pero sigues en Ithaca, en el seminario ese, ¿no?

—Sí, aquí, labrándome un porvenir en el mundo de las letras.

—Es que anoche vinieron unos hombres preguntando por ti.

—¿Quiénes eran?

—Se identificaron como agentes del FBI.

—No me jodas. ¿En serio?

—En serio, hijo.
—¿Y estás seguro de que preguntaban por mí?
—Sí, por ti, no hay duda. Yo ya me había acostado y llamaron a la puerta a eso de las once de la noche. Me dijeron que querían localizarte porque querían hablar contigo sobre no sé qué historia de algo que pasó en Nueva York. ¿Pasó algo en Nueva York?
—No, ni siquiera he ido a esa ciudad. ¿Les dijiste dónde estaba?
—Sí, les dije que estabas en Ithaca, en casa del señor Shine, que era un escritor. No recordaba la dirección. Me pidieron el número de tu teléfono, pero no se lo di; quería hablar contigo antes.
—Pues no tengo ni idea de qué quieren. Supongo que ya vendrán por aquí.
—No te has metido en ningún lío, ¿verdad?
—No, si de aquí no he salido.
—Bueno, me fío. Ya me dirás algo. ¿De acuerdo?
—De acuerdo, papá. Espera, que quiero preguntarte una cosa.
—Dime.
—¿Cómo eran esos tipos?
—Uno era alto y rubio, y el otro era más bajo y moreno. Ah, y me pareció que cojeaba.
—¿Viste su coche?
—Sí, era una berlina, pero no sé qué marca.
—¿Con lunas tintadas?
—Sí, un coche de esos.
—Vale, gracias.
—¿Me lo has preguntado por algo?
—No, ya te contaré cuando vuelva a casa. Ahora tengo que dejarte, he de ir a desayunar y después tengo clase. Hasta luego, papá.
—Espera, si vuelven a aparecer, ¿qué les digo?
—No sé, diles lo mismo, pero no les des el teléfono, pue-

de que no sean del FBI. A lo mejor son timadores o ladrones. No te fíes. Se lo voy a comentar ahora a la gente de aquí, por si acaso.

—Vale, lo dejo en tus manos. Adiós, Abel.

—Hasta otra, papá.

Helmut y el cojo habían ido a mi casa a buscarme, era algo que no me podía esperar de ninguna de las maneras. Al final, la idea de quedarnos algunos días más con Gabriel me había salvado la vida y puede que también la de mi padre, ya que los vampiros nos habrían matado a los dos, a mí porque era lo que tenían pensado y a él para no dejar testigos. La visita de los vampiros a mi padre también significaba que no podía estar seguro en mi propia casa. Canadá empezaba a ser un bonito lugar al que mudarse. Todo esto lo pensé mientras hablaba con mi padre, a quien mentí en todo menos en una cosa, en eso de que ahora iba a comentar el tema «a la gente de aquí». Eso hice, les expliqué a Gabriel y a Arisa lo que me había contado mi padre y, lógicamente, los dejé con la boca abierta y muy preocupados.

—Esto cada vez se complica más —empezó diciendo Arisa—. Yo ya no sé qué pensar. No sé qué podemos hacer.

—¿Estás seguro de que eran los mismos que se llevaron a mi padre? —me preguntó Gabriel.

—Por las descripciones de mi padre, son Helmut y el cojo. Sí, son ellos, seguro —contesté.

—Es que hay algo que no acaba de cuadrarme. Si son vampiros, se supone que el sol los mata, que solamente pueden actuar de noche —apuntó Gabriel—. ¿Cuánto puede haber de Nueva York a tu pueblo?

—No sé, entre mil cuatrocientos y mil quinientos kilómetros —contesté, recordando que antes de viajar a Ithaca miré cuánta distancia iba a recorrer.

—Eso son muchas horas en coche, trece o catorce —dijo Gabriel—. Si se pasaron por tu casa a eso de las once de la noche, debieron de salir de Nueva York a las nueve o a las diez de la mañana. Imposible. Mira, cuando se llevaron a mi padre, hice cuentas y llegaban justo a Nueva York al amanecer, pero muy justos. Si estos tíos han ido a tu casa, puede que no sean vampiros realmente o que los vampiros puedan ir por ahí de día.

—No sé, yo solamente te puedo decir lo que me ha dicho mi padre —dije yo—. Es seguro que llevaban el mismo coche, pero no sé, a lo mejor tienes razón… No, espera un momento que me ha venido una imagen a la cabeza. A ver, espera. Ya lo tengo. ¿Te acuerdas de que la tía aquella del sótano del restaurante chino, dio marcha atrás cuando subíamos al piso de arriba?

—Sí, claro que lo recuerdo —me contestó Gabriel.

—Pues creo que lo hizo porque tenía miedo de que le alcanzase la luz que había en el comedor. ¿Te parece posible que fuera por eso?

—Vale, puede que tengas razón y que fuera por eso, pero estamos en las mismas, Abel. Si no pueden vivir bajo el sol, no han podido viajar de Nueva York a Tennessee.

—Tal vez sí han podido hacerlo —dijo Arisa, interviniendo en el diálogo que estábamos sosteniendo Gabriel y yo—. ¿Recuerdas, Abel, lo que pasó en el coche cuando Helmut nos llevó hasta Ithaca desde el aeropuerto?

—¿Qué tú no me dirigías la palabra? —pregunté.

—No, hombre, lo otro, cuando te pusiste a tocar botones y salieron aquellas placas metálicas. Quizá esas placas no eran antibalas, sino para evitar que la luz del sol entrase en el coche.

—¿Unas placas? —preguntó Gabriel.

—Sí, eran unas placas metálicas que salieron al apretar yo un botón, y cubrieron los cristales de la parte de atrás del coche y nos separaron del conductor —le expliqué a Gabriel—. Pensaba que esas placas estaban allí porque el coche había sido de la CIA o de la mafia, como en las películas.

—¿Y el conductor también tenía esas placas tapándole la visión? —preguntó de nuevo Gabriel.

—Eso no lo sabemos porque una placa nos separaba de él

en ese momento —le contestó Arisa—. Por lógica, no creo que su parte estuviera totalmente cubierta, pero a lo mejor sí tenía algún otro sistema. No sé, ya te digo que no lo vi, pero puede que se cubriera todo menos una rendija o que el parabrisas hacía que la luz rebotase. Aquí lo importante es que el viaje que han hecho no descarta que sean vampiros y que les pueda afectar la luz del sol, ya que ese coche parece construido para evitar que el sol entre en él.

—El *Vampmóvil*, eso es lo que era ese coche —dije yo.

—De todas maneras, da igual cómo han llegado a tu casa, Abel, el problema es que lo han hecho —dijo entonces Gabriel, volviendo al inicio de la conversación—. No se van a parar ante nada ni ante nadie, de eso estoy seguro.

—¿Crees que también irán a tu casa? —le pregunté a Arisa.

—No lo creo. En la inscripción y los otros papeles puse la dirección de Boston —contestó Arisa—. Allí vivo en la residencia de la universidad. No creo que sepan dónde viven mis padres y dudo que vayan a Harvard con la misma historia con la que han ido a tu padre.

—De todas maneras, Arisa, será mejor que no vuelvas por el momento a Boston —dijo Gabriel—. Ni tú a tu casa, Abel. Hasta que no estemos seguros de que no corréis peligro si regresáis, mejor ni acercarse por allí y, por ahora, no comentéis nada a vuestros padres, ya que a lo mejor los ponéis en peligro al hacerlo.

—¿Y qué sugieres que hagamos ahora? —pregunté yo.

—Creo que lo mejor es seguir con el plan previsto —contestó Gabriel—. Después de desayunar iremos a Nueva York a darle la carta de mi padre al señor Braker. Quizá él nos pueda ayudar.

TERCERA PARTE

LO QUE SABEMOS
SOBRE LOS VAMPIROS

1

Julia Hertz

Llegamos a casa de Tom S. Braker, una vivienda unifamiliar de dos plantas cerca del campus de la Universidad de Columbia, cuando los Braker estaban tomando el postre de la comida del mediodía. Gabriel había insistido en salir de Syracuse alrededor de las ocho de la mañana para llegar a Nueva York al mediodía, ya que de esa manera tendríamos muchas posibilidades de encontrar al señor Braker en casa. Es lo que suelen hacer los teleoperadores, llamar a la hora de comer o a la hora de cenar a una vivienda, pues saben que a esas horas seguro que pueden encontrar a la persona que buscan para informarle de algo sobre lo que no quiere ser informado o para intentar venderle algo que no necesita. Es una estrategia de ventas un poco absurda, ya que se supone que lo que ha de intentar el vendedor es caerle bien al cliente, y hacerle levantarse de la mesa, en mitad de una comida o una cena, no es una buena manera de iniciar una relación comercial. Entiendo que ser teleoperador, sobre todo si cobras por porcentaje de ventas, debe de ser un trabajo poco gratificante, ya que a parte de ganar poco dinero has de llevarte una veintena de insultos al día, algunos de ellos para compartir con la familia. Nosotros aplicamos el sistema del teleoperador en nuestra visita al señor Braker, pero por suerte ya había acabado con los platos principales de la comida. Llamamos a su puerta y nos abrió una chica de raza negra, pelo castaño y unos curiosos ojos verdes, que después supimos que era la hija mayor del señor Braker, Michelle, y que tenía un año menos que yo. Le dijimos que traíamos una carta para su padre que debíamos entregar en mano. La chica cerró la puerta y medio minuto después apareció el señor Braker.

—Mi hija me ha dicho que tenéis una carta para mí.

—Sí, señor, es de mi padre, Elijah Shine —dijo Gabriel.

—¿Elijah Shine? —se preguntó a sí mismo extrañado—. Hace mucho tiempo que no tengo noticias de él. Entonces, tú debes de ser Gabriel.

—Sí, señor Braker —dijo Gabriel.

—No, por favor, llámame Tom, no me gusta nada eso de señor Braker, me hace sentir algo que no soy —dijo el señor Bra..., perdón, dijo Tom—. No te veo desde hace, no sé, ¿cuándo murió tu madre?

—Hace unos veinte años.

—Pues desde entonces. Hace veinte años que no sé de ti. ¿Y estos jóvenes que te acompañan quiénes son?

—Estos son mis amigos Arisa y Abel —dijo Gabriel, presentándonos a Tom, quien nos apretó las manos con fuerza, como si fuera a presentarse a las elecciones de algo.

Entonces Gabriel sacó de su mochila la carta de su padre y se la dio a Tom. Este la abrió delante de nosotros, y a medida que la iba leyendo su rostro fue pasando de indeferencia a curiosidad, de curiosidad a preocupación y de preocupación a algo que no sabría definir qué era, pero que se manifestó con la aparición de una gota de sudor que descendió desde su rizado cabello hasta llegarle al entrecejo. Cuando terminó de leerla, la dobló, la volvió a meter en el sobre y nos pidió que le acompañásemos a su despacho para poder hablar con tranquilidad

—Bien, en esta carta tu padre dice que si me la entregas es que está muerto —empezó diciendo Tom—. ¿Es eso cierto?

—No lo sabemos aún, aunque confío en que no sea así —dijo tartamudeando Gabriel, a quien el comentario de Tom le había pillado por sorpresa—. Hace un par de noches lo secuestraron unos tipos.

—Unos vampiros —añadí yo, y al hacerlo me di cuenta de que había metido la pata y de que debía haberme asegurado de que podía confiar en Tom antes de soltar algo tan difícil de creer.

—¿Cómo sabéis que eran vampiros? —preguntó Tom, dando a entender que quizá sí creía en ellos.

—Porque antes de que llegaran a casa, mi padre nos dijo que eran vampiros —dijo Gabriel, quien parecía confiar en Tom—. En verdad ellos no querían hacerle daño a mi padre, eso creo, sino que venían a matarnos a nosotros tres.

—Sí, eso es lo que dice la carta, pero no explica el motivo —apuntó Tom.

—Abel y yo descubrimos una especie de catacumba con nichos de mármol y una fosa con cadáveres en el sótano de un restaurante chino de Tribeca, El Año del Dragón. Además, allí nos enfrentamos a una mujer vampiro que dijo llamarse Julia Hertz y que al parecer conocía a mi padre. A mí casi me mata, menos mal que Abel me salvó el cuello.

Tom no dijo nada. Yo esperaba que se pusiera a reír o que nos tomara por locos, pero no, aquel hombre sabía de lo que estábamos hablando. Posiblemente sabía mucho más del tema que nosotros mismos. Aprovechando el silencio de Tom, Gabriel le explicó que su padre había querido que huyéramos a Canadá, pero que volvimos a la casa y vimos cómo le secuestraban. Entonces Tom le pidió que no dijera nada más, que su casa no era el lugar idóneo para hablar del tema.

—¿Os alojáis en el algún sitio? —preguntó Tom.

—Estamos en el hotel del aeropuerto de Syracuse. Me he registrado con un carnet falso que había encargado mi padre —explicó Gabriel—. Creo que allí estamos seguros.

—No, no lo estáis. Si tu padre está aún vivo, y Dios quiera que sea así, a lo mejor le torturan, y si lo hacen puede que les diga lo de tu identidad falsa —dijo Tom—. Esta gente es muy poderosa y tiene acceso a todo tipo de información. Si saben tu nombre falso, te encontrarán.

—¿Qué podemos hacer? —preguntó entonces Arisa.

—Mirad, en Congers tengo una casa que era de mis padres. Congers está al norte, a menos de una hora. ¿Lleváis GPS u os hago un mapa? —preguntó Tom.

—Llevamos un GPS coreano— contesté yo.

—Vale, entonces es imposible que os perdáis —dijo Tom, desconociendo que el GPS no garantizaba nada si el copiloto era Gabriel—. En la entrada encontraréis una estación de servicio. Preguntad por Peter, es el propietario, y decidle que vais a estar en mi casa. Él se encarga del mantenimiento de la casa y va un par de veces por semana a echarle un vistazo, y es mejor que sepa que estáis allí. De todas maneras os daré una nota para que se la entreguéis. Si necesitáis algo mientras estéis allí, pedídselo a él.

Tom cogió una cuartilla y escribió en ella la nota que debíamos darle a Peter de Congers. Luego se levantó, salió del despacho y volvió cinco minutos después con las llaves de la casa que le habían legado sus padres y se las entregó a Gabriel.

—Id a Syracuse, recoged vuestras cosas y viajad a Congers sin perder tiempo. Creo que allí estaréis a salvo. No creo que esos vampiros os relacionen conmigo. Yo os iré a ver esta noche y hablaremos de todo lo que tengamos que hablar. Eso sí, no os quiero volver a ver en esta casa. No quiero arriesgar la vida de mi mujer y mis hijas. No os voy a dar mi número de teléfono; seré yo quien se ponga en contacto con vosotros. Si por la razón que sea queréis verme o hablar conmigo, decidle a Peter que me llame. ¿De acuerdo?

El viaje a Congers se me hizo muy largo, no por las horas de ese viaje con escala en Syracuse —donde recogimos el equipaje y cancelamos los billetes de avión—, sino por las ganas que tenía de saber lo que nos iba a explicar Tom esa misma noche. Arisa había decidido quedarse con nosotros hasta que encontrásemos una salida a aquella situación. Aunque en un principio consideraba que en Harvard no corría peligro, después de hablar con Tom no estaba tan segura de que eso fuera así. Aprovechamos el viaje para poner en común qué preguntas le plantearíamos a Tom cuando habláramos con él. Hicimos el siguiente listado:

¿Quiénes son esos vampiros?
¿Cómo sabe él que los vampiros existen?
¿Qué pasó realmente con la madre de Gabriel?
¿Qué relación tenía el señor Shine con esos vampiros?
¿Quién es Julia Hertz?
¿Qué son aquellos nichos con cojines dorados en el sótano de El Año del Dragón?
¿Sabía de la existencia de la fosa de cadáveres?
¿Qué es Circle Books?
¿La teoría del *Vampmóvil* es cierta?
Y la más importante: ¿Qué vamos a hacer a partir de ahora?

Al llegar a Congers, pasamos por la estación de servicio de Peter y le entregamos la nota de Tom. Él nos indicó el camino para llegar a la casa y nos informó de dónde había un supermercado cercano para comprar lo que necesitáramos. Fuimos a ese supermercado y compramos comida para una semana y vino para semana y media. Ya en la casa de los padres de Tom, aparcamos el coche en el garaje cubierto de la misma, momento en el que Gabriel dijo que era una suerte que el vehículo permaneciese oculto, ya que seguramente los vampiros lo conocían. Entonces fue cuando me di cuenta de que ese todoterreno era un peligro con ruedas y apunté que sería necesario deshacernos de él. Con el dinero que le había dado a Gabriel su padre podríamos adquirir algún vehículo de segunda mano que nos permitiera movernos con mayor libertad. Gabriel dijo que a la mañana siguiente le comentaría a Peter el tema, ya que estaba seguro de que sabría decirnos dónde comprar un coche usado.

La casa de los padres de Tom era una modesta vivienda de dos plantas. En la inferior había un salón que hacía de comedor y sala de estar, una cocina que daba a un pequeño jardín trasero, un trastero y dos escaleras, una que subía al piso superior y otra que bajaba al sótano. En el piso superior habían dos habitaciones —una era la de matrimonio, y la otra, una individual con decoración femenina— y un gran baño. La casa tenía desván, pero seguramente este hacía de pequeño trastero, ya que parecía que apenas tenía un metro y medio de altura. Se accedía a este minidesván estirando un cordel que abría una trampilla. Arisa se instaló en la habitación individual, además le iba de perlas por la decoración. Dedujimos que Tom tenía una hermana menor con la que compartió esa habitación hasta que se fue a la universidad y después la muchacha se quedó como su única inquilina, decorándola a su gusto. Gabriel y yo ocupamos la habitación de matrimonio, donde compartiríamos la cama. En esa habitación encontramos una foto familiar que nos sirvió para constatar que éramos buenos elementos deduciendo cosas, ya que en la instantánea aparecía el matrimonio Braker con un chico que se parecía a Tom con birrete y una niña con gafas, coletas y aparatos dentales. Lo mejor de la casa, de nuevo la vista de un lago. No estaba a las orillas de ninguno, pero desde la ventana de la habitación de matrimonio se podía ver un pequeño trozo del lago Rockland. Me parece que el estado de Nueva York se podría haber llamado Lagolandia tranquilamente.

Durante la cena repasamos de nuevo todo lo que íbamos a preguntarle a Tom. Gabriel pidió que dejásemos que él fuera quien llevara la voz cantante como portavoz del grupo y que no interviniésemos nosotros aunque se nos ocurriera algo interesante que preguntar o decir. Lo importante era que ese hombre se concentrase en lo que nos tenía que decir, y si nos pisábamos los unos a los otros, a lo mejor nos perdíamos en cosas que no tenían importancia y se olvidaba de contarnos otras de mayor relevancia. Lo más curioso de la cena fue el incidente del vino y la medicación de Gabriel. Arisa descorchó una botella de vino tinto y nos preguntó si queríamos que nos sirviera una copa. Yo le dije lo de siempre, que lo de beber no iba conmigo, y Gabriel sacó el tema de su medicación, recordándole a Arisa lo que había pasado en su casa durante la barbacoa. Entonces Arisa hizo la pregunta del millón: «¿Por qué te sigues medicando?». Gabriel se quedó pensando durante unos instantes y no supo qué contestar. Él estaba seguro de que jamás había estado enfermo, que jamás se había imaginado cosas que no habían tenido lugar y, por lo tanto, era de suponer que no necesitaba seguir tomando aquellos medicamentos. Por esta razón, Gabriel decidió dejar de medicarse y tiró a la basura cuatro botes de píldoras. Además, aprovechando que estaba en fase de dejar cosas innecesarias, también arrojó un paquete de tabaco, dando la impresión de que aquello de tirar cosas a la basura era una especie de ceremonia de iniciación a una nueva vida. Claro está que no tenía pintas de que fuese una vida mejor que la que dejaba atrás, ya que en la nueva estaba sin padres y unos vampiros querían liquidarlo. Aproveché la situación y le dije a Arisa que debería dejar el vino tinto y ella me dijo algo en japonés, por lo que entendí que no estaba por la labor.

Después de cenar nos tiramos los tres en el sofá del comedor para ver la televisión, mientras esperábamos a que Tom llegara. Votamos qué ver y perdí dos a uno. Estoy seguro de que Gabriel votó a favor de la propuesta de Arisa por esa estúpida necesidad de los hombres de aprovechar cualquier momento para caerle bien a una chica mona, cosa que hace que los cursis que viven de las películas románticas vivan muy bien y que existan los deportes femeninos. Digo esto porque dudo mucho que a Gabriel le interesase ver una película en blanco y negro del año de la tos mal curada, sobre un señor muy gordo que vendía periódicos. Arisa dijo que era la mejor película de la historia según los críticos de cine de los cinco continentes, y yo me di cuenta de que los críticos de cine son tipos que no tienen ni idea de lo que dicen, y si son críticos es porque son incapaces de hacer ninguna película. La cosa esa se llamaba *Ciudadano Snake*, aunque no salían serpientes en ningún momento. Era una película en la que la gente no paraba de hablar en ningún momento, en serio, algo inaguantable. Además no me enteré de nada porque iban saltando en el tiempo sin lógica aparente. Arisa comentó que el actor principal, el gordo ese que vendía periódicos, era también el director de la película. Entonces saqué una teoría al respecto de los gordos que hacían películas que Arisa rechazó diciendo otra de sus cosas japonesas. Era una teoría que decía que los gordos que dirigían películas solían protagonizarlas para ocupar mucha pantalla y así ahorrarse dinero en decorados y actores. Puse el ejemplo de Michael Moore, ya que en sus documentales sale él todo el rato, ocupando casi toda la pantalla. El día que haga un documental sobre las pirámides de Egipto, veremos media pirámide solamente, el resto de la pantalla lo ocupará su barriga. No me dormí viendo *Ciudadano Snake*, aunque es una película que parece hecha para ello, porque estaba demasiado ansioso por saber qué nos contaría Tom. Este llegó cuando estaba a punto de acabar la película, cosa que se ve que fastidió un poco a Gabriel, ya que al final se había quedado enganchado y quería saber qué era *Rosebud*, que al parecer era lo que alguien estaba buscando por ahí en el filme. Arisa le dijo que *Rosebud* era el nombre del trineo del protagonista, y Gabriel se dio cuenta de que debió haber votado mi propuesta de ver lucha sobre barro desde Las Vegas, en vez de la mierda esa en blanco y negro.

Después de preguntarnos si habíamos tenido buen viaje y si habíamos encontrado confortable la casa, Tom empezó a contarnos todo lo que sabía sobre los vampiros y el señor Shine. Tal como habíamos quedado con Gabriel, dejamos que él fuese el único que hablase con Tom.

—No sé cómo empezar. Bueno, quizá lo primero sea explicar la relación que teníamos tu padre y yo. Él había sido mi profesor de narrativa en la facultad y al licenciarme me ayudó a conseguir una beca para doctorarme en teoría de la literatura. Dijo que admiraba el esfuerzo que habíamos hecho mi familia y yo para que pudiera ir a la universidad y, viendo que tenía muchas posibilidades de conseguir metas importantes en la especialidad, me consiguió esa beca y se convirtió en mi director de tesis. El dinero de la beca me lo daban a cambio de que fuera el ayudante de tu padre y en eso me convertí. Por aquel entonces tu padre escribía *thrillers* policíacos, sobre todo de asesinatos y asesinos en serie. Tenía mucho éxito. Precisamente documentándose para una novela conoció a tu madre, quien trabajaba de forense para la policía. Yo seguía haciéndole de chico para todo y tu padre, aparte de dirigir mi tesis, me enseñaba técnicas de escritura, pues consideraba que yo también podía llegar a ser un buen escritor. Pues bien, una noche tu padre vino a la residencia de estudiantes a buscarme, ya que quería que le acompañase al depósito de cadáveres.

—¿Yo ya había nacido?

—Sí, tú ya habías nacido, me parece que tendrías unos dos añitos. Recuerdo que esa noche, antes de venirme a buscar, tu padre me pidió que le enviase alguna muchacha de confianza para que hiciera de canguro, ya que tu madre estaba de guardia. Creo recordar que se había reincorporado esa misma semana al trabajo después de una excedencia y le habían hecho la gracia de obsequiarla con una guardia nocturna el primer día en el que volvió a trabajar. Esa noche, tu madre llamó a tu padre para decirle que había entrado en el depósito el cadáver de una muchacha y que tenía que ir a verlo porque era muy curioso. La muchacha en cuestión era Julia Hertz.

Se me puso la piel de punta y los pelos de gallina. ¡Julia Hertz, la puñetera loca del sótano de los horrores! La cosa prometía... Bueno, prometía emociones fuertes de haber sido el comienzo de una película de miedo, pero siendo algo real y que me afectaba a mí directamente, no prometía nada bueno.

—Fui con tu padre al depósito y tu madre nos enseñó el cadáver de Julia Hertz. Yo nunca había estado en un sitio así y al principio estaba algo nervioso, pero me tranquilicé al ver que tus padres parecían encontrarse en su salsa. Bueno, tu madre nos enseñó el cadáver. Julia Hertz era una chica joven, con carita de ángel.

—Eso mismo pensé yo al verla —dije yo sin acordarme de que no podía hablar, razón por la que Gabriel me miró con cara de asesino.

—Sí, era muy guapa y parecía la típica persona que jamás había hecho daño a nadie —siguió Tom—. A simple vista parecía que había muerto por causas naturales, ya que no había muestras de violencia, pero tu madre nos dijo que nos fijásemos en su cuello y en una de sus ingles. En esos dos sitios se podían ver dos orificios y debajo de ellos la marca de unos dientes.

—¿Las marcas de mordeduras de un vampiro? —preguntó Gabriel, volviendo a su rol de portavoz del grupo.

—De uno no, de dos vampiros, por lo que descubrimos después, pero deja que te cuente lo que sucedió cronológicamente. Tu madre nos dijo que iba a hacerle la autopsia y que si queríamos podíamos quedarnos a presenciarla. A mí no me hacía gracia, pero tu padre dijo que él ayudaría a tu madre en la autopsia y que yo tomaría notas. Tu madre estaba segura de que la muchacha había muerto desangrada, y tu padre apuntó que seguramente había sido asesinada por algún loco que imitaba a vampiros y que si escribía una novela con un asesino así podía ser un éxito sin precedentes. Llevamos a Julia a la sala de autopsias, la tumbamos en la mesa y tus padres se prepararon para abrirla. Yo me quedé en un rincón de la sala porque desde allí podía tomar notas, librándome de ver lo que iban a hacer, pues sabía que serían cosas desagradables. Entonces ocurrió lo inimaginable. Tus padres estaban de espaldas a la mesa de autopsias cuando Julia se levantó de repente y se sentó en el borde de esa mesa apoyando su cabeza en las manos y mirando al suelo. Daba la impresión de que estaba mareada. Yo me quedé sin habla, y cuando tus padres se volvieron y la vieron, tu padre dijo una palabrota que no voy a repetir ahora delante de Arisa y tu madre se quedó como yo, helada. Julia seguía sin decir nada y tu padre le preguntó a tu madre si estaba segura de que la chica la habían traído cadáver. Ella le dijo que sí, que llevaba muerta desde hacia unas cuatro horas. Tu madre entonces se acercó a la muchacha y le preguntó cómo se encontraba. Julia le dijo que se encontraba algo mareada y preguntó a qué hospital la habían llevado. Tu madre no le dijo que estaba en un depósito de cadáveres y le dio el nombre de no recuerdo qué hospital. Entonces Julia se dio cuenta de que estaba desnuda y pidió algo para cubrirse, y tu padre le alcanzó un bata que había en un perchero. Tu madre preguntó a la muchacha si recordaba lo que le había pasado y ella, después de pensar un poco, le dijo que la habían asaltado dos tipos y que después no recordaba nada más.

—¿No recordaba qué le habían hecho?

—No, dijo que no lo recordaba. Explicó que la habían asaltado en una calle de Tribeca.

—¿En Tribeca?

—Sí, en Tribeca. Ya te puedes imaginar cerca de qué lugar.

—Cerca de El Año del Dragón.

—Exacto y cerca de vuestra casa, cosa que inquietó un poco a tu madre e hizo que tu padre llamase a casa para ver cómo estabais tú y la canguro. Tu madre pidió a Julia que se tumbara en la mesa y la volvió a reconocer. No había duda de que estaba viva, pero su corazón latía a doce pulsaciones por minuto y su temperatura no llegaba a los quince grados centígrados. Estaba viva, pero no debía de estarlo. Y yo allí, tomando notas y empezando a odiar a tu padre por haberme embarcado en aquella historia. Entonces fue cuando tu padre vio la luz y dijo que quizá Julia estaba muerta y viva al mismo tiempo porque era una vampiro. Tu madre casi se muere de la risa, pero yo no, yo me di cuenta de que tu padre hablaba en serio y no me hizo ninguna gracia lo que acababa de decir.

—¿Y qué pasó a continuación?

—Tus padres discutieron. Tu madre le dijo que eso de los

vampiros era una estupidez y tu padre que los científicos como ella se dedicaban a ocultar la realidad a la gente para manipular a toda la población. Como estábamos en el territorio de tu madre, ella acabó imponiéndose y quiso dejar zanjado el tema, explicándola a Julia cuál era la situación. La muchacha al principio no se podía creer que la hubiesen llevado al depósito de cadáveres, que se hubieran confundido, y tu madre le explicó que, por las pruebas que le habían hecho, cualquier médico afirmaría que no podía estar viva y le preguntó si recordaba algo más de lo que le había ocurrido, ya que a lo mejor sus asaltante le habían suministrado algún tipo de droga experimental que ella desconocía y que provocaba esos efectos. Entonces Julia empezó a recordar lo sucedido y se puso a llorar. Explicó que esos dos tipos la asaltaron en una calle y que la metieron en un callejón oscuro. Uno la sujetó con fuerza, poniéndose detrás de ella y pasándole un brazo por debajo de las axilas y apretándola contra él a la altura del pecho, mientras con la otra mano le tapaba la boca. El otro individuo le desabrochó los pantalones y se los bajó. Ella pensó que iban a violarla, pero no, lo que ocurrió es que el que tenía detrás la mordió en el cuello, y el que le había bajado los pantalones se puso de rodillas y la mordió entre las piernas. Tu madre le enseñó la marca del mordisco que tenía en la ingle y le dio un espejo para que viera la que también tenía en el cuello. Tu padre se acercó a mí y me dijo que parecía increíble, pero que esos tipos eran vampiros y que la muchacha seguro que se había convertido en uno de ellos también, aunque aún no fuera consciente de ello. Tu madre nos pidió entonces que saliéramos de allí porque tenía que comprobar si había sido violada. Fuimos afuera, y luego vino tu madre y nos explicó que no había sido violada y que ahora iba a dar parte a la policía para que vinieran a buscarla y llevarla a un hospital. Entonces tu padre le preguntó a tu madre dónde estaba el hospital más cercano y se ofreció a llevar a Julia allí, para no perder tiempo y que la muchacha fuese atendida lo antes posible. Tu madre mordió el anzuelo.

—¿Qué quieres decir con que mordió el anzuelo?

—Pues que tu padre y yo secuestramos a Julia Hertz y la llevamos a vuestra cabaña en Ithaca. Cinco minutos después de dejar a tu madre, tu padre paró el coche, fue a una cabina y la llamó para decirle que Julia había saltado del vehículo en marcha y que yo había corrido tras ella, pero que no la había conseguido alcanzar. Tu madre volvió a picar y dijo que informaría a la policía de lo sucedido, pero que diría que había sido ella la que la había perdido de camino al hospital. Tu padre pasó por vuestro piso y cogió algo de ropa de tu madre para que Julia pudiera vestirse. Me hizo un mapa para que llevara a Julia a Ithaca, ya que él debía quedarse porque se suponía que había vuelto a casa tras la fuga de la muchacha. Me dijo que la instalase en el sótano de la cabaña porque allí no entraba la luz del sol y que me quedase con ella toda la noche. Para que Julia aceptase ir conmigo a Ithaca, le contamos el cuento de que esos tipos eran peligrosos y que habíamos descubierto que querían matarla y que la policía nos había pedido que la llevásemos a un lugar seguro, lejos de Nueva York. Ella se lo creyó porque doy por hecho que su cabeza aún no estaba en el mundo de los vivos. El cuento este del lugar seguro me sirvió también como excusa para, una vez en vuestra cabaña de Ithaca, montarle una habitación improvisada en el sótano.

—¿Y mi madre no sospechó nada en ningún momento?

—No, tu madre no sospechó nada. Además, creo que por el incidente le abrieron un expediente.

—¿Y Julia no tenía familia?

—En Nueva York no tenía a nadie. Ella era de algún sitio cerca de Filadelfia y había viajado a Nueva York para las pruebas de un musical. La pobre quería ser actriz.

—¿Mi padre fue a Ithaca al día siguiente?

—Sí, vino a la mañana siguiente, acompañado de dos personas más. Dos profesores de Columbia, también de literatura: Heathcliff Higgins y Helmut Martin.

Levanté la mano como si estuviera en clase y quisiera preguntar algo al profesor de turno. Más aún, levanté la mano como si estuviera en clase y tuviera la imperiosa necesidad de ir a mear. Era evidente que podía intervenir en la conversación por alusiones y Gabriel me hizo un gesto de asentimiento, pues estaba claro, por mi insistencia, que lo que iba a decir era muy importante.

—Heathcliff Higgins es mi tutor en el instituto —le dije a Tom.

—¿Tu tutor?

—Sí, en el instituto del condado de Macon, Tennessee.

—Pues yo pensaba que estaba muerto, te lo juro. Un buen día desapareció y pensé que se lo habían cargado, pero veo que no, que el tipo huyó a otro estado.

—¿Por qué pensaste que estaba muerto? —preguntó Gabriel.

—De eso prefiero hablaros después. No quiero perder el hilo de lo que os estoy contando. Bueno, apareció Elijah acompañado por estos dos profesores. El profesor Higgins era experto en relatos fantásticos y Helmut era una especie de niño prodigio que acababa de doctorarse y le habían colocado enseguida a dar clase. Él era experto en poesía y novela del romanticismo, sobre todo del alemán. Se ve que estos dos, según las habladurías, eran más que colegas fuera de la universidad.

—¿Por qué los llevó mi padre a Ithaca? —preguntó Gabriel.

—Tu padre estaba convencido de que Julia era una vampiro, así que pensó que sería una buena idea que Higgins la conociese para saber su opinión, y Higgins se lo dijo a Helmut y también se apuntó al experimento. Bueno, no fue un experimento propiamente dicho, se trató más bien de hablar con Julia y ver cómo evolucionaba. La pobre seguía perdida y empezó a preocuparse mucho porque cualquier cosa que comía la vomitaba, y pensó que a lo mejor sí la habían violado y estaba embarazada. Como te digo, la pobre estaba hecha un lío y lo que le estábamos haciendo allí no iba a hacer que mejorara.

Eso es lo que yo le dije a tu padre, y él vio que quizá tenía razón y le comentó a Higgins que dejáramos de experimentar con la cría porque iba a ser imposible saber si era o no una vampiro. A ver, no mordía, le ofrecieron un vaso de sangre de cordero y casi se muere de asco al verlo, le enseñaron un crucifijo y ella lo besó, nada parecía indicar que fuera una vampiro. No era una vampiro y ya hacía tres noches, con aquella, que la teníamos retenida con engaños. Lo mejor era acabar con aquella tontería, y decidieron que a la mañana siguiente volveríamos todos a Nueva York y llevaríamos a Julia a un hospital, pero al final no pudimos hacer eso porque ella desapareció.

—¿Desapareció? ¿Qué quieres decir con que desapareció? —preguntó de nuevo Gabriel.

—No sé lo que pasó esa noche, pero a la mañana siguiente no estaban ni ella ni Helmut ni el coche de Higgins.

—¿Helmut se llevó a Julia sin deciros nada? —pregunté yo en esta ocasión y a Gabriel le dio igual.

—Yo no sé qué pasó concretamente esa noche, pero sé que Julia convirtió a Helmut en vampiro y los dos huyeron de allí. Eso lo sé porque un año después me lo dijo el propio Helmut Martin.

2

Helmut Martin

Me había impactado tanto que el señor Higgins apareciese de repente en esa historia de vampiros que no me había dado cuenta de que el Helmut Martin del que hablaba Tom era nuestro Helmut, el tipo que nos había recogido a Arisa y a mí en el aeropuerto de Syracuse y había secuestrado después al señor Shine. Gabriel preguntó enseguida por esa conversación que al parecer había mantenido con Helmut y en la que este le había dicho que era un vampiro, pero Tom dijo lo de antes, que quería seguir contando lo ocurrido cronológicamente y que explicaría ese tema concreto más adelante.

—Dos días después de que Julia y Helmut se fueran de Ithaca, Higgins denunció la desaparición de su compañero a la policía. No explicó lo de la vampiro secuestrada, pero denunció la desaparición. Higgins estaba destrozado y yo no sabía ni qué pensar, en serio.

—¿Y mi padre cómo estaba? —preguntó Gabriel.

—¿Tu padre? Tu padre estaba en su salsa. Aquello era como un regalo para él. Era una historia con todos los ingredientes para ser una novela de éxito, pero además él era su protagonista. Me convenció para que le ayudase en la investigación del caso. Pidió la excedencia para centrarse en el tema, pero de las clases generales, no del doctorado. Lo primero que hicimos fue ir al lugar en el que asaltaron a Julia Hertz. Tu padre había tenido la previsión de mirar la ficha de Julia en el depósito de cadáveres y de apuntar la dirección del lugar en el que la había encontrado muerta la policía. Fuimos allí y era el callejón trasero de un restaurante chino que no creo que haga falta que te diga cómo se llama. No encontramos ninguna pista interesante aquel día, y tu padre pensó que lo mejor sería enfocar el tema de otra manera y que, antes de seguir investigando, nos dedicásemos a estudiar todo lo que se sabía sobre el fantástico mundo de los vampiros. Leímos todos los libros habidos y por haber, vimos películas y documentales, y cuando pensamos que ya lo sabíamos todo, volvimos a hacer de detectives. Le dedicamos un año entero a esta documentación exhaustiva, un año que también aprovechamos para terminar mi tesis doctoral. Conseguí el título de doctor y tu padre me enchufó como profesor interino; así podía seguir cobrando algo mientras le ayudaba en la investigación de los vampiros. Entre mi tesis y el estudio del tema vampírico, había pasado ya un año y medio de la desaparición de Helmut y de Julia, y tu padre consideró que debíamos volver al lugar de los hechos, al callejón en el que habían encontrado a la supuesta vampiro. Volvimos allí y a tu padre se le ocurrió la genial idea de entrar en el restaurante abandonado.

—¿Ya estaba abandonado por entonces? —preguntó Gabriel.

—Sí, ya lo estaba. Entramos y encontramos una trampilla en el suelo del comedor. Encontrar una trampilla para un autor de novelas de misterio es casi como encontrar el Santo Grial, así que tu padre la levantó alegremente y descubrimos una escalera, al final de la cual había una puerta de madera medio rota.

—Ahora es de metal —señaló Gabriel, que puede que no fuera un futuro escritor de *thrillers*, pero era evidente que había heredado de su padre algo de ese interés por meterse en sótanos peligrosos.

—Bueno, por entonces era de madera —prosiguió Tom—. La abrimos y nos encontramos con la habitación de mármol blanco y los nichos.

—¿Estaba a oscuras cuando estuvisteis vosotros? —preguntó Gabriel.

—No, lo único que estaba a oscuras era la escalera que bajaba desde el comedor hasta allí. La sala estaba iluminada por unos candelabros antiguos de varios brazos y con velas de cera negras. En la habitación había siete vampiros durmiendo.

—¿Siete? —pregunté yo alucinando.

—Siete. Más que dormidos parecían muertos, os lo aseguro. Elijah se acercó a varios de ellos y respiraban. Entonces decidimos irnos de allí y regresar al día siguiente con una cámara de vídeo y una máquina de fotos.

—¿No viste la fosa? —preguntó Gabriel.

—No la vi entonces ni después, pero sé de su existencia,

Entonces Gabriel le explicó lo que él y yo habíamos visto después de atravesar la sala de los nichos y bajar por la escalera de caracol. Tom explicó que aunque no bajó a la fosa, sabía que los vampiros lanzaban allí sus cadáveres para no levantar sospechas.

—Eso lo supe al día siguiente, cuando nos encontramos con Helmut y con Julia —siguió explicando Tom—. Volvimos al restaurante con las cámaras y bajamos a la sala de los nichos, donde nos estaban esperando Julia y Helmut; no había ningún vampiro más. De alguna manera alguien se enteró de que habíamos estado allí, y habían enviado a Helmut y a Julia para que nos matasen. Eso es lo que nos dijeron nada más entrar. Posiblemente aprendimos más sobre vampiros hablando con ellos que en todo el año que habíamos dedicado a su estudio. La verdad es que Julia casi no dijo nada; el que llevaba la voz cantante era Helmut. Como parecía que tenía clarísimo que no íbamos a salir de allí con vida, nos contó todo lo que quisimos saber.

—¿Le hicisteis una especie de interrogatorio? —preguntó Gabriel.

—No, en verdad fue más bien una charla de colegas, como si estuviéramos tomando un café en la sala de profesores de la facultad. Helmut nos contó que aquella noche en Ithaca, Julia se transformó, como si hubiese nacido de nuevo, pero como vampiro. Se abalanzó sobre él, le mordió y le chupó la sangre. Cuando Helmut recobró el sentido, él ya sabía que se había convertido en vampiro y le propuso a Julia que volvieran a Nueva York para buscar a otros como ellos y estar a salvo. Así lo hicieron; fueron a Nueva York, Julia llevó a Helmut al callejón y allí apareció un vampiro que los llevó al sótano del restaurante.

—¿Es una casa de vampiros? —pregunté yo entonces.

—No, no es una casa. Por lo que nos contó Helmut, es una zona de paso. Hace muchos años sí que vivía allí una comunidad de vampiros. Hace muchos años es el siglo XIX. Al parecer, entonces sí dormían allí, pero ahora viven en casas normales, aunque acondicionadas de alguna manera para evitar a intrusos y que entre la luz del sol. Esa habitación de los nichos se utilizaba entonces, y supongo que ahora también, como refugio para vampiros que están de paso o que esperan algún lugar en el que vivir. Esos siete que vimos eran cuatro que vivían en una casa que se estaba reformando y otros tres que tenían que irse la noche siguiente a alguna ciudad del Sur.

—¿Viajaban en el *Vampmóvil*? —pregunté yo.

—¿El *Vampmóvil*? Ah, quieres decir ese coche con mamparas opacas. Sí, viajaban en eso, pero creo que también tienen otro tipo de vehículos. Una cosa importante, que os cuento ahora antes de que se me olvide: Helmut nos dijo que los nichos eran sesenta porque era el número máximo de vampiros que podían estar en Nueva York. A Julia no la querían convertir en vampiro, fue un accidente. Solamente querían su sangre y luego lanzar el cadáver al foso con los demás, pero se ve que se asustaron por algo y la dejaron allí tirada.

—¿Quieres decir que si las matan después de beberse su sangre, sus víctimas no se transforman en vampiros? —preguntó Arisa, apuntándose finalmente a la entrevista con el señor que sabía de vampiros.

—Deduzco que sí, pero no conozco ese tema en profundidad —contestó Tom—. Lo único que nos dijo Helmut es que Julia y él no debían haber sido convertidos en vampiros y que les dijeron que tenían que abandonar el estado, pero al final él les convenció para que les dejaran quedarse y echaron a los dos vampiros que habían atacado a Julia. Al parecer tienen sus propias reglas.

—¿Helmut y Julia eran pareja? —preguntó Gabriel.

—No lo sé. Quizá se establezca algún tipo de vínculo entre el vampiro y su víctima, pero no sé si eran pareja o vivían juntos. Además, por lo que te he comentado antes, parece que quien mandaba de los dos era Helmut.

—¿Cómo lograsteis escapar de allí? —preguntó Arisa.

—Fue relativamente fácil. Utilizamos un viejo truco de las películas. Sé que va a parecer algo muy tonto, pero lo que hicimos fue deslumbrarles con el flash de la cámara de fotos. Se me ocurrió a mí pensando en que debían de ser muy sensibles a la luz y funcionó. Les deslumbré y salimos de allí corriendo. No nos siguieron. Una vez fuera, estuvimos hablando sobre la posibilidad de denunciar el tema en alguna comisaría, pero no lo hicimos porque pensamos que era muy difícil que nos creyesen y, además, a lo mejor esa gente tenía infiltrados dentro de la policía. Elijah propuso seguir investigando para poder denunciar el caso con pruebas físicas, pero yo le dije que no quería continuar porque aquello me superaba y estaba muy asustado.

—¿Mi padre siguió investigando solo? —preguntó Gabriel.

—Sí, siguió solo. No supe nada de él hasta un año después. Me citó en casa de Higgins y allí, durante una cena, nos enseñó la novela que acababa de escribir y en la que relataba todo lo que os he contado más algunas cosas que él había descubierto en sus investigaciones posteriores. Esa novela jamás fue publicada. En esa cena le contó a Higgins que Helmut también era un vampiro. Higgins dejó la universidad un par de meses después, y al parecer se fue a Tennessee. Yo creo que huyó, que se asustó por todo aquello. Luego tu padre me llamó para comunicarme que tu madre había muerto y que el funeral iba a ser en Ithaca. Algunos meses después del funeral me envió una carta en la que me decía que dejaba Columbia y que había conseguido que me dieran su puesto.

Con aquel comentario sobre la carta del señor Shine, Tom parecía habernos contado todo lo que sabía. Gabriel tomó la palabra y dijo que todo lo que había explicado Tom ligaba con lo que nosotros habíamos vivido. Había quedado claro por qué Julia Hertz le había pedido a Gabriel que saludara a su padre de su parte. También se entendía después de lo dicho por Tom para qué eran aquellos cojines dorados de la sala de los nichos, para reposar cabezas de vampiros. Sobre Helmut, Gabriel dedujo que seguramente debía de ser uno de los vampiros principales de Nueva York, ya que había sido protagonista en el pasado y también lo estaba siendo en el presente. Higgins se asustó y huyó a Tennessee, y por casualidades de la vida me metió en ese jaleo. Pobrecillo, seguro que le daría algún arrechucho si le explicaba lo que me había hecho sin querer. De las preguntas que teníamos pensado hacerle a Tom, solamente quedaban un par de asuntos por resolver: lo que ocurrió en verdad con la madre de Gabriel y qué era realmente Circle Books. Al preguntarle sobre la editorial, Tom dijo no conocerla y que si eso era así, quería decir que no existía realmente. Le explicamos lo del seminario y lo que buscaban con ello los vampiros, y Tom dijo que eso cuadraba con el hecho de que jamás se publicara la novela del señor Shine. Me di cuenta de que había sido un estúpido al no comprobar si esa editorial existía, pero como no me interesaba para nada el mundo de las letras, tenía una excusa para ello. El caso de Arisa es diferente, ya que a mí, un *pringao* de instituto, me la podían dar con queso en ese tema, pero ella era una estudiante brillante de Harvard y tampoco averiguó si esa editorial existía. A lo mejor, alguien de Harvard, la misma persona que había pasado su novela a los vampiros, la engañó. No sé, a esas alturas de la tragedia, ya no importaba cómo uno había entrado en el laberinto, sino cómo podía salir de él. De eso queríamos también hablar con Tom, pero antes de hacerlo, Gabriel quiso sacar el tema de la presunta muerte de su madre y su muerte real después.

—Tom, mi madre no murió cuando tú crees que lo hizo —empezó diciendo Gabriel—. Ni siquiera está enterrada en Ithaca. Abel y yo desenterramos su ataúd y estaba vacío.

—¿No murió en un accidente? —preguntó sorprendido Tom.

—No, ellos la mataron. Yo la vi, hace siete años, cuando un vampiro la estaba obligando a entrar en El Año del Dragón. Puede que debido a lo de la novela y a las investigaciones de mi padre esos tipos la secuestrasen para evitar que mi padre abriera la boca y luego la mataron.

—¿Crees que está en la fosa del sótano del restaurante?

—Estoy seguro de que está allí. Yo vi cómo la obligaban a entrar, y después de oír lo que has contado, creo que mi padre quiso evitar que nos pasara lo mismo que a ella y buscó la manera de protegerme.

Gabriel le contó entonces lo de su esquizofrenia falsa y sus constantes entradas y salidas del sanatorio. No le contó que había visto a Helen Shine cuando era un crío de seis o siete años porque consideró que no era relevante, pues todo hacía indicar, como el mismo Gabriel nos había explicado antes, que simplemente eran los deseos de un niño que creía haber perdido a su madre o una extraña conexión con ella.

Después de hablar con Tom, la historia que estábamos protagonizando sin quererlo se podía resumir fácilmente y ligando casi todos los cabos. Helen Shine llama a su marido una noche porque ha entrado un cadáver que parece haber sido víctima de un extraño asesinato. Es el cadáver de una joven llamada Julia Hertz y en su cuerpo aparecen marcas de mordiscos en el cuello y una ingle. Elijha Shine y Tom Braker van al depósito y cuando Helen Shine está a punto de iniciar la autopsia, la joven resucita. No está aparentemente muerta, pero tiene pocas pulsaciones y su temperatura es extremadamente baja. No está muerta, pero debería estarlo. Elijah Shine sostiene que esa chica es una vampiro y su mujer no le toma en serio, por lo que él la acaba engañando, secuestra a la muerta viviente y ordena a Tom Braker que la lleve a Ithaca y la acomode en el sótano de la cabaña que los Shine tienen allí. Al día siguiente se presenta en la cabaña Elijah Shine acompañado por dos expertos en literatura fantástica y del romanticismo, Heathcliff Higgins y Helmut Martin. Le hacen pruebas a Julia Hertz basándose en los conocimientos que tienen sobre el mundo de los vampiros, y tras darse cuenta de que quizá están perdiendo el tiempo, deciden llevar a la muchacha de nuevo a Nueva York y dejarla en un hospital. Esa misma noche, Julia Hertz toma conciencia de su nueva naturaleza y ataca a Helmut Martin, convirtiéndole en vampiro. Ambos regresan esa noche a Nueva York, en el coche de Heathcliff Higgins, y encuentran a un vampiro que los acomoda en la sala de los nichos de El Año del Dragón. Aunque en principio no les deberían dejar quedarse en la ciudad, al final consiguen que los desterrados sean los dos vampiros que atacaron a Julia Hertz. Mientras sucede eso, Elijah Shine y Tom Braker comienzan a investigar el caso de los supuestos vampiros. Después de un año documentándose sobre el mundo de los vampiros, los dos investigadores entran en el restaurante chino abandonado y encuentran a siete vampiros durmiendo en los nichos. Regresan al día siguiente para tomar pruebas gráficas del lugar y se encuentran con Julia Hertz y Helmut Martin quienes, después de explicarles lo que les había ocurrido, intentan matarlos, pero Elijah Shine y Tom Braker consiguen huir. Elijah Shine sigue con sus investigaciones y escribe una novela que enseña a Tom Braker y a Heathcliff Higgins y este, por las razones que sean, se va de Nueva York y se esconde en el condado de Macon. Los vampiros se enteran de que Elijah Shine quiere publicar la novela y secuestran a su mujer, obligándole a fingir la muerte de ella. Pasan los años y Gabriel, por azar, descubre que su madre está viva, aunque él no sabe que esa noche los vampiros van a matarla. Muerta de verdad su mujer, Elijah Shine decide hacer todo lo posible para proteger a su hijo, haciéndole creer que padece esquizofrenia y aceptando montar el seminario de Circle Books para controlar futuras publicaciones que pudieran poner en peligro a los vampiros haciendo sospechar a la gente que existen realmente. Arisa Imai y yo nos inscribimos en el seminario y conocemos a Gabriel Shine. Por una serie de causalidades Gabriel Shine y yo descubrimos lo que hay en el sótano de El Año del Dragón. Los vampiros deciden venir a Ithaca para matarnos. Nos escondemos y los vampiros, entre los que se encuentra Helmut Martin, secuestran a Elijah Shine.

Este era el resumen de nuestra historia, uniendo lo que Tom sabía y lo que nosotros habíamos vivido en primera persona. Ahora solamente faltaba saber qué hacer a continuación.

—¿Qué os dijo tu padre que hicierais si a él le pasaba algo? —preguntó Tom a Gabriel.

—Me dio dinero y documentos falsos para que huyéramos a Canadá, y dijo que si no nos llamaba al día siguiente, yo fuera a buscarte y Arisa y Abel regresaran a casa y explicaran lo sucedido —contestó Gabriel—, pero los vampiros fueron a casa de Abel a buscarle y ya no me parece una buena idea.

—Además, no creo que mi padre me creyese si le contaba lo sucedido —dije yo.

—Ni el mío tampoco —añadió Arisa.

—Está claro que tarde o temprano os encontrarán —señaló Tom—. Lo mejor sería adelantarse a ellos de alguna manera.

—¿Cómo se supone que nos podemos adelantar? —preguntó Gabriel a Tom.

—Lo único que se me ocurre es que hagáis lo que en un principio teníamos pensado hacer Elijah y yo, conseguir pruebas de que ellos existen. Incluso pruebas de que han secuestrado a tu padre.

—¿Volver al restaurante chino? —pregunté yo.

—Es una posibilidad, pero quizá sea demasiado arriesgado —contestó Tom—. Gabriel, ¿tu padre aparte de dinero y documentos falsos te dejó algo más, algún tipo de prueba que podamos utilizar?

—Sí, me dejó una carpeta con documentos —dijo Gabriel—. La tengo en la habitación, ahora mismo la traigo.

Gabriel se fue a nuestra habitación y pocos minutos después bajó con una carpeta en la que había un listado con los alumnos que habían participado en los seminarios de Circle Books, una hoja con tres nombres y direcciones y un mapamundi que parecía estar allí por error, ya que no había nada escrito en él.

—Lo del mapa no sé lo que puede ser —dijo Tom—, pero aquí tenéis algo con lo que comenzar a investigar. Quizá algún antiguo alumno de los seminarios os pueda dar información, y esos tres nombres os pueden llevar al lugar en el que está Elijah o encontrar otro tipo de pruebas. Yo empezaría por investigar esos nombres y me pondría en contacto con la gente de la lista de alumnos. Si con eso encontráis pruebas suficientes para presentar el caso a los padres de Arisa y Abel, ganaréis mucho.

—Me parece que es lo mejor que podemos hacer —dijo Gabriel—. Mañana mismo nos pondremos manos a la obra.

—Muy bien. Yo os voy a dejar ahora —dijo Tom—, pero ya sabéis que si tenéis alguna urgencia debéis poneros en contacto conmigo a través de Peter. Por si acaso, dadme algún número de teléfono para ponerme yo en contacto con vosotros por si ocurre algo o me entero de cualquier cosa que os pueda interesar.

Arisa y yo le dimos nuestros números de móvil y Tom se despidió de nosotros deseándonos buena suerte. Ahora estábamos solos: la japonesa pedante, el ex esquizofrénico y el *pringao* que no las veía venir. ¡Vaya equipo! Lo único que podíamos hacer era dejarnos llevar por la situación y seguir con el plan que acabábamos de diseñar, conseguir pruebas para poder contar nuestra historia sin que nos tomaran por unos bromistas sin gracia o unos locos sin peligro. Gabriel, por edad y por ser el que estaba más implicado en el asunto, se propuso a sí mismo como jefe del grupo para esta nueva etapa de nuestra aventura *vampiril*. Como a Arisa y a mí nos pareció perfecto, él comenzó su jefatura repartiendo tareas. Lo primero que íbamos a hacer era conseguir un coche nuevo; para ello iríamos a ver a Peter a fin de que nos indicara dónde adquirirlo. Aprovechando ese viaje, yo me quedaría en la estación de servicio e intentaría ponerme en contacto con los antiguos alumnos del seminario, llamando a los teléfonos que aparecían en la lista. En esa lista había dieciocho nombres, contándonos a mí y a Arisa, así que eran dieciséis personas a las que tenía que llamar. Tenía que llamar desde la estación de servicio porque la casa de los padres de Tom no tenía teléfono y mi móvil no era de contrato, por lo que seguramente me iba a quedar sin saldo a la cuarta o quinta llamada. Llamaría desde algún fijo de Peter y ya le abonaríamos de alguna manera las llamadas. Arisa y Gabriel irían, mientras tanto, a por el coche nuevo, y si les daba tiempo aprovecharían la mañana para ir a alguna biblioteca desde donde buscar información en internet sobre los tres nombres que aparecían en aquella hoja suelta de la carpeta que le había dado a su hijo el señor Shine. Estos nombres eran: Samuel Hide, Gregor Strasser y Donald Troughton. Después nos volveríamos a reunir para comer en algún lugar de Congers y con la información que tuviéramos trazaríamos un nuevo plan de actuación.

—En principio, me parece bien —dije yo—; la única pega es que no quiero ser el único que conduzca.

—Bueno, como hoy mismo he decidido dejar de medicarme —dijo Gabriel—, definitivamente yo también puedo conducir ya con mi permiso falso.

—Yo no os he dicho nada, pero resulta que también sé conducir —comentó Arisa.

—¿Por qué no lo has dicho antes? —preguntó Gabriel.

—Pues porque no lo habéis preguntado y hasta ahora no lo he visto como algo vital —contestó Arisa—, pero creo que si hay dinero de sobra, a lo mejor podríamos comprar dos coches en vez de uno.

—¿Por qué dos? —pregunté yo.

—Si tenemos que hacer de investigadores, creo que podría ser útil formar dos equipos para hacer seguimientos o lo que haga falta —explicó Arisa—. Si, por ejemplo, hemos de vigilar o seguir a los tres tipos de la lista con dos coches podríamos ganar tiempo; dividiéndonos en dos grupos, como os digo, podríamos vigilar a dos tipos al mismo tiempo.

—No creo que el dinero sea problema —apuntó Gabriel—, y tu idea me parece muy buena, Arisa. Además podríamos comprar un par de cámaras de fotos y de vídeo, algo sencillo, pero que nos sirva. También me compraré un móvil para mí porque no puedo estar sin teléfono.

—¿Por qué no tienes móvil? —pregunté yo.

—En el sanatorio no me dejaban tenerlo y en casa no me servía para nada —contestó Gabriel—, pero ahora debemos estar los tres localizables en todo momento.

—Bien, entonces dos coches, dos cámaras de vídeo, un móvil... —empezó a enumerar Arisa.

—Y dos cámaras de fotos —apunté yo.

—No, con una que compremos nos sobra, yo tengo una que va muy bien —dijo Arisa.

—Pues eso es todo, mañana por la mañana empezaremos la investigación y Dios quiera que tengamos suerte —dijo Gabriel—. Ahora a dormir, que tenemos que estar descansados para los que nos espera mañana.

No sé si eso de ir a dormir era una orden, pero de todas maneras la cumplí, ya que estaba muerto de sueño. Una vez en la habitación, Gabriel y yo tuvimos una pequeña discusión sobre quién escogía el lado de la cama que quería para dormir. Ambos preferíamos el izquierdo, y Gabriel dijo que él se lo quedaba porque lo había dicho primero y yo se lo rebatí diciéndole que eso no era cierto, ya que ninguno de los dos había comentado con anterioridad que quería dormir en ese lado de la cama. Entonces Gabriel dijo que de todas maneras se lo quedaba él porque aunque no lo hubiera dicho, sí lo había pensado. Le dije que a lo mejor yo lo había pensado antes y empezó la fase más idiota de la discusión.

—Pues yo lo he pensado justo al entrar esta tarde en la habitación —dijo Gabriel.

—¿Ah, sí? Pues yo cuando estábamos en la estación de servicio de Peter —repliqué yo.

—Eso no me lo creo, ya que entonces no sabías que íbamos a compartir cama.

—No lo sabía, pero pensé que si tuviera que compartir la cama con alguien en la casa de Tom, esperaba que fuera con Arisa y que me pediría el lado izquierdo de la cama.

—Pues mira, majo, yo también pensaba compartir la cama con Arisa y pedirme el lado izquierdo.

—¿Cuándo, en la estación de servicio?

—No, en Ithaca, un día de esos que fuimos a bañarnos al lago. Me puse algo tonto y se me pasó por la cabeza que no estaría mal compartir un día cama con ella.

—Ya, pero no para dormir, eso no vale.

—Para dormir también.

—Pues seguro que a mí se me ocurrió antes, porque yo la vi primero.

—Pero a ti no se te podía ocurrir porque seguramente tu cerebro sería consciente de que una chica como ella no se liaría con un niñato sureño.

—Eso habría que comprobarlo, pero hasta entonces lo que cuenta es que yo la vi primero, así que me quedo con el lado izquierdo de la cama.

—Ya, pero tú la viste primero porque te inscribiste en un seminario que daba mi padre.

—¡Vaya seminario! Una trampa mortal. Joder, casi me matan tres veces por el seminario de tu padre.

—Eso no tiene nada que ver en esta discusión.

—Claro que tiene que ver.

—No, lo de los vampiros son daños colaterales, no vale. Has conocido a Arisa gracias a mi padre, por lo tanto es un punto para mí y me quedo con el lado izquierdo de la cama.

—Pues no me parece bien.

—Pues me da igual que no te parezca bien. Además, soy mayor que tú y tu jefe nombrado por aclamación popular.

—Por aclamación popular de dos personas.

—El ciento por ciento de los que podían aclamar.

Al final tuve que rendirme y cederle el lado izquierdo de la cama. El problema es que a la hora de acostarnos, nos pusimos los dos en el derecho y yo me quedé a cuadros. Resulta que eso del lado de la cama depende del punto de vista. Mi lado izquierdo era su lado derecho, ya que yo me refería a la izquierda de la cama estando yo tumbado boca arriba y él al lado izquierdo mirando la cama desde los pies. Fue una discusión estúpida, pero al menos supe que a Gabriel le gustaba un poco Arisa, si no me había engañado con eso del día tonto en el lago Cayuga. A mí también me gustaba Arisa, pero aparte de no poder dejar de pensar en Mary, el hecho de que un grupo de vampiros quisieran liquidarme hacía que tuviera otras necesidades vitales más importantes que el sexo. Tenía dieciocho años y se supone que debería estar más tonto por las tías que nunca, pero es que mi prioridad entonces era llegar a los diecinueve, cosa que no estaba seguro de lograr. No se puede tener sexo después de muerto. Bueno, quizá si eres vampiro sí.

3

La lista negra

Peter dejó que me acomodara en su despacho para que pudiera hacer todas las llamadas que tuviera que hacer. No aceptó que se las abonásemos de ninguna de las maneras, aunque fueran llamadas a otros estados. Tom le había dejado claro en la nota que le dimos que debía ayudarnos en todo lo que necesitásemos y Peter entendía que no se puede ayudar a alguien cobrándole por usar su teléfono. Supongo que cuando le llegó la factura, pensó que para la próxima vez cambiaría su punto de vista con relación a la ayuda telefónica. Peter les indicó a Arisa y a Gabriel adónde debían ir para adquirir un par de coches de segunda mano y les dijo que cuando llegaran allí le comentasen al propietario que iban de su parte, para que no les intentase dar gato por liebre y, si podía ser, les hiciese algún descuento. Me despedí de mis amigos y me puse manos a la obra.

Empecé con los del primer seminario, que se había celebrado cuatro años atrás. El primero de la lista era un tal John Servel del mismo Nueva York. Llamé y, más o menos, fue esta la conversación que tuve con la persona que me atendió al otro lado del teléfono:

—¿Dígame?

—Hola, señora, me llamo Abel Young y querría hablar con John Servel.

—John murió hace cuatro años, hijo.

—Perdone, no lo sabía.

—¿Para qué llamabas?

—Es que me han encargado que llame a antiguos alumnos del instituto.

—¿Y nadie te ha dicho que John había muerto?

—No, nadie. Me han dado una lista, solamente eso.

—Pues el pobre murió, dentro de dos meses hará cuatro años.

—¿Puedo preguntarle de qué murió John, señora?

—Murió en un accidente de coche. Según la policía se durmió conduciendo y cayó por un barranco.

—Lo siento mucho, señora.

—Bueno, hijo, que tengas un buen día.

—Igualmente, señora.

Pobre John Servel, se libra de los vampiros gracias al señor Shine y poco después tiene un accidente y, hala, al otro barrio. Bueno, la vida es así, qué la vamos a hacer. El segundo de la lista era otro John, en este caso Miller, y era de Seatle.

—¿Sí?

—Hola, me llamo Abel Young y querría hablar con John Miller.

—Sienta, no habla bien tu lengua. ¿Poder hablar más lento?

—Sí, señora. Que-rrí-a ha-blar con John Mi-ller.

—¿John, el hijo de los señores Miller?

—Sí.

—No puede hablar.

—¿No es-tá en ca-sa?

—No, está *morido*.

—¿Muerto?

—Sí, eso, muerto.

—¿Cuán-do mu-rió?

—Yo no vivir aún aquí, pero a mí contó la señora que su hijo murió hace unos cuatro años.

—¿Sa-be us-ted de qué mu-rió?

—Atraco a una gasolinera.

—¿Él atracaba gasolineras?

—No, *siñor*, él estaba allí y los ladrones le dieron.

—Bueno, gracias por haberme atendido.

—Gracias muchas a tú también.

Dos John, dos muertes. ¡Vaya racha! Tercera llamada: Alice Darin, de algún lugar de Texas.

—Buenos días, funeraria Calway. ¿En qué podemos atenderle?

—¿Estoy llamando a una funeraria?

—Sí, señor, pero no a una funeraria cualquiera, sino a la mejor de Texas.

—Perdone, me he confundido.

Segunda llamada al teléfono de Alice Darin.

—Buenos días, funeraria Calway. ¿En qué podemos atenderle?

—Vaya, perdone, parece que me he vuelto a equivocar.

Tercera llamada al teléfono de Alice Darin.

—Buenos días, funeraria Calway. ¿En qué podemos atenderle?

—Perdone usted, es que se ve que el teléfono que tengo apuntado está equivocado.

—¿No llama usted a la funeraria Calway, la mejor de Texas?

—No, señor, yo estoy intentando ponerme en contacto con Alice Darin.

—¿Alice Darin?

—Sí, señor, pero al parecer me han dado mal su teléfono.

—Ah, es que creo que nuestro número de teléfono es el que tenía la familia Darin.

—Vaya, hombre, ¿y no sabrá usted por casualidad su nuevo número?

—Usted no es de por aquí, ¿verdad?

—No, señor, le llamo desde Nueva York.

—Bueno, pues siento informarle de que toda la familia Darin falleció.

—¿Todos?

—Sí, el matrimonio y sus tres hijos, entre ellos Alice Darin.

—¿Está usted seguro de eso?

—Claro que estoy seguro, me encargué yo mismo de enterrarlos.

—¿Me puede decir cómo murieron?

—Pues al parecer el señor Darin se volvió loco y mató a tiros a toda la familia y después se suicidó.

—¿Cuándo ocurrió eso?

—Pues eso ocurrió hace casi cuatro años.

—Bueno, lo siento por ellos.

—Fue una desgracia que nos conmocionó a todos. Parecía una familia tan feliz...

Tres de tres. Los tres alumnos del primer seminario de Circle Books murieron poco después de que este finalizara. Tres de tres ya no era casualidad, como tampoco los diez de diez que siguieron a continuación. Trece llamadas trece familiares o amigos diciéndome que la persona que yo buscaba llevaba tres, dos o un año muerta. Además en ninguno de los casos esas muertes se debieron a causas naturales. Solamente hubo tres alumnos de los seminarios de Circle Books sobre los que no me informaron de su muerte, pero se debió a que sus números de teléfono eran de móviles y no me contestaron. En vez de poner al lado de sus nombres que estaban muertos, escribí «casi seguro que está muerto». Ah, y hubo un alumno al que llamé y estaba vivo, pero resultó que era yo mismo. Estaba tan deseoso de encontrar a alguien vivo que no me di cuenta de que estaba llamando a mi móvil. Así que, en resumen, de los dieciocho alumnos de los seminarios de Circle Books para jóvenes promesas de la literatura americana, los únicos que estábamos vivos éramos Arisa y yo.

Cuando terminé mi fracaso de misión, salí a tomar el aire, esperando a que volvieran Arisa y Gabriel. El bueno de Peter, un tipo de lo más amable y servicial, me invitó a tomar un aperitivo en la cafetería que estaba dentro de la estación de servicio. Aparte de contarme no sé qué de un puente de madera de la época en la que se hacían puentes de madera, me contó la historia de Tom y su familia. Los padres de Tom eran buena gente y muy trabajadores. Todo Congers los conocía y no tenían enemigos. Se ve que la madre de Tom era costurera y su padre trabajaba en el ferrocarril... Bueno, lo que me estaba contando era una especie de telefilme sin mucha acción que no había quien lo aguantara. Llegó un momento en el que desconecté, pero para que no se notara que no estaba escuchando en realidad utilicé un truco que aprendí cuando era niño consistente en estar atento a las últimas palabras que dice la otra persona y repetirlas inmediatamente. Ni siquiera entran en el cerebro, ocupado en otras historias, sino que rebotan en el exterior de este y salen por tu boca. Es una modalidad del «me entra por un oído y me sale por el otro» que podríamos llamar «me entra por un oído, rebota en algún sitio y me sale por la boca».

—Y los padres de Tom lloraron de alegría el día que se graduó en el instituto.

—Ya, en el instituto.

—Sí, fue un día de mucha alegría para la familia de Tom. No sabes cuánto les costó sacar adelante a sus hijos.

—Adelante, sí, les costó mucho.

—Y cuando le aceptaron en la universidad, la madre de Tom montó una fiesta para todos sus amigos.

—Sus amigos, en la fiesta.

—Ahora, mírale, de profesor en Columbia.

—Columbia.

—Es una de las mejores universidades del país. Estoy muy orgulloso de él.

—Muy orgulloso.

—¿Cómo no iba a estarlo? Es mi mejor amigo. Nunca tengo un no por respuesta para él.

—Nunca un no.

Mientras «escuchaba» a Peter, estaba pensando en la matanza de los estudiantes del seminario de Circle Books. Creía haber entendido que el señor Shine había dicho que había convencido a todos para que no pensasen en dedicarse a la escritura y que todos le habían cedido los derechos de sus obras. Puede que los vampiros engañasen al señor Shine y que de él solamente quisiesen que participase en la pantomima trampa del seminario para darle más veracidad. Lo que estaba claro es que, de todas maneras, a Arisa y a mí alguien nos había apuntado en una lista negra el día que se enteraron de nuestros relatos y que daba igual que hubiésemos descubierto lo que había en El Año del Dragón, ya que de todas maneras los vampiros tenían pensado matarnos.

—Francine, la hermana pequeña de Tom, vive en Canadá.

—En Canadá, Francine.

Si los vampiros nos querían matar de todas maneras, lo del restaurante chino solamente afectaba a Gabriel. Eso quería decir que si Gabriel se sentía culpable por habernos metido en ese jaleo vampírico, lo mejor sería decirle la verdad para que se sintiera un poco mejor. A ver, no mejor estilo «uy, qué bien estoy», pero sí al menos dejar de pensar que por descubrir lo de sus dibujitos de las narices nos había puesto en peligro a mí y a Arisa.

—Entonces, después del entierro de la madre de Tom, su padre dijo que él ya se podía morir.

—Morir, el padre.

—Sí, así lo dijo, y se fue a dormir y ya no volvió a despertarse. Se ve que amaba mucho a su esposa.

—Amaba a su esposa.

¿Y el padre de Gabriel? Es de suponer que a él también quisieran matarlo al fin y al cabo. Sí, seguro, además él era consciente de ello, por eso preparó el plan de fuga con la pasta y los documentos falsos. Si aquellos vampiros no hubiesen dejado tirada a Julia Hertz en el callejón del restaurante, ahora la familia Shine viviría tranquila y feliz.

—¡Cerveza para todos! Y voy yo y le pregunto a la *stripper* si las tetas eran de verdad. ¡Menuda despedida de soltero!

—Testas de despedida.

Bueno, la familia Shine viviría tranquila y feliz, y los alumnos del seminario también. ¡Qué mala suerte! Una chica llega a Nueva York porque quiere ser actriz y nos acaba metiendo a todos en una obra trágica sin comerlo ni beberlo.

—Mira, creo que tus amigos ya han vuelto.

—Amigos han vuelto.

—Sí, son ellos y traen los coches. Voy a salir para decirles que estamos aquí.

—Aquí estamos.

Había desconectado tanto de Peter que no me había enterado de que me estaba diciendo que Arisa y Gabriel ya habían regresado. Mis amigos entraron exultantes en la cafetería por los coches que habían comprado. Sé que gente que está deprimida a veces se va de compras y gastando dinero se siente un poco mejor y, al parecer, eso era lo que les había pasado a Arisa y a Gabriel. Ahora bien, vaya mierda de coches compraron.

—¿Qué es esto? —pregunté yo señalando una especie de huevo tumbado de color azul y con ruedas.

—¿Esto? ¡Esto es un clásico, por Dios! Un Volkswagen Beetle —me contestó Gabriel—. Uno de los mejores utilitarios jamás creado.

—¿En serio? ¿Esto es un coche? —volví a preguntar.

—No es un simple coche, es una joya de la historia del automóvil —dijo Gabriel—. Una muestra de la industria y el buen hacer de los alemanes. En verdad es un New Beetle, pero la esencia es la misma.

—Supongo que este te lo habrán regalado al comprar el otro, ¿no? —dije yo, que seguía sin creerme que Gabriel se hubiese gastado el dinero en aquello.

—Muy gracioso, Abel, muy gracioso. Pues no, para que te enteres, ha costado más que el Honda —dijo Abel.

Entonces es cuando me di cuenta de que el otro coche que habían comprado era un Honda. ¿Cómo puede alguien comprar un coche japonés en Estados Unidos, la cuna del motor? Ah, claro, la elección fue de Arisa, que barrió para casa.

—Es un coche buenísimo, un Civic de hace cinco años —explicó Arisa, como si realmente me importase saberlo—. Es cómodo y este color plateado es muy bonito.

—¿Y el motor? —pregunté.

—Lo tiene delante —contestó Arisa—. Ah, y también tiene un cargador para seis discos compactos.

—Para seis compactos.

—Sí, para seis, y los espejos retrovisores tienen un sistema para que no se empañen por la humedad.

—Ya, la humedad.

—Y si te dejas los faros encendidos, se apagan ellos solos a los dos minutos.

—A los dos minutos.

—No me estás escuchando, ¿verdad? Estás utilizando la vieja táctica de repetir cosas que yo digo.

—Vieja táctica, sí.

Bueno, pues eso, un coche alemán y otro japonés, qué le vamos a hacer. El dueño de la tienda de coches usados, quizá por amistad con Peter, les regaló a sus nuevos clientes un GPS, supongo que también de segunda mano. Este nuevo GPS lo instalaron en la cucaracha de Gabriel, porque según Arisa el que había en el todoterreno del señor Shine hacía juego con la tapicería del Honda. Peter iría aquella misma tarde a buscar el todoterreno que mis amigos habían dejado en la tienda, para guardarlo después en un almacén de la parte trasera de la estación de servicio. Gabriel no le dijo por qué quería esconder el coche y Peter no se lo preguntó, simplemente lo hizo. Aparte de los coches, también compraron dos cámaras de vídeo, una de fotos, un móvil para Gabriel —como habíamos quedado—, un ordenador portátil, dos prismáticos, dos grabadoras de audio y material de oficina para tomar notas. Las nuevas cosas que no estaban en la lista original se les fueron ocurriendo a ellos de camino a la tienda de coches usados, pero no cabía duda de que si teníamos que hacer de detectives aficionados nos serían útiles.

—Bien, Abel, ¿has conseguido hablar con alguien de tu lista? —me preguntó Gabriel, sin darse cuenta de que lo estaba haciendo delante de Peter.

—Si te parece bien, lo comentamos comiendo —le dije, mientras ladeaba un poco la cabeza señalando a Peter.

—Ah, claro, mejor comiendo —dijo Gabriel—. Nosotros no hemos podido ir a la biblioteca, iremos después de comer.

—Entonces no perdamos más tiempo, comamos y luego vamos los tres a la biblioteca —añadí yo—. La verdad es que me muero de hambre.

—Pues te vas a poner las botas en el sitio que hemos visto de camino a la tienda de coches —dijo Arisa.

«Te vas a poner las botas en el sitio que hemos visto…» ¡Mentira cochina! A lo mejor ese día concreto era San Sol Naciente y Arisa tenía fiebre patriotera —y eso que ella no quería volver a Japón— porque me llevaron a un restaurante japonés. Al entrar en el restaurante, Arisa se llevó una decepción, ya que se puso a hablar en japonés con la persona que nos recibió al entrar y no la entendieron. El restaurante no era solamente japonés, sino también coreano y coreanos sus propietarios y empleados. Luego, al parecer, estaba enfocado a ofrecer comida representativa de los dos países y no cocina estrictamente japonesa. A Arisa le fastidió un poco eso, ya que ella quería que probásemos algo que llamó *sashimi* y de eso no había en la carta. No voy a negar que me alegré por ello, porque con ese nombre no debía de ser algo hecho para mi estómago. Al final la muchacha eligió, resoplando, *sushi* y *tempura*, y luego le dio libertad a la camarera para que trajera algo hecho en una cosa llamada *hibachi*, que, por la pinta de la comida cocinada en eso, debía de ser algún tipo de barbacoa para gente sana. No comí mucho por capullo, la verdad sea dicha. Vale que eso del *sushi* daba repelús, todo crudo y con pinta de que se le había caído al suelo al cocinero y lo había colocado encima de un trozo de arroz pegado con a saber qué tipo de pegamento raro, pero lo probé y estaba muy bueno. A ver, probé el que no tenía la cosa esa negra alrededor, porque me daba mal rollo comer algo de color negro y blanco. Arisa me dijo que lo negro se llamaba *nori* y era un alga, pensando que me iba a dar menos grima sabiendo lo que era. Ni lo probé. La *tempura* eran cosas rebozadas y lo cocinado con el *hibachi* tenía todo muy buena pinta. Quiero decir que, a fin de cuentas, no comí poco por culpa de la comida, sino por otro motivo. Resulta que a Arisa se le ocurrió la genial idea de obligarnos a comer con palillos y como Gabriel últimamente le consentía todo, pues dos contra uno, hala, a comer con palillos. Puede que Gabriel al saber dibujar fuera habilidoso con las manos, ya que no tardó mucho en cogerle el tranquillo a comer con palillos, pero yo no pude. Me lo explicó mil veces Arisa y no pude. Entonces cogí uno de los palillos y atravesé uno de los *sushi* esos y funcionó. A Arisa le hizo gracia y empezó a reírse diciendo que no era muy ortodoxo, pero que se podía considerar que sí, que yo estaba comiendo con palillos, pero el listillo de Gabriel se puso en plan serio, como si hubiese talado él el árbol con el que habían hecho aquellos palillos, y se me puso a dar lecciones de cómo cogerlos. Fue entonces cuando me enfadé y agüé la fiesta japonesa.

—Todos los de la lista de los seminarios de tu padre están muertos —le dije a Gabriel, mientras intentaba cogerme la mano para colocarme él mismo los palillos de manera correcta.

—¿Cómo? —preguntó extrañado.

—Todos muertos. Todos, todos, todos. Bueno, menos tres que tenían móvil y no me han contestado, pero sospecho que estos también están muertos.

—¿Estás seguro, Abel? —preguntó entonces Arisa.

—Muy seguro. Además, todas las muertes fueron pocos meses después de acabar los seminarios y ninguna de ellas por causas naturales.

Saqué entonces la lista y expliqué caso por caso cómo habían muerto aquellas personas. Mis amigos llegaron a la misma conclusión a la que había llegado yo, que era mentira que el señor Shine les salvara la vida; todos habían sido sentenciados a muerte desde el momento en el que cayeron en la trampa de Circle Books.

—A Arisa y a mí no nos quieren matar porque tú y yo entrásemos en El Año del Dragón —le dije entonces a Gabriel—. Nos querían matar ya antes, por lo que habíamos escrito. No fue culpa tuya.

—Ya, me da igual que no haya sido por eso. Sé que lo dices para que no me sienta responsable —dijo Gabriel—, pero no puedo dejar de sentirme así. Mirad, no sé lo que va a pasar ni lo que vamos a hacer, pero os aseguro que os sacaré de esta.

—No, Gabriel, el tema no solamente te compete a ti, nosotros dos estamos en él porque hemos sido engañados, al igual que deben de haber engañado a tu padre —dijo Arisa—. Ahora lo que tenemos que hacer es seguir con el plan y olvidarnos de cómo hemos llegado a esta situación. Si nos pasamos el tiempo compadeciéndonos de nosotros mismos o buscando culpables, acabaremos como los chicos y chicas de la lista de Abel.

—Pobre gente... —acabó diciendo Gabriel.

Y ese «pobre gente» se quedó flotando en el ambiente y ya no pudimos comer nada más. Las malas noticias se han de dejar para el postre o los cafés, así al menos tu estómago no sale perdiendo por ello.

Del restaurante volvimos a la estación de servicio para preguntarle a Peter dónde estaba la biblioteca municipal, pero él no estaba seguro de que hubiera ninguna. Le dijimos que era para consultar algunos datos en internet y, siendo fiel a su estilo servicial, nos ofreció de nuevo su despacho. Teníamos que investigar tres nombres —Samuel Hide, Gregor Strasser y Donald Troughton— y partimos de la base de que los tres eran vampiros, así que lo que más nos interesaba era encontrar algo que sirviera para demostrar que eran bichos malos chupadores de sangre. Empezamos por Samuel Hide y no encontramos nada de provecho, ya que con ese nombre solamente aparecía un reverendo de Carolina del Norte, gente muerta hace cien años y el personaje de una novela de una señora muerta también hace más de cien años. A lo mejor alguno de estos muertos era Samuel Hide que no estaba muerto realmente, pero vimos que era algo que deberíamos comprobar después de encontrar a ese vampiro e investigar su vida desde cerca.

Antes de ponernos a buscar información sobre Gregor Strasser, Arisa dijo que le sonaba muchísimo el nombre, pero que no recordaba de qué. Luego descubrimos que le sonaba porque el amigo Gregor era un personaje histórico, gracias a una historia muy negra, y seguramente lo había estudiado en la facultad. El pollo llevaba setenta años muerto. Strasser murió, al parecer, durante algo que se llamó la Noche de los cuchillos largos, durante la cual unos tíos muy muy malos mataron a otros que simplemente eran muy malos. Unos y otros eran miembros del Partido Nacionalsocialista Obrero Alemán, conocido por todos como el Partido Nazi. Gregor Strasser había presidido el partido mientras Hitler estuvo en la cárcel —a saber quién fue el imbécil que lo soltó— y había sido uno de los artífices de la organización de ese nido de víboras. Por razones varias, Hitler, después de alcanzar el poder, decidió hacer limpieza dentro de su partido y cargarse a los que le caían mal, entre ellos a Strasser. No teníamos nada claro que el Gregor Strasser que buscábamos fuera ese, pero por si acaso no lo descartamos. Por suerte había fotos del engendro este y podíamos utilizarlas para comprobar si era el mismo Strasser del que teníamos la dirección. A simple vista tenía pinta de ser un vampiro chupasangre, aunque si tuviera que elegir entre eso o que fuera un ogro comebebés, me decantaría por esta segunda opción. Gabriel dijo que si nuestro Gregor era ese nazi asesinado en 1934, tal descubrimiento podría ser una prueba muy útil para demostrar que los vampiros existían. A lo mejor demostrar que Strasser seguía vivo no sería suficiente, pero al menos abriría las puertas a una investigación que podría conducir a desenmascarar al resto de los vampiros.

También encontramos información sobre Donald Troughton. Una información muy interesante y que al principio nos sorprendió, pero luego vimos que tenía mucho sentido. Donald Troughton era el presidente de Thorn. O sea, era el superjefe de los vampiros ventaneros. Había una evidente conexión entre la T mayúscula y el dragón de las pesadillas de Gabriel, más allá de los establecimientos de aquella calle de Tribeca. Seguramente toda la manzana era propiedad de Thorn y tampoco sería de extrañar que desde aquella oficina de la empresa se pudiera acceder al sótano de El Año del Dragón. Más aún, puede que la fosa estuviera en un sótano compartido por todos los edificios de la manzana. Si esto era así, nuestra primera previsión de la cantidad de cadáveres que había allí se habría quedado muy corta, pues no serían cientos, sino miles los muertos olvidados en aquel lugar.

Entre la información que encontramos sobre Donald Troughton, había un artículo que no tenía desperdicio, ya que si lo leías entre líneas parecía dar a entender que estaba dedicado a un vampiro y no al presidente de una empresa en expansión. No tengo la menor duda de que el autor del artículo no lo escribió con esa intención, pero esa era la sensación que daba.

Perfiles
Donald Troughton: Un empresario del siglo XXI

Poco se sabe de la infancia y juventud de Donald Troughton [poca información tenemos de lo ocurrido antes del nacimiento del Imperio romano], ya que apareció en la escena pública empresarial alcanzada ya la madurez. Quizá por coquetería, nunca ha querido desvelar su verdadera edad [sí, ya, por coquetería], pero aparenta muchos menos años de los que algunas fuentes afirman que tiene [por su puesto que aparenta muchos menos años de los que tiene, aparenta cincuenta por la foto y debe de tener trescientos o cuatrocientos como poco]. Si fuese mujer se la tildaría de solterona, pero al ser hombre, le han puesto la etiqueta de soltero de oro [seguro que tuvo muchas novias, pero se le fueron muriendo desangradas, las pobrecillas]. No se le ha visto nunca participando en actos públicos [claro, para no desintegrarse bajo el sol] y tampoco concede entrevistas [es que solo se dejan entrevistar los vampiros de Nueva Orleans]. Ha dicho en más de una ocasión que se considera un ave nocturna [vaya, qué cosas] y parece ser cierto, ya que según cuentan empleados de la sede central de Thorn, Donald Troughton solamente aparece por allí cuando la tranquilidad, y no el estrés del trabajo diario, reinan en el edificio [Sol 2 – Vampiros 0]. Parece una persona que considera que los recursos humanos son el bien más preciado de su empresa o, al menos, eso es lo que se deduce de una de sus citas más conocidas: «La sangre humana es el motor del mundo» [sin comentarios]. Su principal labor al frente de Thorn ha sido la de dar a conocer al consumidor de a pie la excelencia de sus productos. La expansión de Thorn parece imparable y la intención última de Donald Troughton es crear un imperio comercial que lleve su sello. Un imperio eterno, inmortal [¡Toma castaña!].

4
Un día en Nueva York

A Donald Troughton puede que no le gustase la vida pública, pero siendo el presidente de una empresa más o menos conocida, sería siempre más fácil acceder a él. Así que, para empezar, decidimos investigar de cerca a Samuel Hide y a Gregor Strasser. Nos dividimos en dos equipos: el A, compuesto por Gabriel y sus circunstancias, y el B, formado por Arisa y un servidor. Como Gregor Strasser vivía fuera de Nueva York y Hide en Manhattan, Gabriel pensó que sería mejor que él se encargara del primero, ya que en la ciudad siempre suele haber gente por la calle, cosa que, a parte de darnos más seguridad, podía permitir que pasáramos más desapercibidos. Empezaríamos la vigilancia al atardecer y la finalizaríamos al amanecer, volviendo entonces a Congers para poner nuestros descubrimientos en común.

Arisa propuso que ya que yo había ido a Nueva York recientemente, fuera yo quien condujera, pero le dije que no porque seguramente ella estaría más acostumbrada a conducir un coche japonés. Ella aceptó encantada y a mí también me encantó su encanto. La verdad es que lo del coche japonés era mentira, quería que ella condujera para librarme yo de tener que volver a soportar la mala educación de esos conductores neoyorquinos que de conducir saben lo mismo que yo de chino. Ahora bien, no sé si es porque el Honda era un coche muy inteligente o porque Arisa era otra de esas personas que tenían el permiso de conducir por casualidad, pero para mi sorpresa nadie le levantó ni un solo dedo a la conductora nipona. Más aún, ella levantó cinco veces el dedo a otros tantos conductores al tiempo que decía alguna de sus palabrotas samuráis. No solo Arisa se defendió bien en la entrada a Nueva York y por el laberinto de sus calles, sino que además encontró aparcamiento a la primera frente al edificio en el que vivía nuestro objetivo. Seguramente había utilizado una ancestral táctica samurái de estacionamiento, combinada con técnicas ninja que los occidentales seríamos incapaces de entender, para conseguir aparcamiento a la primera. Bueno, eso o muchísima suerte, claro está.

Como aún faltaban algunas horas para que anocheciera, nos dedicamos a hacer turismo. Nueva York no me pareció un sitio tan desagradable como la primera vez que lo había visitado; claro está que aquella vez no fue una visita propiamente dicha. Seguía pareciéndome una ciudad de locos, donde todo iba diez veces más rápido que en mi pueblo. La gente por las calles no pasea, corre, y todos parecen tener claro adónde se dirigen, un lugar que, por la cara que ponen, no les gusta. Los «lentos» son los turistas, a los cuales se les ve a la legua porque parece que actúan de obstáculos en la carrera de los verdaderos neoyorquinos. En cuanto a los rascacielos, cuyo nombre está muy bien traído, al principio te impresionan —sobre todo si vienes de un pueblo cuyo edificio más alto tiene cuatro pisos y ya nos parece la torre de Babel—, pero luego te vas acostumbrando. Muchas cosas de Nueva York las conoces ya por las películas y cuando te las encuentras en vivo te hacen gracia. Doy por hecho que si te encuentras en vivo algo que has visto en *CSI: NY*, ya no tiene tanta gracia Nueva York, aunque siempre sería mejor que encontrarte cara a cara con el loco ese del pelo rojo de *CSI: Miami*. ¡Qué mal rollo da el Orlando ese! De los de Las Vegas no tengo muchos comentarios que hacer, vi dos capítulos y casi me hacen vomitar. No por la sangre y las vísceras, sino por lo insoportablemente pedantes y resabidos que son todos, sobre todo el jefecillo Greenspan. Si son tan inteligentes, ¿cómo es que trabajan en un sitio tan cutre? No sé, todos deberían aspirar a ser premios Nobel de algo cada año, en vez de ir toqueteando cadáveres con tanta alegría. Porque esa es otra, ¿por qué razón muestran tan poco respeto por los cadáveres que manipulan? Eran seres humanos, no pedazos de carne y huesos que caminaban por ahí por casualidad. Dudo mucho que los forenses de verdad sean como los de las películas y las series de televisión. A lo mejor a los guionistas de Hollywood no se les ha muerto ningún ser querido porque de ser así creo que tratarían con más respeto a la gente que muere en sus guiones y han de *autopsirrear*. Un forense, uno de verdad, debe ser una persona muy responsable en su trabajo, no un payaso o una payasa con bata, como son los de la ficción. Debe de ser duro ser forense, porque eres médico y los médicos están sobre todo para que la gente no muera y ellos han de averiguar por qué una persona ha muerto, tanto si ha sido por un crimen o por causas naturales que ningún médico ha sabido diagnosticar. Alguien tiene que hacer ese trabajo y debe de ser muy duro hacerlo. A no ser que trabajes en Las Vegas, supongo.

También como en las películas, nos compramos unos perritos calientes en uno de esos puestos ambulantes. Es normal que haya tantos en Nueva York porque esta gente seguro que no para ni para comer. Nos pasamos por el World Trade Center. Es un lugar que hiela la sangre. Es increíble que un solar donde no hay nada pueda transmitirte tantas cosas diferentes a la vez. Has visto lo del Once de Septiembre mil veces por la televisión, pero no es lo mismo que pasarte una tarde por allí. Aunque no creas en nada superior, sientes la necesidad de rezar por aquella gente. Posiblemente no sirva para nada, pero es difícil no hacerlo. Lo mío puede que no fuera una oración convencional, pero creo que si alguien me escuchó surtió el mismo efecto. Me puse muy triste y Arisa, que es infinitamente más sensible que yo, lloró, pero intentando ocultar las lágrimas. Había un par de capullos por allí, con unas pancartitas en las que se podía leer que querían saber la verdad de lo ocurrido y que el gobierno había mentido a los americanos, y repartían unos folletos explicando su teoría de la conspiración. No digo que no se hayan ocultado cosas sobre lo que pasó ese día, sobre todo porque el presidente de la nación se ha demostrado que era un mentiroso manipulador, pero esa gente de las teorías de la conspiración del 11-S creo que son bichos carroñeros que intentan vivir de la desgracia de otros.

Como turistas que éramos nos hicimos muchas fotos. Mi favorita es una que nos hicimos en el Empire State en la que parecíamos una pareja de novios en luna de miel. A ver, ya sé que debe de ser algo muy típico y de pueblo, pero es que yo soy un chico muy típico y de pueblo. Cuando estuvimos allí arriba empezó a oscurecer, así que tuvimos que salir disparados para llegar a nuestro puesto de vigilancia frente al edificio en el que vivía Samuel Hide. Tuvimos la previsión de comprar dos supercafés por si la noche se alargaba y yo, sin la aprobación de Arisa, quien consideró que era de telefilme barato, añadí a la compra de cafeína un paquete de seis donuts nevados. Aunque era algo propio de un telefilme barato, la señora se acabó zampando dos. Llevábamos dos horas allí y no había movimiento *vampiril*, así que se me ocurrió comenzar una conversación preguntando algo que todo chico se suele preguntar a sí mismo cuando conoce a una chica bonita y que a veces también pregunta a la susodicha.

—Arisa, ¿tienes novio?

—No, no tengo novio. Estuve saliendo con un chico en el instituto, pero el último año rompí con él.

—¿Por qué? ¿Te engañaba o algo así?

—No, qué va, si el pobrecillo era un encanto que estaba coladito por mí. No, rompí con él para no hacerle daño.

—¿Para no hacerle daño?

—Es que como tenía muy claro que al año siguiente iba a ir a Harvard, pues pensé que lo mejor era cortar en ese momento y no más tarde. Es que eso de ir a la universidad te hace plantearte las cosas, ¿sabes? Él no iba a seguir estudiando, se iba a quedar en Chicago trabajando para un amigo y, claro, entre que me iba a Boston y que nuestras vidas iban a coger rumbos diferentes, lo mejor era cortar ya y así, al menos, no le dolería tanto como si cortásemos después. Eso es lo que pensé. Bueno, lo pensé y lo hice.

—¿Lo hiciste por eso que me has contado o porque él llevaba un tiempo algo distraído y te pareció que no te quería como antes?

—No entiendo lo que quieres decir.

—Es que a veces las mujeres decís o hacéis cosas que son lo contrario de lo que realmente pensáis para que los hombres tomemos la iniciativa.

—¿Eso lo has leído en el *Cosmopolitan*?

—No, lo sé por experiencia propia.

—Pues a lo mejor no se puede generalizar en estos temas, yo corté para no hacerle daño después. Es que le quería mucho. Lo hice por su bien. No te digo que a veces no le añore, pero no me arrepiento de lo que hice.

—¿Y ahora no sales con nadie?

—No, ya te he dicho que no tengo novio. A ver, puede que esté errada en mi forma de ser, pero si estoy en la universidad es para estudiar y no para mezclar los estudios con otras cosas. En ese sentido soy muy fría. No dejé a Lee, así se llamaba mi novio, porque pensara que encontraría a otro mejor que él en Harvard, sino porque me iba a centrar en los estudios.

—¿Y tu novio lo pasó mal?

—Al principio sí, pero luego se volvió un poco imbécil y se lío con un morena pechugona. ¿Y tú tienes novia?

—No, tenía una, pero me dejó porque iba a ir a la universidad y yo no, y no quería hacerme daño después.

—¿Ves? Seguro que lo hizo por tu bien.

—Sí, no cabe duda, ahora lo tengo clarísimo.

No sé si la frase es adecuada para hablar de un no muerto, pero ya era medianoche y el vampiro no daba señales de vida.

No cabía duda de que éramos dos investigadores muy novatos, ya que nos dimos cuenta de que ni siquiera estábamos seguros de que el vampiro estuviera en el edificio. Así que a Arisa se le ocurrió la idea de ir a comprobarlo. El edificio tenía portero, lo vimos al llegar, pero ahora no estaba visible. Posiblemente estuviera en una habitación del hall. Me acerqué a la puerta del edificio y apreté el botón del 6.° C del telefonillo, pues era el piso donde se suponía que estaba Samuel Hide. Y, sí, estaba allí porque con una voz de vampiro espeluznante me dijo. «Vale, Helmut, ahora bajo». Volví corriendo al coche y le dije a Arisa que Hide iba a bajar enseguida y que se pensaba que el que le había llamado era Helmut Martin. Entonces nos concentramos en la puerta principal, Arisa con su cámara de fotos y yo con los prismáticos, pero Hide no salió por allí, sino que lo hizo por la puerta del garaje, conduciendo lo que parecía un *Vampmóvil.* Aparcó delante de la puerta del edificio y como vio que no le estaba esperando allí Helmut, salió del coche. ¡Era el cojo, Samuel Hide era el vampiro cojo! Estuvo mirando a su alrededor buscando a Helmut y este acabó apareciendo un par de minutos después. Hablaron un instante, seguramente intentando aclarar la llamada al telefonillo, y subieron al coche. Cuando se pusieron en marcha, no lo pude evitar y le dije a Arisa una frase que siempre había querido decir, aprendida, como todas las cosas malas, de las películas: «Sigue a ese coche».

Arisa siguió al *Vampmóvil* por varias calles de Nueva York, dejando una distancia entre ambos para poder hacerlo sin ser vistos. No sería capaz de decir por qué calles fuimos y creo que Arisa tampoco, ya que estábamos muy concentrados en los pilotos traseros del coche de los vampiros. Este se detuvo finalmente a las puertas de un gran almacén de paredes metálicas del puerto. Dejamos nuestro coche detrás de otro de los almacenes del lugar y fuimos caminando, con mucho sigilo, hasta el almacén en el que supusimos que habían entrado los vampiros. En una de las paredes laterales encontramos una rendija que nos permitía a los dos ver el interior sin ser vistos. En el centro del almacén vimos a Samuel Hide, de pie, con apariencia de estar esperando algo. Ese algo que esperaba apareció casi de inmediato, ya que desde algún lugar que no pudimos ver, Helmut llevó a rastras al señor Shine, atado este a una silla, y lo colocó frente al vampiro cojo. El señor Shine tenía el rostro lleno de magulladuras y sangre seca. Hide empezó a gritarle, diciéndole algo así como que era un estúpido y que se estaba equivocando. El señor Shine no hablaba, solamente escupía sangre y negaba con la cabeza. Hide empezó a abofetearle, pero el señor Shine seguía sin hablar, cosa que provocó que le volvieran a golpear, en esta ocasión los dos vampiros y con los puños cerrados. Supuse que querían saber dónde estábamos nosotros o que les diera algún tipo de información que les condujera a nuestro paradero, pero el señor Shine seguía negándose a hablar. Hide se apartó de su víctima, se fue a un extremo del almacén y volvió con una barra de hierro que descargó con todas sus fuerzas en las rodillas del señor Shine. El grito que dio aquel hombre hizo que temblasen las paredes de metal del almacén. Arisa no pudo seguir mirando más y se dio media vuelta, al tiempo que se tapaba los oídos con las manos. Yo seguí mirando. Hide volvió a golpearle en las rodillas, pero a Shine ya no le quedaban fuerzas para gritar. Helmut le pidió al que parecía su jefe que dejara de golpearle. Pensé que lo hacía movido por algún gesto de piedad, pero no fue así. Lo que realmente le había pedido Helmut a Hide era que, ya que el señor Shine estaba medio muerto, le permitiese darse un festín a su costa. Helmut cogió al señor Shine del cabello, echó su cabeza hacia atrás y le mordió en el cuello. Estuvo bebiendo su sangre por espacio de dos minutos, hasta que Hide le pidió que se apartase. Helmut le hizo caso, y mientras se limpiaba la sangre de su boca, el otro vampiro sacó una pistola con silenciador y le disparó dos tiros al señor Shine en la cabeza. Los vampiros desataron a su víctima y Helmut cargó el cadáver del señor Shine a sus espaldas. Entonces avisé a Arisa de que todo había acabado y ambos nos asomamos para ver salir a los dos vampiros con el cadáver del señor Shine. Abrieron el maletero del *Vampmóvil* y Helmut dejó caer allí el cuerpo. Luego subieron al coche y se largaron de allí mientras Arisa y yo corrimos al nuestro para iniciar una nueva persecución a distancia. En esta ocasión le pedí que me dejara conducir a mí, ya que estaba seguro de que me preguntaría qué había ocurrido y no era conveniente explicarle aquello mientras ella estuviera conduciendo.

—¿Qué es lo que ha pasado, Abel? ¿Lo han matado? —me preguntó poco después de ponernos en marcha.

—Sí, lo han matado.

—¿Cómo lo han hecho?

—Después de volver a golpearle con la barra de hierro, Helmut le ha mordido en el cuello y se ha puesto a chuparle la sangre.

—¡Oh, Dios mío! —exclamó Arisa, poniéndose a llorar en ese momento.

—Luego Hide le ha dicho que parara y le ha pegado dos tiros en la cabeza.

—Yo no he oído nada.

—Es que la pistola tenía silenciador.

—Pobre señor Shine. Pobre Gabriel.

Seguí a los vampiros durante un cuarto de hora, más o menos, hasta que llegaron a su destino: el callejón de El Año del Dragón. No detuve el coche para saber qué estaban haciendo, pues ya lo sabía: estaban allí para añadir un cadáver más a la fosa del sótano. Durante el viaje de regreso a Congers, Arisa me pidió que le dejase a ella contarle a Gabriel lo que había sucedido y a mí me pareció perfecto, pues con ello me quitaba un peso de encima.

Cuando llegamos a Congers, Gabriel aún no había vuelto. Arisa y yo nos preparamos un par de sándwiches y nos sentamos en el sofá a esperar que llegara. Nos quedamos dormidos. Arisa me despertó para decirme que eran las ocho de la mañana y que Gabriel aún no había vuelto. Preocupados, le llamamos al móvil y él nos contestó diciendo que no volvería hasta la tarde, ya que quería seguir investigando a su objetivo. Arisa y yo nos preparamos un buen desayuno, y después de desayunar nos duchamos y fuimos a dar un paseo por los alrededores. Durante ese paseo, Arisa me pidió que le volviese a contar lo que ella no había visto en aquel almacén del puerto de Nueva York, no quería dejarse ningún detalle cuando se lo contase a Gabriel.

—¿Y cómo lo vas a hacer? —le pregunté.

—¿El qué?

—Explicarle cómo ha muerto su padre.

—No lo sé aún. He pensado que me lo llevaré a algún lugar para que los dos nos quedemos a solas y entonces se lo diré. Intentaré contarlo de tal manera que cuando le suelte que su padre ha muerto, se lo espere. El golpe va a ser el mismo, pero al menos puede que no sea tan fuerte como soltárselo de sopetón.

—Fue algo horrible.

—Ya me lo imagino, Abel. Esto es una mierda. ¿Por qué tenemos que pasar por esto? No tiene sentido. Yo solamente quería un papel para seguir estudiando.

—Yo ni siquiera quería ir al seminario.

—¿En serio?

—En serio, mi padre tenía más ilusión que yo. Creo que vine por el dinero.

—¿Ese dinero que a mí no me han dado?

—Sí, ese dinero. A lo mejor a ti no te dieron nada porque supieron lo de tu beca y que ibas a ir de todas maneras.

—¿Y cómo lo supieron?

—Supongo que deben de tener infiltrados en todas partes. Mi tutor envió mi relato a un amigo de Nueva York y acabó en manos de los vampiros. Cuando vuelva le preguntaré a quién se lo envió, ya que puede que ese tipo esté relacionado con esos hijos de puta.

—Bueno, eso si vuelves.

—¡No fastidies, Arisa!

—Perdona, es que estoy de bajón. Lo de anoche me ha dejado muy tocada.

—Yo creo que saldremos de esta.

—Ojalá pudiera ser tan optimista como tú.

—Mira, por ahora estamos vivos, mientras que toda la gente que hizo el seminario ha muerto y en algún caso, además, mataron a sus familiares. Yo me he salvado tres veces: la primera cuando fui con Gabriel al restaurante chino, la segunda cuando nos fuimos de Ithaca y la tercera por no estar en mi casa cuando fueron a buscarme allí. Si a ti no se te hubiese ocurrido que nos quedásemos con Gabriel, en estos momentos estaría en el otro barrio.

—Pobre Gabriel.

Fuimos a Congers a comer, a un italiano; es que me gusta mucho la comida italiana y si puedo elegir restaurante, siempre acabamos comiendo pasta o pizza. Aproveché que Arisa se había pedido una pizza Margarita, para decirle que el nombre era en honor a la reina Margarita, esposa de no recordaba qué rey italiano, para la que un pizzero de Nápoles ideó ese plato.

—Fue la primera pizza en la que se puso mozzarela, que es un queso que se hace con leche de cierva.

—No, Abel, la mozzarela es de leche de búfala.

—¿Ah, sí? Bueno, da igual; de un bicho con cuernos que no es una vaca. Luego el pizzero le puso unas hojas verdes de albahaca y como tenía la base de tomate, pues eso, quedó dibujada la bandera italiana.

—¿Y esto cómo lo sabes?

—Lo leí en un mantel de papel de una pizzería de Nashville.

—Yo leí una vez en un mantel de papel: «Me las pagarás, capullo de mierda». Supongo que alguien se desahogó esperando una cita que nunca tuvo lugar. Y una vez encontré una dedicatoria preciosa en un libro. Decía algo así: «Que los poemas de este libro te acompañen toda la vida, amor mío. Y que cada vez que leas uno de sus versos, pienses en mí».

—Sí, es bonito. ¿Era de alguna amiga?

—¿El libro? No, lo encontré en una tienda de libros usados.

Antes de volver a casa después de comer, pasamos por la estación de servicio para saludar a Peter y llenar el depósito de gasolina. Estando allí nos llamó Gabriel para decirnos que en ese momento salía de Nueva York. Peter nos regaló unos dulces que hacía su mujer, la mejor repostera de Congers según su modesta e imparcial opinión. A veces llegaba a ser cargante este hombre. Puede que yo me hubiese vuelto algo desconfiado por todo lo sucedido desde que dejara Tennessee y que Peter fuera un tipo bondadoso y altruista sin más, pero es que se pasaba un poco. Apenas nos conocía y parecía que se desvivía por nosotros, aunque a lo mejor más que por nosotros fuera por Tom, al que tenía en un pedestal. Puede que haya quien piense que si hubiera más gente como Peter el mundo sería mejor, pero yo no estoy de acuerdo, ya que la mala gente aún se aprovecharía más de su maldad.

Gabriel llegó una hora después de que nos llamara por teléfono anunciándonos que había salido de Nueva York. Se le veía muy excitado, sin parar de moverse de aquí para allá, gesticulando con los brazos, mientras explicaba algo a lo que Arisa y yo no prestábamos atención. Encendió el portátil y descargó las más de sesenta fotos que había hecho en su investigación sobre Gregor Strasser. Nos pidió que descargáramos también las nuestras, pero Arisa le dijo que se había dejado la tarjeta de memoria en la maleta. Era mentira, pero ella consideró que era mejor no decirle la verdad, que solamente habíamos hecho una foto de Samuel Hide metido en un coche con lunas tintadas y que en el resto de las fotos aparecíamos Arisa y yo posando en diferentes lugares turísticos de Nueva York. Gabriel amplió una foto en la que aparecía una especie de urbanización de los suburbios por construir.

—Me costó encontrar este lugar porque todavía no existe oficialmente —empezó diciendo Gabriel—. La dirección de Strasser que había apuntado mi padre era la de un cementerio que estaba en lo alto de un pequeño montículo. Primero pensé que a lo mejor tenía que encontrar allí una tumba o un panteón donde dormía el vampiro. Entré en el cementerio y vi que había unos operarios con excavadoras desenterrando ataúdes. No era una visión muy agradable, pero entendí que era una pista. Me acerqué a ellos y me dijeron que trabajaban para... ¿A ver si lo adivináis?

—¿Para Thorn? —preguntó Arisa a modo de respuesta.

—Exacto para Thorn —dijo Gabriel—. Al parecer es una empresa que se dedica a muchas cosas.

—¿Entre ellas a desenterrar cadáveres? —pregunté.

—No, Abel, entre ellas a construir casas —contestó Gabriel—. Casas para vampiros, supongo. Estaban desenterrando ataúdes porque aquel cementerio lo había comprado Thorn para construir en aquel lugar unas cuantas casas. Les pregunté si ese cementerio tenía algo especial para que la empresa se interesase por él y me dijeron que no, que lo único interesante que tenía es que lindaba con una urbanización que Thorn había comenzado a construir ese mismo año. Una de esas personas me acompañó hasta el muro sur del cementerio y desde allí pude ver esa urbanización. La de la foto. Como podéis observar, solo hay una casa construida, los demás solares están en obras. ¿Y quién vive en esa casa?

—Gregor Strasser —contestó Arisa.

Gabriel asintió y nos mostró otra foto, la de un señor en el porche de la casa. La foto estaba algo borrosa porque en ella era de noche y aquel señor solo estaba iluminado por la luz del porche. La foto estaba borrosa, pero pudimos ver que sí, que se trataba del nazi Gregor Strasser.

—Cuando oscureció, entré con el coche en la urbanización y lo dejé aparcado detrás de una valla de madera que hay frente a la casa de Strasser —continuó explicando Gabriel—.

Esa valla rodea una casa que también está en construcción. Esperé allí pacientemente y a las tres de la madrugada salió Strasser a la calle, hablando con alguien por su móvil, y le hice la foto. Cuando volvió a entrar, me acerqué e hice fotos a la casa.

Gabriel nos mostró entonces una serie de fotos de la casa de Strasser. Era la típica casa unifamiliar de los suburbios de cualquier ciudad. Aparentemente no tenía nada de especial, pero Gabriel hizo que nos fijáramos en un detalle, en un gran ventanal que había en su fachada.

—Es raro lo de un ventanal en la casa de un vampiro, ¿no? —dije yo.

—Bueno, si te fijas verás que los cristales del ventanal son espejos y puede que no dejen entrar mucho la luz del sol —apuntó Gabriel.

—Ya, pero de todas maneras dejan entrar luz y eso sería suficiente para matar a cualquier vampiro —señalé yo, dándole a mi voz un tono grave que me salió del alma y que creo que servía para dar la sensación de que estaba muy seguro de lo que decía.

—Bueno, ahí no he llegado, Abel —dijo Gabriel—, no sé si deja entrar mucha o poca luz, pero supongo que con poca que entre para ellos es mortal. Ya vimos cómo huían de la luz del comedor de El Año del Dragón y allí había muy poca. Lo de los espejos puede ser una prueba de que son vampiros, pero entiendo que no definitiva, ya que hay muchos edificios con este tipo de ventanas.

—¿Crees que con esa foto que le has hecho a Strasser podemos ir a algún sitio para que alguien escuche nuestra historia de vampiros? —preguntó Arisa.

—No sé si servirá —contestó Gabriel—. Nosotros sabemos que es un vampiro porque está en una lista que nos dio mi padre, partimos de una teoría, pero no sé qué pensará otra gente. Lo que tendríamos que hacer ahora es llegar a él de alguna manera, entrar en su casa y hacerle fotos o grabarlo en vídeo.

Después de cenar podríamos ponernos manos a la obra y encontrar entre todos la manera de hacerlo.

—De acuerdo, después de cenar lo hablamos —dijo Arisa.

—¿Y por qué has tardado tanto tiempo en regresar? —le pregunté.

—Bueno, es que poco antes del amanecer me he dormido y no me he despertado hasta el mediodía —contestó Gabriel—. Por suerte no había obreros trabajando en la zona. Doy por hecho que están esperando a despejar el cementerio para seguir con las obras. Ahora se puede ir allí, pero supongo que si se deshacen del cementerio, impedirán el acceso a la urbanización una vez acabada. Y cuando he salido de allí, me he perdido. Cosas que pasan. Bueno, ¿y a vosotros cómo os ha ido?

Arisa y yo nos miramos, esperando que a alguno de los dos se nos ocurriera la mejor manera de empezar una historia que iba a acabar muy mal, sobre todo para el bueno de Gabriel. Como Arisa me había dicho que llegado el momento ella hablaría con él a solas sobre el tema, decidí ser yo quien empezara a contar nuestro día en Nueva York.

—Como nos sobraba tiempo dimos una vuelta por Manhattan —empecé explicando—, comimos perritos calientes, subimos al Empire State...

—No, hombre, lo que quiero que me contéis es cómo ha ido la vigilancia —dijo Gabriel.

—Bueno, Samuel Hide es el vampiro cojo —dijo Arisa y entendí que a partir de ese momento debía dejarla al mando.

—¡No me digas! ¿Samuel Hide es el vampiro cojo? ¡Eso es un buen descubrimiento! —exclamó Gabriel entusiasmado—. Ya tenemos caras para los tres nombres, genial. Sigue, sigue explicando, por favor.

—Salió poco después de la medianoche, con el *Vampmóvil*, lo dejó aparcado delante del edificio y llegó Helmut y se subió en el coche —explicó Arisa—. Les seguimos hasta el puerto y entraron en un almacén.

—¡Qué pasada! ¿Y no os vieron?

—No, no nos vieron —contestó Arisa.

—¿Descubristeis qué hicieron en ese almacén?

—Sí, lo descubrimos, Gabriel —dijo Arisa, casi susurrando y agachando el rostro.

—Pues vamos, mujer, cuéntamelo —pidió Gabriel.

—Es que antes de contarte eso, me gustaría hablar contigo a solas —le dijo Arisa y yo me sentí aliviado.

—¿A solas? ¿Es que Abel te ha hecho algo?

—No, no es por eso. Por favor, ¿podemos ir a hablar un momento a tu habitación?

—¡Uy, qué misteriosa se ha vuelto esta chica! —dijo Gabriel bromeando—. No estarás intentando seducirme, ¿verdad?

—Por favor, Gabriel, es importante. Vámonos a tu habitación —dijo Arisa en tono serio mientras abandonaba el salón.

—De acuerdo, mujer, no te pongas así —dijo Gabriel—. ¿A ti no te importa que te dejemos solo, Abel?

Negué con la cabeza y Gabriel salió corriendo tras Arisa. Pensé que no me gustaría estar en el pellejo de ninguno de los dos en esa situación. Gabriel lo iba a pasar fatal cuando se enterase de cómo había muerto su padre y la pobre Arisa otro tanto teniéndoselo que contar. Una hora después de que mis amigos me dejaran solo, bajó Arisa, un poco alterada, preguntándome si creía que en la basura aún podríamos encontrar la medicación de Gabriel.

—¿Le sucede algo? —le pregunté.

—Está temblando y tiene náuseas —contestó Arisa—. A lo mejor no debió dejar la medicación; aunque no estuviera enfermo, son drogas.

—Voy a mirarlo ahora mismo.

—Si las encuentras, sube. Y llama a la puerta.

—¿Y si no están?

—Si no están, cogemos el coche, vamos a ver a Peter y que nos diga dónde está el hospital más cercano.

Arisa regresó a la habitación con Gabriel y yo me puse a

buscar las pastillas en la basura. Como solamente habíamos cenado y desayunado una vez, el cubo estaba casi totalmente vacío. Cogí dos bolsas de plástico para que hiciesen de guantes improvisados, saqué el pequeño cubo de debajo del fregadero, lo puse encima de la mesa de la cocina y, tras mirar en su interior, saqué los frascos de pastillas de Gabriel. Estuve a punto de coger de paso el paquete de tabaco, por si acaso él también necesitaba fumar, pero algún tipo de líquido se había vertido sobre él y supuse que esos cigarrillos serían ya infumables. Limpié los frascos de las pastillas y subí a la habitación. Llamé a la puerta y salió Arisa.

—Espero que esto le calme —dijo Arisa cogiendo los frascos.

—¿Se lo has contado todo? —le pregunté.

—Sí, todo, pero luego hablamos, ¿vale?

—Oye, ¿preparo algo para cenar?

—Sí, haz algo, pero no creo que bajemos a cenar. Bueno, si veo que él se tranquiliza y se duerme, igual luego bajo yo y me caliento lo que hayas preparado.

Arisa volvió a entrar en la habitación y mientras lo hacía pude ver a Gabriel acostado en la cama en posición fetal. Me dio mucha pena verle así. No lloré porque Mary Quant se había llevado todas mis lágrimas, pero sí sentí aquella angustia de la lágrima no derramada propia de los hombres que no cortan cebollas.

Para cenar preparé huevos revueltos con tomate y unas salchichas, pero no pude probar bocado. A lo mejor estaba inmerso en una especie de crisis de empatía con mis dos amigos, y si ellos no cenaban, yo tampoco tenía cuerpo para hacerlo solo. Metí la cena en el horno y me puse a ver la tele para dejar pasar el tiempo hasta que tuviera noticias del piso de arriba. Me vi una película y media. Mejor dicho, mis ojos vieron una película y media, pero mi cerebro no captó nada de lo que salía en la pantalla, pues él no estaba en el salón, sino en la habitación, con Gabriel y Arisa. A mitad de la segunda película bajó

Arisa y dijo que estaba muerta de hambre, así que los dos nos sentamos a la mesa de la cocina para cenar.

—El pobre se ha quedado como un tronco —empezó diciendo Arisa—. Yo esperaba que algo así le sucediera, incluso antes, pero, claro, la muerte de su padre le ha afectado muchísimo más de lo que pensaba.

—¿Pensabas que le iba a pasar esto, sin tener en cuenta lo que vimos anoche?

—Sí, estaba segura de que algún tipo de crisis iba a tener porque para todo lo que estaba ocurriendo, parecía estar excesivamente entero. ¿Entiendes lo que quiero decir? Hay gente a la que le pasa un montón de cosas malas y sus miedos o sus tristezas no los exterioriza. No lloran, no gritan, no se desahogan y llega un momento en el que todo eso explota en su interior. Era evidente que le iba a pasar eso. Se había enterado de que su madre no había muerto en un accidente, sino que había sido asesinada, y había visto con sus propios ojos cómo secuestraban a su padre y su reacción fue seguir adelante, sin más.

—Quizá tampoco podía hacer otra cosa.

—Sí, teníamos que salvar el cuello, pero es que no lloró ni se enfadó ni nada. Además, hay una cosa importante, cuando le dijimos que nos queríamos quedar algunos días más con él, me di cuenta de que Gabriel era consciente de que estaba caminando por el filo de la navaja. Lo que le ha ocurrido ahora le iba a ocurrir de todas maneras. A lo mejor mañana o a lo mejor dentro de un año, pero creo ha sido una suerte que estuviésemos aquí.

—¿Una suerte?

—Ya, sí, hablar de suerte en estas circunstancias parece una estupidez.

—Además hemos sido nosotros los que le hemos dicho que su padre ha muerto.

—Sí, pero hablando ahora con él, me ha dicho que ya era consciente de eso. ¿Por qué crees que quería volver junto a su padre? Pues porque sabía que su padre se estaba sacrificando por nosotros. Estaba ofreciendo su vida a los vampiros.

—¿Crees que su padre les ha contado algo?

—¿Sobre dónde podemos estar?

—Sí, sobre eso y sobre los documentos falsos de Gabriel y sobre Tom.

—Estoy convencida de que no porque lo han torturado hasta dejarle casi muerto, es lo que vimos y él no abrió la boca. Si hubiese hablado, en este momento tú y yo no estaríamos aquí.

—¿Qué vamos a hacer ahora?

—Ahora lo único que podemos hacer es estar pendientes de Gabriel. Si se recupera, ya veremos lo que hacemos, pero si no se recupera, supongo que tendremos que llevarle al sanatorio, y tú y yo tendremos que seguir solos.

—Tenemos la foto de Strasser.

—No sé, ya hablaremos del tema más adelante. Es que ahora solamente se me ocurre que, a parte de lo de Strasser, deberíamos entrar de nuevo en el restaurante chino.

—Eso es muy peligroso, Arisa.

—Ya, por eso te digo que antes de planear algo, es mejor ver cómo evoluciona.

Después de cenar, Arisa puso en una bandeja un poco de pan, algo de embutido y dos piezas de fruta y se lo llevó a Gabriel. Luego volvió a bajar y me comentó que ella se quedaría a dormir con Gabriel y que yo me acostara en su cama. Me preguntó si necesitaba algo de la habitación y yo le dije que para dormir solamente me ponía una camiseta grande que encontraría debajo de la almohada, pero que también me haría falta alguna muda para cambiarme y el neceser.

—¿Eso lo encontraré en el armario o en la cómoda de la habitación? —me preguntó Arisa.

—No, está todo en la maleta, no la he deshecho aún.

—Entonces, sube un momento conmigo, saco tu maleta y la llevamos a mi habitación. Aprovecharé y me cogeré el pijama y lo que necesite para mañana.

—Oye, ¿yo no puedo entrar a ver a Gabriel?

—Se lo he preguntado y me ha dicho que no quiere que le veas así.

—A mí me da igual, somos amigos.

—Ya, pero a él no le da igual. Supongo que piensa que sigue siendo responsable de ti de alguna manera y no quiere que le veas hundido.

Fuimos al piso de arriba y trasladamos mi maleta a la habitación de Arisa. Ella cogió algo de ropa y una infinidad de botes y frascos para el aseo. Aún era temprano, ni siquiera había oscurecido del todo, pero Arisa me dio las buenas noches, dando por hecho que no nos veríamos hasta la mañana siguiente. No me apetecía bajar a ver la tele, así que, sorprendiéndome a mí mismo, cogí *Los señores de la peste*, me tumbé en la cama y me puse a leer aquel libro con todo el cariño del mundo. Por cierto, la cama de Arisa olía muy bien.

La reclusión de Gabriel duró tres días, en los que Arisa y yo desayunamos, comimos y cenamos solos. Arisa se pasó la mayor parte de esos tres días en la habitación de Gabriel, así que a ella casi la veía tan poco como a él. Tuve que encargarme yo de hacer las comidas, de limpiar, de ir a comprar, cosas todas que hacía con mucho gusto, ya que entendía que con ello estaba colaborando en la recuperación de Gabriel y ayudaba a que Arisa pudiera estar más descansada. Gabriel seguía sin querer verme y yo respeté su deseo en todo momento. Aproveché el tiempo libre para pasar al portátil toda la información que teníamos sobre los vampiros que habíamos investigado y para acabarme *Los señores de la peste*. El libro terminó gustándome mucho, no exclusivamente porque lo hubiese escrito Arisa, sino porque era muy entretenido y los vampiros que salían en él eran de los de mi relato, muy malos e inteligentes. Me chocó comprobar cómo, sin haber estado ella allí, en un capítulo de su novela Arisa había descrito un lugar muy semejante al sótano de El Año del Dragón. No se trataba en este caso de un sótano, sino de la bodega de un barco que los vampiros abandonaban en alta mar y que estaba repleta de cadáveres en descomposición. Al leer la descripción de esa bodega, volví a viajar mentalmente a la fosa del restaurante abandonado y pensé que, quizá, una de las razones por las que los vampiros querían que esa novela no viese la luz fuera, precisamente, por haber descrito por casualidad aquel horripilante lugar.

El final de la reclusión de Gabriel y su casi total recuperación me pilló por sorpresa. Había preparado como de costumbre desayuno para dos, pero esa mañana aparecieron por la puerta de la cocina Arisa y Gabriel, cogidos de la cintura y esbozando una enorme sonrisa. Gabriel parecía haber adelgazado algunos kilos, tenía las ojeras muy marcadas y estaba sin afeitar, aunque su barba de tres o cuatro días casi no se notaba, pues su vello facial era de un rubio tan claro como el de sus cabellos. Gabriel se separó de Arisa y vino hacía mí para darme un fuerte abrazo. Sentí algo muy extraño, como si se hubiese muerto alguien pero al revés. No como si hubiese nacido alguien o como si alguien hubiese resucitado, sino como si la pena que sientes cuando se muere una persona que aprecias se pudiera transformar en todo lo contrario.

Nos sentamos los tres a la mesa para desayunar un desayuno para dos, y antes de que mis amigos se sirvieran el café, se besaron en los labios. ¡Vaya, hombre! El beso sonó y todo de lo profundo que era, y supongo que también por el sentimiento con que se lo dieron. No me dijeron nada, pero entendí a la primera que la cama de Arisa iba a llamarse a partir de ahora la cama de Abel. Por supuesto, yo tampoco les pregunté nada, esas cosas no se preguntan. Los únicos que pueden preguntar sobre temas sentimentales de personas ajenas a uno mismo son los curas católicos en el confesionario, los periodistas rosa-amarillentos y las peluqueras descaradas.

—Abel, Gabriel y yo queremos dormir juntos —me dijo Arisa, algo que, como ya he dicho, estaba más que claro—. No te importa, ¿verdad?

—No, claro que no, me parece genial —dije yo, pero no sé si mentí o no al decirlo.

—He de decirte que estoy muy contento de que seas mi amigo, Abel —dijo Gabriel—. Y también de que tú estés a mi lado, cariño.

«Cariño» no era yo, era Arisa, a la que dio el segundo beso de la mañana. Dos es aceptable, tres empieza a ser molesto porque por mucho que el padre de Gabriel diera el seminario, yo vi a Arisa primero. Da igual que no la viese de la misma manera que él; soy un hombre y, aunque no quieras, siempre sientes algún tipo de atracción por cualquier miembro del sexo opuesto que te parezca algo atractiva. Por esa razón, un hombre no tiene una «mejor amiga», sino un «proyecto de ligue muy cercano». Los únicos hombres que tienen mejores amigas son los gays, el resto no es capaz de tratar con una mujer temas íntimos sin que el sexo aparezca en escena en forma de uno de esos diablillos de los dibujos animados portando un cartel con el lema: «Tírale los tejos. ¿A qué esperas, capullo?». La mejor amiga de un hombre solo puede ser la mujer de su mejor amigo o la Virgen María. Al final no hubo tercer beso matinal —habría carraspeado de haberlo habido—, pero sí hubo un amago, ocasionado por la propuesta que me hizo Gabriel, y terminé aceptando.

—Ya se lo he dicho a Arisa, pero quiero que sepas cómo me he recuperado —empezó diciendo Gabriel—. Porque te juro que me he recuperado, no solo de lo que ha pasado estos días, sino de todo lo que ha pasado en mi vida desde que tengo uso de razón.

—Vale, dime, ¿cómo te has recuperado? —pregunté yo, ya que Gabriel hizo una pausa tan larga que me hizo entender que quería que se lo preguntase.

—Esta noche no he dormido muy bien. Me he despertado varias veces, y en una de estas veces, me he ido a dar una vuelta alrededor de la casa. Entonces he tenido una especie de revelación. He pensado en esos vampiros y me he dado cuenta de que son escoria, que son mierda, que son pura maldad. Han matado a mis padres y casi matan a mis mejores amigos. ¿Qué se supone que he de hacer yo, hundirme por ello? No, esa gentuza no me llega a la suela de los zapatos, ni a mí ni a vosotros. Dime, Abel, ¿qué se ha de hacer con las cosas malas?

—¿Destruirlas? —contesté preguntando.

—Exacto. El mal ha de ser erradicado. Hemos de cargarnos a esos hijos de puta.

—¿Nosotros? —pregunté.

—Claro, no hay nadie mejor que nosotros para hacerlo. Somos buenas personas, y las buenas personas han de acabar con el mal.

—Sí, pero ¿nosotros? —volví a preguntar.

—Gabriel opina que si matamos a los tres de esa lista, puede que les descabecemos —intervino Arisa—. Esos tres y Helmut quizá sean los únicos que nos pueden hacer algo, que saben que existimos. Si nos los cargamos a todos, seremos libres.

—Puede ser peligroso —dije yo.

—Sí, claro, pero menos peligroso que no hacer nada —dijo Gabriel—. Arisa y yo no nos vamos a quedar de brazos cruzados esperando a que vengan a por nosotros. ¿Y tú? ¿Volverás a tu pueblo a esperar al lado de tu padre a que vayan a mataros?

—Entiendo lo que quieres decir —contesté yo—. Esto es una guerra, en la que o ganan ellos o ganamos nosotros.

—Exacto, Abel —dijo Gabriel—, esto una guerra entre nosotros y ellos. Una guerra total.

Ahí llegó el amago del tercer beso, pero al final la parejita se contuvo. La verdad es que no me habría importado que se lo hubiesen dado, no habría carraspeado. Más aún, creo que deberían habérselo dado porque la ocasión lo merecía.

5

Lo que sabemos sobre los vampiros

Guerra total. Gabriel utilizó esa expresión porque era evidente que o ganábamos o moríamos. No iban a haber prisioneros ni tratados de paz ni nada de eso. Guerra total. La verdad era que al principio no daba un centavo por nosotros, pero parecía ser que la única vía posible para salvar la cabeza consistía en cortársela tú a aquellos que te la querían cortar a ti. Guerra total. Una guerra está divida en batallas y nosotros teníamos cuatro por delante: Samuel Hide, Gregor Strasser, Donald Troughton y Helmut Martin. Una guerra total con cuatro batallas por lo menos. Sabíamos a quién teníamos que eliminar, pero lo que no teníamos nada claro era cómo hacerlo. Éramos tres soldados que no habían recibido instrucción y la pega es que no había ninguna academia de cazavampiros. Teníamos que aprender la manera de matar vampiros y practicar antes de enfrentarnos a ellos. Y eso hicimos, aprendimos cómo matarlos y practicamos lo aprendido.

El señor Shine y Tom dedicaron un año de su vida a estudiar todo lo que se sabía sobre los vampiros. Nosotros no teníamos tanto tiempo, así que yo propuse que la manera más rápida de aprender algo sobre ellos sería a través de las películas. Gabriel viajó una mañana a Nueva York y regresó por la tarde con una serie de películas y otras historias que encontró sobre vampiros.

Nosferatu de F. W. Murnau (1922).
Drácula de Tod Browning (1931).
Drácula de Terence Fisher (1958).
Blácula de William Crain (1972).
El baile de los vampiros de Roman Polanski (1967).
Kung-Fu contra los siete vampiros de oro de Roy Ward Baker (1974).
Amor al primer mordisco de Stan Dragoti (1979).
Memorias de África de Sydney Pollack (1985).
Jóvenes ocultos de Joel Schumacher (1987).
Drácula de Bram Stoker de F. F. Coppola (1992).
Entrevista con el vampiro de Neil Jordan (1994).
Un vampiro suelto en Brooklyn de Wes Craven (1995).
Abierto hasta el amanecer de Robert Rodríguez (1996).
*Buffy, cazavampiros (*1.ª temporada*)* (1997).
Blade de Stephen Norrington (1998).
Vampiros de John Carpenter (1998).
Las sexy novias de Dráculax de Roy Memen (2002).
Underworld de Len Wiseman (2003).
Emmanuelle contra Drácula de KLS (2004).
Van Helsing de Stephen Sommers (2004).
Batman contra Drácula: la película animada de Michel Goguen (2005).

Gabriel trajo bastante material, pero hicimos una selección para no perder tiempo en cosas que, aparentemente, no parecían muy útiles. Este proceso de selección nos enfrentó de alguna manera a Arisa y a mí, pues no teníamos los mismos gustos cinematográficos y, al parecer, tampoco coincidíamos en cuál era el fin último del visionado de ese material. Desde mi punto de vista, teníamos que ver ese material para aprender todo lo posible sobre el mundo de los vampiros y cómo acabar con esa gentuza, pero Arisa también puso sobre la mesa cuestiones artísticas que podían perjudicar nuestra preparación prebélica. Gabriel no dio su opinión en ningún momento sobre qué películas debíamos ver y cuáles no porque él las había traído todas y porque Arisa le dejó fuera de juego en su primera intervención:

—¿*Emmanuelle contra Drácula* y *Las sexy novias de Dráculax*? No me lo esperaba de ti, Gabriel, pensaba que eras otro tipo de persona, pero veo que no, que me has tenido engañada.

Ya no había la menor duda, Gabriel y Arisa eran novios.

—Pues a mí me parecen, por las carátulas, dos películas interesantes —dije yo, aprovechando que Gabriel no me podía llevar la contraria pues se echaría piedras sobre su propio tejado—. *Las sexy novias de Dráculax* son mujeres vampiro y creo que si vemos la película podremos saber cómo enfrentarnos a Julia Hertz.

—Ya, Abel, y yo soy idiota —dijo Arisa—. Esto es una película porno en toda regla y de aquí poco vamos a sacar. Yo me niego a verla y Gabriel, por la cuenta que le trae, tampoco la verá.

Segunda bofetada y Gabriel besó la lona. Pobre chaval, un día después de su recuperación se acababa de dar cuenta de que estaba bajo el poder de la hermana borde de la teniente O'Neal. Fue a partir de esta segunda bofetada cuando Gabriel agachó la cabeza y despareció de escena.

—¿Y qué tienes en contra de *Emmanuelle*? —le pregunté a Arisa.

—Pues que también es porno —contestó ella.

—Yo creo que no, creo que debe de ser una cazavampiros, como Buffy

—¡No me vengas con esas, Abel, Buffy es una persona decente!

—Pues yo veto el visionado de *Buffy*.

—¿Por qué?

—Pues porque es ridículo, no vamos a aprender nada de esa cazavampiros.

—¿Por qué? ¿Por qué es mujer? ¿Es por eso?

—No, porque tú también eres mujer, que yo sepa, y te vas a enfrentar a unos cuantos vampiros. No, no es por eso. Es por la serie en sí, yo he visto un par de capítulos y no tiene ni pies ni cabeza. No es porque sea una serie de miedo, protagonizada por una mujer, pese a que todos sabemos que a las mujeres os da miedo todo, no es por eso. Por ejemplo, Jennifer Love Hewitt hace *Entre fantasmas* y es creíble. A parte de que la chica es una preciosidad.

—¿Una preciosidad? Tiene las caderas muy anchas, ya verás como a la que se descuide se va a poner como una vaca.

—Eso es que tienes envidia.

—¿De la Love Hewitt? Tú estás tonto.

—Pues, mira, si en vez de vampiros tuviéramos que matar fantasmas votaría a favor de Jennifer Love Hewitt, pero no voy a votar a favor de algo increíble como *Buffy*. Además, Arisa, ¿qué nombre es Buffy? Eso es nombre de mascota, no de persona. ¿Verías algo que se llamara *Pluto, cazavampiros* o *Whiskas, cazavampiros*?

—Vale, quedan fuera de la lista *Emmanuelle* y *Buffy*. ¿Estás contento?

—No, pero bueno, da igual.

La siguiente película que cayó de la lista fue *Un vampiro suelto en Brooklyn* porque el vampiro de la cinta era Eddie Murphy y no estábamos para comedias. Me di cuenta entonces de que *Blade* no era de él, sino de Wesley Snipes, cuando yo siempre había creído que Murphy había hecho esta película. Creo que el bigotillo ridículo que lleva Snipes en *Blade* me confundió. Aun así, he de señalar en mi favor que sin haber visto *Un vampiro suelto en Brooklyn* mi instinto cinematográfico sabía que Eddie Murphy había hecho una película de vampiros, aunque supongo que era de cachondeo. También cayó *Batman contra Drácula*. No sé por qué Gabriel trajo eso, aunque menos aún cómo se le puede ocurrir a alguien gastar tiempo y dinero en hacer algo así. La última película que descartamos fue *Entrevista con el vampiro*.

—¿Por qué quieres cargarte *Entrevista con el vampiro*? —me preguntó Arisa.

—Pues porque ya la he visto y no nos sirve. Es una película muy ñoña.

—Yo la vi y está muy bien, y Brad Pitt está monísimo. Bueno, como siempre.

—¿Brad Pitt es monísimo? Pero si tiene cara de alucinado…

—No tiene cara de alucinado.

—Anda que no, en todas las pelis que he visto de él parece que se ha perdido y que está buscando la salida del plató en el que ruedan la película. Siempre abre mucho los ojos y mira hacia ninguna parte. Es un modo de actuación un poco raro, pero se ve que le funciona porque le consideráis monísimo.

—Bueno, Abel, no cambies de tema, veremos *Entrevista con el vampiro.*

—No, no la veremos, Arisa. Si quieres te la cuento y nos ahorramos esa memez. Esto es un vampiro que no quiere ser vampiro y que se pasa toda la película quejándose y fin. Además nadie mata a los vampiros de esa película y… Que no, que no la vemos.

—Pues entonces tampoco vemos *Las sexy novias de Dráculax.*

—Pero ¿esa no la habías vetado antes?

—No, no la veté, solamente dije que no la vería.

—¡Mierda!

Una vez descartadas esas películas, nos pusimos a ver el resto de las que había traído Gabriel. La mayoría de ellas no las vimos enteras porque enseguida se mostraron inútiles para nuestros propósitos, pero intentamos verlas todas.

Empezamos con *Nosferatu.* Arisa casi nos la hace ver entera porque decía que era una joya del expresionismo alemán, como si eso tuviera importancia. Aquí tuvo que ponerse serio Gabriel porque si no, nos tragamos ese bodrio. Era muda, en serio, una película muda que no era de Charlot, algo impensable. Eso sí, el vampiro que salía era ridículo. Era enclenque, calvo y solo tenía dos colmillos. Lógico, ¿verdad? Pues no, porque el pollo solamente tenía esos dos dientes, dos colmillos juntos en mitad de la boca. Para mearse de la risa. Ah, y salía un tía en la película que parecía un travesti. ¡Madre de Dios, qué horror de película! A los quince minutos la quitamos.

Drácula de Tod Browning era una película lamentable. Todos los personajes eran idiotas, las mujeres sobre todo, y Drácula era una especie de extranjero ligón con el pelo engominado y pinta de no haber dado un palo al agua en su vida. El castillo lo tenía hecho un asco y cuando se convertía en murciélago se notaba a la legua que era una especie de marioneta. La vimos entera porque queríamos ver, al menos, cómo se lo cargaban, pero no salió ese momento en la película, según la lista de Arisa por motivos de censura. No sé, podrían haber censurado toda la película y nos habríamos ahorrado una hora y media de un tostón infumable.

Drácula de Terence Fisher era muy buena, pese a ser inglesa. Drácula tenía los dientes bien puestos y cara de malo. Lo mejor de la película eran las tías que salían, todas estaban buenísimas. Posiblemente sea una de las mejores películas de la historia del cine. A Arisa no le gustó, pero Gabriel y yo aplaudimos al final. Drácula muere de un cortinazo. Bueno, muere cuando Van Helsing retira una cortina y el sol lo abrasa. Una película genial, en serio.

De *Blácula* no vimos la película, solamente el tráiler y con eso tuvimos suficiente. Era algo espeluznante. En el principio de los setenta la gente tomaba demasiado LSD.

El baile de los vampiros era muy buena. Sí, por las chicas. Tampoco nos aportó nada interesante porque al ser comedia, nos despistó desde el comienzo. Nos gustó a los tres, cosa rara.

Kung-Fu contra los siete vampiros de oro posiblemente es la mejor película que jamás se ha rodado. Impresionante: patadas, estacazos, una batalla alucinante al final... No sé cuántos

Oscar ganó esta película, pero si no se llevó más de siete, ese año el concurso estuvo amañado.

De *Amor al primer mordisco* vimos cinco minutos, los suficientes para darnos cuenta de que Drácula lucía un bronceado caribeño impropio de un personaje que se supone que no puede tomar el sol.

Memorias de África no era una película de vampiros. Era una cosa extraña que no sabría explicar, y que solamente puede servirle a alguien que tenga más de ochenta años y quiera cazar algún bicho salvaje en África. La vimos entera porque Arisa dijo que si la quitábamos nos haría alguna barbaridad japonesa que no sé lo que era, pero sonaba muy mal. Ahora bien, valió la pena tragarse toda la película, solamente por el hecho de ver a Arisa llorando como una Magdalena. Gabriel y yo no entendíamos por qué lloraba. «Es que vosotros no tenéis sensibilidad, merluzos», nos dijo cuando se lo preguntamos, y después se puso a hacerle cariñitos a Gabriel rogándole que la llevara a África para revivir con él esa preciosa historia de amor. «Por haberme traído esta maravillosa película, te perdono por lo de las porno, amor», acabó diciéndole Arisa a Gabriel mientras salían los títulos de créditos de la cosa más aburrida y sin argumento que había visto en mi vida.

Jóvenes ocultos también la descartamos enseguida, aunque tenía buena pinta, porque estaba ambientada en California y no parecía lógico que hubiera vampiros en una zona playera.

Drácula de Bram Stoker estaba bien, además fue la que más cosas útiles aportó para nuestro propósito. La secuencia más interesante del filme era cuando se cargaban a una pelirroja con pinta de viciosa a la que Drácula había convertido en vampiro. Le hicieron un completo: estacazo en el corazón y decapitación. Gabriel dijo que en el caso de que tuviéramos que hacer lo que acabábamos de ver, él se pedía dar el estacazo y que Arisa o yo nos encargásemos de cortar la cabeza. Al final la película se fastidia porque Drácula parece un buen tipo al que se le murió la mujer por un malentendido y cogió una depresión que acabó convirtiéndolo en vampiro. Una estupidez. Arisa lloró al final, le dio pena el pobre Drácula.

Abierto hasta el amanecer estaba bastante bien, aunque es una película carente de argumento. El problema es que nos asustó mucho porque vimos que si nos teníamos que enfrentar a un grupo de vampiros, lo teníamos muy crudo. De esta película Arisa destacó la posibilidad de utilizar una ballesta como arma contra los vampiros y Gabriel y yo lo buena que estaba Salma Hayek.

Blade la vimos seleccionando escenas porque yo dije que la había visto y no la recordaba excesivamente buena. La película estaba bien hecha, pero para nosotros no valía de mucho porque Wesley Snipes estaba cuadrado y sabía artes marciales. Le pregunté a Arisa si ella sabía artes marciales y se lo tomó a mal. «¿Por qué lo preguntas? ¿Por qué soy japonesa y crees que todos los japoneses tenemos que saber algo de artes marciales?»

Al final no vimos *Vampiros* porque desde el comienzo nos dimos cuenta de que nos encontrábamos en un caso similar al de *Blade*, demasiada acción para gente como nosotros.

Underworld tampoco la vimos entera porque era absurda. Una guerra entre vampiros y hombres lobos. Una tontería. No la vimos entera, pero Gabriel y yo intentamos que así fuese porque la chavala que la protagonizaba, Kate Beckinsale, estaba tremenda. Tan tremenda que Connie Nielsen bajó del puesto número uno de mi lista, para dejar su sitio a Kate. Arisa se enfadó con Gabriel porque el bobo no supo buscar un argumento decente para convencerla de seguir viendo la película y ella se dio cuenta de que era por la Beckinsale. Nos acusó de machistas que pensábamos que todas las actrices eran mujeres objeto.

Van Helsing fue la demostración de que Dios existía porque, sí señor, volvía a salir Kate Beckinsale, además acompañada de un par de mujeres vampiro que no estaban nada mal. Posiblemente sea una de las películas más estúpidas de la historia, pero la vimos entera porque, de nuevo, Arisa volvió a sacar el tema de la ballesta como arma a utilizar en nuestra guerra particular.

Tras la sesión de cine, a la que dedicamos dos días, llegó el momento de poner en común todo lo que habíamos aprendido de las películas que habíamos visto. Arisa fue una mañana a Congers y compró una pizarra para ir apuntando en ella las diferentes aportaciones que fuésemos haciendo sobre el particular. Arisa escribió en la pizarra «LO QUE SABEMOS SOBRE LOS VAMPIROS» y utilizó un tono entre maestra aburrida y doctor House para dar inicio a aquella tormenta de ideas.

—A ver, chicos, ¿qué sabemos de los vampiros? —dijo Arisa señalando lo que acababa de escribir en la pizarra.

—Los vampiros son muertos vivientes —apunté yo.

—Muy bien, los vampiros son muertos vivientes —repitió Arisa mientras lo escribía en la pizarra.

—Tienen colmillos afilados y muy mala leche —dijo Gabriel, y Arisa lo apuntó también, aunque en vez de mala leche, puso que eran muy irascibles—, y se dedican a chuparle la sangre a la gente y para ello les muerden normalmente en el cuello, pero de una manera muy extraña.

—¿Por qué de una manera muy extraña? —pregunté yo.

—Pues porque en los cuellos solamente dejan la marca de los colmillos superiores, nunca de los dientes inferiores —dijo Gabriel—. ¿Entiendes lo que quiero decir?

—No, no mucho —le contesté.

—Si no dejan marca de los dientes inferiores es como si no utilizasen la mandíbula inferior —explicó Gabriel—. O sea, que no muerden, sino que parece que se limitan a hincar los colmillos porque no hay ninguna marca más en los cuellos de sus víctimas. ¿Habéis intentado morder solamente utilizando los dientes de arriba?

—Ya te entiendo —dijo Arisa—, para poder dejar esa marca que sale en las películas, deberían ayudarse de los dientes de la mandíbula inferior para que los colmillos pudieran perforar la piel, parte de la carne y llegar a la yugular. Además, Tom dijo que en el cuerpo de Julia Hertz estaban también las marcas de los dientes inferiores.

—Lo siento, tíos, pero me estoy perdiendo —dije yo.

—Pues es muy sencillo, Abel —dijo Arisa—, ven aquí y te lo demostraré.

Salí a la pizarra, como en el colegio, y la «seño» me iba a enseñar la lección. Arisa extendió el dedo índice de su mano derecha y me lo puso delante de la cara, tocando la punta de mi nariz. Entonces me pidió que la mordiera con todas mis fuerzas, pero solamente utilizando los dientes de arriba, como al parecer hacían los vampiros. Pensé que le haría daño, pero cuando empecé a morder al estilo vampiro, me di cuenta de que no, que eso no era morder, y apreté mis dientes contra su dedo con todas mis fuerzas hasta que ella lo apartó. Aquel mordisco no era un mordisco y su marca se limitó a una ridícula línea roja que desapareció casi de inmediato.

—Ahora me toca a mí —dijo Arisa—, pero yo te morderé de verdad, para que veas cómo deberían ser las marcas reales del mordisco de un vampiro. Dame tu dedo. Cuando te duela, aparta el dedo, ¿vale?

Como había hecho antes ella, yo extendí el índice de la mano derecha. Arisa lo cogió con delicadeza, lo miró un instante y mordió la parte más carnosa del dedo, la que estaba tocando con el grueso de la mano, cerrando los ojos al hacerlo. Primero sentí solo sus pequeños dientes, pero al hacer más fuerza, sentí también su lengua aplastada contra mi dedo. Era una extraña sensación de dolor húmedo, y todo mi ser se estaba concentrando en lo que Arisa me estaba haciendo y no quería que parara de hacerlo. Me hacía daño, pero era un dolor compensado por su lengua, por sus labios, que también había comenzado a sentir cubriendo mi dedo, por su olor, por… Arisa dejó de morderme y se me quedó mirando fijamente, para después señalarme con la mirada que me fijara en mi dedo y… había sangre. Volví a mirar a Arisa y me di cuenta de que se estaba pasando la lengua por los labios y de que en sus comisuras se podían ver restos de mi sangre. Me volví hacia Gabriel y estaba alucinando, con los ojos como platos. Arisa también se volvió hacia él y al darse cuenta de cómo la miraba, tragó algo de saliva.

—Bueno, Abel, como podrás comprobar si miras tu dedo, en un mordisco de verdad se dejan marcas de los dientes de arriba y de los de abajo —dijo Arisa con un tono que me sonaba a excusa o a estar ocultando algo.

Yo volví a sentarme, mientras Arisa apuntó en la pizarra que las marcas de mordeduras de los vampiros de las películas no son creíbles. Gabriel miró mi dedo de cerca y me dijo que fuera a limpiarme la herida y a ponerme una venda. Me fui al lavabo y no encontré vendas en el botiquín, así que improvisé una utilizando un pañuelo que tenía en un bolsillo lateral de mi maleta. Sí, aún no la había deshecho. Al volver con mis amigos, vi que Arisa había apuntado en la pizarra: «Los vampiros sienten placer al morder y sus víctimas al ser mordidas». No pregunté por qué había escrito tal cosa, ya que entendí que Gabriel y Arisa habían hablado sobre su mordisco y nuestras reacciones. Aun así, Gabriel quiso añadir algo al respecto para dejarnos claro que no quería reprocharnos nada con relación a lo que había ocurrido minutos antes.

—Creo que a los vampiros les gusta morder, no porque sea una manera de chupar la sangre de sus víctimas, sino porque hay algo sexual en ello —comenzó diciendo—. Esto que acabo decir se ve claramente en el *Drácula* inglés.

—¿En el de Terence Fisher? —preguntó Arisa.

—Sí, en ese, y además creo que en *El baile de los vampiros* también se ve esto —siguió explicando Gabriel—. La víctimas de los vampiros no parecen sufrir cuando son mordidas y, en algunos casos, parece que disfrutan.

—Como la pelirroja de *Drácula de Bram Stoker* —dije yo para que quedara claro que no me sentía aludido por ese comentario de Gabriel.

—Sí, Abel, como la pelirroja de esa película —dijo Gabriel, pero utilizando un tono de «aceptamos barco como animal acuático»—. El mordisco tiene su importancia porque de no ser así, los vampiros utilizarían objetos para provocar las heridas, como punzones o cuchillas.

—Ya, pero no podemos descartar que el mordisco sea parte de un ritual —apuntó Arisa—. Los vampiros, y ahora lo voy a apuntar en la pizarra, convierten a humanos en sus semejantes después de morderlos.

—¿Quieres decir que no basta con beberse su sangre? —preguntó Gabriel.

—No lo sé, puede que sí o puede que no —contestó Arisa—, pero no limitaría el mordisco a un tema solamente sexual.

¡Ah, de eso habían hablado los dos cuando yo no estaba! Llevaban tres días juntos y ya estaban poniendo las bases para un divorcio antes de casarse. Vale, sí, Gabriel tenía razón, fue algo sexual, muy sexual, espectacularmente sexual, y eso que Arisa no era una vampiro de verdad. Eso sí, no hubo ningún tipo de maldad en lo que había pasado, simplemente no pude retirar el dedo, de la misma manera que ella no pudo dejar de morderme. Cosas que pasan.

—Bueno, continuemos —dijo Arisa para que el tema del mordisco no fuera a mayores—. ¿Qué más se os ocurre?

—Los vampiros pueden transformarse en animales, en niebla, en todo lo que quieran —señalé yo.

—Yo creo que no, es algo absurdo —dijo Gabriel—. Los vampiros sufren mutaciones físicas cuando van a atacar a alguien o cuando se cabrean. Eso lo sabemos por experiencia propia, cuando nos topamos con Julia Hertz, pero no creo que se transformen en nada porque son seres físicos.

—Bien, descartamos entonces lo de las metamorfosis, pero apunto lo de la mutación parcial —dijo Arisa—. A mí me gustaría que comentásemos un momento el tema de los crucifijos y el agua bendita. ¿Creéis que son armas que podemos utilizar?

—Creo que para utilizarlas, deberíamos hacerlo con fe —dijo Gabriel—. No creo que sean armas por sí mismas, sino que lo son en el modo que las utilicemos. Mirad, en *Drácula de Bram Stoker* parece que no acaba de funcionar el tema de la cruz, pero en el inglés sí. Supongo que depende de quién y por qué utilice las creencias religiosas para enfrentarse a un vampiro.

—Yo creo que el tema religioso viene porque Bram Stoker era cristiano y quería enfrentar a Dios contra un ser maligno y demoníaco como Drácula —dijo Arisa—, pero un objeto sagrado solamente lo es si ha de cumplir una función ritual y en nuestro caso no creo que funcionara.

—Además, ¿qué pasa si el vampiro es ateo? —pregunté yo—. O si el vampiro no es cristiano. Yo soy cristiano y si fuera vampiro tal vez me afectaría la cruz, pero… ¿Tú eres cristiana, Arisa?

—No, yo soy budista —me contestó.

—Pues eso, a ti la cruz te debería dar igual —dije—. ¿Contigo qué funcionaría, enseñarte al tipo gordo sonriente que tenéis como Dios?

—No, capullo, en mi caso funcionaría una foto de tu culo —contestó Arisa muy enfadada—. Pero ¿tú de dónde sales?

—Yo soy medio judío, por mi madre, pero en mi casa no hemos sido nunca religiosos —dijo Gabriel—. Yo no descartaría el tema de los elementos religiosos como arma contra los vampiros, pero creo que en nuestro caso no funcionaría porque veo que no tenemos mucha fe, y basarnos en algo en lo que parece que no acabamos de creer puede ser contraproducente.

—Vale, por si acaso no tendremos en cuenta las cruces y el agua bendita —dijo Arisa—. Centrémonos entonces en lo que sí podemos utilizar para matarlos.

—Bien, está clarísimo que las mejores armas son la estaca de madera y la luz del sol —dije yo—. Es algo que sale en casi todas la películas.

—Sí, estoy de acuerdo, y yo añadiría lo de cortarles la cabeza —señaló Gabriel—. Aunque no tengo muy claro por qué, se ve que hay que hacerlo.

—Muy bien —dijo Arisa apuntando estaca, luz solar y poniendo entre interrogantes la espada—. Yo creo que lo importante de la estaca es que es de madera, por lo tanto, podríamos utilizar una ballesta para disparar flechas de madera. Eso lo hemos visto en *Abierto hasta el amanecer* y en *Van Helsing.*

—A mí no me acaba de convencer eso —dijo Gabriel—, lo veo demasiado peliculero.

—Pues a mí me parece que puede funcionar —replicó Arisa—. No pasa nada por tenerlo en cuenta y practicar algo de tiro.

—Algo de tiro y cómo clavar una estaca en un corazón —apunté yo—. ¿Qué se supone que necesitamos para aprender a hacerlo?

—Necesitaremos saber algo de anatomía y utilizar algún maniquí de goma o algo así para practicar el estacazo —dijo Gabriel—. ¿Sabéis algo de anatomía?

—Yo sé encontrar el corazón en un cuerpo —dijo Arisa—. Hice un cursillo de primeros auxilios y aprendí a hacer masajes cardíacos, por lo que os puedo enseñar la situación exacta del corazón.

—De anatomía, solamente sé que el cerebro humano pesa cuatro kilos, pero no sé por qué lo sé —dije yo—. Bueno, también sé por un documental que vi que la carne de cerdo es la más parecida que hay a la del ser humano.

—Entonces para practicar cómo clavar la estaca, podríamos utilizar un cerdo, ¿no? —dijo Gabriel.

—¿Un cerdo, cariño? —preguntó Arisa.

—Sí, mejor eso que utilizar a Abel, aunque a lo mejor no se notaría la diferencia —dijo el graciosillo de Gabriel, riéndose como un idiota—. Un cerdo, hemos de comprar un cerdo y unas estacas.

—Y unos mazos —apunté yo.

—Y una ballesta —acabó diciendo Arisa.

—¡Y dale con lo de la ballesta! —dijo Gabriel resignado con el capricho de su novia.

A la mañana siguiente fuimos de compras, pasando antes por la estación de servicio para que Peter nos indicara dónde encontrar un matadero, una carpintería o una serrería y una tienda de armas o de deportes. El bueno de Peter nos hizo un par de mapas y nos volvimos a dividir en dos grupos para ganar tiempo. Pensé que Arisa y Gabriel querrían ir juntos a comprar, pero se ve que no mezclaban el trabajo con el placer, y ella y yo volvimos a formar equipo. En principio, debido a que nosotros llevábamos el Honda, debíamos ir a comprar el cerdo, pero Arisa no quería ir al matadero, así que acabamos cogiendo nosotros el escarabajo alemán para ir a comprar las estacas y la ballesta, mientras Gabriel se encargaba de adquirir un puerco muerto.

Desde que Arisa y Gabriel se habían hecho novios, o lo que fuera, ella había sufrido algunos cambios interesantes. No me refiero a esa especie de cabreo por todo que cada dos por tres sacaba a relucir, pues eso no era una novedad, sino a que estaba esplendorosa. Irradiaba algo que la hacía muy atractiva e interesante. Quizá fuese el verano. Quizá fuesen mis hormonas. Quizá fuese el hecho de que al tener pareja, le daba un toquecillo de fruto prohibido que la hacía más interesante. Yo no entiendo mucho el mundo femenino, creo que lo he dejado claro más de una vez, pero suelen ser las mujeres las que encuentran más interesantes a los hombres con pareja. Un amigo de mi padre le contó una vez que se pasó dos años sin comerse un rosco, que parecía que las mujeres le rehuían, incluso las que no rehúyen a nadie. Fue algo traumático para el pobre. Al final se echó novia y entonces empezaron a salirle ligues por todas partes. Mi padre, con su extraña filosofía sobre la existencia humana y después de una de sus meditaciones, le dijo que eso podía ser por dos motivos: A) porque las mujeres no se fían de los hombres, ya que la mayoría de ellos siempre van a lo mismo, a disfrutar sin comprometerse y, por lo tanto, un hombre comprometido o con pareja es más fiable, y B) por tocar las narices a la novia de turno. Yo sé que tengo un lado femenino muy desarrollado, al menos es a la conclusión que llegué tras la primera crisis después de dejar a Mary —ya que al final resultó que fui yo la que la dejó a ella—, pero en mi caso no creo que fuera por ninguna de esas razones, sino porque Arisa se sentía más segura de sí misma, incluso más atractiva, y eso lo manifestaba exteriormente, aunque de manera inconsciente.

Ese día concreto estaba guapa porque sí y eso que no llevaba un atuendo provocativo ni llamativo, solo llevaba una falda a la altura de las rodillas que a mí me pareció muy mini y una camiseta de un grupo muy cutre, The Beetles. El grupo era muy cutre, pero la camiseta aún más, pues el imbécil que la había diseñado no sabía ni escribir, ya que en vez de The Beetles, había escrito The Beatles. Le comenté a Arisa que era curioso que fuésemos en un coche que se llamaba igual que el grupo de su camiseta, y ella me dijo que no, porque el coche era un *beetle* y esos cuatro barbudos mal peinados eran *beatles.* Pobrecilla, era de alabar su intento de integrarse en el país y ser una americana más, como hacen muchos extranjeros, pero al final siempre la cagan con tonterías como estas. El idioma es lo que tiene. A parte de llevar una falta de ortografía garrafal en el pecho, Arisa me demostró que de música no tenía ni idea. Yo sé poco de música, algo de country y alguna canción de *Barrio Sésamo*, pero ella ni eso porque decía que The Beetles era el mejor grupo de la historia, que habían revolucionado la música y que habían hecho canciones tan buenas e importantes como... o como... Yo no le dije lo que pensaba de esa gentuza para no discutir con ella, pero todo el mundo sabía que eran muy mala gente. De niño vi un documental donde, supongo que a modo de castigo, llevaban a niñas inglesas a los conciertos de The Beetles. Las pobres no hacían más que llorar y gritar, seguramente pidiendo auxilio o que las sacaran de allí. El más malo del grupo era un tal Paul porque cuando aparecía en acción, las chiquillas se volvían locas de desesperación. No hace falta ser un vampiro para sembrar el pánico. Luego me enteré de que su guitarrista se cambiaba de sangre cada año en Suiza y que se había esnifado las cenizas de su padre. Mala gente, lo que digo. Ah, e hicieron un disco que para abrirlo tenías que bajar una bragueta. No sé, quizá a los intelectuales del tipo de Arisa a veces les gusta mostrar un lado oscuro y *underground*, y por eso llevaba la camiseta de The Beetles.

Los establecimientos que teníamos que visitar esa mañana estaban en la misma calle. Primero fuimos a una armería y Arisa pidió que le enseñasen las ballestas que estaban colgadas en una de las paredes. Yo no opiné en ningún momento porque el tema de las ballestas era algo que, en principio, nos había parecido a Gabriel y a mí un capricho inútil de la chica y nada más. Arisa eligió dos ballestas, adquirió un paquete de dianas de papel con contorno humano y al ir a pagar enseñó al dependiente un par de carnets. Luego me explicó que no sabía si hacían falta para comprar las ballestas, pero que uno de los carnets era de licencia de armas y el otro de deportista federada en tiro.

—¿Eres tiradora federada? —pregunté.

—Sí, ¿te extraña? Patadas no pego, pero sí, soy tiradora federada desde hace seis años —me contestó.

—Pues me extraña.

—Mi padre nos enseñó a disparar a mí y a mi hermano —me explicó—. Mi padre estuvo a punto de ir a los Juegos Olímpicos de Seúl, pero se lesionó. Él tira con carabina y yo también, pero además tiro con arco.

—Me dejas pasmado. ¿Y eres buena?

—Hace un par de años que no practico. Me lesioné tirando arco y lo dejé para centrarme en los estudios, pero hasta entonces no era mala. Tampoco para ganar campeonatos, pero en carabina podía dar guerra. En arco no tanto porque para tirar bien has de dedicarle muchas horas.

—¿Por eso has dado tanta lata con lo de la ballesta?

—A ver, cuando la vi en esas películas, me pareció algo que podríamos probar. Piensa que los tiradores apuntamos a dianas muy pequeñas en comparación con el tamaño del corazón, así que lo he de hacer muy mal para no acertar si he de utilizarla contra un vampiro.

—¿Me podrás enseñar?

—Mi intención es enseñaros a los dos algo de tiro, pero antes de eso he de practicar porque la ballesta es una mezcla de arco y rifle y he de cogerle el tranquillo. De todas maneras, he comprado dos para eso. Esta tarde practicaremos un rato si Gabriel trae al cerdo, pero tú no le digas que sé tirar un poco. Quiero ver la cara que pone si hago un disparo y acierto a la primera.

Dejamos las ballestas en el coche, pero Arisa cogió una de las flechas para pedirles a los de la carpintería que le fabricasen una docena con la madera más dura que tuvieran. Las flechas de la ballesta tenían la punta metálica, y necesitábamos que fuera una punta de madera la que se incrustase en el corazón de los vampiros o, al menos, eso ès lo que dedujimos después de ver las películas. De camino a la carpintería, pasamos al lado de un edificio en construcción y uno de los albañiles que trabajaba allí, poeta en sus ratos libres, le lanzó un piropo a Arisa. Aquel hombre dijo algo así como que «la culpa fue de *yokono*». Debe de ser alguna especie de frase hecha para ligar con japonesas, que soy incapaz de entender, pero que se ve que a Arisa le hizo gracia, ya que miró a aquel hombre, asintió con la cabeza y después le hizo una especie de reverencia. Seguramente *yokono* significa «chica preciosa» en japonés, aunque puede tener otro significado, ya que no me acaba de cuadrar con el resto de la frase.

En la carpintería pedimos que nos hicieran cuatro estacas. Dijimos que eran para delimitar un terreno en el que plantar un pequeño huerto al lado de casa. Luego Arisa les dio la flecha, y les pidió que hicieran una docena como aquella y que afilasen las puntas. El encargado de la carpintería preguntó para qué eran, y ella le contestó que se iba a presentar a un campeonato de tiro que intentaba recrear armas antiguas y el hombre se lo creyó. Aprovechando que estábamos allí y que también tenían una sección de venta de herramientas, compramos dos mazos para utilizarlos con las estacas. El encargado nos dijo que las flechas estarían disponibles a primera hora de la tarde y quedamos en volver entonces a buscarlas.

Regresamos a casa, y Gabriel ya había vuelto de comprar el cerdo. Lo bajamos al sótano y lo dejamos encima de un congelador que al parecer estaba estropeado y que nadie se había preocupado de sacar de allí, ni siquiera el servicial Peter. Arisa nos pidió que colgásemos al cerdo de una viga del techo, utilizando el gancho metálico que le habían dado a Gabriel en el matadero para que pudiera transportar el bicho con más comodidad. Obedecimos a regañadientes, porque aquel condenado pesaba como un muerto, posiblemente porque lo estaba, y lo colgamos del techo. Arisa salió del sótano corriendo, y un par de minutos después regresó con una de las ballestas y una barra de carmín con la que pintó un corazón de enamorados en el lomo del cerdo. Después de eso, se fue a la otra punta del sótano y nos pidió que nos quitásemos de en medio. Sacó dos gomas de uno de sus bolsillos y se hizo dos coletas. Estaba más espectacular que nunca, y yo descubrí que no era de piedra. Apoyó la culata de la ballesta sobre su hombro derecho, apuntó hacia el animal y clavó la flecha en el centro del corazón de carmín.

—Mucho más fácil de lo que pensaba —dijo, mientras arrancaba la flecha del cuerpo del animal—. Esta tarde practicaremos con las flechas de madera.

Supongo que Gabriel se quedó más alucinado que yo porque no sabía que su novia era tiradora, pero de todas maneras mi nivel de alucinación era de cantante moderno saliendo de una discoteca de moda. Los poetas pierden el tiempo escribiendo poemas sobre mujeres maravillosas y bellas, pero estoy seguro de que ninguna de esas musas carnales le había clavado a un cerdo una flecha a diez metros de distancia. Aquello sí merecía un poema, aunque no sé si por el flechazo o por las coletas.

Bajamos el cerdo y lo volvimos a colocar encima del congelador averiado. Teníamos que probar a clavarle la estaca. Antes de hacerlo, Arisa dibujó un triángulo con la punta hacia abajo y dijo que eso simularía el esternón. Hizo eso porque, para enseñarnos dónde estaba el corazón, teníamos que poner tres dedos juntos por debajo del esternón y desde allí tres dedos hacia la izquierda del bicho. Ahí se suponía que encontraríamos el corazón del vampiro cuando llegase el momento de dar el estacazo. Lo que queríamos lograr con las prácticas de estacazos era comprobar si la estaca se clavaba fácilmente en la carne y adquirir la suficiente maestría para hacerlo de un solo golpe. Bien, la estaca se clavó con cierta facilidad en la carne, pero lo de hacerlo en un solo golpe nos costó algo más, sobre todo a Arisa, que no parecía tener fuerza suficiente para ello, razón por la que decidimos que, por ahora, Gabriel y yo nos dedicaríamos a lo de la estaca y ella a apoyarnos con la ballesta.

A primera hora de la tarde, Arisa y yo fuimos a buscar las flechas de madera a la carpintería. En vez de una docena, nos hicieron veinte flechas, ya que al parecer habían utilizado un bloque de madera para las doce primeras que iba a quedar inservible para hacer cualquier otra cosa, más allá de cuñas para puertas, y era una pena desperdiciar aquella dura madera con esas cuñas. Tuvieron el detalle de no cobrarnos las ocho flechas de más, aunque nos pidieron que si ganábamos algún premio en ese concurso publicitáramos la carpintería al recoger el trofeo. Ya en casa, Gabriel y yo volvimos a colgar el puerco del techo del sótano, pero mi amigo dijo que no quería practicar tiro porque entendía que con dar golpes de estaca tenía más que suficiente. Además, nos dijo que quería ir a comprar dos cosas que se nos habían pasado por alto: hielo para conservar el cerdo y una espada para cortar cabezas de vampiros muertos; muertos por segunda vez.

Antes de empezar las prácticas de tiro, Arisa dibujó en la

culata de su ballesta unas letras japonesas que traducidas decían: «La voluntad está en el corazón». Entonces me explicó que ella entendía que si estaba allí, en un sótano húmedo, para practicar con un cerdo lo que a lo mejor después debía hacer con un vampiro, en el fondo era por lo que sentía por Gabriel. Ese comentario me dio una idea y subí a mi habitación a buscar el corazón de escayola de Mary. Luego, ya en el sótano, lo pegué con cola, de un bote medio vacío que encontré por allí, en la culata de mi ballesta.

—¿Qué es M.Q.? —me preguntó Arisa al ver el corazón con las tres equis y las dos iniciales.

—Son las iniciales de Mary Quant, mi ex novia.

—¿También vas a matar vampiros porque la amas?

—No, no es por eso. Al decirme tú que habías pensado sobre todo esto de matar vampiros que lo hacías por Gabriel, me he dado cuenta de que yo también lo hago por alguien, por Mary, aunque no por el mismo motivo. A ver, te aseguro que la amo y la echo mucho de menos, pero no es por mi amor por ella por lo que coloco este corazón aquí. Ella me dejó, a mí me dio por llorar y debido a eso conocí a mi tutor, Heathcliff Higgins y él me animó a escribir *El juramento*.

—Así estás aquí por culpa de ella, de esa Mary, ¿no?

—No lo sé aún. Quiero decir que si todo sale bien y salgo de esta, creo que diría que todo ha sido gracias a ella. Está siendo un verano muy emocionante y os he conocido a vosotros dos. No sé, a lo mejor acabo recordando todo esto con mucho cariño.

—¿Y si no sale bien?

—Si no sale bien, entonces le echaré la culpa a Renée Zellweger o a lord Byron. Bueno, o a los dos a la vez.

CUARTA PARTE

UN COBARDE

1
Van Helsing

Practicando el tiro al cerdo descubrí dos cosas: yo no sabía disparar con ballesta y la paciencia no era una de las cualidades más destacables de Arisa. Descartamos que yo cogiera la ballesta porque había roto seis de las veinte flechas estrellándolas contra las paredes, el suelo y el techo del sótano. Solamente alcancé a atinar al cerdo en una ocasión y además le di en un ojo, algo que habría sido genial si fuera ahí donde debía dar y no medio metro más abajo, en otro corazón de carmín dibujado por Arisa. Habíamos empezado las prácticas de tiro de la tarde disparando contra siluetas humanas de papel adheri das al cerdo con alfileres, pero como en mis dos primeros intentos había clavado una flecha en el techo y otra la había partido contra la pared que quedaba detrás del cerdo, dije que no era culpa mía, sino que era mucho más fácil disparar contra un corazón de carmín de Arisa que contra una silueta inerte y negra. Arisa volvió a pintar un corazón de carmín y yo me quedé sin excusas.

Lo de los estacazos me fue mucho mejor. Después de tres días creo que podríamos considerar que ya era casi un experto en clavar estacas a cerdos muertos. Eso sí, Gabriel parecía que eso de clavar estacas lo había hecho toda su vida. Lo que no practicamos fue lo de cortar cabezas con la espada que Gabriel había comprado en un anticuario de Congers. No le dimos importancia al tema *espadil* y luego me arrepentiría por ello. Decidimos dar por finalizado el entrenamiento enterrando al cerdo en un bosque cercano, en un funeral medio en serio medio en broma, en el que le agradecimos al simpático puerco habernos ayudado en nuestra misión sin haberse quejado en ningún momento por los estacazos y los flechazos que le propinamos. En vez de enterrarlo en aquel bosque, yo había propuesto hacer una barbacoa con él, pero Arisa se puso como loca y me llamó insensible. Gabriel también se negó a la barbacoa final, pero en su caso fue porque lo consideraba directamente repugnante y poco saludable.

Acabado el entrenamiento nos tomamos un día de descanso —que Gabriel y Arisa aprovecharon para irse por ahí como una parejita de escapada de fin de semana— y nos pusimos a planear la aniquilación de nuestro primer objetivo: Samuel Hide. Votamos por unanimidad empezar por él porque era al que más ganas le teníamos.

Lo primero que decidimos era la hora de matarlo. En algunas películas, por torpeza o despiste, algunos matavampiros no entraban en acción hasta el atardecer. Supusimos que era algún ardid de guionista vago para que el vampiro se despertase y darle emoción a la secuencia de turno, pero lo lógico era intentar matar al bicho justo al salir el sol. Lo siguiente que decidimos fue quién le clavaría la estaca, y Gabriel se ofreció voluntario porque supongo que sabía que era mejor *estacadero* que yo. Íbamos bien, ya teníamos la hora y quién lo haría, pero el dónde tenía un problemilla: ¿cómo íbamos a entrar en su piso?

—Hay que pasar por delante del portero sin que nos vea —dijo Gabriel—, pero el problema es que la puerta de la calle estará cerrada a esas horas, así que primero tendremos que planear cómo entrar en el edificio.

—No solo eso, Gabriel, aunque logremos entrar en el edificio y pasar por delante del portero sin que nos vea, aún nos quedará encontrar la manera de abrir la puerta del piso del vampiro —señaló Arisa—. Así que tenemos que entrar en el edificio, despistar al portero y encontrar la manera de entrar en el piso de Hide. Lo veo muy complicado.

—En las películas abren puertas con tarjetas de crédito —dije yo—, podríamos practicar eso y ya tendríamos la manera de entrar en el edificio y en el piso del vampiro.

—Ya, Abel, pero yo no me fío mucho de las películas —dijo Gabriel—. Eso de ir abriendo puertas con tarjetas de crédito me parece poco fiable, yo no me la jugaría.

—Entonces, necesitaremos las llaves de las dos puertas —apunté yo—. ¿Cómo las conseguimos?

—A lo mejor, solamente necesitamos una, la del piso, porque hay una manera de entrar en el edificio, aunque no sé si funcionará —dijo Arisa—. A esas horas no habrá mucha gente por las calles ni habrá tampoco mucho tráfico. Cualquier cosa que pase en la calle, cerca de la puerta del edificio, la oirá seguro el portero si no está dormido en su cuarto. Es que no te lo dijimos, Gabriel, pero en el hall del edificio el portero de noche estaba dentro de un cuarto.

—Sí, ya lo recuerdo —dije yo.

—Bien, pues imaginaos que sois el portero —empezó a explicar Arisa— y que oís que alguien, pongamos que una dulce jovencita con rasgos orientales, pide socorro porque la han asaltado, atropellado o se ha caído delante de la puerta del edificio. Al menos por curiosidad, saldrá a ver qué ha pasado y me encontrará a mí en el suelo, pidiendo ayuda.

—Supongo que llevarás algo puesto que llame un poco la atención, ¿no? —dije yo.

—Sí, tranquilo, me pondré muy mona —me contestó Arisa—, tanto que te va a dar rabia no ser el portero del edificio. Mirad, lo que he pensado es que un hipotético ladrón me roba el bolso y me tira al suelo. El portero sale a socorrerme, intenta que me levante, pero yo le digo que me duele mucho el tobillo y no puedo apoyarlo. Entonces uno de vosotros pasa por allí y ayuda al portero a que me levante. Yo, por si acaso, fingiré tener un ataque de nervios o lo que sea, pues lo que he de conseguir es que el portero me invite a entrar en su cuarto, pero que sea acompañado por alguno de vosotros.

—A ver, un momento, que me centre en tu plan —dijo Gabriel—. A ti te roban o tienes algún tipo de accidente delante del edificio para llamar la atención del portero y, por ejemplo, yo paso por allí en ese momento y entro con vosotros en el cuarto.

—Sí, eso es —dijo Arisa—, y creo que no sería mala idea que fueras vestido con algo que diese la sensación de que eres un repartidor de periódicos o algo así, para que no sea sospechoso que pases por allí.

—Vale, le comentaré el tema a Peter, le diré que necesito un disfraz y seguro que sabe dónde encontrar lo que nos hace falta —apuntó Gabriel.

—Muy bien, ya estamos dentro del edificio y doy por hecho que la puerta se ha quedado abierta —continuó contando Arisa—, así que Abel puede entrar entonces, con una bolsa de deporte donde meteremos la ballesta desmontada y una mochila con la estaca.

—Y con la espada, no te olvides de la espada —señaló Gabriel

—Vale, y la espada —dijo Arisa—. Abel ya puede subir directamente al piso, y tú también, después de dejarme en el cuarto del portero.

—¿Y la llave del piso de Hide? —pregunté yo.

—La llave, necesitamos la llave, claro —dijo Arisa al tiempo que parecía estar buscando algo con lo que responderme.

—Puede que exista una llave maestra en el cuarto del portero —dijo Gabriel.

—Una llave maestra o una caja o un pequeño armario donde guarde copias de las llaves de todos los pisos —dijo Arisa con mucho entusiasmo—. Todos los porteros tienen copias de las llaves de los pisos, por si hay emergencias o el propietario pierde la suya. Sí, ya tenemos la llave que nos falta, la cogeremos del cuarto del portero.

—¿Quién, tú o yo? —preguntó Gabriel.

—Mejor, tú, mientras yo tengo entretenido al portero con mi ataque de nervios insinuante —contestó Arisa.

—¿Sexy ataque de nervios? —pregunté yo.

—No soy buena actriz, pero intentaré que sea un sexy ataque de nervios —me dijo Arisa con un tono de resignación que no sé a qué venía.

—Muy bien, entramos en el cuarto del portero, Abel sube al piso, yo cojo la llave y subo tras él —dijo Gabriel resumiendo el plan de Arisa—. ¿Y tú cuándo subes al piso?

—Pues, no sé... Claro, yo no puedo subir en ese momento porque el portero no me dejará pasar de todas maneras —dijo Arisa un poco preocupada—. Pase lo que pase, saldré del edificio. ¿Cómo puedo entrar y subir al piso?

—Da igual, de entrada para matarlo nos apañaremos Abel y yo —le contestó Gabriel, mientras le acariciaba la mano a modo de consuelo—. En principio tú haces de cebo, el portero pica y Gabriel y yo entramos al piso y matamos al vampiro. A lo mejor, una vez en el piso, vemos que hay otra manera de acceder a él desde la calle. Una salida de incendios o algo así.

—O el aparcamiento del edificio —dije yo—. Si entramos en el piso del bicho ese, quizá encontremos las llaves de la puerta y las del aparcamiento. Bajamos por el ascensor, así no nos ve el portero, y abrimos la puerta del aparcamiento para que entre Arisa y luego volvemos a subir por el ascensor.

—Buena idea, Abel —dijo Arisa antes de darme un beso—. A veces me sorprendes, chico.

—Quizá no sea el plan perfecto, pero no perdemos nada por probar —dijo Gabriel—. A ver, a mí me parece un plan demasiado sencillo para que funcione, pero, como os digo, vamos a probarlo.

—¿Por qué no le ponemos un nombre? —pregunté yo.

—¿Al plan? No sé, Abel, eres muy peliculero, ¿no? —dijo Arisa.

—A mí me parece chulo ponerle nombre —dijo Gabriel guiñándome un ojo—, y tengo uno que le va como anillo al dedo: Operación Van Helsing.

—Muy cutre —replicó Arisa.

—¡Genial! —dije yo.

—Entonces, por dos votos contra uno —dijo Gabriel haciendo el signo de la victoria con los dedos de ambas manos—, mañana tendrá lugar la Operación Van Helsing.

Lo de matar un vampiro es algo que no se hace todos los días y es mucho más complicado que pedir a una niña de siete años que se case contigo, aunque esta niña tenga como amiga a Lucy Simmons. Ya sé que lo que acabo de decir parece obvio, pero yo me di cuenta de ello porque la noche antes de la Operación Van Helsing no pude pegar ojo. Me fui a la cama a las seis de la tarde porque el plan era levantarnos a las cuatro de la madrugada, desayunar e irnos a Nueva York para llegar al edificio donde vivía Samuel Hide coincidiendo con el amanecer. Descansados y bien alimentados, así se suponía que debíamos estar para enfrentarnos al vampiro, pero ni descansé ni me alimenté bien. Ni bien ni mal, ya que tampoco pude comer nada cuando me senté a la mesa de la cocina para tomar aquel desayuno temprano con mis amigos. Al principio Gabriel intentó convencerme de que comiera algo, pero yo le dije que simplemente no podía, que me dolía el estómago y que cualquier cosa que tomara me sentaría fatal. Arisa pareció entender mejor que él lo que me ocurría y propuso que me llevase un par de piezas de fruta por si de camino a Nueva York me sentía algo mejor.

Después del desayuno nos preparamos para el viaje. Gabriel se vistió como un supuesto repartidor de periódicos. La tarde anterior fue a comentarle a Peter que necesitaba disfrazarse de repartidor o de vendedor callejero de periódicos y el buen hombre le consiguió un peto fluorescente y una gorra de un diario neoyorquino que, por estas causalidades de la vida, su hijo pequeño se encargaba de repartir todas las mañanas por Congers. A la gorra y el peto Gabriel añadió una veintena de periódicos que compró en la sección de prensa que Peter tenía en su estación de servicio. Arisa se vistió de ejecutiva de Wall Street, poniéndose el mismo traje gris que llevaba puesto el día que la vi por primera vez en el aeropuerto de Syracuse. Eso sí, en esta ocasión llevaba cuatro botones de la camisa desabrochados, de tal manera que dejaba parcialmente al descubierto un sujetador negro de encaje con un lacito rojo entre sus dos copas. El dejar al descubierto la lencería y un maquillaje que hacía más carnosos sus labios fue lo que daba el toque sexy a su disfraz de ejecutiva agresiva, y se suponía que debía ser suficiente para encandilar a un portero medio dormido de un edificio de Manhattan. Yo iba de *pringao* salido de algún juego de rol sobre *pringaos.* Me puse unos tejanos y una camiseta negra y me até la espada, envainada, a la espalda. Esto de la espada en la espalda es lo que me daba la apariencia de haber salido de un juego de rol y lo de que era un *pringao*, aparte del careto somnoliento que seguramente gastaba, lo daba la bolsa de deporte de Los Ángeles 84 que llevaba en la mano, donde habíamos metido la ballesta de Arisa después de desmontarla. Al final Gabriel fue quien cogió la mochila con la estaca, ya que dijo que en su disfraz no desentonaba que él la llevara colgada a la espalda.

Cogimos el escarabajo alemán y en poco más de una hora lo aparcamos a cuatro manzanas del edificio en el que vivía nuestro objetivo. Los primeros claros del amanecer estaban empezando a azular la noche cuando llegamos a la calle de Samuel Hide. Fue entonces cuando descubrimos que nuestro plan era lamentable. En aquella calle había más gente y movimiento que en un desfile del Cuatro de Julio: repartidores, gente que iba a trabajar, otra que parecía volver a casa tras su turno de noche, etcétera. Si Arisa se tiraba al suelo y empezaba a gritar, teníamos serias dudas de que el portero del edificio de Hide se enterase, y aunque se enterase había más de veinte candidatos en la zona que llegarían antes que él a socorrerla.

—Debimos haber pensado en un plan B —comentó Arisa.

—Sí, pero no os desaniméis, hemos aprendido una lección y eso es importante —dijo Gabriel—. Mañana podemos volver una hora antes y hacer lo que teníamos pensado hacer hoy. Si conseguimos entrar, esperamos una hora escondidos en algún lugar del edificio y al amanecer entramos en el piso del vampiro.

—Entonces puede que mi disfraz de ejecutiva no cuele —apuntó Arisa.

—O sí, puedes ser una ejecutiva que vuelve de una larga cena de negocios —dijo Gabriel—. Te despeinas un poco y ya está. Tranquila, mañana nos saldrá todo bien. Ahora volvamos a casa.

Pero no volvimos. Ocurrió el milagro. Bueno, quizá hablar de milagro en esas circunstancias sea excesivo, pero cuando ocurrió lo que ahora relataré, yo pensé que lo era. Había una furgoneta de una panificadora aparcada frente al edificio de Hide desde la que se estaba repartiendo pan y productos de pastelería a restaurantes y establecimientos de la calle. Dentro de la furgoneta había un hombre que iba cargando unas cajas de plástico verde que entregaba a otro que se encontraba en la calle, el cual colocaba estas cajas en un carrito y se las llevaba a donde se supone que debía llevarlas y luego volvía con ellas vacías. Esto vimos cómo lo hacían en un par de ocasiones, pero cuando llegó la tercera tuvo lugar el milagro. A un coche que parecía circular a una velocidad excesiva, conducido sin lugar a dudas por un neoyorquino, se le reventó una rueda al pasar por encima de un tapa de alcantarilla y fue a empotrarse contra la parte trasera de la furgoneta de la panificadora. No atropelló al repartidor que esperaba recibir las cajas de plástico del interior de la furgoneta de milagro —el segundo de la mañana—, ya que justo antes de que el coche le arrollase, logró saltar y acabó cayendo de morros sobre el capó del vehículo. El airbag del conductor del coche se desplegó, y el repartidor se puso de pie sobre el capó y empezó a patear el parabrisas hasta que logró romperlo. El conductor del coche salió y comenzó a gritarle. El tipo del interior de la furgoneta bajó de ella, se encaró con el conductor y empezaron a pegarse puñetazos. El otro repartidor saltó del capó del coche y se apuntó a la pelea. Entonces salió corriendo el portero del edificio de Hide y se metió en medio del jaleo, intentando que aquella gente se tranquilizase, al tiempo que un montón de curiosos se acercaron al lugar y formaron un círculo alrededor de los boxeadores matutinos.

—Ya tenemos nuestro plan B —dijo Gabriel, señalando la puerta del edificio que el portero se había dejado abierta al salir a pacificar—. Seguidme, muchachos.

Cruzamos la calle a toda prisa, y antes de entrar en el edificio, me volí para ver dónde estaba el portero; el pobre ya estaba en el suelo. No sé quién le había dado, pero alguien le dejó claro que no había sido buena idea meterse en una guerra con repartidores de pan. Gabriel entró en el cuarto del portero y salió un minuto después enseñándonos una llave con una etiqueta en la que se podía leer 6.º C, el piso de Samuel Hide. Al entrar en el ascensor, oímos la sirena de un coche de la policía aproximándose al lugar de la trifulca. Entonces Arisa dijo una cosa curiosa: «Cuando tienes un noble fin, el universo conspira para que lo puedas llevar a cabo». Al salir del ascensor nos encontramos frente a la puerta del piso del vampiro. Había llegado el momento de la verdad. Cabía la posibilidad de que con la llave no tuviéramos suficiente para abrir la puerta, pues a lo mejor un pestillo o una cadena nos impedían abrir la puerta de todas maneras, pero no fue así y entramos sin problemas. El piso de Hide no parecía muy grande, desde la entrada podía verse que la cocina y el salón principal eran una misma habitación dividida por una barra americana. En el recibidor había un pequeño mueble con cajones, un perchero colgado de la pared y un espejo. Según algunas películas, los vampiros no pueden reflejarse en los espejos, pero era una estupidez de tal calibre que ni siquiera lo habíamos apuntado en la tormenta de ideas que tuvimos después de la sesión de cine. Bajo ese espejo y encima del pequeño mueble del recibidor había un juego de llaves unido a un llavero que parecía ser a su vez un dispositivo para abrir la puerta del aparcamiento del edificio. Aparte de estar unido a la cocina, el salón principal daba a tres puertas. La primera de ellas era un armario empotrado en el que encontramos un par de cubos, una fregona, una escoba y productos de limpieza. La segunda puerta era la de un amplio despacho, con una biblioteca que ocupaba dos paredes y una mesa con un equipo informático. La tercera puerta era la de la habitación en la que Samuel Hide dormía.

Antes de entrar repasamos lo que teníamos que hacer y Gabriel sugirió que Arisa no entrara en la habitación, pues era mejor que se quedara fuera para avisarnos si alguien venía. En caso de que la necesitásemos a ella y a su ballesta, la llamaríamos. A Arisa no le gustó mucho la idea y volvió a sacar el tema del machismo americano, pero por dos votos contra uno tuvo que aguantarse.

—Por si acaso, ves montando la ballesta, cariño —le dijo Gabriel—, no sea que nada más entrar te necesitemos.

—Pues entro y así estaremos todos más tranquilos —replicó Arisa—, pero, claro, como soy mujer…

—No es porque seas mujer, Arisa —dijo Gabriel—, es porque por un lado necesitamos tener las espaldas cubiertas y, por otro, no sé lo que nos encontraremos ahí dentro y no voy a dejar que te expongas a un peligro desconocido. ¿De acuerdo?

Arisa asintió con la cabeza y se puso a montar la ballesta. ¡Qué bueno era Gabriel! «No voy a dejar que te expongas a un peligro desconocido.» Genial. ¿Y yo qué? No, a mí se me puede exponer alegremente a todos los peligros desconocidos del planeta. Cuando Arisa acabó de montar su ballesta y la cargó con una flecha, Gabriel y yo entramos en la habitación de Hide, que era una especie de suite con cuarto de baño incorporado. Como era lógico, estaba totalmente a oscuras, así que tuvimos que abrir un poco la puerta y pedirle a Arisa que encendiera la luz del salón para que entrara un poco de esa luz artificial y no actuar a tientas. Lo primero que nos sorprendió después de que la luz iluminase levemente la habitación es que Samuel Hide llevaba un pijama a rayas. O sea, no es que no estuviera durmiendo en un ataúd, como la mayoría de sus colegas de las películas —otra de esas cosas que no habíamos tenido en cuenta por su ridiculez poco práctica—, sino que además el pollo llevaba un pijama a rayas. Lo segundo que nos sorprendió es que Hide roncaba. ¿Un vampiro roncando? A ver, era sorprendente porque no salía algo así en ninguna película, pero no estaba exento de lógica ya que eso demostraba que estaba durmiendo a pierna suelta y en los filmes los vampiros dormían tan profundamente que se les podía clavar una estaca sin despertarles antes. Gabriel me hizo una señal para que desenvainase la espalda y él sacó de la mochila la estaca y el mazo.

—Bueno, Abel, vamos a ello —me susurró Gabriel—. ¿Cómo te encuentras?

—Estoy algo mareado y un pelín nervioso —le contesté.

—Ya, por no comer, tío.

—Bueno, por eso y porque la situación creo que da para marearse y algo más.

—Tranquilo, acabaremos enseguida.

Gabriel se acercó a Samuel Hide, colocó sus dedos encima del pecho para encontrar, siguiendo el método Arisa, dónde estaba el corazón y, una vez lo encontró, apoyó la punta de la estaca. Entonces se volvió, me guiñó un ojo, tomó aire y dio un golpe seco a la estaca con el mazo. El vampiro se incorporó en el momento en que la estaca se incrustó en su pecho. Instintivamente Gabriel y yo dimos un par de pasos atrás. El vampiro miró su pecho, del que sobresalía un pedazo de la estaca por la que empezaba a chorrear un fino hilo de sangre, nos miró y empezó a gritar, pero sus gritos fueron rápidamente sofocados por la sangre que empezó a manar de su boca. Era evidente que el golpe de Gabriel había sido certero y que aquel vampiro estaba a punto de perecer. Sin embargo, el pobre diablo no se daba por vencido y, en el último esfuerzo de su agonía, cogió la estaca con las dos manos, intentando arrancársela del pecho. Al ver las intenciones del vampiro, Gabriel se acercó a él y le golpeó con el mazo en la frente. El golpe dejó al vampiro sin las últimas fuerzas que le quedaban, sus manos soltaron la estaca y su cuerpo, ya sin vida, empezó a tambalearse y poco después cayó hacia atrás.

—Como en las películas —dijo Gabriel—, ha sido como en las películas. Bueno, menos por lo del pijama a rayas y el mazazo, pero en esencia igualito que en las películas.

Gabriel metió el mazo en la mochila y se dispuso a arrancarle la estaca al vampiro, pero esta estaba tan incrustada que hacía inútiles sus esfuerzos. Tras varios intentos, me hizo un gesto con la cabeza para que me acercase a la cama y me pidió que sujetara fuertemente los hombros del cadáver. Gabriel se subió a la cama, se puso de rodillas sobre el vampiro, cogió la estaca y la arrancó de su pecho. A la estaca se le había partido la punta, quizá al rozarse con una costilla, y estaba completamente bañada en la sangre de aquel desgraciado. Gabriel la limpió restregándola sobre las sábanas, bajó de un salto de la cama y metió la estaca en la mochila.

—Yo ya he acabado con lo mío —dijo Gabriel—. Ahora vas tú, coges la espada y le decapitas.

—¿Que he de cortarle la cabeza? —pregunté extrañado.

—Claro, para eso hemos traído la espada. Yo le daba el estacazo y tú le cortabas la cabeza.

—Pensaba que la espada era para otra cosa.

—¿Para qué?

—No sé, para defendernos de un ataque inesperado…

—Yo creo que quedó claro que era para cortarle la cabeza, como a la pelirroja aquella de *Drácula de Bram Stoker.* Cuando estábamos viendo la película, dije que si teníamos que hacer eso yo me pedía clavar la estaca y que otro se encargara de cortarle la cabeza al bicho. Y nadie puso ninguna pega.

—Pues yo no te oí.

—Pues te juro que lo dije, y si no, después se lo preguntamos a Arisa.

—No quiero decir que no lo dijeras, sino que no te oí decirlo.

—Da igual que lo oyeras o no, de todas maneras somos un equipo y yo he clavado la estaca, así que a ti te toca la decapitación.

—¿Crees que es necesario?

—Por supuesto que lo es, a la pelirroja le cortaban la cabeza.

—Pero es que ella era la novia de alguien, era por hacerle un favor, y este tío no es nadie y encima ha matado a tu padre.

—No me jodas, Abel, hemos seguido el ritual y funciona. Así que, hala, a cortarle la cabeza.

—Es que nunca he decapitado a nadie.

—¿Y crees que yo me he pasado la vida clavando estacas?

—¿No podemos volver con un hacha?

—No, mejor aún, nos vamos y volvemos con una guillotina —dijo, utilizando un tono sarcástico que no me gustó nada—. Me estás empezando a poner nervioso. En la película era una espada, y una espada es lo que tenemos que utilizar, tío. ¿Lo vas a hacer o no?

Asentí con la cabeza y cogí la espada. Gabriel movió el cadáver para que su cabeza quedara colgando en el borde de la cama y se sentó encima del vampiro para que su cuerpo no se moviera al golpearle con la espada. Cerré los ojos, tomé aire y me concentré unos segundos en lo que estaba a punto de hacer. Entonces, justo antes de dejar caer con todas mis fuerzas la espada sobre el cuello del vampiro, me vino a la mente el momento en el que Mary me contó emocionada que se llamaba igual que la inventora de la minifalda. No sé por qué pensé eso, quizá porque necesitaba una imagen dulce que me hiciera olvidar lo que estaba a punto de hacer. Oh, Mary, mi amor, cuánto te añoro...

—¡Córtale la cabeza de una puta vez! —me gritó Gabriel muy alterado.

Volví a tomar aire y... ¡Agua! No le di de lleno, la espada no cayó recta, sino que lo hizo un poco inclinada y, en vez de lograr un tajo profundo, lo que conseguí fue separar de aquel cuerpo una rebanada de carne de cuello de vampiro. Aun así la rebanada fue gruesa, tanto que se podía ver un atisbo del comienzo del hueso del cuello. Gabriel encendió la luz de la habitación, volvió a ponerse encima del vampiro y me pidió que volviera a darle con la espada. En el segundo intento conseguí cortar aquel cuello casi totalmente. Atravesé el hueso y parte de la carne que había tras él, pero aún quedó un pequeño fragmento que permitía que la cabeza siguiera unida al cuerpo. Gabriel se bajó de la cama y cogió la cabeza del vampiro para ponerla en posición horizontal y yo le propiné el tercer golpe de espada. Sí, por fin, le corté la cabeza al bicho. Le corté la cabeza al bicho y vomité encima del cuerpo del vampiro algo de bilis y un trozo de comida sin identificar que se ve que llevaba dos días en mi estómago. Gabriel tiró la cabeza del vampiro encima de la cama y me abrazó para tranquilizarme. «Ya está, tío, ya está. Eres el mejor», me dijo. Luego salió de la habitación para entrar poco después acompañado de Arisa quien, como si estuviera viendo una película de miedo, tuvo la instintiva reacción femenina de taparse los ojos con una mano. Al ver a Arisa hacer eso, me di cuenta de que el panorama en aquella habitación era para taparse los ojos y mucho más: un cuerpo decapitado embutido en un pijama a rayas sobre una cama llena de sangre y con un charquito de vómito en el pecho. Esto tampoco lo habíamos visto en ninguna película.

—¿Por qué le habéis cortado la cabeza? —preguntó Arisa tras destaparse los ojos y mirar con atención aquella escena lamentable.

—¿Cómo que por qué? Pues porque se ha de hacer así —contestó Gabriel—. ¿No te acuerdas de lo que le hacen a la pelirroja en *Drácula de Bram Stoker*?

—Pero, Gabriel, cielo, a ella le hacen eso porque era la novia de uno de ellos y amiga de Mina —contestó Arisa—. Le cortaron la cabeza para hacerle un favor.

—Eso es precisamente lo que yo le he dicho, Arisa —dije yo.

—A la pelirroja le cortan la cabeza porque era una vampiro, no por hacerle un favor —insistió Gabriel—. Hemos hecho lo que salía en la película, clavarle la estaca y cortarle la cabeza. ¿Para qué he comprado la espada si no era para eso?

—Yo pensé que era un capricho tuyo —dijo Arisa—. No pensé que tuvieras la intención de cortarle la cabeza al vampiro.

—Pues ya está hecho y creo que se debe hacer así —dijo Gabriel.

—Pues yo voto para que al siguiente no le cortemos la cabeza —señaló Arisa.

—Pues yo también voto lo mismo —dije yo—, así que dos contra uno, al próximo vampiro le dejamos la cabeza puesta.

—A veces la democracia solamente sirve para aprobar estupideces —sentenció Gabriel—. De acuerdo, ganáis vosotros, ya no decapitaremos a nadie más. ¿Qué hacemos ahora con este?

—Hemos de sacarlo de aquí, eso está claro —contestó Arisa—. Tenemos que deshacernos del cadáver para que los demás vampiros no sepan que nos lo hemos cargado y así seguir pillándoles por sorpresa.

—Creo que lo que podríamos hacer es desintegrarlo —propuse yo—. Levantamos la persiana y el sol lo convertirá en cenizas y así nos desharemos de los restos con más facilidad.

Gabriel me hizo caso y levantó la persiana. La luz del sol entró en la habitación del vampiro, pero su cuerpo no se deshizo. Arisa dijo que a lo mejor la luz eléctrica impedía que la del sol pudiera actuar en toda su intensidad, pero después de apagar la lámpara del techo, el vampiro seguía sin desintegrarse. Entonces pensamos que a lo mejor el vidrio de la ventana impedía que los rayos del sol entraran directamente, provocando algún tipo de refracción que evitaba la descomposición del cadáver de Hide. Gabriel abrió la ventana y tampoco sirvió para nada. Lo siguiente que se nos ocurrió fue que la luz del sol aún no era lo suficientemente intensa para conseguir nuestro propósito y que quizá deberíamos esperar hasta el mediodía.

—De acuerdo, esperaremos hasta el mediodía —dijo Gabriel—, pero tengo la impresión de que esto no va a funcionar.

—Pues todas las películas coinciden en el tema del sol aniquilador de vampiros —señalé yo.

—Ya, y en los ataúdes, pero eso no es cierto y puede que lo de la luz del sol tampoco —dijo Gabriel—. De todas maneras, esperaremos a ver qué pasa.

—Y mientras, ¿qué hacemos? —pregunté yo.

—Si os parece, podríamos limpiar este estropicio —propuso Arisa—. En el armario de fuera había muchas cosas que nos pueden ser útiles.

Arisa salió de la habitación, pero volvió a entrar enseguida y sin ningún artilugio de limpieza.

—Acaba de entrar alguien en la casa —dijo Arisa en voz baja.

—¿Quién? —pregunté yo.

—Me parece que es una asistenta —contestó Arisa.

—¿Te ha visto? —preguntó Gabriel.

—No, no me ha visto. He oído la puerta abriéndose, me he asomado un segundo y he visto a esa mujer con dos fregonas y una bolsa, pero ella no me ha visto.

—¿Y qué hacemos? —pregunté yo muy preocupado.

—Guardar silencio y esperar que a ella no se le ocurra entrar —dijo Gabriel.

Escuchamos canturrear a la señora aquella por espacio de diez minutos y cómo se movía de un lado a otro de la casa.

Todo parecía indicar que la mujer no entraría en la habitación de Hide, ya que seguramente sabría que él dormía a esas horas. Pensar eso hizo que nos relajásemos un poco, pues el peligro era mucho menor del que en un principio creíamos que íbamos a correr. Ese relajamiento acabó en tragedia, ya que, para aprovechar el tiempo, decidí coger la espada y envainarla de nuevo. La espada se me resbaló de las manos y cayó al suelo. La asistenta dejó de canturrear. Pudimos escuchar sus pasos acercándose a la habitación, y cuando llamó a la puerta con sus nudillos, sentí que era el fin.

—Señor Hide, ¿está despierto? —preguntó aquella señora desde el otro lado de la puerta.

Hubo un segundo de silencio eterno. Un segundo en el que me vi a mí mismo detenido por la policía o destrozado en manos de una jauría de vampiros. Un segundo que fue el preámbulo del numerito de Arisa.

—¡Oh, sí, sigue, no pares, no pares —empezó a exclamar Arisa entre gemidos—, fóllame como tú sabes, animal! ¡Muérdeme, soy tuya, toda tuya! ¡Sí, así me gusta, sigue, sigue!

Arisa montó aquel número sentada en la cama de Hide y dando pequeños saltitos para que se oyera el crujir del somier y el cabezal golpeando contra la pared. Mientras Arisa hacía eso, Gabriel estaba con la oreja pegada a la puerta, para avisarnos cuando la asistenta se largase de allí. Yo también colaboré en el plan improvisado por Arisa. Mi cometido consistió en limpiarme la baba que me caía y en evitar que lo que estaba pensando al ver a Arisa de aquella manera se convirtiera en frases que salieran por mi boca. ¡Madre del amor hermoso, qué mal lo pasé! Además la señora aquella seguía sin moverse del otro lado de la puerta, al parecer era una *voyeur* auditiva. Gabriel le hizo una señal a Arisa para que acabara con su espectáculo, con la intención de que la asistenta se largase, y ella lo acabó a lo grande (aquí sí que me puse muy malo de verdad). Lo acabó tan a lo grande que la cabeza del vampiro salió despedida de la cama y llegó rebotando hasta mis pies.

¡Qué cosa más horrible! Instintivamente le pegué una patada y la colé en el cuarto de baño, cuya puerta estaba a la izquierda de la cama. La señora fisgona se alejó de la puerta, pues ya había acabado lo interesante para ella, y nosotros suspiramos aliviados. Volvimos al estado de silencio absoluto previo a mi accidente con la espada y no hablamos de nuevo hasta que oímos la puerta de la calle abriéndose y cerrándose de un portazo, indicándonos que la asistenta había abandonado el piso.

—Por un pelo, chicos, por un pelo —dijo Arisa—. Me he manchado las manos de sangre, qué asco. Voy al cuarto de baño a asearme un poco.

—Cuando salgas, tráete la cabeza —dijo Gabriel.

Arisa entró en el cuarto de baño y le pegó una patada a la cabeza del vampiro.

—Yo paso de coger eso con las manos —dijo mientras abría el grifo del lavabo.

—Cógela tú, Abel, y déjala encima de la cama —me ordenó Gabriel.

—De acuerdo —dije mientras me agachaba a recogerla, cosa de la que no me quejé porque de hacerlo mis amigos me habrían saltado a la yugular con el tema de la cagada de la espada, y con razón—. Aparte de lo del pijama a rayas, lo que hemos descubierto es que los vampiros follan. A la asistenta no le ha extrañado que estuviera con una mujer.

—Cuida tu vocabulario que hay una señorita en la habitación —me dijo Gabriel al tiempo que me pegaba una colleja.

—¿Que cuide mi vocabulario porque hay una señorita en la habitación? ¡Pero si ella ha soltado más palabrotas hace un rato que yo en toda mi vida!

—No es lo mismo, ella estaba actuando —me replicó Gabriel.

—Pues aparte de follar, parece que los vampiros toman somníferos —dijo Arisa saliendo del cuarto de baño con un frasco de pastillas—. Además, los de este eran muy fuertes.

—¿Un vampiro que toma somníferos para dormir? —pregunté yo extrañado.

—Hombre, piensa que en una gran ciudad hay mucho ruido, no es como en la Rumanía de las películas —contestó Gabriel buscándole la lógica a algo que a mí me parecía que no la tenía.

—¿Qué hacemos, esperar un par de horas más a ver si se deshace el condenado? —preguntó Arisa.

—Sí, será lo mejor, pero yo cada vez tengo más claro que el sol no nos va a echar una mano —contestó Gabriel.

A las doce del mediodía, Samuel Hide seguía entero. Bueno, decapitado, pero entero. Definitivamente los vampiros no quedaban convertidos en cenizas bajo la luz del astro rey. Ahora teníamos un problema y grave. ¿Cómo nos desharíamos de aquel cadáver? Encontramos la solución en el inmenso vestidor que tenía Samuel Hide en la habitación y que en un principio pensamos que solamente era un armario empotrado de tamaño normal. Había allí dentro más ropa y zapatos que en todas las tiendas de mi pueblo juntas. Al fondo del vestidor encontramos un baúl en el que metimos el tronco y la cabeza de Samuel Hide envueltos en una sábana. Decidimos que sacaríamos el baúl y su contenido del piso bien entrada la noche, para no toparnos con ningún vecino del edificio.

Gabriel y yo fuimos al aparcamiento, pues nuestro plan era bajar el baúl hasta allí y meter el cadáver en el maletero del coche del vampiro, para después llevarlo hasta Congers y enterrarlo al lado de nuestro cerdo de prácticas. Ya en el aparcamiento, mi amigo apretó el botón de la llave del coche que había cogido del mueble del recibidor y un pitido acompañado de un destello de focos e intermitentes nos permitió descubrir cuál era el vehículo de Hide. Se trataba del mismo *Vampmóvil* que Arisa y yo habíamos seguido hasta el puerto de Nueva York la noche en la que su propietario mató al señor Shine. Entramos en el coche y le expliqué a Gabriel que con los botones que había en la puerta se activaba el dispositivo que hacía salir las placas metálicas. Hicimos la prueba y, efectivamente, las placas aparecieron, como lo habían hecho cuando yo toqué los botones traseros por error en el viaje de Syracuse a Ithaca. No apareció ninguna placa que cubriera las lunas delanteras, lo cual tenía sentido, ya que en un principio nosotros habíamos pensado que las placas metálicas eran para evitar que la luz del sol entrara en el coche, pero el hecho de que Hide no se hubiera convertido en cenizas significaba que los vampiros no necesitaban ese tipo de protección. ¿Para qué servían, entonces, esas placas? Gabriel me pidió que fuera a la parte de atrás del coche y que intentara bajar las placas apretando el mismo botón que apreté en aquella ocasión. Bajé del coche, me subí a la parte de atrás y apreté el botón, pero las placas no bajaron.

—Lo que suponía —dijo Gabriel.

—A lo mejor desde aquí atrás no pueden bajarse —señalé yo.

—No, no es por eso. He apretado un botón que bloquea el dispositivo. Prueba ahora y verás como sí consigues bajarlas.

—De acuerdo —dije mientras apretaba de nuevo el botón, que en esta ocasión sí consiguió que bajaran las placas—. ¿Por qué crees que el conductor puede bloquear el sistema? ¿Es para evitar accidentes?

—No, es por otra razón. Es porque esto no es un Vampmóvil, sino un *Secuestromóvil.* Meten a la gente atrás, como hicieron con mi padre, la separan del conductor y cubren las lunas para que no sepa adónde se dirigen. Además, también he encontrado un botón para bloquear las puertas traseras. Prueba a abrir una, ya verás como no puedes.

Efectivamente, el botón que había apretado Gabriel bloqueó las puertas traseras del *Secuestromóvil.* Me parecía un poco exagerada toda aquella maquinaria para conseguir el mismo efecto que se logra maniatando a una persona y colocándole una venda en los ojos, pero los vampiros son seres muy extraños y al parecer necesitan toda esa parafernalia para sentirse seguros.

Mientras esperábamos a que anocheciera, comimos y bebimos a costa de nuestra primera víctima. Los vampiros no solamente dormían en pijama, roncaban, practicaban sexo y tomaban somníferos, sino que además comían de todo —verduras, pescado, carne, dulces, pasta— y bebían vino —de excelentes cosechas, según Arisa— y otros licores. Lo de la sangre debía de ser un extra, algo que les daba más fuerza o que formaba parte de un ritual para seguir siendo vampiros inmortales, pero lo que estaba claro era que no la bebían como alimento porque podían comer de todo. Después de comer Gabriel nos dijo a Arisa y a mí que intentáramos dormir un poco, mientras él se quedaba de guardia. Arisa se tumbó en el sofá y yo me quedé dormido en uno de los sillones de aquel pequeño salón.

A eso de las once de la noche, Gabriel nos despertó. Creo que si no lo hubiera hecho, habría sido capaz de dormir dos días seguidos. Gabriel y yo sacamos a rastras el baúl del piso, mientras Arisa llamaba al ascensor. Bajamos al aparcamiento y yo cogí el *Secuestromóvil* y lo acerqué hasta el ascensor. Abrimos el baúl y metimos el tronco y la cabeza de Hide en el maletero. Arisa preguntó si teníamos que volver a subir al piso para dejar allí el baúl, y Gabriel le dijo que no hacía falta, ya que en aquel aparcamiento había una especie de cuarto trastero donde, al parecer, los vecinos abandonaban cosas inútiles. Allí dejamos el baúl y subimos al coche, Gabriel y yo delante y Arisa detrás con la bolsa de deporte, la espada, la mochila y su ballesta. Nuestra intención era llevar a Arisa hasta el Volkswagen y que ella lo condujera hasta Congers siguiéndonos de cerca. Esa era nuestra intención, pero un puñetero vampiro de madre alemana y un semáforo de mierda nos obligaron a cambiar de planes.

2

Por una cabeza

Nos topamos con Helmut Martin al salir del aparcamiento. Seguramente había quedado con Samuel Hide para ir esa noche por ahí a cometer juntos sus fechorías vampíricas y por eso nos lo encontramos caminando por la acera del edificio en dirección a la puerta del mismo. Pasamos junto a él y no nos vio, pero cuando le rebasamos comenzó a correr detrás de nosotros gritando: «¡Samuel, para, que estoy aquí!». Arisa y yo miramos a Gabriel, y este resopló, negó con la cabeza y, por supuesto, no se detuvo. Helmut se paró de repente y se puso a llamar por su móvil. Nos habíamos librado de él, pero hace muchos años a algún imbécil que no tenía nada mejor que hacer se le ocurrió inventar un buen día el semáforo y uno de estos simpáticos artilugios nos obligó a detenernos en el segundo cruce que encontramos en nuestro camino. ¡Mierda de semáforos con sus lucecitas de las narices! Al ver que nos deteníamos, Helmut se puso otra vez en marcha, corriendo muy rápido para alcanzar nuestro coche antes de que el semáforo se pusiera otra vez en verde. Gabriel se volvió y le dijo a Arisa que pasara a la parte delantera sin salir del coche y que con ella trajera todos los trastos que había detrás. Arisa obedeció, y cuando ya estaba acurrucada contra mí en mi asiento, Gabriel me pidió que me volviese y abriese la puerta trasera de mi lado del coche. Me estiré todo lo que pude y logré abrir la puerta, momento que aprovechó

Gabriel para activar el dispositivo de las placas metálicas. El semáforo cambió a verde, pero Gabriel no se puso en marcha hasta que oyó que la puerta trasera se había cerrado. Entonces comprendí que acabábamos de secuestrar a Helmut Martin.

—¿No me has visto antes, Samuel? —preguntó el vampiro, pero no recibió respuesta—. Samuel, ¿por qué están las placas puestas? ¿Se ha estropeado el dispositivo? ¿No me oyes? Para y pasaré a la parte de delante. Para, por favor. ¿Estás sordo? ¿Te crees que esto es gracioso? ¡Para ahora mismo!

No fue por orden suya, sino por otro semáforo por lo que Gabriel detuvo de nuevo el coche. Oímos cómo Helmut intentaba abrir la puerta.

—Samuel, la puerta no se abre. ¿Has bloqueado las puertas, Samuel? Me estoy empezando a cabrear, te lo juro. ¡Desbloquea las puertas, joder!

Nos pusimos en marcha de nuevo y Helmut empezó a golpear la placa metálica que nos separaba de él, mientras profería todo tipo de insultos y amenazas en inglés y alemán. Gabriel nos preguntó en voz baja si seríamos capaces de indicarle dónde mataron Helmut y el otro vampiro a su padre. Yo le contesté que no sabría llevarle hasta allí, pero Arisa dijo que si era capaz de llevarnos hasta el puerto, una vez allí ella podría guiarle hasta el almacén en el que murió su padre. Gabriel musitó un «gracias» y Arisa le besó en la boca, luego se volvió y me besó en una mejilla. No era un beso en el mismo lugar, pero creo que para ella y para mí significaba lo mismo que el que le acababa de dar a Gabriel.

Poco antes de llegar al puerto, nuestro vampiro secuestrado se cansó de aporrear la placa de metal y se dedicó solamente a seguir insultando y amenazando a Samuel Hide. Una vez en el puerto, Arisa guió sin problemas a Gabriel hasta el almacén en el que asesinaron al señor Shine. Gabriel detuvo el coche y me pidió que saliera y comprobara si podía abrir la puerta del almacén de par en par para entrar con el coche en él. Hice lo que me pidió y lo que comprobé fue que no se podían abrir las puertas porque estaban unidas con un candado.

—Habría estado bien cargárselo aquí dentro, pero la diosa Venganza, si es que existe, no ha querido que fuera así —dijo Gabriel algo apesadumbrado.

—No hables de venganza, sino de justicia —le dijo Arisa—. Justicia por lo de tu padre y por lo de todas las víctimas de estos demonios.

—¿Qué hacemos? —pregunté yo—. ¿Volvemos a Congers y lo matamos allí?

—No, lo mataremos aquí mismo —contestó Gabriel—. Da igual que no pueda ser dentro del almacén, pero este tipo va a morir esta noche en Nueva York.

Gabriel volvió a arrancar el coche y lo llevó hasta el estrecho callejón que separaba el almacén donde había muerto su padre del siguiente. Paró el coche y nos pidió que saliéramos armados con la espada y la ballesta. Cuando ya estuvimos Arisa y yo fuera, salió Gabriel y abrió la puerta trasera del coche. Helmut salió del interior de un salto y se encontró frente a frente con sus tres enemigos.

—¿Qué hacéis vosotros aquí? —preguntó Helmut extrañado—. ¿Y Samuel?

—Tu amigo Samuel está decapitado en el maletero del coche —contestó Gabriel.

—¿Lo habéis matado vosotros? Por favor, no me hagáis reír —dijo el vampiro—. Esto debe de ser alguna broma estúpida.

—No es ninguna broma. Le hemos matado y ahora te vamos a matar a ti —dijo Gabriel—. Arisa, dispárale.

—¿Arisa? Ah, eres tú, pensaba que eras una puta disfrazada de Guillermina Tell —dijo Helmut entre risas.

—¡Puta lo será tu madre! —gritó Arisa antes de disparar la ballesta.

La flecha alcanzó al vampiro en el hombro izquierdo. Gabriel me hizo una señal para que me abalanzara sobre él y le clavara la espada. Corrí hacia el vampiro a toda velocidad y lo atravesé con la espada a la altura del estómago. Helmut me pegó un puñetazo que me lanzó varios metros hacia atrás, espada en mano. Desde el suelo vi que su cara se transformaba en la del monstruo que realmente era y que sus ojos se enrojecían. Esa mutación ya la había visto cuando nos enfrentamos a Julia Hertz, por eso no me sorprendió, pero lo que sí lo hizo fue comprobar que la herida que le había infligido con la espada parecía que jamás había existido. No sé cómo se cerró esa herida, solo sé que ya no estaba allí.

—¡Ahora os vais a enterar de quién soy yo! —gritó Helmut mientras arrancaba la flecha de su hombro, cerrándose también instantáneamente la herida que esta había producido.

Por suerte no nos acabamos de enterar de quién era ese vampiro, ya que Arisa disparó por segunda vez su ballesta y en esta ocasión la flecha atravesó el corazón de la bestia. Helmut miró la flecha clavada en su pecho, dijo algo en alemán y cayó de frente mientras su cara volvía a su estado humano y sus ojos dejaban de ser rojos.

—¡Las flechas de madera funcionan! —exclamó Arisa.

—Funcionan si quien las dispara tiene tu puntería, cariño —dijo Gabriel mientras la abrazaba.

—Cuando fallé el primer tiro pensaba que nos iba a matar —dijo Arisa—. Suerte que el ataque de Abel me ha dado tiempo para poder cargar la ballesta de nuevo. Dame un abrazo, Abel.

Me abracé a Arisa y casi lloro de la emoción. Luego me abrazó Gabriel, y no sé por qué, pero no me emocioné ni nada.

—Bueno, matavampiros, ahora hemos de volver a Congers y enterrar a estos dos cerdos al lado del otro —dijo Gabriel.

Arisa abrió el maletero del coche, y Gabriel y yo cogimos a pulso a Helmut y lo colocamos al lado de su amiguete Samuel. Bueno, más que colocarlo, lo apretujamos a duras penas junto a Hide. Después de cerrar el maletero, el pesado de Gabriel volvió a abrazarme, mientras me decía que había sido muy valiente. Esperaba que Arisa también me abrazase de nuevo, pero no, por desgracia ella ya estaba dentro del coche, esperando a que nos pusiéramos en marcha de nuevo.

El enterramiento de los vampiros fue algo problemático. Para empezar, no podíamos acceder en coche al lugar en el que habíamos enterrado al cerdo, ya que, supongo que debido al estrés de la situación provocada por la aparición de Helmut, no nos dimos cuenta de que nos habíamos dejado el Volkswagen en Nueva York hasta que llegamos a Congers. Cuando enterramos al cerdo, lo montamos en la parte trasera del pequeño utilitario y pudimos entrar en el bosque pasando entre el espacio que había entre los árboles del lugar sin problemas. No nos la jugamos a probar a hacer lo mismo con el coche japonés o con el *Secuestromóvil*, sobre todo porque era de noche y la visibilidad casi nula. Al final nos decantamos por una carretilla que encontramos en el garaje de la casa para llevar los cadáveres hasta el cementerio porcino. Intentamos llevar los cuerpos de los dos vampiros a la vez, pero pesaban demasiado, así que decidimos que haríamos el enterramiento previsto en dos fases: en la primera enterraríamos a Hide y en la segunda a Helmut. Arisa no se apuntó a la fiesta de enterramiento; se encargó de preparar algo para cenar, mientras nosotros hacíamos el trabajo sucio.

Samuel Hide se dejó enterrar muy bien. La tierra del lugar era mucho menos compacta que la de la tumba de Helen Shine —algo que ya habíamos comprobado al enterrar al cerdo—, cosa que hizo que caváramos su tumba en menos de diez minutos, en parte porque solamente tenía un metro de profundidad. Tiramos el cuerpo y la cabeza en el hoyo, y Gabriel, en vez de decir una oración, soltó una maldición y yo dije una tontería del estilo «así te lo pensarás mejor la próxima vez que quieras matar a alguien». Antes de volver a buscar el cuerpo de Helmut, cavamos su tumba, aprovechando que habíamos entrado en calor.

Helmut Martin demostró ser un tipo de esos que es capaz

de tocarte las narices incluso después de muerto. En primer lugar, era más largo que la tumba que habíamos cavado para él. Habíamos cometido el error de hacerla del mismo tamaño que la de Hide, con la misma longitud y la misma profundidad, y Helmut era diez centímetros más alto que el vampiro cojo. Entonces probamos a enterrarlo sentado, pero como solamente habíamos cavado un metro, la cabeza del vampiro quedaba fuera de la tumba. Al final lo que hicimos fue enterrarlo en posición fetal, incrustándolo de una manera que ya no recuerdo entre el fondo y las paredes de la tumba. Lo que me pareció más curioso de haberlo colocado en la tumba de aquella manera fue que, como aún tenía la flecha de Arisa clavada en el pecho, daba la sensación de que el vampiro estaba haciendo un último esfuerzo por arrancársela. Después de comprobar que el cuerpo no sobresalía por ningún lado, comenzamos a enterrarle y creo que no tardamos ni dos minutos en cubrir la tumba completamente. Nos disponíamos a regresar a casa, cuando, por estas cosas del maravilloso mundo de los vampiros, un brazo de Helmut brotó de la tierra en la que lo habíamos enterrado como si de una flor primaveral se tratase.

—Creo que deberíamos cavar una tumba más profunda —propuso Gabriel.

—Es que estoy muy cansado —dije yo—. ¿Por qué no tapamos la mano con unas ramas y venimos mañana y cavamos lo que sea?

—¿No conoces el dicho «no dejes para mañana lo que puedas hacer hoy»?

—Sí, lo conozco, pero es un dicho que creo que no tiene en cuenta a los vampiros, se aplica solo a cosas normales y corrientes, como cortar el césped, limpiar la cocina, cambiar una rueda desgastada...

Ni me dejó acabar la frase. Gabriel cogió una pala y empezó a cavar la nueva tumba de Helmut, y yo no tuve más remedio que ponerme también manos a la obra. La nueva tumba que cavamos tenía dos metros de longitud, uno de anchura y uno y medio de profundidad, o sea, casi una piscina. Tiramos a Helmut en su interior, lo cubrimos y nos largamos del cementerio de animales/vampiros. Antes de entrar en la casa, dejé la carretilla y las palas en el garaje, y Gabriel cogió la espada, la ballesta y la mochila con la estaca de la parte trasera del coche.

—La espada, ya que habéis decidido que no hay que cortar más cabezas, me la quedaré de recuerdo —dijo Gabriel—, y cojo la ballesta porque a lo mejor esta noche me bajo al sótano a practicar un poco de tiro.

—¿Ahora te apetece aprender a disparar con la ballesta? —pregunté con tono de reproche.

—Sí, por si acaso. Esta ballesta nos ha salvado el cuello hoy, así que mejor que uno de los dos sepa manejarla por si no podemos contar con Arisa en algún momento.

Gabriel dejó la ballesta, la espada y la mochila en el vestíbulo de la casa, junto a la puerta, y pegó un grito a Arisa para avisarla de que ya habíamos vuelto. Arisa apareció pocos segundos envuelta en una gran toalla blanca y con el cabello mojado.

—Ah, ¿ya estáis de vuelta? ¿Cómo ha ido el entierro? —preguntó Arisa.

—Bien, Helmut nos ha dado más trabajo del esperado, pero ya tenemos a la parejita enterrada —contesté yo.

—¿Y eso, qué hace ahí? —preguntó Arisa, señalando los artilugios cazavampiros que había dejado tirados Gabriel junto a la puerta—. Ya sé que sois hombres y, por lo tanto, poco ordenados, pero no cuesta nada dejar esos cachivaches en el trastero.

—Y menos aún dejarlos aquí —replicó Gabriel—. No molestan y los tenemos a mano…

—¡Qué vagos sois, por Dios! —exclamó Arisa—. Bueno, he hecho la cena, os la he dejado en el horno para que se mantenga caliente. Yo me voy a acostar ya, estoy agotada.

—Vale, de aquí a un rato me acuesto —dijo Gabriel.

—Sí, pero si puede ser, después de ducharte —dijo Arisa, antes de darnos las buenas noches y entrar en su habitación.

Gabriel y yo fuimos a la cocina, y en el horno encontramos una bandeja con pollo y patatas asadas que nos llevamos al salón para cenar viendo la televisión, como buenos americanos que éramos. Estuvimos un rato haciendo *zapping* buscando algo interesante que ver, pero no encontramos nada que nos llamara la atención.

—Podríamos ver una película en DVD —propuso Gabriel.

—¿Una de vampiros? —pregunté, lamentándome por la sugerencia.

—Es lo único que tenemos, ¿no? Elije tú una.

—¿Puede ser *Las sexy novias de Dráculax* o *Emmanuelle contra Drácula*? —pregunté, en esta ocasión alegrándome por mi propia sugerencia.

—Hombre, no sé qué decirte. Por mí vale, pero como baje Arisa y nos pille viendo eso, me va a soltar un sermón de los suyos y va a estar una semana de morros.

—Joder, Gabriel, nos acabamos de cargar a dos vampiros. No me digas que tienes miedo al posible cabreo de Arisa.

—No te lo vas a creer, pero sí, le tengo más miedo a Arisa que a los vampiros. Es que a los vampiros ya los ves venir, pero sé que Arisa tiene mucho carácter y, bueno, aún no se ha enfadado en serio conmigo, pero sé que algún día lo hará y me la imagino chillando cosas en japonés y poniendo morros y, pues eso, que algo de miedo le tengo.

—Entonces ¿qué vemos?

—Yo voto por *Underworld* o por *Van Helsing*.

—Pero *Van Helsing* ya la hemos visto.

—Da igual. No es por la película en sí.

—Vale, lo que quieres decir es que votas por Kate Beckinsale, ¿no?

—Sí, pero que quede entre nosotros.

Y volvimos a ver *Van Helsing*, que es una de esas películas que la primera vez que la ves te parece malísima, pero cuando la vuelves a ver te parece aún peor. Yo la vi entera, pero Gabriel se quedó dormido a la media hora. Me dio reparo despertarle y apagué el televisor, recogí las sobras de la cena y me fui del salón sin hacer ruido. Después de dejar la bandeja, los cubiertos y los platos sucios en la cocina —no, no me apeteció limpiarlos—, subí a mi habitación. Antes de entrar, me di cuenta de que la puerta de la habitación de Arisa estaba medio abierta y que la luz estaba encendida. Se me ocurrió pasar a decirle que Gabriel se había quedado dormido en el sofá, para que no le esperase despierta o para que bajase a despertarlo si eso era lo que prefería. Me acerqué lentamente a la habitación de Arisa, sin hacer ruido, pues cabía la posibilidad de que aunque tuviera la luz encendida estuviera durmiendo. Por esa razón, no abrí la puerta, sino que me asomé para comprobar que Arisa no dormía. Me asomé y lo que vi seguramente será algo que dentro de unos años me creará algún trauma psicológico que tendré que explicar a algún psiquiatra que, por supuesto, me tomará por loco y, a parte de tomarme por loco, le tendré que pagar un dineral por tomarme por loco.

Arisa estaba tumbada en la cama, vestida con su pijama rosa y, sí, estaba despierta. La pega es que no estaba sola. Encima de ella, tapándole con la mano izquierda la boca y sujetado con la derecha el brazo izquierdo de Arisa, para que este permaneciera extendido, estaba Helmut Martin, lleno de tierra, de esa tierra que se supone que debería haber servido para que permaneciese enterrado. Yo me quedé helado, en serio, no solo porque fuese incapaz de mover ni un solo músculo, sino porque sentía un frío intenso que recorría todo mi cuerpo. No me había dado cuenta de por qué Helmut mantenía el brazo izquierdo de Arisa extendido, pero era evidente que ella sí, ya que empezó a moverse violentamente intentando zafarse del vampiro. Ante esta reacción de ella, Helmut presionó con fuerza la cabeza de Arisa contra la almohada y al hacerlo me di cuenta de que estaba ahogándola. Arisa dejó de moverse y el vampiro de presionar y, después de sonreír maliciosamente, hincó sus colmillos en la muñeca izquierda de su víctima. Arisa inspiró profundamente y cerró los ojos, y yo, nada, seguía sin poder moverme. Era como si de alguna manera aquel vampiro me hubiese hipnotizado. Helmut, después de unos diez segundos, dejó de chupar sangre y soltó el brazo de Arisa, que cayó como si estuviera muerto. El vampiro se acercó al rostro de Arisa, con la boca abierta, supongo que para que viera que estaba llena de la sangre que le acababa de arrebatar. Entonces me di cuenta de que el vampiro no estaba enfadado, su rostro no había sufrido ninguna transformación, ni sus ojos estaban enrojecidos, eso sí, sus colmillos eran tan grandes como los que nos había mostrado horas antes. No, Helmut no estaba enfadado, sino en otro estado. El vampiro tragó toda la sangre que tenía de Arisa en la boca de un golpe y volvió a sonreír.

—Bien, muy bien, sabes muy bien —empezó diciendo aquella bestia—. Sabes muy bien, pero hueles mejor.

El vampiro acercó aún más su rostro al de Arisa e inspiró con fuerza. Luego siguió olfateándola, bajando por su cuello lentamente y llegando al escote de su camiseta, donde volvió a inspirar. Entonces Helmut se incorporó rápidamente, quedándose de rodillas, y agarrando la camiseta por el borde del escote, estiró con fuerza hacía sí produciéndole un jirón que dejó los pechos de Arisa parcialmente al descubierto. El vampiro volvió a inspirar, colocando su cara entre los dos pechos.

—Sí, sí, eres una auténtica delicia, Arisa —dijo Helmut en esta ocasión.

Sin levantar la cabeza de sus pechos, el vampiro introdujo su mano derecha en los pantaloncitos rosa, y cuando Helmut parecía estar acariciando aquello que quería acariciar, Arisa abrió los ojos y miró de reojo hacia donde yo me encontraba. Una lágrima comenzó a descender por su mejilla. Esa lágrima fue la que me despertó. Abrí la puerta de golpe, miré a mi alrededor y cogí el primer objeto que creí que me podría servir como arma: una silla. Corrí hacia el vampiro silla en alto y se la estampé con todas mis fuerzas en la espalda. (Nota: Si tenéis que enfrentaros a un vampiro, las sillas no valen para nada.)

Helmut casi ni se inmuto, pero después de un par de segundos, irguió la espalda, se volvió y me miró con algo que podríamos llamar odio *vampiril.* Estaba claro que yo le caía peor que Arisa porque el vampiro tardó diez segundos en poner cara de malo de verdad y empezaron a enrojecérsele los ojos. Yo, de nuevo helado, pero solo de frío, miré con disimulo a mi alrededor buscando alguna otra cosa que lanzarle a aquel bicho, y lo único que encontré fue uno de esos libros voluminosos de Arisa, algo con un señor vestido de romano en la portada que mi amiga había dejado sobre otra silla. Cogí el libro, pero no me dio tiempo a lanzarlo, ya que Helmut se abalanzó sobre mí tirándome al suelo. Arisa aprovechó la situación para salir corriendo de la habitación. El vampiro me cogió del pecho y en un movimiento rápido me alzó hasta que mis ojos se encontraron con los suyos. Abrió la boca y descubrí que el aliento del vampiro es casi tan peligroso como sus mordeduras. ¡Díos, qué peste! Oí cómo mi camiseta comenzaba a deshilacharse rápidamente —es que se la compré a un tío que vendía camisetas *Calbin Kline* a tres dólares que aparcó un sábado por la mañana su furgoneta delante de casa—, pero la prenda no acabo de romperse del todo, ya que el vampiro decidió lanzarme con fuerza contra una pared. Reboté contra la pared y me di de morros contra el suelo. Después de que Helmut me pegara dos patadas en las costillas, pero dos patadas con muy mala leche, me levantó del suelo estirándome del pelo. Gilipollas de mí, intenté darle un puñetazo, pero ni le alcancé. Eso, no sé por qué, parece que molestó más aún al vampiro y decidió cogerme del cuello con una mano y volver a levantarme del suelo. Ahí sí que ya pensé que iba a dejar este triste y azul mundo porque comencé a asfixiarme a la velocidad de la asfixia de la luz. De nuevo los ojos rojos del vampiro y los míos se alinearon y, de nuevo, Helmut abrió su bocaza, pero en esta ocasión no para echarme su apestoso aliento, sino para morderme. Sentí las puntas de sus colmillos rozando mi cuello y cerré los ojos... Y entonces, justo cuando me disponía a ser mordido por un vampiro, escuché un extraño zumbido y Helmut me soltó de golpe.

—¡Tienes que cuidarte la garganta, Helmut! —gritó Arisa desde la puerta.

El zumbido que había oído unos segundos antes era el de una flecha disparada por Arisa con su, sí, santa ballesta. Una flecha que había atravesado el cuello de Helmut y que no fue suficiente para matarlo, otra vez, pero sí para dejarle aturdido y darle tiempo a Arisa para cargar de nuevo la ballesta. El aturdimiento del vampiro le hizo cometer un grave error y es que instintivamente agarró la flecha que tenía incrustada en el cuello con su mano izquierda, dejando su pecho al descubierto, y, ¡zas!, segundo zumbido y flechazo en pleno corazón. Helmut cayó de rodillas y comenzó a gatear hacia la cama. Entonces me di cuenta de que Arisa no se había presentado en la habitación armada solamente con la ballesta, sino que atada a su espalda traía consigo la espada que se suponía que no valía para nada. Helmut llegó hasta los pies de la cama y, apoyándose con fuerza con ambas manos, comenzó a levantarse lentamente. Arisa se acercó a él, desenvainó la espada y después de gritar algo en japonés, algo muy agudo, decapitó de un solo golpe a Helmut. La cabeza del vampiro salió disparada, rebotando en el cabezal de la cama y reposando finalmente sobre la almohada. Arisa se acercó a mí y me ayudó a levantarme del suelo. En ese preciso momento llegó Gabriel.

—¿Qué ha sido ese grito? ¿Qué ha pa...? —Gabriel no terminó de preguntar lo que quería preguntar, supongo que alucinado por el panorama después de la batalla.

Arisa se acercó a Gabriel y le dio la espada.

—Sí, Gabriel, tenías razón, hay que cortarles la cabeza —dijo Arisa—. No sabía que al decapitar a alguien, te pudieses manchar tanto de sangre, así que ahora voy a darme una ducha, luego me desinfectaré esta puta mierda —dijo señalando la herida de su muñeca— y después me iré a dormir.

Abel, esta noche dormiré en tu cama, si no te importa, le he cogido algo de manía a esta habitación.

Arisa abandonó la habitación, murmurando algo en japonés o en un inglés lamentable. Gabriel y yo nos miramos y, como era evidente que no sabíamos qué decir, nos limitamos a encogernos de hombros.

—Habrá que enterrarlo otra vez, ¿no? —dijo Gabriel.

—Sí, supongo que sí. Va a ser el único tío en toda la historia de la humanidad y de los vampiros al que habrán enterrado tres veces en un mismo día —dije yo, aunque no sé si en serio o en broma.

Cogimos entre los dos el cuerpo de Helmut y lo pusimos sobre la cama. Luego cogimos la cabeza y se la colocamos sobre el pecho. Lo envolvimos todo con las sábanas de la cama y media hora después enterramos a Helmut de nuevo en su segunda tumba. De camino a casa, nos encontramos a unos cien metros del mini cementerio la flecha que Arisa había clavado en el corazón de Helmut en el puerto de Nueva York y que al parecer el vampiro se había arrancado poco después de salir de su tumba. Gabriel recogió la flecha, la partió en dos y la lanzó lejos de nosotros.

—La próxima vez debemos ser más cuidadosos —dijo entonces Gabriel—. No me gustaría que Arisa tuviera que volver a pasar por algo así.

—Lo que es evidente es que tenías razón, Arisa tiene mucho carácter y es mejor no hacerla enfadar —dije yo.

—Esta noche será mejor que la dejemos sola. Estoy seguro de que cualquier cosa que le digamos puede sentarle mal o alterarla. Oye, Abel, ¿podías explicarme, ahora que veo que todo está más tranquilo, qué es lo que ha pasado esta noche?

—¿Lo que ha pasado en vuestra habitación?

—Sí, eso. ¿Qué es lo que me puedes contar? ¿Qué es lo que has visto? ¿Qué os ha pasado a Arisa y a ti? Bueno, que me lo cuentes todo.

¿Que se lo contara todo? Enseguida me di cuenta de que

no le podía contar toda la verdad porque estaba seguro de que él no iba a aceptar de buen grado que yo me hubiese quedado mirando sin hacer nada mientras Helmut mordía a Arisa y la sobaba. No le dije toda la verdad a Gabriel, fui directamente al momento en el que cogí la silla y la estampé contra la espalda de Helmut. Luego le mentí un poco al explicarle todo lo que me hizo el vampiro, ya que le dije que sí alcancé a darle un puñetazo. Gabriel me dio las gracias por haber intentado rescatar a Arisa, y eso me hizo sentir fatal porque al final fue ella la que me rescató a mí.

Ya en casa, Gabriel se fue a dormir a la habitación del pánico y yo me eché en el sofá del salón. Estuve dándole vueltas a todo lo que nos había ocurrido aquel día y me di cuenta de que posiblemente había sido uno de los peores días de mi vida. Intenté pensar en Mary para compensar de alguna manera el malestar que sentía, pero la imagen de mi amor rubio sufría interferencias continuas producidas por la escena de Helmut y Arisa, y me di cuenta de que era mejor no descubrir por qué se estaba mezclando todo en mi cabeza y decidí distraerme con otra cosa, concretamente con *Las sexy novias de Dráculax*. Supongo que en estos momentos habrá más de uno deseando que le cuente la película, ¿verdad? Pues, lo siento, no puedo hacerlo. Es que justo cuando estaba a punto de elegir si quería ver la película en original subtitulado —es que era húngara— o verla mal doblada al inglés, apareció Arisa en el salón, con una venda en la muñeca izquierda y vestida solamente con una camiseta de mi ferretería que le llegaba a la altura de las rodillas. ¡Eso es lo que se llama buena publicidad!

—¿No puedes dormir, Abel? —me preguntó sabiendo cuál era la respuesta.

—No, no puedo, lo he intentado, pero no puedo —contesté, al tiempo que disimuladamente apagaba el televisor.

—¿Ibas a ver una película?

—No, solo estaba buscando algún canal para informarme del tiempo que hará mañana.

—Ah, pues supongo que calor, como hoy, mucho calor.

—Sí, supongo.

—Abel, ¿me podrías hacer un favor muy grande?

—Sí, lo que quieras.

—¿Podrías acostarte conmigo? Es que creo que necesito tener a alguien al lado para poder dormirme. Necesito sentirme acompañada.

—¿Y Gabriel?

—Es que en estos precisos momentos, por razones que serían largas de explicar, estoy bastante molesta con él. Por favor, ¿vienes conmigo a la cama?

No pude negarme y tampoco quise negarme, claro. Sabía que no iba a pasar nada esa noche entre Arisa y yo, pero no podía dejar de sentirme un poco excitado al pensar que iba a acostarme con ella, y enseguida me di cuenta de que me iba a costar más dormirme pegado a ella que en el sofá del salón. Subimos a la habitación y lo primero que me dijo al meternos en la cama fue que, aparte de la camiseta, me había cogido unos calzoncillos, según ella los únicos limpios que había encontrado. Ese comentario no me ayudó mucho dadas las circunstancias. ¡Dios, qué mal lo estaba pasando! Después de soltarme eso de los calzoncillos, me dio un beso y se tumbó de lado, dándome la espalda.

—Abel, solo quiero decirte que me siento muy afortunada por haber conocido a una persona tan tierna y sensible como tú.

Como he dicho, yo ya daba por hecho que no iba a pasar nada entre nosotros aquella noche, pero no voy a negar que, bueno, se me pasó por la cabeza alguna cosilla física y química con toques orientales. Ahora bien, cuando me dijo que era tierno y sensible, di por hecho que no iba a tener ninguna oportunidad. Cuando una mujer dice que quiere como compañero de cama a alguien tierno y sensible, dicha mujer no llega a los siete años y lo que realmente desea es que alguna persona generosa le regale un oso de peluche. Eso sí, por si había quedado alguna duda de que esa noche no iba a haber nada entre un caballero sureño —por cierto, de muy buen ver— y una preciosa e inteligente japonesa, Arisa la disipó poniéndose a roncar. Eso sí, muy finamente, como si solamente lo hiciera con media fosa nasal.

3

Una psicópata con una ballesta

Me desperté al oír a Gabriel golpeando la puerta de la habitación anunciándonos que el desayuno-comida ya estaba hecho. Desayuno-comida porque eran las doce y media del mediodía. Al abrir los ojos me encontré a Arisa abrazada a mí, con una pierna por encima de mi cintura y con sus labios, babeando, pegados a mi mejilla. Cerré los ojos otra vez, porque decidí que de allí no me iba a mover ni un terremoto, pero Gabriel volvió a golpear la puerta y pensé que mejor era levantarse a que él nos encontrara en esa situación. Me separé un poco de Arisa, con lo que se formó un puentecillo de baba entre su boca y mi cara, y con mucho cuidado la desperté. Ella abrió los ojos muy lentamente y, al verme a su lado, se incorporó de golpe, sentándose con la espalda apoyada en la cabecera de la cama y cubriéndose los pechos con un brazo.

—¿Qué haces tú aquí? —me preguntó.

—Me dijiste tú que me acostara contigo —le contesté.

—¿Sí? ¿Y hemos hecho algo?

—Espero que no, porque no me he enterado.

—Ah, sí, perdona, te pedí que te acostaras conmigo. Es que a mi cerebro le cuesta un poco ponerse en marcha. Ya sé que eres un caballero y un amigo...

—Por cierto, roncas.

—Vale, quizá no seas tan caballero.

Antes de bajar a comer fui a darme una ducha, y al salir

del baño me encontré frente a frente con Arisa. Llevaba unos tejanos recortados, a la altura del muslo, y una camiseta roja con un círculo estampado en el pecho en el que podía leerse: SGT. PEPPERS HEARTS CLUB BAND. Le pregunté qué significaba eso y me dijo que si no lo sabía era que no merecía saberlo, y después de ese cachete que me dio igual recibir, Arisa me dio una bolsa de plástico y vi que en su interior estaban mi camiseta y mis calzoncillos que se había puesto la noche anterior.

—Si quieres, te puedo lavar yo esa ropa, Abel —propuso Arisa.

—No, no hace falta. Toma, te la regalo —le dije dándole la camiseta—; tenemos una caja entera en el almacén de la ferretería. Mira, me he traído diez. —Y le señalé la que yo llevaba puesta, que era igual a la que ella me había devuelto—. Y los calzoncillo, ya me los lavaré yo, no te preocupes.

Aquí mentí porque jamás lavé esos calzoncillos. Los guardé en un bolsillo interno de mi maleta, y cuando llegué a casa los metí en una bolsa con cierre hermético y luego vacié el aire del interior de la bolsa con un curioso aparato que teníamos en la ferretería llamado Pump and Seal, un cacharro que me pareció un armatoste inútil hasta que encontré algo decente que envasar al vacío.

Cuando entramos en la cocina, Gabriel se acercó a Arisa sonriendo e intentó darle un beso, pero ella lo esquivó.

—No tengo ganas de que nadie me bese —dijo Arisa para justificar su rechazo.

Gabriel aceptó la situación con cierta resignación y no quiso averiguar por qué Arisa no quería besarle. Bueno, no quiso averiguarlo porque, al parecer, él tenía su propia teoría al respecto, y tuvo a bien hacerme partícipe de ella cuando acabamos de comer y Arisa nos dejó a solas para hacer su colada.

—Habéis dormido juntos esta noche, ¿no? —empezó diciéndome Gabriel—. ¿Hay algo de lo que deba ser informado?

—No, que yo sepa —contesté.

—Pues yo creo que algo debe de haber pasado esta noche entre vosotros porque se supone que ella iba a dormir sola y esta mañana he visto que habéis compartido cama y, luego, parece que a Arisa ya no le hago gracia…

—Sé lo que insinúas y estás muy equivocado, Gabriel. No ha pasado nada, te lo juro. Anoche bajó ella y me pidió que me acostara a su lado porque quería dormir junto a alguien y eso hicimos, dormir, solo dormir.

—¿Y por qué no quiso dormir conmigo? Yo podría haber sido también ese alguien, ¿no?

—Yo le sugerí que lo hiciera, pero me dijo que no quería. Quizá está enfadada contigo.

—¿Por qué?

—No lo sé, Gabriel, puede que te eche la culpa de lo que pasó con Helmut.

—¡Pues culpa mía no es! Yo dije que había que cortarle la cabeza a un vampiro después de clavarle una estaca, pero tú y ella votasteis que no y, mira, ya has visto las consecuencias.

—Mira, Gabriel, creo que sea lo que sea lo que le pasa a Arisa es algo que debéis hablar entre vosotros. Yo, en este tema, no pinto nada.

—Sí, quizá tengas razón. Doy por hecho que debió de pasarlo fatal cuando Helmut la atacó y es normal que aún esté algo aturdida o confusa. ¿Te ha contado ella todo lo que le hizo Helmut?

—Sí, me lo ha contado.

—¿Y qué? Lo pasó muy mal, ¿verdad?

—Sí, fatal, Gabriel, lo pasó fatal.

—Creo que lo mejor será que esta noche no la llevemos con nosotros.

—¿Que no la llevemos? ¿Es que vamos a alguna parte? —pregunté muy preocupado.

—Sí, a cargarnos a Strasser —contestó Gabriel sin mostrar preocupación alguna.

—¿Y no podemos pillarnos uno o dos días de descanso?

—No, Abel, no podemos. Si no nos cargamos a ese tipo hoy, perderemos el factor sorpresa. Estoy seguro de que si esperamos un día más descubrirán que el cojo y Helmut han desaparecido y eso alertará a toda la comunidad de vampiros y... pues eso, que perderemos el factor sorpresa y puede que ya no podamos cargarnos a ninguno más. Piensa que la comunidad de vampiros de Nueva York, como sabes, es de unos sesenta miembros, es como un pueblo pequeño, y estoy seguro de que si faltan dos de sesenta y, además, dos muy importantes, saltarán las alarmas. Esta noche tenemos que cargarnos a Strasser.

—¿Y por qué esta noche y no mañana al amanecer?

—Porque ya que sabemos que a los vampiros no les afecta el sol, la noche puede convertirse en nuestra aliada. Si los vampiros actúan de noche es porque así pueden cometer sus fechorías y tener más posibilidades de salir impunes, no por otra razón. Así que puede que vayamos a casa de Strasser y lo encontremos durmiendo y, aunque lo nuestro no será una fechoría, la noche puede ser nuestra aliada, permitiéndonos hacer más cosas que las que haríamos a plena luz del día.

En ese momento entró Arisa en la cocina y al parecer, antes de entrar, había estado escuchando el final de nuestra conversación.

—Así que esta noche vamos a cargarnos a Strasser... —dijo Arisa nada más entrar—. Me parece perfecto, cuanto antes lo hagamos, mejor.

—No, tú no vendrás —le dijo Gabriel.

—Sí, sí que iré —replicó Arisa.

—Después de lo que pasaste anoche, creo que es mejor que te alejes una temporada de los vampiros —señaló Gabriel—. Ya nos encargaremos de Strasser Abel y yo.

—No, Gabriel, precisamente por lo que pasó anoche, voy a ir con vosotros y punto.

Y, por supuesto, se vino con nosotros.

Volvimos a coger el *Secuestromóvil* de Hide para la misión

porque era el mejor vehículo que teníamos y porque Arisa dijo que, por si acaso, no quería que su Honda fuera manchado con la sangre de un vampiro o de un humano. Sí, lo de la sangre de un humano también lo dijo. Dábamos por hecho que el Beetle continuaba en la misma calle de Manhattan en que lo dejamos aparcado antes de ir al piso de Hide, y decidimos que después de matar a Strasser iríamos a buscarlo. Gabriel se ofreció a conducir el *Secuestromóvil* hasta la casa del vampiro nazi, y se llevó una nueva y pequeña decepción al comprobar que Arisa prefirió sentarse en el asiento de detrás en vez de hacerlo en el del copiloto, asiento que acabé ocupando yo.

Llegamos a la urbanización fantasma en la que vivía Gregor Strasser a eso de las diez de la noche. Aparcamos el coche tras la valla de madera que rodeaba la casa que se estaba construyendo frente a la de nuestro objetivo. Gabriel sacó un bloc de la guantera del coche y empezó a dibujar un plano del posible interior de la casa de Strasser.

—Yo creo que al entrar, a mano derecha, habrá una puerta que dará a un salón o a un estudio o a algo así —dijo Gabriel señalando una habitación grande que había dibujado en el margen inferior derecho de la hoja—. Frente a la puerta de entrada, seguro que nos encontraremos con una escalera para subir al piso de arriba y con un pasillo que debe de llevar hasta la cocina...

—Perdona, Gabriel, ¿esta misión va a tener nombre? —pregunté yo, interrumpiendo su explicación.

—Sí, por supuesto, habrá que ponerle nombre —contestó Gabriel—. ¿Se te ha ocurrido alguno?

—Se me ha ocurrido el siguiente, a ver qué te parece: «Operación te vas a enterar de lo que vale un peine, nazi de mierda» —propuse, incluyendo en el nombre de la operación el hecho de que Strasser fuera calvo y nazi.

—Es demasiado largo para ponerlo en una camiseta, pero me gusta —dijo Gabriel—. ¿A ti qué te parece, Arisa?

—Me parece una mierda, pero me da igual —contestó ella, mientras se recogía parte de su pelo para hacerse una coleta.

—¿Te estás haciendo coletas? —pregunté yo, aunque la respuesta era evidente.

—Sí, el pelo suelto me molesta cuando disparo con la ballesta —me contestó—. Con el pelo recogido creo que puedo tener más puntería.

—Bueno, cómo tú veas —dijo Gabriel para no alargar más el tema *coletil* y poder volver a su plano—. ¿Por dónde iba? Ah, sí, por la escalera. Pues eso, que doy por hecho que encontraremos una escalera que llevará al piso de arriba. Bien, mi idea es que intentemos entrar por la puerta de la cocina que da a la parte de atrás de la casa y una vez dentro vayamos hasta el vestíbulo de entrada. Si el vampiro está en el salón, le atacamos allí y si no está, vamos arriba. Yo iré delante y Arisa irá detrás de mí con la ballesta por si Strasser aparece de repente. ¿Te parece bien, Arisa?

Nos volvimos Gabriel y yo cuando él terminó de hacer esa pregunta, pero Arisa no estaba allí. Ni Arisa ni la ballesta ni la espada. Salimos del coche rápidamente y comenzamos a mirar a nuestro alrededor buscando a la japonesa perdida. Entonces escuchamos el timbre de una puerta. Gabriel y yo nos miramos sorprendidos, dimos la vuelta a la valla de madera y vimos a Arisa en el porche de la casa del vampiro, con la espada envainada en la espalda y apuntando la ballesta hacia la puerta de Strasser. El vampiro nazi abrió la puerta y Arisa disparó su ballesta. Sí, tenía razón, las coletas mejoraban su puntería, acertó a clavarle la flecha en el corazón a la primera. Strasser instintivamente se abalanzó sobre Arisa, pero ella se apartó de un salto y el vampiro cayó de morros. Strasser intentó levantarse utilizando las pocas fuerzas que le quedaban, y cuando logró ponerse de rodillas, Arisa desenvainó la espada y, repitiendo el grito que dio en Congers antes de decapitar a Helmut, le cortó la cabeza al nazi de las narices. Y, sí, otra vez de un solo espadazo. Deduje que la clave de la decapitación estaba en el grito ese japonés, porque para empezar la espada esa pesaba mucho y, aunque yo no soy lo que se dice un tipo fuerte, no parece muy lógico que la pequeña Arisa hiciera siempre a la primera algo que yo logré en un tercer intento. La cabeza de Strasser salió despedida y dio unos cuantos botes hasta acabar deteniéndose a unos cinco metros del cuerpo al que había permanecido sujeta durante más de cien años. Arisa envainó la espada, cogió la ballesta, se dio media vuelta y vino caminando, a ritmo de paseo geriátrico, hacia nosotros. Gabriel y yo estábamos conmocionados por lo sucedido, conmoción que aumentó un poco cuando Arisa pasó a nuestro lado sin decirnos nada y subió al coche, sentándose de nuevo en la parte trasera del mismo.

—Joder, Abel, ¿qué ha pasado? —me preguntó Gabriel cuando volvió en sí.

—No sé, tío, no sé. Arisa empieza a preocuparme un poco. Esto no es normal. Creo que se ha vuelto una psicópata.

—No digas tonterías, Abel, a lo mejor lo ha visto claro y no se lo ha pensado dos veces.

—O a lo mejor, lo que digo yo, que se ha convertido en una psicópata y de las peligrosas. Oh, no, puede ser incluso peor, a lo mejor es una vampiro. Helmut la mordió.

—¿Durante cuánto tiempo, Abel?

—Durante diez segundos, creo.

—No creo que sea suficiente. Para convertirse en vampiro, Arisa debería haber muerto, como le pasó a Julia Hertz, y ella no ha muerto.

—Es verdad, tienes razón. Entonces, bueno, solo es una psicópata con una ballesta.

Al decir eso, pensé que la noche anterior yo podría haber muerto si a Arisa le hubiese dado un ataque de los suyos. Debí haberme dado cuenta de que una japonesa con una ballesta, amante de los grupos de música extraños, no debe de tener la cabeza bien amueblada. Volví a repetir eso de que quizá Arisa era una psicópata, pero Gabriel no me hizo caso y volvió a subirse a la parte delantera del coche para hablar con Arisa, aunque ella no tenía ganas de hablar, ya que segundo y tres cuartos después de que él entrara en el vehículo, accionó el dispositivo que activaba las placas metálicas, aislándose así de su, quizá ya, ex novio.

—Creo que no quiere hablar del tema —dijo Gabriel volviendo cabizbajo hasta donde yo me encontraba.

—Sí, eso también me ha parecido a mí —dije—. ¿Qué hacemos ahora?

—Pues deberíamos meter a Strasser en el maletero.

—¡No fastidies! Esa mole debe de pesar unos quinientos kilos. ¿Por qué no lo enterramos ahí, donde ha caído? Luego ponemos césped encima de la tumba y nadie se dará cuenta.

—Es que he pensado que en vez de enterrarlo, lo podemos utilizar como prueba.

—¿Prueba?

—Sí, como prueba de que no estaba muerto, de que no se lo cargaron hace setenta años. Lo metemos en el maletero, nos lo llevamos a Congers, llamamos a Tom y, si todo sale como debería salir, puede ser el final de los vampiros.

Gabriel y yo volvimos a subir al coche y él lo condujo hasta donde estaba Strasser, aparcando lo más cerca que pudo del cadáver. Es ese pequeño trayecto, Arisa no abrió la boca, aunque a lo mejor sí lo hizo, pero no la oímos por culpa de la placa metálica que nos separaba de ella. Gabriel y yo salimos del coche, abrimos el maletero, cogimos el cuerpo del vampiro y con un solo impulso logramos meterlo casi del todo en su tumba provisional con ruedas. He de señalar antes de continuar que hicimos un «piedra, papel o tijera» para saber quién cogía a Strasser de los pies y quién de los brazos y que perdí yo. O sea, que me embadurné bien embadurnado con la sangre de esa mole de nazi muerto dos veces. Bueno, una vez metido medio cuerpo en el maletero, le dimos un empujón y logramos embutirlo de la mejor manera posible en aquel cubículo. Parece algo increíble, pero Helmut y Hide juntos ocupaban menos que Strasser sin cabeza. Y ya que hablamos de la cabeza de Strasser, yo fui el seleccionado para ir a buscarla, pues Gabriel dijo que ya que él no se había manchado de sangre con el cuerpo era absurdo que tuviera que hacerlo por esa «simple cabecita» (de veinte kilos por lo menos y sin pelo de donde agarrarla). Mientras iba yo a por la cabeza, Gabriel, en un acto que yo consideré excesivamente temerario, abrió una puerta trasera del coche y sacó a Arisa estirándola de un brazo. Gabriel y Arisa se miraron fijamente sin decirse nada durante un rato, el que yo tardé en coger la cabeza de Strasser del suelo, utilizando una de sus orejas como asa. Ya me disponía a regresar al coche cuando tuve que cambiar de opinión al ver cómo Gabriel le pegaba una bofetada a Arisa. No una bofetada cualquiera, sino una señora bofetada cuyo eco aún debe de poder oírse en aquel lugar y dentro de un par de siglos regresar a modo de psicofonía. Lo que pensé al ver la bofetada es que la neopsicópata de Arisa cogería la espada y partiría en dos al ex esquizofrénico de Gabriel y luego vendría a por mí para no dejar testigos, pero no pasó nada de eso. Arisa rompió a llorar y se lanzó a los brazos de Gabriel, quien empezó a acariciarle el pelo para tranquilizarla. Al ver que no había peligro, me acerqué al coche, tiré la cabeza en el maletero y lo cerré.

—¡Es que ya no puedo más, joder! —exclamó Arisa entre sollozos—. ¡Esto no hay quien lo aguante! ¡No hay quien lo aguante!

—Tranquila, cariño, ya ha pasado todo —dijo Gabriel.

—Es que ya no sé ni lo que hago ni lo que digo ni lo que pienso —continuó diciendo Arisa sin dejar de llorar—. Esto no es lógico. ¡Los vampiros no existen! ¡Y ya me he cargado a dos, joder! Yo soy una licenciada en historia por Harvard, solo eso. A lo mejor, los de Yale están acostumbrados a estas cosas, pero los de Harvard no, te juro que no. ¡Yo quiero irme a mi casa!

—Va, cariño, siéntate en el coche y respira profundamente —le dijo Gabriel mientras la ayudaba a acomodarse en el asiento de atrás.

Arisa obedeció a Gabriel, respiró profundamente varias veces y, al parecer, eso la tranquilizó un poco, ya que dejó de llorar.

—Es que ni me lo he pensado, Gabriel —empezó diciendo Arisa, ahora ya utilizando su tono de voz habitual—. Tenía el convencimiento absoluto de que me lo iba a cargar. Ni siquiera pensé que era peligroso. Me sentía invencible. Anoche me pasó lo mismo. Bajé corriendo a por la ballesta y la espada y sabía que iba a matar a Helmut. Esta noche ha pasado lo mismo, cuando estaba haciéndome las coletas he visualizado lo que iba a hacer y lo he hecho. Así de sencillo. Y ahora... Ahora tengo miedo de mí misma. A lo mejor se me han cruzado los cables definitivamente y me he vuelto una psicópata.

—Es algo que por si acaso no deberíamos descartar —señalé yo—. Deberías hacerte alguna prueba.

—¡Cállate, Abel, no digas tonterías! —me gritó Gabriel.

—Abel, estás hecho un asco —me dijo Arisa cuando se dio cuenta de que yo estaba allí—. ¿Toda esa sangre es de Strasser?

—Sí, y todavía le queda más dentro del cuerpo —le contesté—. Ya sabes que eso de ir decapitando por ahí ensucia mucho.

—Abel, por favor, estate un ratito calladito —me ordenó Gabriel—. Mira, Arisa, anoche el ataque de Helmut te provocó un shock y has estado en ese estado hasta que te he pegado la bofetada. El miedo y la tensión que estos días has ido acumulando han acabado exteriorizándose en dos decapitaciones, la de Helmut y la de Strasser, ¿vale? No eres una psicópata porque a Abel y a mí no nos has hecho nada, ha sido a ellos, a los malos; por lo tanto, sabías lo que hacías. Una cosa es que te hayas comportado temerariamente y otra que seas una loca peligrosa con una ballesta y una espada.

—Pero anoche te cogí mucha manía —le dijo Arisa—. No quería ni verte.

—Sé que si tú estás aquí ahora es porque me quieres —le dijo Gabriel—. La única razón por la que sigues en esta historia es por lo que sientes por mí, y anoche me echaste la culpa de haberte puesto en peligro.

Lo que acababa de decir Gabriel me hizo dar cuenta de que no tenía muy claro qué es lo que yo estaba haciendo allí, formando equipo con esas dos personas que no estaban muy bien de la azotea y pringándome de sangre y enterrando cadáveres decapitados a diario. Me metí en este jaleo empujado por las circunstancias, supongo. Esa gente quería matarnos y nosotros tomamos la iniciativa, pero, a fin de cuentas, lo que yo estaba haciendo tampoco era muy normal. Quizá yo también estaba en estado de shock y hacía las cosas sin pensar. Claro, era eso, entré en estado se shock cuando Mary me dejó por mi bien y aún estaba *shockquializado*.

—Arisa, te prometo que ya no volverás a enfrentarte a ningún vampiro —continuó diciendo Gabriel—. Strasser ha sido el último. Esta historia acaba de finalizar. Mañana podrás volver a casa, como tú dices. Ahora nos llevaremos a Strasser a Congers, y mañana llamaré a Tom y él sabrá qué hacer. Los vampiros dejarán de ser ficción y entretenimiento, y la gente comenzará a sentirse como te sientes tú ahora, como un ser perdido en un mundo irreal.

—Gabriel, aparte del cuerpo, quizá podamos encontrar más pruebas en la casa —propuse yo.

—Puede que tengas razón —dijo Gabriel—. Vayamos a echar un vistazo. Arisa, haznos un favor, coge el coche y lo vuelves a esconder detrás de la valla aquella, ¿vale? Abel y yo regresaremos enseguida. Ah, si ves que se acerca alguien, avísanos de alguna manera.

—De acuerdo, podéis contar conmigo —dijo Arisa sonriéndonos.

Gabriel y yo entramos en la casa de Strasser, y el chaval quizá fue arquitecto en otra vida porque su plano de la planta baja era bastante bueno. Acertó con lo del pasillo que conducía a la cocina, con lo de una puerta que llevaría a un salón o estudio (era un salón) y con lo de la escalera que conducía al piso de arriba, pero había algo más en el vestíbulo, una puerta que estaba debajo de la escalera y que daba al sótano. Gabriel propuso que nos repartiéramos el trabajo, él se encargaría de la planta baja y el sótano y yo de la superior. Fui al piso de arriba y había tres puertas. La primera que abrí era la de un inmenso cuarto de baño con jacuzzi. Conclusión: los vampiros son sanguinarios, pero limpios. Aproveché que estaba en el baño para asearme un poco. Me quité la camiseta empapada de sangre y la tiré a una papelera que había allí. No sé por qué, pero me imaginé que si un vampiro encontraba esa camiseta, a lo mejor le daba por hacerse una infusión. Cuando terminé de lavarme, me sequé y me puse desodorante. Tampoco sé por qué lo hice, quizá por costumbre. Salí al pasillo y entré en la siguiente habitación; era el dormitorio: una cama, una cómoda, un perchero, unas cortinas, un par de mesitas de noche y nada más de interés… Bueno sí, una cosa más: una foto del Hitler en una de las mesitas, con una dedicatoria firmada por el tipejo ese del bigote. Cogí la foto de Hitler y, aunque no entendí la dedicatoria, porque no me leí *Werther*, era evidente que había sido hecha para Strasser, pues aparecía en ella un Gregor. Lo más curioso de la foto es que debajo de la firma del jefe de los nazis había una fecha: 24 de septiembre de 1939. O sea, Hitler le firmó una foto a Strasser cinco años después de que el amigo Gregor muriese. Me pareció una prueba muy buena que podía demostrar que Strasser no murió en la Noche de los cuchillos largos, quizá porque esa noche nunca tuvo lugar y solo fue una especie de cortina de humo creada por los vampiros para ocultar alguna de sus fechorías. Cogí la foto de Hitler, y antes de salir de la habitación abrí el armario y le robé una camisa a Strasser. Doy por hecho que no le importó que lo hiciera. La camisa era casi una sotana, ya que me llegaba por debajo de las rodillas, pero mejor era eso que ir con los pezones al aire, con lo sensibles que los tenía. Antes de abrir la tercera puerta, se me ocurrió una estupidez de las mías y me dije: «Detrás de la puerta número uno había como premio un jacuzzi. Detrás de la puerta número dos una camisa y la foto dedicada de un famoso. ¿Qué habrá detrás de la tercera? ¡Un coche, seguro que hay un coche!». No, por supuesto no encontré un coche, sino tres ataúdes. Uno de los ataúdes estaba abierto y colocado horizontalmente en medio de la habitación, en una especie de tarima. Era un ataúd tamaño familiar, por lo que deduje que era el de Strasser. Los otros dos ataúdes estaban cerrados y apoyados en una pared. Uno era de mi tamaño, cosa que me dio muy mal rollo, y el otro era de tamaño infantil, muy infantil. Los tres ataúdes eran negros, supongo que para hacer juego con la habitación que, por cierto, no tenía ventanas y estaba iluminada por una luz muy débil que provenía de un par de candelabros similares a los que nos encontramos en la catacumba de El Año del Dragón. Digo que los ataúdes hacían juego con la habitación porque esta estaba pintada toda de negro, y cuando digo toda, es toda: paredes, techo y suelo. Sin salir de la habitación llamé a Gabriel.

—¡Gabriel, sube, has de ver esto!

—¡No, baja tú que he encontrado una cosa muy interesante! —me respondió.

—¡Dudo mucho que lo tuyo sea más interesante que lo mío! —le grité.

—¡Me juego lo que quieras a que te gano! —me replicó.

—¿Lo tuyo da miedo?

—¡No, no da miedo!

—¡Pues lo mío a mí sí! ¡Así que sube de una puta vez, capullo!

Y subió y se quedó de piedra cuando vio aquella habitación.

—Los vampiros duermen en ataúdes —es lo primero que dijo.

—Bueno, pero puede que solo los fines de semana, porque en otra habitación hay una cama normal —dije yo.

—¿Y los otros dos ataúdes? ¿Has mirado en su interior?

—Ni se me ha ocurrido, Gabriel.

—Pues habrá que mirar, ¿no?

—¿Podemos decidir no mirar?

—No, no podemos decidir eso.

—Entonces, si te parece bien y puesto que la idea es tuya, te encargas tú de mirar, ¿vale? Yo, mientras, me voy un momentito al pasillo.

—Vale, cobarde... ¿Y esa foto?

—Es de Hitler. Tiene una dedicatoria para Strasser fechada en septiembre del 1939.

—¿En serio?

—Sí, en serio, muy en serio.

—Eso es buenísimo, ya que significa que...

—Sí, ya sé lo que significa, Gabriel.

—Esa foto puede ser algo muy importante para nuestro propósito.

—Sí, doy por hecho que sí.

—Buena foto.

—Sí, buena foto.

—¿Así que del año 1939?

—Oye, Gabriel, ¿no estarás alargando esta conversación porque te da miedo abrir los ataúdes?

—Sí, era por eso. Va, por favor, hagámoslo juntos.

—Vale, pero yo abro el pequeño.

Gabriel cogió la tapa del grande y yo la del pequeño, y contamos hasta tres y los abrimos. Nada, por suerte estaban vacíos. Creo que eso de abrir un ataúd temiendo que esté ocupado y encontrártelo vacío es una de las mejores cosas que te pueden pasar en la vida. Doy por hecho que los arqueólogos y los ladrones de tumbas no estarán de acuerdo conmigo, pero sí la mayoría de la población mundial. Volvimos a cerrar los ataúdes y bajamos a ver eso tan interesante que había encontrado Gabriel.

—Está aquí, en el salón —me dijo cuando llegamos a la planta baja—. Es algo muy curioso.

Entramos en el salón y Gabriel me pidió que me sentara en el sofá, delante del televisor, que estaba apagado.

—Cuando entré en el salón, por la tele daban un informativo —empezó explicando Gabriel—. Seguramente Strasser lo estaba viendo cuando Arisa llamó a la puerta. Se me ocurrió mirar qué canales veía Strasser y al apretar el canal número tres, apareció una cosa muy curiosa.

Gabriel encendió el televisor, sintonizó el tercer canal y en la pantalla apareció el pequeño jardín de la parte delantera de la casa de Strasser y, al fondo, la valla de madera y la casa en construcción. La pantalla del televisor estaba dividida en cuarenta y ocho cuadrados.

—Fíjate ahora en el ventanal —dijo Gabriel.

Me volví, miré el ventanal del salón y lo que se veía a través de él era lo mismo que había en la pantalla del televisor. Los cuarenta y ocho cuadrados de la imagen del televisor eran los cuarenta y ocho vidrios que parecían formar parte del ventanal.

—No es un ventanal, es una pantalla grande de vídeo —explicó Gabriel—. Bueno, en realidad son cuatro pantallas de plasma unidas. Ahora verás.

Gabriel salió de la casa y se puso a hacer monerías delante del ventanal y a hacer monerías en directo a través del canal 3 del televisor de Strasser. Una de sus monerías consistió en pedirme que saliera, y una vez fuera me enseñó cuatro pequeñas cámaras de vídeo colocadas en los cuatro extremos del ventanal.

—Hay cuarenta y ocho cuadrados que a su vez están divididos en cuatro rectángulos de tres por cuatro, y cada rectángulo es una pantalla —me explicó Gabriel— y lo que aparece en cada pantalla es lo que capta cada una de las cámaras. Por eso por fuera hay espejos, para que dé la apariencia de un ventanal con vidrios reflectantes, pero son espejos puros y duros. El grosor del ventanal es el mismo que el de la pared en la que está incrustado. No es un ventanal, es una pantalla. Quizá el resto de las ventanas de la casa sean de otro modelo, algo menos sofisticado. No sé, a lo mejor se vuelven opacas al darles la luz del sol. Thorn es una empresa cristalera, seguro que llevan decenios trabajando en esto. Eso sí, lo de la pantalla es algo espectacular.

—A ver, Gabriel, según tú ese ventanal por un lado evita que entre la luz del sol y por el otro quiere dar la sensación de realidad, para que los vampiros puedan recordar cómo era su vida antes de ser vampiros, ¿no?

—Sí, algo así. Por supuesto este ventanal debe de ser un lujo al alcance de pocos o quizá esta casa sea una casa piloto de la urbanización.

—Vale, entiendo lo que quieres decir, pero aquí hay algo que no cuadra. Sabemos, por lo que nos pasó con Hide, que a los vampiros no les afecta el sol para nada, ni para ponerse morenos siquiera.

—¡Hostia, es verdad! Entonces, todo este rollo que te he soltado es una gilipollez.

—A lo mejor es simplemente una macro pantalla y las cámaras son cámaras de seguridad.

—Sí, debe de ser eso, un sistema sofisticado de vigilancia. Pues es una pena, porque mi teoría de la realidad virtual y la protección solar era muy buena.

—Bueno, por lo menos acertaste con eso de que le teníamos que cortar la cabeza a los vampiros para que se murieran bien muertos.

Volvimos a entrar en la casa y pude comprobar que, como me había dicho Gabriel, los cristales del ventanal eran pantallas de plasma. Su descubrimiento no cabía duda que era muy interesante, pero yo creo que mi foto de Hitler y mis tres ataúdes, aunque estos estuvieran vacíos, lo eran más. Pantalla gigante de vídeo contra tres ataúdes en un habitación pintada de negro y una foto del loco criminal más grande de la historia, ¿qué da más miedo? Pues, ya está, fin de la discusión. El problema es que mi hallazgo quedó a la altura del betún cuando

Gabriel y yo bajamos al sótano. Gabriel me dijo que había ido a la cocina y luego al salón y que se había dejado el sótano para el final, y ya que no había nada más que ver arriba, me propuso que le acompañase y le dije que sí.

Abrimos la puerta que nos conduciría al sótano y Gabriel palpó la pared buscando un interruptor, pero no había ninguno. Empezábamos mal, pero seguimos adelante, ya que al final de la escalera había luz, muy tenue, pero para ver algo seguramente nos serviría. Pensé que esa luz de la que hablo estaría producida por alguna bombilla de muy poca potencia colgada del techo, pero no, cuando llegamos al final de la escalera descubrimos que era la luz de unos veinte velones de un metro y medio de altura. Velones de color negro, como negras eran las paredes, el techo y el suelo del sótano. Se ve que el negro era el color favorito de los vampiros. Los velones daban muy mal rollo, casi tanto como una bandera nazi que había colgada en una de las paredes. Explico lo que había en el sótano siguiendo el orden de los descubrimientos, es decir, primero vimos unos velones y después la bandera, pero lo interesante de verdad era lo que había en el centro del sótano. Allí, sobre una mesa de mármol negro, encontramos a una niña de unos cuatro o cinco años, desnuda y atada, con las piernas y los brazos totalmente extendidos. Nos acercamos a la criatura. Era una monada con el pelo rojo, la pobrecilla. Tenía heridas de mordiscos en las muñecas, en las ingles y en el cuello. Casi me pongo a llorar. La niña tenía los ojos cerrados y pensé que estaba muerta. Bueno, pensé que aquel nazi de mierda la había violado y luego la había matado poco a poco, bebiéndose su sangre. Gabriel puso dos dedos sobre la yugular de la niña y después de unos segundos se volvió sonriendo y me dijo: «Viva, Abel, está viva». Esa fue la segunda alegría del día, eso sí, infinitamente más grande que la de los ataúdes vacíos.

—Está muy débil, pero si nos damos prisa, quizá podamos salvarle la vida —me dijo Gabriel con tono de esperanza y preocupación.

Comencé a desatar a la niña, y Gabriel empezó a darle cachetes y a agitarla violentamente para despertarla. La cría abrió los ojos muy lentamente, unos bonitos ojos verdes. Miró a su alrededor, nos miró a nosotros y empezó a gritar.

—No te preocupes, pequeña, hemos venido a sacarte de aquí —le dijo Gabriel, mientras yo le desataba las muñecas—. Yo me llamo Gabriel y él es Abel. Por favor, fíate de nosotros. Hemos matado al hombre malo que te ha hecho esto y te llevaremos a un hospital donde te curarán.

Aquellas palabras de Gabriel, quien para decirlas utilizó la típica cantinela que se utiliza cuando se lee un cuento a un niño pequeño, tranquilizó a la chiquilla.

—¿Cómo te llamas, pequeña? —le pregunté.

—Anne, Anne Connelly —contestó.

—¿Dónde vives? —preguntó Gabriel.

—No, no me... —dijo antes de desmayarse de nuevo.

—¡No hay tiempo que perder! ¡Trae la bandera! —me ordenó Gabriel, mientras intentaba reanimar de nuevo a la niña.

Descolgué la bandera nazi y al hacerlo me di cuenta de que no era una bandera cualquiera, sino que era de terciopelo. Con la bandera cubrimos a la niña, y Gabriel me pidió que la cogiera yo en brazos y la sacara de la casa lo más rápido posible, mientras él cogía un par de cirios, pues tal vez eran de algún material especial que también podía ser una prueba, y después iría a buscar la foto dedicada de Hitler que yo había dejado abandonada en el salón. Yo tomé aire y subí corriendo por la escalera del sótano y corriendo salí de la casa. Sé que parecerá extraño, pero aunque iba corriendo, sentí que todo iba a cámara lenta. Eso era así porque había visto imágenes en películas y reportajes sobre bomberos, y cuando rescataban a alguien de un incendio, el momento en el que salían por la puerta de la casa siempre estaba ralentizado. Sí, me sentía un héroe que iba a salvar una vida. Las únicas dos diferencias que en esos momentos existían entre un bombero valiente y yo es que normalmente los bomberos no envuelven a la gente que rescatan con una bandera nazi —vamos, que yo sepa— y la otra es que los bomberos tampoco suelen rescatar vampiros. ¡Sí, la puta Anne Connelly era una vampiro!

La niña vampiro rugió como si fuera un animal salvaje y me hincó sus colmillitos en el cuello. Casi ni los noté, en serio, fueron como una picadura de mosquito gigante, pero la cosa empeoró cuando la niña empezó a chupar. ¡Dio mío, nunca podré olvidar lo que sentí! Aquel pequeño demonio me estaba arrancando la vida y eso yo lo podía sentir como un eco en mi interior, eco de los tragos que de mi sangre se estaba bebiendo Anne Connelly. Con cada uno de sus tragos sentía como si alguien me estuviera clavando clavos en la columna vertebral. No se me había pasado el dolor del primero y llegaba el segundo clavo. Grité la primera vez que sentí eso, pero ya no pude gritar más porque el dolor no me lo permitía. Apareció Gabriel, tiró al suelo los velones y la foto de Hitler y cogió a la niña, para quitármela de encima, pero la monstruito se había agarrado a mí clavándome las uñas y cada vez que mi amigo estiraba de ella, la vampiro se agarraba con más fuerza. Gabriel gritó llamando a Arisa. Yo comencé a correr como un pollo sin cabeza, con aquella sanguijuela pegada a mi cuello y Gabriel detrás de los dos, velón en mano, golpeando a la enana de las narices con aquella ridícula arma de cera. No, para según qué, Gabriel no era muy espabilado. Llegó Arisa conduciendo el coche y tuvo que frenar porque casi me atropella. Yo ya no pude más y caí de rodillas. Arisa salió del coche rápidamente, abrió una puerta, sacó la ballesta, la cargó, disparó y atravesó con una flecha la cabeza de la niña, quien me soltó automáticamente y cayó al suelo. Entonces Gabriel se abalanzó sobre ella y vio lo que yo no pude ver mientras me estaba mordiendo, que sus ojos eran rojos y su cara la de un vampiro lleno de ira. Arisa se acercó a Gabriel y le pidió que se apartara, pero que siguiera sujetando a aquella cría que no hacía más que gritar y patalear. Arisa no disparó la ballesta en esta ocasión, sino que cogió una de las flechas y, dando su grito japonés de guerra, se la clavó a la vampirita en el corazón. «¡Una menos!», exclamó Arisa, para añadir a continuación: «Gabriel, tú dirás lo que quieras, pero creo que nunca volveremos a casa».

4

Lo lamentarás cuando llegue la noche

Aunque Arisa, que había vuelto a su supuesto estado de «shock prebofetada», se ofreció voluntaria para hacerlo, fue Gabriel quien decapitó finalmente a la pequeña Anne Connelly. Con ello, el ranking de decapitaciones quedó de la siguiente manera:

1.ª Arisa Imai	(No sé dónde, Japón)	2 decapitaciones
2.ª Abel J. Young	(Tennessee, EE.UU.)	1 decapitación
3.ª Gabriel Shine	(Nueva York, EE.UU.)	0,5* decapitaciones

* (Es que como Anne Connellly era una niña, no se la puede contar como decapitación entera.)

El de estacazos y/o flechazos en el corazón:

1.ª Arisa Imai	(No sé dónde, Japón)	3,5* impactos
2.ª Gabriel Shine	(Nueva York, EE.UU.)	1 impacto
3.ª Abel J. Young	(Tennessee, EE.UU.)	No puntúa

*(El primer flechazo a Helmut, solo lo puntúo con medio punto por resurrección posterior.)

El de mordeduras recibidas:

1.ª Abel J. Young	(Tennessee, EE.UU.)	1,5* mordeduras
2 ª Arisa Imai	(No sé dónde, Japón)	1 mordedura
3.ª Gabriel Shine	(Nueva York, EE.UU.)	No puntúa

* (Me puntúo con medio punto más porque la mía fue más larga y dolorosa.)

Otras acciones contra vampiros:

1.ª Arisa Imai	(No sé dónde, Japón)	3 acciones
2.ª Abel J. Young	(Tennessee, EE.UU.)	2 acciones
3.ª Gabriel Shine	(Nueva York, EE.UU.)	No puntúa

(Estas acciones valen 0,25 puntos para la clasificación general. Las de Arisa son el primer flechazo en el hombro de Helmut, el segundo en su garganta y el flechazo a la cabeza de Anne Connelly. Las mías cuando clavé la espada a Helmut y cuando le di con la silla. Eso de que Gabriel le diera a la niña con el velón, me pareció tan ridículo que no lo tengo en cuenta).

Clasificación general:

1.ª Arisa Imai	(No sé dónde, Japón)	7,75 puntos
2.ª Abel J. Young	(Tennessee, EE.UU.)	3 puntos
3.ª Gabriel Shine	(Nueva York, EE.UU.)	1,5 puntos

Yo no quiero hablar mal de nadie, pero es evidente que en esta aventura alguien se estaba escaqueando a base de bien. ¡Y encima se supone que era el jefe por aclamación popular!

Después de decapitar a Anne Connelly, Gabriel la envolvió con la bandera nazi e intentó meterla en el maletero. El problema es que pudo encajar el cuerpo, con algo de esfuerzo, pero no quedó sitio para la cabeza. Yo no participé en las deliberaciones sobre qué hacer con aquella cabeza porque estaba agotado. Mi agotamiento no se debía a que la niña vampiro me hubiera chupado mucha sangre, porque a lo mejor, en el minuto largo que estuvo succionándome me chupó poco más que lo que le chupó Helmut a Arisa. Lo que me dejó extenuado fue el dolor que me hizo sentir ese monstruito pelirrojo. Mientras Arisa y Gabriel seguían pensando qué hacer con la cabeza, yo me tumbé en el asiento trasero del coche. Saqué la estaca y el mazo de la mochila y, después de doblarla un par de veces, la utilicé como almohada. La utilicé como almohada diez segundos, ya que me la pidió Arisa para meter en ella la cabeza de la vampiro. No contentos con dejarme sin almohada, la parejita se atrevió a sugerir que la cabeza viajara conmigo. Por supuesto me negué en rotundo, y Arisa, después de decir otra cosa de esas en japonés, se sentó con la mochila en el asiento del copiloto y la colocó a sus pies.

Como es lógico, de vuelta a Congers, no nos desviamos a Manhattan para recuperar el Volkswagen. La carga que llevábamos en el maletero era demasiado peligrosa para adentrarnos en Nueva York, donde había muchas posibilidades de sufrir algún tipo de accidente o de que a un policía se le ocurriese revisar el contenido del maletero por cualquier tontería. Solo con la bandera nazi que llevábamos, tamaño bandera de foto de Iwo Jima, nos podían empapelar bien empapelados, así que ni te cuento con dos cadáveres decapitados y uno de ellos el de una niña pequeña. «No pasa nada, agente, las víctimas son vampiros malvados.» Bueno, que pasamos de ir a buscar el cochecito alemán y nos fuimos directos a Congers.

En descargo de Gabriel, he de decir que cuando llegamos Congers, Arisa y yo nos fuimos a la cama directamente —cada uno a la suya— y él se encargó de hacer todo lo que había que hacer por esa noche. Para empezar, enterró a Anne Connelly, aprovechando la primera tumba que habíamos hecho para Helmut. No sacó la cabeza de la mochila cuando lo hizo. Después cogió el Honda y se fue hasta la estación de servicio de Peter, que era de esas que están las veinticuatro horas abierta, y compró todo el hielo que les quedaba. Volvió a la casa, metió el

Secuestromóvil en el garaje y cubrió de hielo el cadáver de Strasser. Luego cogió la bandera nazi y le limpió las manchas de sangre de la vampiro y la metió en una caja de cartón, junto a los velones y la foto de Hitler. Después de eso, se fue a dormir, pero cuando entró en la habitación en la que dormía Arisa, se la encontró totalmente espatarrada y le dio reparo tocarla para no despertarla. Al final decidió dormir en el sofá del salón, aunque solo durante dos horas y media, ya que la persiana de la ventana estaba medio rota y orientada al este y el primer sol de la mañana le despertó. Y ya que estaba despierto, se duchó y fue de nuevo a la estación de servicio, donde compró cosas para el desayuno y dejó una nota para Peter, pidiéndole que le dijera a Tom que queríamos verle urgentemente, y luego volvió a casa y se puso a preparar el desayuno. Cuando terminó de prepararlo, nos despertó a mí y a Arisa, y creo que ambos le enviamos a hacer puñetas y continuamos durmiendo. Gabriel nos estuvo esperando durante una hora, y al ver que no bajábamos, acabó tirando los huevos revueltos y las tostadas que había preparado para el desayuno y se fue de nuevo a dormir al sofá.

Me desperté al mediodía y bastante descansado. La mordedura de Anne Connelly me picaba un poco, pero no me dolía y se había cerrado. La piel alrededor de los dos pequeños círculos dibujaba un gran círculo morado. Era increíble que el daño que me hizo esa enana del diablo solo hubiera deja esa marca ridícula. Después de asearme un poco, bajé a la cocina para comer algo y me encontré a Arisa preparando café.

—Acabo de bajar y he visto que Gabriel no ha tenido ni el detallito de prepararnos algo de comer —me dijo Arisa nada más verme.

—¿Dónde está Gabriel? —pregunté.

—Está durmiendo como una marmota en el sofá del salón. Esa es otra, sabiendo que últimamente no me gusta dormir sola, en vez de acostarse conmigo ha preferido dormir solo en el sofá. ¿Quieres café?

—Vale, un café me irá bien. Mientras tú lo preparas, yo haré huevos revueltos. ¿Preparo también para Gabriel?

—No, Abel, que se fastidie. No vamos a ponernos a trabajar ahora para el señorito. Cuando se despierte que se prepare lo que él quiera.

El pobre Gabriel no se despertó hasta las cuatro de la tarde, y eso que Arisa entró varias veces en el salón haciendo ruido adrede para despertarle disimuladamente. Al final tuvimos que despertarlo a lo bruto porque Tom, en vez de llamarnos como le pidió Gabriel, decidió presentarse en persona.

—He salido de casa justo después de comer —empezó diciendo Tom cuando nos reunimos los cuatro en el salón—. La verdad es que esta tarde tenía pensado llamaros, pero al decirme Peter que queríais verme urgentemente, me lo he pensado mejor y he decidido venir.

—¿Por qué tenías pensado llamarnos? —preguntó Gabriel.

—Es que se me ocurrió investigar a Circle Books y está registrada como editorial, pero no ha editado nada —explicó Tom—. Así que es evidente que solamente existe para evitar que se publiquen libros comprometidos para los vampiros. Supongo que, por esa urgencia que tenéis, vosotros habéis descubierto cosas interesantes, ¿no?

—Sí, muchas cosas interesantes —dijo Gabriel—. Te hicimos caso y empezamos a investigar la lista de los alumnos del seminario y aquellos tres nombres sueltos. Abel se intentó poner en contacto con los alumnos, pero no pudo.

—Habían muerto todos —añadí yo—, ninguno por causas naturales y todos poco después de haber finalizado los seminarios en los que participaron.

—O sea, que no se limitaron a evitar que esos chicos publicaran, sino que también los asesinaron —dijo Tom—. Es mucho más grave de lo que pensaba.

—Después de averiguar eso, buscamos información por internet de los tres nombres de la lista —dijo Gabriel—. De

Samuel Hide no encontramos nada, pero descubrimos que Troughton era el presidente de Thorn, una empresa que tiene una oficina al lado de El Año del Dragón, y que Gregor Strasser era un nazi que Hitler mandó asesinar en el año 1934.

—¿Estás seguro de que se trata del mismo Strasser? —preguntó Tom.

—Sí, yo me encargué de investigarlo de cerca e incluso le hice una foto de lejos que está en el portátil —le explicó Gabriel.

—Lo que podemos hacer, si os parece bien, es intentar hacerle más fotos a Strasser y luego llevar ese material a alguien de la facultad de historia de Columbia —propuso Tom.

—No podemos hacer eso —dijo Arisa—; Strasser está muerto, lo matamos anoche.

—¿Habéis matado a un vampiro? —preguntó extrañado Tom.

—Nos hemos cargado a Strasser, a Hemult Martin, a Samuel Hide y de regalo a una niña vampiro, Anne Connelly, que me mordió —le dije a Tom enseñándole mi herida del cuello—. Me hizo mucho daño esa pequeña hija de perra.

—A mí también me han mordido —añadió Arisa, señalando su muñeca vendada—. A mí me mordió Helmut Martin.

Tom se levantó del sillón en el que estaba sentado, se fue a la otra punta de salón y, de un mueble bar que no sabíamos que existía, sacó una botella de whisky, se llenó un vaso y se lo bebió de un trago. Luego volvió a servirse otro whisky y regresó al sillón.

—Bien, ¿podéis explicarme todo lo que ha sucedido desde la última vez que nos vimos, siguiendo un orden cronológico y sin pisaros los unos a los otros?

—Sí, creo que podemos hacerlo —dijo Gabriel—. Mira, Abel y Arisa siguieron a Samuel Hide y vieron cómo asesinaba a mi padre.

—¿Tu padre ha muerto? —preguntó Tom.

—Samuel Hide le pegó dos tiros en la cabeza en un almacén del puerto de Nueva York —añadió Gabriel.

—Lo siento, Gabriel —dijo Tom—, era un buen hombre. Lo siento mucho.

—Después de que mataran a mi padre, pensamos que la única manera de librarnos de esta gentuza era acabando con ellos antes de que intentaran matarnos también a nosotros —explicó Gabriel—. Miramos unas cuantas películas y practicamos con estacas y Arisa con una ballesta.

—¿Películas y una ballesta? —preguntó Tom.

—Sí, primero vimos unas cuantas películas —le contestó Arisa—, *Nosferatu*, varias versiones de *Drácula* y alguna más, y después practicamos con un cerdo lo de clavar estacas y dispararle flechas de madera con la ballesta.

—Después de hacer las prácticas, fuimos al piso de Hide, le clavé una estaca en el corazón y Abel le cortó la cabeza. Luego nos topamos por casualidad con Helmut Martin y lo matamos clavándole una flecha de madera en el corazón. No le cortamos la cabeza, y cuando lo enterramos, resucitó, y entonces entró en la casa y atacó a Arisa.

—Y Arisa le clavó otra flecha y le cortó la cabeza —añadí yo.

—Pensé que os limitaríais a hacer fotos, hablar con alguien, tomar notas —dijo Tom—. Jamás me habría imaginado que llegaríais a enfrentaros a los vampiros.

—Aún no te hemos contado todo, Tom —dijo entonces Gabriel—. Anoche fuimos a por Gregor Strasser y Arisa se encargó de eliminarlo.

—¿Ella sola? —preguntó Tom extrañado.

—Es que cuando se enfada es muy peligrosa —dije yo suavizando lo que realmente pensaba.

—Después de cargarnos a Strasser, entramos en su casa y descubrimos que el ventanal del salón principal era en realidad una pantalla de vídeo —siguió explicando Gabriel—. Espera un momento, que te lo enseñaré.

Gabriel fue a buscar el portátil para enseñarle la foto que había de la casa de Strasser y en la que se podía ver el ventanal desde fuera con aquella especie de espejos.

—Eso que te va a enseñar Gabriel es una estupidez. Es una pantalla de vídeo gigante en el interior y por fuera unos espejos —le expliqué a Tom—. Lo más interesante que había en la casa lo encontré yo: ataúdes vacíos y una foto que Hitler había dedicado a Strasser. Lo mejor de esa dedicatoria es la fecha, septiembre de 1939.

—Cinco años después de su supuesta muerte —añadió Arisa.

—Y luego encontramos una bandera nazi en el sótano —dije yo—. Bueno, una bandera nazi, velones negros y una niña vampiro. La que luego me mordió y Arisa se cargó.

—¿También a esa te la cargaste tú, Arisa? —le preguntó Tom.

—Sí, parece que he nacido para eso —contestó Arisa con una sonrisa forzada.

Gabriel regresó con el portátil y le enseñó la foto a Tom.

—Es una macropantalla de vídeo, suponemos que para vigilancia, pero a lo mejor es para otra cosa —le explicó Gabriel—. Aparte de esto, en la casa encontramos ataúdes, velas negras...

—Ya se lo hemos contado —dije yo.

—¿Lo de la bandera nazi y la foto también? —preguntó Gabriel.

—Sí, eso también —contestó Arisa.

—Los velones negros, la foto y la bandera están en una caja en el garaje —explicó Gabriel.

—Lo cierto, chicos, es que estoy sorprendido por todo esto que habéis hecho —dijo Tom—. Creo, sinceramente, que os habéis excedido un poco.

—Nosotros pensamos que con las pruebas de esa caja y el cadáver de Strasser podría demostrarse que los vampiros existen —señaló Gabriel—. Te hemos llamado para darte todo lo que tenemos y dejar el tema en tus manos.

—¿Conserváis todos los cadáveres de los vampiros que habéis matado? —nos preguntó entonces Tom.

—No, todos no. Es que tuvimos un problema con el primero —empezó explicando Gabriel—. Resulta que eso de que les afecta la luz solar es una patraña. Cuando matamos a Hide era de día y el tipo no se deshizo ni nada con la luz del sol.

—¿No se desintegran los vampiros con el sol? —preguntó Tom.

—No, te aseguro que no, lo hemos comprobado empíricamente —contestó Gabriel.

—En el bosque, aparte de Hide, están enterrados Helmut Martin y la niña de anoche —añadió Arisa.

—¿Y Strasser? —preguntó Tom.

—Está en el maletero del *Secuestromóvil*, cubierto de hielo —contestó Gabriel—. Perdona, el *Secuestromóvil* es a lo que antes llamábamos *Vampmóvil*. Tenemos el de Samuel Hide. Le hemos cambiado el nombre porque pensamos que las placas metálicas del interior son para secuestrar a gente, no para proteger de los rayos solares, ya que, como te hemos explicado, el sol no pinta nada en esta historia.

—Bueno, más o menos, me he enterado de todo —dijo Tom, bebiéndose el whisky que le quedaba en el vaso—, pero me vendría bien que me lo volvieseis a repetir, y esta vez que me lo cuente solamente una persona y, si puede ser, que esa persona sea Arisa, que creo que es la única que tiene la cabeza en su sitio.

¿La única que tiene la cabeza en su sitio? ¡Tendrías que haberla visto en acción! Pobre Tom, como profesor sería una eminencia, pero como psicólogo era evidente que no tenía ni idea. Arisa, como él quería, le volvió a contar toda nuestra historia a Tom quien, en esta ocasión, tomó apuntes. Cuando terminó el rollo patatero de Arisa, Gabriel y yo acompañamos a Tom al garaje. Allí nos dimos cuenta de que era mejor sacar el coche para que Tom pudiera examinar el cadáver de Strasser más cómodamente. Sacamos el coche y, antes de abrir el maletero, Gabriel dijo una de esas frases para la posteridad:

—Tom, lo que vas a ver a continuación va a marcar un antes y un después en la historia de la humanidad.

Abrimos el maletero y el señor Strasser se convirtió en un montón de cenizas en menos de diez segundos. ¿Por qué? ¡Pues porque como todo el mundo sabe, los vampiros quedan desintegrados cuando les da el sol! No puedo hacer una descripción detallada de la desintegración de aquel vampiro porque lo que únicamente pude ver fue un inmenso bulto cubierto por una sábana desapareciendo rápidamente tras una nube de humo verde y pestilente. Era como si alguien hubiera rociado aquel cuerpo con un ácido extremadamente corrosivo. Al final del proceso lo único que quedó en el maletero fue una sábana blanca impregnada con una especie de sopa de cenizas y un pequeño grupo de cubitos de hielo que aún no se habían deshecho.

—¡No puede ser, no puede ser! —empezó a gritar Gabriel—. ¡Esto no tiene sentido! Samuel Hide no se desintegró cuando le dio el sol.

—Quizá sea porque Hide era un vampiro de otra clase —dije yo.

—¿Dos clases de vampiros? —preguntó Gabriel.

—Sí, unos a los que les afecta el sol y otros a los que no —contesté yo—. A lo mejor se diferencian por temas de piel.

—¿De pigmentación de la piel? No creo —dijo Tom—. A mí me parece que hay una explicación más sencilla.

—¿Cuál? —preguntó Tom.

—Pues que ese tal Samuel Hide no era un vampiro —contestó Tom—. ¿Qué os hizo pensar que lo era? ¿Dormía en un ataúd? ¿Bebía sangre?

—No, dormía en una cama, comía de todo, bebía alcohol, tomaba somníferos y no le vimos beber sangre —contestó Gabriel.

—Entonces ¿qué era lo que, según tú, le hacía ser un vampiro? —preguntó Tom.

—Nada, tienes razón, no era un vampiro —contestó Gabriel—. Pensamos que lo era porque estaba en la lista que me dio mi padre, y porque él lo secuestró y lo mató.

—Sí, pero lo mató utilizando una pistola y antes de disparar Helmut mordió al padre de Gabriel, pero Hide no —expliqué yo—. Hide se comportaba como un vampiro porque era un asesino hijo de su madre, pero no era uno de ellos.

—Merecía serlo, pero no lo era —añadió Tom.

—Hemos matado a un ser humano —dijo Gabriel entristecido—. ¡Dios, qué mierda!

—Bueno, míralo desde el lado bueno, Gabriel; tu absurda teoría del ventanal de protección y realidad virtual ya no es tan absurda —dije yo para consolarle un poco—. Ese ventanal les protege del sol y les hace vivir una mentira.

—Por eso por fuera son espejos y por dentro una pantalla —dijo Tom—. Tiene mucho sentido, sí, mucho sentido.

—No cambiéis de tema, hemos matado a una persona. Es evidente que el asunto se nos ha ido de las manos —dijo Gabriel consternado—. Bueno, lo maté yo. Fui yo. Fue culpa mía.

—¡Y yo le corté la cabeza! —exclamé.

—Sí, pero ya estaba muerto —replicó Gabriel—. Lo tuyo debe de ser necrofilia o algo así, pero lo mío es asesinato. No se puede ni comparar. ¡Soy un criminal!

—Gabriel, por favor, cálmate —dijo Tom—. Mirad, vamos a hacer lo siguiente. Olvidaos del tema de los vampiros, vuestras aventuras vampíricas se han acabado. A partir de ahora me encargo yo de todo. Dadme la dirección del vampiro que queda en la lista…

—Troughton —dije yo.

—Sí, ese. Dadme su dirección y yo lo investigaré —dijo Tom—. Esta tarde llamaré a algunas personas que conozco e investigaremos a ese vampiro.

—Abel, ve a mi habitación. En un cajón de la mesita que está más cerca de la puerta, encontrarás la carpeta que me dio mi padre, apunta la dirección de Troughton y tráesela a Tom —me ordenó Gabriel.

Me di cuenta de que Gabriel me ordenaba eso para quedarse un momento a solas con Tom y hablar del tema de la muerte de Samuel Hide en privado. Fui a su habitación, encontré la carpeta en el lugar que él me había dicho y apunté la dirección de Troughton. Al volver junto a Tom y Gabriel, el *Secuestromóvil* que, al parecer, era de nuevo un *Vampmóvil* había vuelto al garaje. Le di la nota con la dirección del último vampiro de la lista a Tom.

—Hoy tomaos el día de descanso, no hagáis nada —dijo Tom—. Yo mañana volveré, y os diré cómo están las cosas y pensaremos qué hacer. Vendré con un amigo que tiene un taller y nos llevaremos el coche para desmontarlo y buscar pruebas en él. También me llevaré la caja con lo que encontrasteis en casa de Strasser. Por favor, hoy ni se os ocurra ir por ahí a matar vampiros. El tema se ha acabado.

—De acuerdo, Tom, toma las llaves del coche —dijo Gabriel y le dio las llaves del *Vampmóvil.*

Tom se subió a su coche y antes de que lo perdiéramos de vista Gabriel se fue corriendo al interior de la casa. Yo fui caminando tras él y al entrar me encontré con Arisa en el vestíbulo, mirando hacia la escalera.

—Gabriel ha entrado corriendo y se ha metido en nuestra habitación dando un portazo —me dijo Arisa—. ¿Es que ha pasado algo?

—Sí, algo grave. Abrimos el maletero y Strasser se desintegró.

—Vaya, qué mala suerte.

—¿Mala suerte? ¿Tú sabes qué significa eso, Arisa?

—¿Que se ha perdido la prueba más grande y gorda para demostrar que los vampiros existen?

—No, lo que significa es que Samuel Hide no era un vampiro, sino un ser humano. ¡Hemos matado a un hombre!

—¿Y cuál es el problema?

No supe decirle cuál era el problema porque no me esperaba esa pregunta. Me esperaba que se pusiera a llorar y a tirarse de los pelos o algo así, pero no que, con toda la tranquilidad del mundo, me preguntara eso.

—Yo ya sabía que Samuel Hide no era vampiro —me dijo entonces Arisa para acabar de rematarme—. No os dije nada porque sois un pelín sensibles, pero era evidente que no era un vampiro.

—¿Desde cuándo sabías que no lo era?

—Bueno, la verdad es que cuando fuimos al piso de Hide, y pese a todo lo que nos había pasado ya, yo no creía en los vampiros, pero me di cuenta de que no era vampiro cuando encontré los somníferos. ¿Un vampiro tomando somníferos? Luego apareció la asistenta y me pareció algo demasiado mundano para tener que ver con los vampiros. Después os sacasteis aquella absurda teoría del *Secuestromóvil*. ¿Para qué lo de las placas metálicas, si atando y poniéndole una capucha a una persona es suficiente para secuestrarla y llevarla a cualquier sitio? Pero lo que definitivamente me hizo entender que Samuel Hide no era vampiro fue ver la cara de Helmut transformándose en una bestia en el puerto de Nueva York. Entonces me di cuenta de que si Hide hubiese sido un vampiro, Gabriel y tú no lo habríais matado tan fácilmente. Cuesta matar a un vampiro, sobre todo si Dios te dota con la torpeza de la que Gabriel y tú hacéis gala.

—¿Por qué no nos dijiste nada? ¿Por qué no nos dijiste que Hide era humano?

—Pues porque conozco a Gabriel y sabía que haría lo que está haciendo ahora. Tenía pensando comentaros el tema con calma a la mañana siguiente, pero Helmut lo trastocó todo. Después de cargarme a Helmut, pensé que si os decía lo de Hide comenzaríais a lamentaros y Strasser salvaría la cabeza, y, bueno, yo tenía muchas ganas de seguir matando vampiros.

—No sé qué decir, la verdad.

—Ya, ya sé que no sabes qué decir, Abel. Ese es tu problema, que normalmente no sabes qué decir y cuando dices algo suele ser una tontería. Mira, hagamos una cosa, voy a subir a consolar a Gabriel y a hacerle descansar un poco. Ahora el pobre debe de estar inmerso en uno de sus ataques de nervios y de culpabilidad esquizofrénica, si es que eso existe. Si te parece bien, cuando Gabriel se duerma, bajo y nos vamos a dar un paseo y a cenar algo por ahí y hablamos de lo que quieras. Hasta entonces, relájate y descansa. Mira, te doy permiso para que veas la película porno que querías ver la otra noche cuando yo te interrumpí.

No me pude relajar nada. La película porno sí la vi, pero no me relajé nada. Bien entrada la tarde, bajó Arisa y me dijo que Gabriel ya dormía y nos fuimos a cenar. Ella eligió el restaurante y, por supuesto, fue el coreano-japonés al que fuimos el día de San Sol Naciente. Pedimos lo mismo que la otra vez y, por suerte, Arisa no me presionó para que comiera con palillos. Descubrí en esta segunda visita al restaurante que el *sushi* puede que sea uno de los grandes inventos de la humanidad. Me encanta. No sé por qué, pero me encanta. La mayor parte de la conversación que mantuvimos mientras comíamos estuvo centrada sobre las diferencias culturales entre Japón y Estados Unidos. No me enteré de casi nada de lo que Arisa me contó porque mi cabeza estaba dándole vueltas a Samuel Hide y a todo lo que nos había pasado desde que nos metimos en esta película de vampiros. Arisa se dio cuenta de que yo estaba pensando en lo que estaba pensando, así que decidió sacar el tema.

—Bueno, supongo que quieres que hablemos de lo de Samuel Hide, ¿verdad? —empezó diciendo Arisa—. ¿Cuál es el problema?

—Que no era un monstruo, sino un hombre —contesté.

—Vale, así que la cosa va de monstruos y hombres. Muy bien. Te sabe mal que hayamos matado a Hide porque era un hombre, pero no te sabe mal que hayamos matado a Anne Connelly porque era una vampiro. ¿Tengo razón?

—Sí, Arisa, tienes razón.

—Hide mató al padre de Gabriel y seguramente habrá matado a muchas más personas. Trabajaba para los vampiros y tenía un cargo muy importante, ya que Helmut parecía estar a sus órdenes. Sospecho que para que los vampiros le den tanto poder a un ser humano, este debe de ser casi o igual de malo que ellos. O sea, debe de ser un vampiro, pero vivo y sin chupar sangre. Luego tenemos a Anne Connelly. Encontrasteis a la cría en el sótano, atada y dormida o inconsciente. Doy por hecho que si estaba atada era porque acababa de convertirse en vampiro. Además, en el piso de arriba encontrasteis un ataúd pequeño por estrenar que seguramente era para ella. Así que la pequeña Anne Connelly se estrenó contigo. La única cosa mala que hizo como vampiro fue darte un mordisquito. Sé que te dolió mucho, pero solo hizo eso, morderte con sus dientecitos de leche. Así que por un lado tenemos a un asesino cruel y sin entrañas y por el otro a una niña cuyo gran pecado es que fue secuestrada, asesinada, convertida en vampiro y que te mordió. Si los vampiros no existiesen, ¿cuál de las dos muertes es más injusta, la de Hide o la de la niña?

Después de leer libros, lo que más odio en el mundo es que me hagan pensar. Sobre todo lo odio cuando la persona que me obliga a pensar me está mirando fijamente cuando lo hago. A mi padre también le cuesta, pero adopta una pose de pensador filosófico o de detective experimentado, consistente en cerrar los ojos y tocarse repetidamente la punta de la nariz con un dedo. Yo no tengo ningún truco para disimular que mi cerebro es lento para según qué cosas.

—Vale, contesto yo por ti —acabó diciendo Arisa, cansada de verme con cara de tonto—. La pregunta no puede responderse tal como te la he planteado. Si los vampiros no existiesen, la niña no te habría mordido y, a lo mejor, Hide no habría asesinado al padre de Gabriel. Pero los vampiros existen y si existen las reglas de nuestro mundo ya no sirven. No hay justicia ni leyes ni ética ni nada. No podemos entrar en el mundo de los vampiros llevando la Constitución de Estados Unidos para saber qué hacer en cada momento. Esto es diferente, muy diferente. Estamos en medio de una historia fantástica donde le clavas una estaca a alguien en el corazón y no se muere. ¿Entiendes el problema? Mira, si te planteas que matar a Hide estuvo mal, lo haces porque ves eso desde la perspectiva del mundo real, del mundo en el que siempre has vivido, y eso es absurdo. Hide forma parte del mundo de los vampiros, no es un vendedor de periódicos o un panadero, es un personaje que vive, bueno, que vivía a costa de los vampiros y cuya principal arma era que la gente no creía en ellos. ¿Comprendes?

—Ya sabes que no lo comprendo.

—Vale, te lo voy a poner más fácil. ¿Si los vampiros no existiesen habríamos matado a Hide?

—No, no creo.

—Entonces una cosa está ligada a la otra. No puedes juzgar el caso de Hide sacándolo del contexto. No puedes ver a Hide como un ser normal porque era un verdadero monstruo, porque era peor que los vampiros. Hide tuvo la oportunidad en su día de escoger entre el Bien y el Mal, y eligió el Mal; los vampiros no tienen esa opción. No hace falta tener colmillos afilados o convertirse en lobo las noches de luna llena para ser un monstruo, simplemente hay que comportarse como tal. Yo he estudiado historia y sé que mucha gente piensa que no vale para nada saber lo que pasó hace mil años, pero vale y para mucho porque hace mil años ya había gente como Hide que se aprovechaba de gente como tú y como yo. ¿Sabes por qué parece que a la gente mala le van bien las cosas y a la buena parece que todo le sale mal?

—No, me lo he preguntado muchas veces, pero no lo sé.

—Pues porque la gente mala ya tiene la maldad en su interior y la gente buena es atacada por esa maldad. Es decir, están el Bien y el Mal, y el Mal quiere destruir al Bien, no al Mal, lógicamente. La gente buena es buena porque no quiere hacer daño a nadie y la mala es mala por lo contrario. El que asesina fríamente no tiene mala conciencia de lo que hace porque es malo y no tiene rival porque el bueno se lo pensará dos veces antes de disparar contra un ser malvado. Los malos siempre ganarán porque los buenos a lo único que aspiran es a no ser malos. A vuestro Cristo lo crucificaron, a Gandhi lo asesinaron, pero Hitler se suicidó y Stalin murió de causas naturales.

—Empiezo a entender lo que dices, pero creo que si tú tienes razón la gente podría tomarse la justicia por su mano para acabar con el Mal y entonces seríamos todos malos.

—Ya, por eso la gente no se suele tomar la justicia por su mano o al menos no debería hacerlo. Ahora bien, te vuelvo a repetir que el mundo de los vampiros no tiene nada que ver con el mundo real y, por lo tanto, las reglas no son las mismas. Yo no voy a ir ahora con una metralleta a un cárcel llena de violadores pederastas y asesinos a hacer justicia, porque eso está mal y tengo conciencia, pero si mañana me encuentro a un vampiro o a un amigo suyo tan malo como él, me los cargo sin pestañear. Estamos viviendo en un mundo paralelo. No vivimos en el mundo de los hombres, sino en el de los monstruos. Estamos viviendo en un mundo que no es real, en el argumento de una novela o de una película, en una partida de una máquina recreativa, y Hide te quería quitar una de tus vidas. Yo tengo claro quién soy cuando cojo una ballesta y quién soy cuando regreso a mi mundo, y a veces hay interferencias y me pongo a llorar como cuando Gabriel me dio aquella bofetada. No soy una psicópata con ballesta, como sé que le dijiste a Gabriel, soy una cazavampiros de noche y una simpática joven oriental de día. Si no hubiese tenido eso claro cuando Helmut se enfrentó a nosotros en el puerto de Nueva York, tú, Gabriel y yo ya estaríamos muertos.

—¿Cómo puedes tener dos personalidades? ¿Cómo puedes ser una cazavampiros de noche y una Arisa normal y corriente de día?

—Bueno, esto que te acabo de decir es una especie de teoría partiendo de las experiencias que he vivido. Tú viste lo que me estaba haciendo Helmut y tardaste en reaccionar.

—¿Cómo sabes que tardé en reaccionar?

—Pues porque te vi allí parado mientras Helmut me mordía y me metía mano.

—Lo siento.

—¿Por qué?

—Pues porque debí haber hecho algo desde el principio.

—No, si no hiciste nada es porque no pudiste hacerlo y si esto fue así es porque Helmut, como los otros vampiros, se aprovechó de que la gente piensa que no existen. Lo que viste que me estaba haciendo Helmut solo lo habías visto en películas y tu cerebro está programado para considerar cualquier producto fílmico como un producto de ficción. Aquello que estabas viendo para ti no era real, sino una película en tres dimensiones o la representación teatral de una escena sacada de alguna novela de vampiros. ¿Entiendes lo que quiero decir? Tu cerebro no fue capaz de entender enseguida lo que estaba viendo. El mío lo entendió más rápidamente porque no tuve más remedio. Helmut iba a violarme y a matarme, y por eso pude reaccionar rápidamente después. Pude entrar en su mundo. Gabriel y tú bajasteis al sótano de Strasser y rescatasteis a un dulce niñita porque no supisteis entender que todo lo que nos está pasando no es real. Aún hoy, le estáis buscando la lógica a todo, a interpretar lo que nos está sucediendo desde las perspectivas del mundo real, no del de ficción. Casi nos matan por mezclar ambos mundos en una novela y un cuento. Doy por hecho que cada vez que alguien se disfraza de vampiro en Halloween, nuestros amigos de colmillos afilados deben de sentirse satisfechos, y también deben de sentirse así cuando ven películas donde los vampiros son atractivos y seductores o en las que pueden enamorarse de alguien y dudar si morderle o no. ¡Oh, pobre vampiro, su instinto quiere matar a esa chica, pero se ha enamorado de ella y su corazón lucha contra su instinto! ¿Quién ganará al final? Eso es una puta mierda, Abel.

En ese momento me di cuenta de que Tom Braker tenía razón y de que Arisa tenía la cabeza bien amueblada, al menos mucho mejor amueblada que Gabriel y un servidor. Además, después de descubrir que Hide no era un vampiro, resulta que Arisa era la única que realmente se había cargado a bichos de esos. Quizá fuera porque era la única que realmente sabía lo que estaba haciendo.

—Arisa, hay una cosa que me gustaría comentarte, para que me dieras tu opinión —le dije entonces para empezar a explicarle mis dudas sobre la verdadera razón por la que me había metido en ese jaleo vampírico—. Sé que Gabriel se ha enfrentado a los vampiros porque mataron a sus padres y que tú lo haces porque le quieres...

—Bueno, sí, es porque le quiero, pero no es tan sencillo —dijo Arisa interrumpiéndome—. Le quiero, pero si hago lo que hago es por mí, no por él. Gabriel no actúa por venganza, actúa porque es un chico al que le han ido golpeando los vampiros durante toda su vida, aunque él no lo sabía. Cuando descubrió eso, se dio cuenta de que estaba en guerra y de que en las guerras se lucha. La pega es que es demasiado débil y su cerebro aún no está al cien por cien, y cree que es un hombre hecho y derecho y solo es un crío asustado. Piensa como hombre y actúa como niño. Date cuenta de que suele hablar muy bien y tiene grandes ideas, pero, joder, anoche atacó a Anne Connelly con una vela de cera. Tú al menos atacaste a Helmut con una silla. Quiero mucho a Gabriel y también te quiero a ti, y sé que te va a sonar raro, pero estoy haciendo de vuestra madre. Con ballesta, pero mamá al fin y al cabo. Y siento lo que voy a decir, pero tengo unos hijos que son un desastre. Ni siquiera pudieron ellos solos con una vampiro de cuatro añitos. Por eso actúo como si no tuviera miedo a esos vampiros, porque algo en mi interior me pide que me la juegue por salvarme a mí misma, pero también a vosotros. Debe de ser el jodido instinto maternal. Lo que pasa es que no soy vuestra madre y eso de vez en cuando también me afecta, por eso tuve aquel ataque de nervios después de cargarme a Strasser. Pensé que todo había acabado, pero cuando te vi corriendo con una bandera nazi en la espalda, me di cuenta de que mi papel de mamá matavampiros no había acabado. Eso sí, estoy agotada y me alegro de que todo haya acabado y de que Tom nos libere de todo esto mañana.

—Vale, Gabriel se metió en este jaleo por esa guerra que tú dices y tú porque le quieres a él y a mí y quieres ser mamá o algo así, pero ¿yo por qué crees que estoy metido en este embrollo?

—¿En serio no lo sabes?

—No, no lo sé. He pensado que es porque cuando me dejó Mary entré en estado de shock o algo así y no sé lo que hago.

—No, no es por eso. Bueno, puede que sea en parte, pero si tú estás en medio de este embrollo como tú dices, es porque eres un cobarde. Más aún, eres la persona más cobarde que he conocido en toda mi vida.

No podía creerme lo que me acababa de decir Arisa. Vale que por temas genéticos nunca he sido muy valiente, pero, joder, en ningún momento me escondí cuando tuvimos que enfrentarnos a los vampiros. Tampoco iba a pecho descubierto, pero creo que se ha de ser muy valiente para jugarse el pellejo como yo lo hice. ¿Verdad que tengo razón? Pues no, al parecer, hice todo eso porque era un cobarde.

—¿Por qué dices que soy un cobarde? —le pregunté.

—Pues porque lo eres —me contestó Arisa con toda la tranquilidad del mundo—. Tú te has apuntado a esta guerra contra los vampiros porque te mueres de ganas de follar conmigo.

—¿Cómo?

—Lo que oyes. Lo estás haciendo por mí, para seguir dando vueltas a mi alrededor como una mariposa, esperando que yo un día te proponga que lo hagamos. Abel, tú actualmente eres una mezcla de serrín y pajaritos en la cabeza y hormonas dando botes por el resto del cuerpo. Y si te digo que eres un cobarde es porque aún no me has propuesto lo que deseas que hagamos juntos desde el día que nos conocimos. Es que eres un libro abierto, encanto. Entraste en mi habitación para decirme que solamente estábamos tú y yo en el seminario y pusiste una cara de bobo que me hizo entender lo que estabas pensando. Al día siguiente, haciéndote el tonto, viniste al lago porque yo iba en biquini y te sacaste aquel atardecer de la manga. Y yo, bueno, aparte de que soy coqueta por naturaleza, necesitaba cariño y te seguí un poco el juego. Lo que pasa es que llegó Gabriel y él es otra historia.

—En estos momentos me siento el gilipollas más grande del mundo.

—Sí, quizá lo seas, pero eres una persona maravillosa y tierna y por eso te quiero. Espero que un día puedas encontrar a una chica que te quiera como mereces.

—Pensé que Mary era esa chica, pero me equivoqué.

—A lo mejor no te equivocaste. ¿Por qué te dejó Mary concretamente?

—Me dejó para ponerme a prueba, para que reaccionara porque me veía muy distante.

—¿Y reaccionaste?

—No mucho, lo único que hice fue hundirme y ponerme a llorar.

—Porque eres un cobarde. En vez de ir a por ella y decirle que la querías más que a nada en el mundo y, tal vez, pegarle un buen meneo, decidiste que lo mejor que podías hacer era llorar y compadecerte. La chica intenta que espabiles y vas tú y la cagas.

—Ahora está con otro.

—Normal, seguro que debe de ser un tipo con más carácter que tú. Seguramente un cabrón hijo de su madre, pero si le deja una chica seguro que se busca otra, se emborracha, se pone a jugar a videojuegos o se hace el despistado, todo menos ponerse a llorar. Tienes miedo a las mujeres o a lo que ellas piensen de ti. Por Mary has llorado y por mí casi te matan varias veces. Todo por cobardía. Si el día ese del atardecer en el lago Cayuga me hubieras propuesto que follásemos, ahora no estaríamos aquí hablando de esto.

—¿Por qué dices eso?

—Sencillo. Si lo hubiésemos hecho, ya no tendrías necesidad de demostrarme nada, y si yo te hubiera rechazado, seguramente habrías pensado que ya no tendrías ninguna oportunidad conmigo, así que no ibas a jugártela por algo que nunca iba a ocurrir. Por cobardía, por temor a que te abofeteara o algo así, no me dijiste que te parecía atractiva. Y la noche que me atacó Helmut, tres cuartos de lo mismo. Me acuesto contigo, necesitada de cariño como estaba, y te digo que eres tierno y sensible, y tú no aprovechas la ocasión para proponerme que lo hagamos. Pensé que lo ibas a hacer, en serio, pero no lo hiciste y, bueno, lo acabaron pagando Strasser y la niña. Si lo hubiésemos hecho no habrías ido a por Strasser, ya no te haría falta, y de haberte rechazado tampoco te la habrías jugado por mí.

—¿Y qué habría pasado si te hubiese propuesto la otra noche que lo hiciéramos? ¿Qué habrías contestado?

—Pues te vas a quedar con las ganas de saberlo, Abel. Muchas noches, en la soledad de tu cama, pensarás en lo que pudo haber sido y no fue. Pensarás en mí, sí, muchas noches, y estoy segura de que siempre llegarás a la misma conclusión, de que fuiste un cobarde y un auténtico gilipollas por preocuparte más por lo que yo pensara de ti que por lo que tú sentías en ese momento. A lo mejor durante el día no pensarás en mí y te dará igual no haber sido valiente entonces, pero sé que lo lamentarás cuando llegue la noche.

¡Y esa misma noche lo lamenté!

5

Nosferatu

Siete formas de despertar a una persona:

1. Soplándole en un oído. Hay gente que lo hace. Por ejemplo, mi abuela materna despertaba así a mi abuelo, el cual se refería a ella cariñosamente como «esa vieja de mierda que me dejó sordo con su manía de soplarme en el oído para despertarme por las mañanas».
2. Gritando. Hay gente que lo hace. Por ejemplo, mi abuela materna despertaba así a mi abuelo después de que este se quedara sordo.
3. Susurrando cariñitos. Hay gente que lo hace. Por ejemplo, mi abuelo materno despertaba así a su segunda mujer, la enfermera ayudante de su otorrinolaringólogo.
4. Tocando la trompeta. Hay gente que lo hace, por ejemplo mi primo Marty, al que Papa Noel le regaló una puta trompeta con la que nos jodió a todos las Navidades de 1998.
5. Clavando una estaca en el corazón. Hay gente que lo hace. Por ejemplo, Gabriel Shine despertó de esa manera a Samuel Hide.
6. Introduciendo un cubito de hielo en el ano. Hay gente que lo hace, no tengo ningún ejemplo que lo ilustre, pero estoy seguro de que hay algún perturbado por ahí que hace eso.
7. Sacando a la persona de la cama tirándole de los pelos, para después lanzarla al suelo y pegarle cuatro patadas. Hay

gente que lo hace. Por ejemplo, así me despertó el vampiro que entró en mi habitación aquella noche. Después de pegarme las patadas, me puso una pistola en la cabeza y me hizo levantarme del suelo lentamente. Cuando salimos al pasillo, pude comprobar que otro vampiro había entrado en la habitación de Arisa y Gabriel y también los había despertado bruscamente y a punta de pistola. Nos bajaron a los tres a empujones y una vez en el hall de entrada, nos ataron las manos y los pies y nos amordazaron. Parecíamos actores haciendo cola para una prueba en una *snuff movie.* Gabriel y yo íbamos en calzoncillos y con una camiseta. Arisa estaba impecable, como siempre, vestida con su pijama —pantaloncito y camiseta rosa— y con las uñas de los pies pintadas también de ese color. Sé que las llevaba así pintadas porque ella, al igual que Gabriel y un servidor, estaba descalza. Los vampiros nos metieron a los tres en un *Vampmóvil* y pude ver cómo uno de ellos cogía el coche de Hide, justo antes de que el que iba a conducir el nuestro activara el dispositivo de las placas metálicas. Así que, por lo que parecía, el *Vampmóvil* era también un *Secuestromóvil.*

No sé cuánto tiempo duró aquel viaje hacia ninguna parte, soy un desastre en lo que se refiere a medir el tiempo sin reloj. Tampoco podría decir la hora exacta en la que llegamos a una enorme mansión, del tamaño de la que tienen los ricachones de las series de televisión, pero sospecho que serían algo más de las seis de la madrugada, pues estaba empezando a clarear el horizonte. Al bajar del coche, a punta de pistola otra vez, pude comprobar dos cosas interesantes: que quien viviera allí tenía el mismo tipo de falsos ventanales que tenía Gregor Strasser y que algo raro había pasado esa noche, ya que aparcado frente a la puerta principal estaba el todoterreno del señor Shine.

Como a los vampiros, aparte de morder y chupar sangre,

se ve que les gusta empujar, a empujones nos metieron en la casa y a empujones también nos llevaron a un salón, en el que había uno de esos grandes ventanales de alta definición, donde con un último empujón nos sentaron a los tres en un sofá. Gabriel, Arisa y yo nos mirábamos sin decir nada —por las mordazas, básicamente—, pero teníamos la sensación de que algo muy malo nos iba a pasar. ¿Cómo lo deduje? ¿Porque soy el hijo secreto de Sherlock Holmes? ¿O por el hecho de estar atado y amordazado y con un vampiro apuntándome con una pistola? Arisa no pudo aguantar más la presión y empezó a llorar. Gabriel intentó abrazarla, haciendo que ella pasara su cabeza entre sus brazos atados por las muñecas, pero el vampiro que nos apuntaba con la pistola —al que llamaré X— lo evitó dándole un puñetazo a mi amigo en la cara, por suerte con la mano que tenía libre, no con la pistola. El otro vampiro —al que llamaré Y— había ido a buscar a su jefe y dueño de aquella mansión, al que reconocí enseguida gracias a aquella foto suya que había visto en internet. Sí, se trataba de Donald Troughton. Ver al presidente de Thorn entrando sonriendo en aquel salón habría sido menos traumático si no lo hubiera hecho acompañado de Tom S. Braker, quien portaba un maletín nuevecito. Al parecer nuestro amigo Tom nos la había jugado. No podíamos hablar por las mordazas, pero estoy seguro de que no le diríamos nada bueno a ese cabrón traidor y por parte de Arisa seguro que le caía algún insulto en japonés, que suenan mucho peor que en inglés.

—Así que estos son mis enemigos mortales, ¿no? —dijo Troughton cuando el vampiro Y le condujo hasta nuestra presencia.

—El de la izquierda es Gabriel, el hijo de Elijah —le dijo Tom a Troughton señalando al pobre Gabriel.

—Él mató a Samuel y el otro chaval le cortó la cabeza. ¿Es eso lo que me has dicho?

—Sí, Gabriel le clavó una estaca a Samuel Hide y Abel, no recuerdo su apellido, le cortó la cabeza.

—¿Abel? Vaya, se llama como el hermano tonto de la Biblia. —«Y tú como el pato marica de Disney», habría dicho yo de no estar amordazado.

—Luego se cambiaron los papeles entre Abel y Gabriel cuando mataron a Strasser —le explicó Tom a su nuevo amigo—. Y ella es Arisa, la que mató a Helmut Martin con su ballesta.

—La verdad es que, sentaditos aquí, no parecen tan peligrosos, ¿verdad? —dijo Troughton riéndose—. Es una pena comprobar cómo ha ido degenerando la juventud americana durante los últimos años. Ya no tienen respeto por nada y van matando vampiros por ahí con toda impunidad. Todo es por culpa de la televisión, Braker, y de unos padres que dejan que sean unos desconocidos los que los eduquen con programas lamentables.

—Bueno, gracias por todo, señor Troughton —dijo Tom—, me quedaría un rato más, pero el sol ya ha salido y quiero llegar a casa antes de que mi mujer se despierte.

—Gracias a ti, Braker, y en breve me pondré en contacto contigo para perfilar el tema de Circle Books.

El vampiro jefe y el Judas negro se estrecharon las manos y el vampiro Y acompañó a Tom hasta la puerta. Troughton cogió una silla y se sentó frente a nosotros.

—Bien, bien, bien —empezó diciendo Troughton—. Ahora, ¿qué se supone que he de hacer con vosotros? ¿Liquidaros sin más? ¿Torturaros hasta morir? Como soy un ser maligno que disfruta con el sufrimiento de mis víctimas, supongo que mataros sin más no tendría mucho sentido, ¿verdad? Dejaréis este mundo en la flor de la vida, por el simple hecho de meteros en un asunto que no os incumbía. Ah no, perdón, supongo que al quereros matar llegasteis a la conclusión de que sí era algo de vuestra incumbencia. Sí, posiblemente yo habría hecho lo mismo, aunque, por supuesto, no habría sido tan torpe, no habría dejado mi vida en manos de un tipo al que acababa de conocer. Bueno, antes de que os matemos, ¿alguno quiere ser vampiro? No puedes ir a la playa y el alcohol y las drogas se te suben enseguida a la cabeza, pero aparte de eso, no se vive nada mal. Bueno, no se vive nada mal pese a estar muerto. Hasta hace poco el cupo de vampiros estaba cubierto en la zona, pero hemos tenido un par de bajas inesperadas, así que hay dos vacantes. ¿Nadie quiere saber qué se siente al ser un vampiro? ¿Nadie? Quizá sea una experiencia excesivamente romántica para la juventud digital, ¿no?

Gabriel hizo un gesto con la cabeza para que le quitaran la mordaza y así poder hablar. Troughton asintió mirando al vampiro X y este le quitó a Gabriel el trozo de tela que le tapaba la boca.

—Señor Troughton, yo soy el único responsable de lo ocurrido —dijo Gabriel tartamudeando un poco—, ellos no tienen culpa de nada.

—Según Braker, tus amigos son tan malos como tú —replicó el vampiro—, sobre todo la putilla esa que se ve que es una fiera oriental cuando va armada.

—Yo les enredé, les manejé, les mentí —siguió diciendo Gabriel—, todo para que me ayudasen a vengarme de ustedes por haber matado a mi padre y a mi madre. Déjeles ir, por favor, le aseguró que no dirán nada de lo que saben.

—Gabriel, si te das cuenta por mis canas, me convirtieron en vampiro cuando ya era algo madurito, y esta táctica de que la culpa es solo tuya no te va a servir para nada. Además, sabes que ya íbamos a matarles desde un principio, desde que se les ocurrió escribir lo que no debían. Por cierto, Gabriel, me parece muy bien que quisieras vengarte de nosotros por haber matado a tu padre, pero quiero que sepas que no matamos a tu madre.

—¿No la mataron? ¡Yo vi cómo la obligaban a entrar en El Año del Dragón!

—Sí, pero no para matarla, sino porque tenía que abandonar Nueva York. Tu madre es una de los nuestros, es una vampiro. No solo eso, tu madre es...

—¡Jefe, mire! —interrumpió el vampiro X señalando hacia el falso ventanal.

Troughton se volvió, y al hacerlo me dejó el campo de visión libre y pude ver algo increíble: a Tom dirigiéndose a toda velocidad hacia el falso ventanal conduciendo el todoterreno del señor Shine. Instintivamente, cerré los ojos y me lancé al suelo, justo en el momento en el que Tom estrelló el coche contra la gran pantalla de vídeo, provocando un sonido similar al de la explosión de una bomba en una cristalería. Sentí varios pedazos del ventanal cayendo sobre mi espalda y oí a los tres vampiros dar un grito muy agudo que duró varios segundos. Cuando llegó el silencio total, abrí los ojos y comprobé que Arisa y Gabriel estaban sanos y salvos tumbados a mi lado. Nos levantamos los tres al mismo tiempo, suspirando aliviados. La mitad delantera del todoterreno había entrado en el salón, el ventanal había desaparecido por completo, convirtiéndose en una infinidad de trozos de vidrio con cables adheridos y los tres vampiros ya no eran más que tres montones de ceniza que iban deshaciéndose por la corriente de aire que entraba por el gran boquete de la pared que daba al exterior de la casa. Tom bajó del todoterreno y me desató las manos para que yo pudiera desatar a Arisa, mientras él desataba a Gabriel.

—Pensé que nos habías traicionado, Tom —dijo Gabriel—. ¿Todo esto que has hecho formaba parte de algún plan?

—La verdad es que sí —respondió Tom—, ya sé que te parecerá raro, pero te juro que lo que ha pasado lo tenía planeado. Bueno, ahora salgamos de aquí, ya tendremos tiempo para explicaciones.

Subimos los cuatro al todoterreno, sentándose Gabriel con Tom delante y Arisa y yo detrás. Tom y Gabriel se deshicieron de los airbargs delanteros que habían saltado a consecuencia del choque. Nuestro salvador arrancó el vehículo y salimos de allí marcha atrás. Una vez fuera de la casa, me di cuenta de que aquella mansión era más grande de lo que me había imaginado, ya que al fondo, a unos cien metros, se podía ver un gran muro que rodeaba el terreno en el que se había erigido la casa. Tom se dirigió a toda velocidad hacia la gran puerta metálica de la entrada de la finca. Justo antes de reventar aquella puerta con el morro del todoterreno, aparecieron cuatro tipos armados que empezaron a ametrallarnos desde los laterales del camino que nos llevaba a la salida. Tom nos gritó que nos agacháramos y le obedecimos. Cuando sentí el impacto del vehículo contra la valla de metal, crucé los dedos esperando que aquel choque no fuera un accidente provocado por los disparos de aquellos tipos. El grito de alegría que dio Gabriel me hizo saber que habíamos tenido suerte y volví a incorporarme, momento en el que Arisa me abrazó con todas sus fuerzas y me llenó de besos, antes de hacer lo mismo a Gabriel. ¡Nos habíamos salvado! Di gracias a san Van Helsing y a santa Ballesta de Tokio por haber salido de aquello con vida.

Poco después de entrar en una carretera principal, Tom detuvo el coche en el arcén y dijo que no podía seguir conduciendo porque una bala le había alcanzado en el hombro derecho y el brazo se le había dormido. Arisa se acercó para verle la herida y por suerte esta era superficial, la bala solamente le había rozado. Gabriel fue a buscar el botiquín al maletero y Arisa le pidió a Tom que pasara a la parte posterior para curarle la herida.

—¿Quién conducirá? —preguntó Tom—. Vais los tres descalzos.

—¿Qué talla gastas de zapatos? —pregunté.

—Un cuarenta y cuatro —contestó Tom.

—Entonces, déjame tus zapatos y ya conduzco yo —le dije—. Gasto un cuarenta y tres, me bailará un poco, pero da igual.

Tom me dio sus zapatos y pasó a la parte de atrás del coche mientras yo ocupé la plaza del conductor. Gabriel se subió de nuevo al todoterreno, le entregó a Arisa el botiquín y nos contó que había impactos de bala a ambos lados del vehículo, y eso, evidentemente, podía levantar muchas sospechas. Yo le dije que no se preocupara por eso, ya que en Nueva York el verdadero coche sospechoso es aquel que no tiene impactos de bala o un par de lunas rotas. Nos pusimos de nuevo en marcha.

—Conduce suave, Abel, para que pueda curar bien la herida de Tom —me pidió Arisa.

—Sí, tranquila, conduciré con mucho cuidado —le dije.

—¿Arisa, estás herida? —le preguntó entonces Gabriel cogiéndole una mano de la que parecía brotar sangre.

—¡Uy, parece que sí! Si no me lo dices, ni me entero —contestó ella—. Parece un corte hecho por alguno de los cristales que saltaron del ventanal.

Al decir eso me di cuenta de una cosa curiosa y es que aquella historia de terror vampírico se había iniciado con la rotura de una ventana, la de la habitación de Gabriel, y con otro corte en la mano de Arisa debido a un pedazo de cristal desprendido de aquella ventana. Para poder repararla —la ventana, no a Arisa—, Gabriel y yo fuimos a Young's y compramos el diamante de Thorn, y a partir de ahí se fueron desencadenando los acontecimientos. Era curioso que aquella historia hubiera acabado de la misma manera que comenzó, con la rotura de una ventana —en este caso el falso ventanal del salón de Troughton— y con un corte en la mano de Arisa.

Siguiendo las instrucciones de Arisa, estaba conduciendo con mucha suavidad. La verdad es que me sorprendió sentirme tan tranquilo después de lo que acababa de vivir, aunque me inquietaba un poco que nos pudiera parar algún policía de tráfico, ya que no sabría qué contarle si miraba al interior del vehículo y se encontraba con dos chicos blancos en calzoncillos, una joven japonesa en pijama y con una herida en la mano y un señor negro herido en un hombro y medio mareado. Aparte, claro está, del detallito de los impactos de bala en la carrocería del todoterreno. Por suerte, no nos topamos con ningún policía en el trayecto desde la mansión de

Troughton hasta Congers, por lo que el viaje fue muy plácido. Tom aprovechó para contarnos todo lo que había hecho hasta encontrarnos con él aquella mañana.

—Cuando os dejé ayer, se me ocurrió ir a comprobar qué había en la dirección de Troughton que me habíais dado —empezó explicando—. Cuando llegué allí y vi que era una finca muy grande y que en la puerta había un par de tipos armados, me preocupé mucho. Los vampiros tienen el problema de que no pueden actuar de día, pero tienen gente como aquellos guardas armados o como Samuel Hide que trabajan a sus órdenes. Era evidente que tarde o temprano descubrirían que vuestras víctimas habían desaparecido, atarían cabos, irían tras vosotros y os cazarían. Eso iba a pasar seguro, ya que no dejabais de ser una panda de jóvenes novatos luchando contra vampiros organizados. Evidentemente, el problema no era solo vuestro, ya que si os cogían, seguro que os torturarían y acabaríais nombrándome.

—No lo haríamos —dijo Gabriel.

—Sí lo haríais, Gabriel —le replicó Tom—. Tu padre aguantó lo que aguantó porque era tu padre y quiso protegerte, pero mi relación contigo, por ejemplo, no es tan estrecha y llegaría un momento en el que te rendirías y les dirías mi nombre. Mira, yo no sé por qué me libré de todo hace veinte años, quizá fuera porque Helmut no me tuvo en consideración ni me nombró cuando le explicó el caso a sus jefes. Lo lógico es que me hubieran matado o tuviera que haber huido como hizo Higgins, pero no fue así. Ahora podría volver a estar en el punto de mira de esa gente, pero también mi mujer y mis hijas.

—Sentimos haberte metido en esto, Tom —dijo Arisa.

—No fuisteis vosotros, me metí yo solo hace veinte años cuando entré con Elijah en aquel restaurante abandonado —dijo Tom—. Muchas veces haces cosas a lo largo de tu vida que cuando salen mal o te asustan, las dejas de lado e intentas olvidarlas, pero al final siempre vuelven, ya que todo lo que empiezas has de finalizarlo. Eso pensé cuando estaba delante de la mansión de Troughton, que debía hacer algo para acabar con aquella historia de una vez por todas. El problema es que no se me ocurría qué hacer. Entonces me fijé en algo: al fondo de la finca se podía ver parte de la casa y un gran destello. Este destello era el sol reflejándose en los espejos exteriores del ventanal del salón y recordé lo que me habíais contado de la casa de Strasser. Ligué mentalmente a Strasser con Alemania, los ventanales y el sol y encontré la solución: *Nosferatu.*

—¿*Nosferatu*? ¿La película *Nosferatu*? —pregunté yo.

—Sí, la película es alemana, como supongo que sabéis —respondió Tom—, y me vino a la cabeza porque me habíais dicho que la habíais visto en vuestra penosa investigación vampírica. Pensando en la película lo vi claro, la mejor manera de matar a un vampiro como Troughton era haciendo lo que Ellen, la Mina Harker alemana, hacía al final de la película.

—Tom, no vimos la película entera —dijo entonces Arisa—, no sabemos qué pasa al final.

—¿Cómo que no visteis la película? —preguntó Tom extrañado.

—Yo sí quería, pero estos dos cazurros dijeron que era una tontería y al cuarto de hora la quitaron —contestó Arisa mientras Gabriel y yo agachábamos la cabeza, bueno, yo solo metafóricamente porque estaba conduciendo.

—Bueno, da igual, os explicaré el final —dijo Tom—. Ellen mata al vampiro de una manera muy curiosa, entregando su cuerpo para que se entretenga chupándole la sangre durante la noche y se olvide de ocultarse cuando el sol sale. El vampiro está tan entretenido con Ellen que no se da cuenta de que amanece y el sol lo desintegra.

—¿Así de sencillo? —pregunté yo.

—¿Sencillo? No, Abel, el tema en la película era algo más complejo —respondió Tom—; no se trataba solamente de una manera curiosa de matar a un vampiro, sino que simbolizaba el triunfo del Amor sobre la Muerte y del Bien sobre el Mal a través del sacrificio. De todas maneras, lo importante es que pensando en la película, se me ocurrió hacer lo mismo con Troughton, entretenerle de alguna manera y aprovechar el sol como arma contra él.

—¿Te has pasado toda la noche con él entreteniéndolo? —preguntó Gabriel.

—No, no hice eso, solamente me interesaba que no pensase que le podía pasar algo cuando saliese el sol —contestó Tom—. Dejadme que os explique el plan y lo entenderéis todo. Lo que tenía que hacer era conseguir que Troughton fuera fulminado por los rayos del sol y me di cuenta de que la única manera de poder acercarme a él era haciendo que confiara en mí. No podía entrar en esa finca disparando como Rambo, matando a todos los guardias de seguridad, sino que debía encontrar un método más sutil.

—¿Una especie de caballo de Troya? —preguntó Arisa.

—Sí, muy bien, eso precisamente, un caballo de Troya —dijo Tom—. En mi caso, mi caballo de madera fuisteis vosotros. Le pasé una nota a los guardas de la puerta para que se la entregaran a Troughton, donde decía que habíais matado a Hide, Strasser y Helmut y que, además, teníais pruebas de la fosa de El Año del Dragón.

—Pero eso no es cierto, no tenemos ninguna prueba —repliqué yo.

—Ya lo sé, por eso es un engaño, un caballo de Troya para entrar en la fortaleza —me contestó Tom—. Bueno, antes de que pasara eso, volví a Congers y le pregunté a Peter si sabía algo del todoterreno de Elijah, ya que vi que no estaba en la casa, y me dijo que lo tenía él. Necesitaba ese coche para lo que ya habéis visto, atravesar a lo bruto aquel ventanal y escapar cargándome la valla de la entrada.

—Eres un crack, tío, una mezcla de Chuck Norris, Bruce Willis y Steven Seagal —le dije totalmente en serio.

—La verdad, Abel, es que creo que esta parte del plan era un poco absurda —me dijo entonces—, pero no se me ocurría nada mejor.

—El vampiro picó con lo de la nota y te dejó entrar, ¿no? —dijo Arisa, que ya había acabado de curar a Tom y empezaba a curarse a sí misma.

—Sí, me dejó entrar —contestó Tom—. Entré en la casa a eso de las tres y media de la madrugada. Elegí esa hora porque pensé que hablaríamos durante media hora y luego enviarían a buscaros, y eso eran una hora para llegar a Congers y otra de vuelta, por lo que llegaríais a la casa justo cuando empezase a amanecer. Lo que hice fue decirle dónde estabais y lo que habíais hecho, y le di las llaves del coche de Hide, para que entendiera que os tenía bajo mi poder.

—¿Por qué confió tanto en ti? —preguntó Gabriel.

—No confió, lo que estaba haciendo era un negocio —contestó Tom—. Mira, aparte de entregaros a vosotros, acordé con él que le entregaría toda la información que tu padre me había pasado sobre ellos, lo que era otra mentira, y que, como yo admiraba muchísimo a los vampiros, me ofrecía a continuar el trabajo de Elijah en el proyecto de Circle Books. Por suerte, recordaba mucho de lo que había estudiado con Elijah sobre los vampiros y le lamí el culo a conciencia, ya que sabía que Troughton, como vampiro poderoso, era muy arrogante y a los arrogantes poderosos, si eres listo, los tienes a tu merced porque se suelen creer los halagos de la gente. Esto no es exclusivo de los vampiros, sino que también se da, y mucho, en los humanos.

—Ofreciste todo eso, pero supongo que si era un negocio, lo harías a cambio de algo —apuntó Arisa—. ¿Qué pediste tú a cambio?

—Pedí dinero y poder. ¿Qué te parece? —contestó Tom.

—Me parece lógico —dijo Arisa.

—Le pedí que me dejara lo de Circle Books —siguió explicando Tom— protección para mi familia y que, cuando fuese muy anciano, alguien me convirtiese en vampiro. Ah, y unos cuantos billetes.

—¿Dinero? —pregunté yo.

—Sí, el que hay en el maletín —dijo Tom—. Un millón de dólares.

Gabriel abrió el maletín que Tom había dejado frente al asiento del copiloto, y casi tenemos un accidente cuando me volví y vi la cantidad de dinero que había en su interior. Solamente había visto tal cantidad de dinero en las películas o en esas imágenes que los informativos de la televisión ponen de fondo cuando dan una noticia sobre Wall Street.

—A ver, si somos cuatro, creo que nos toca a doscientos cincuenta mil por cabeza —dijo Tom—. Un buen pellizco, ¿verdad?

—¿Lo quieres compartir con nosotros? —preguntó Gabriel.

—Ese dinero es de los cuatro, no solo mío, Gabriel —dijo Tom—. Espero que con ello podáis empezar una nueva vida, sobre todo tú. Lo mejor es que yo solamente hablé de dinero con Troughton para darle más consistencia a mi papel de traidor sin escrúpulos, y fue él quien me ofreció esa cantidad.

—¡Muchas gracias, Tom! —exclamó Arisa—. Con esto podré seguir estudiando sin problemas.

—Me alegro de que pueda ser así, Arisa —dijo Tom—, y espero que vosotros dos no os lo gastéis en tonterías.

—Ahora no sé qué haré con ese dinero, pero te aseguro que no serán locuras —dije yo.

—Una cosa, Tom, ¿le diste algún tipo de garantía? —preguntó Gabriel—. ¿Algo para que te diera este dinero alegremente?

—No fue alegremente, pero en eso también tuve suerte —contestó Tom—, ya que el vampiro dijo que no me daría el dinero hasta que no os tuviera en sus manos. Fue perfecto, porque así mataba dos pájaros de un tiro, acababa con ellos y os rescataba a vosotros.

—Siendo tan malo e inteligente, ¿cómo es que no te mató y se quedó con la pasta? —preguntó Arisa.

—Pues porque por un lado a lo mejor le interesaba que yo

me encargase de Circle Books, ya que le dije que tenía contactos en todas las universidades y en muchas editoriales, y porque se creía que tenía en mi poder las pruebas del sótano de El Año del Dragón y papeles que me había dado Elijah.

—Joder, Tom, es increíble que haya salido todo bien —dije yo.

—Lo que ha ocurrido es que la arrogancia, la maldad y la avaricia de Troughton no le dejaron darse cuenta de lo que realmente estaba sucediendo —dijo Tom—. Lo que ha sido increíble es que los guardias de seguridad dispararan para detenernos en vez de disparar a matar. Creo que fue así porque les pilló por sorpresa y no sabían quién iba dentro del coche y no se quisieron arriesgar.

—Suerte, milagro, astucia, destino... ¡Qué más da, estamos vivos y eso es lo único que importa! —exclamó Arisa como resumen final de nuestra historia vampírica.

Cuando llegamos a Congers, dejamos a Tom en la estación de servicio de Peter, pues allí es donde había dejado él su coche, y tuve que conducir un par de millas descalzo hasta casa. Una vez allí, los tres nos fuimos directamente a dormir. No sé cuántas horas dormí, ya que no sé a qué hora me metí en la cama, pero sospecho que más de diez, ya que Arisa me despertó a las ocho de la tarde. Me despertó de la mejor manera posible, como lo hace la gente del número 3 de la lista del inicio del capítulo.

Aquella noche cenamos otra vez en el coreano-japonés de siempre, pero antes de ir allí pasamos a saludar a Peter y, de paso, aproveché para comprarme por internet el billete de avión que me llevaría volando a casa al día siguiente. Cenamos lo de siempre y no tomamos postre, pues de camino al restaurante, pasamos por delante de una heladería que tenía muy buena pinta y decidimos acabar allí la cena. Cuando vi la gran copa de helado que la camarera dejó caer suavemente delante de mis narices, no pude evitar pensar en Mary. A Arisa y a Gabriel se les veía muy contentos, quizá porque todo parecía haber acabado o porque aquella tarde habían planeado una serie de cosas que me explicaron mientras nos atiborrábamos de calorías dulces y heladas.

—Le vamos a pedir a Tom que nos deje quedarnos todo este mes en Congers y luego hemos decidido vivir juntos en Boston —me explicó Arisa—. Yo estudiaré y él se buscará algún trabajo.

—Alquilaremos un piso o una casa —añadió Gabriel—. He pensado trabajar por el día e ir a clases nocturnas para terminar de graduarme y, tal vez, de aquí a un par de años entrar en la universidad. Además, el dinero nos da cierta seguridad, sobre todo si no encuentro trabajo.

—Está muy bien, os deseo de corazón que os salga todo bien —dije yo.

—Y yo voy a pedir la ciudadanía norteamericana —dijo Arisa.

—¡Genial! —exclamé—. ¿Ya no te asusta tu padre?

—Hombre, Abel, después de haberme cargado a unos cuantos vampiros, un economista japonés de un metro setenta no me da miedo —contestó Arisa riéndose.

—Hablando de padres, yo he de denunciar la desaparición del mío —dijo Gabriel—. No les podré decir la verdad, pero he de denunciar el tema. Les diré que se fue una noche y no regresó, no les hablaré del seminario ni de vosotros, así que no creo que te molesten, Abel. También necesito denunciar el tema porque cuando estoy fuera del sanatorio es porque él se responsabiliza de mí, así que tendré que volver para explicarles lo ocurrido. Ahí me la juego un poco porque yo sé que no estoy enfermo, pero no sé lo que harán.

—De todas maneras —comentó Arisa—, si necesita algún responsable externo, me ofreceré yo, y si no me aceptan, se lo diremos a Tom.

—Me encantaría que me retiraran la medicación o, al menos, que me la rebajasen —añadió Gabriel—. Si no lo hacen, quizá podamos buscar la opinión de otros médicos, pero no sé cómo está el tema con relación al incidente que tuve con la policía. No sé si estoy obligado a ser tratado por esa gente o si soy libre para cambiar de médicos o para no ir a ninguno si no quiero.

—Espero que puedas hacer lo que quieras —dije yo—. Te mereces lo mejor, después de lo de tu padre y tu madre.

No me di cuenta de que había metido la pata al sacar el tema de la madre de Gabriel, justo en el momento en el que él estaba diciendo que esperaba que los psiquiatras vieran que estaba curado. Gabriel se puso muy serio y Arisa le abrazó, intentando transmitirle algún tipo de energía cariñosa.

—He decidido pasar de mi madre —dijo Gabriel sorprendiéndome—. Mi madre murió en un accidente de coche cuando yo tenía cuatro años y está enterrada a orillas del lago Cayuga. Puede que sea una vampiro, razón por la que venía a visitarme por las noches cuando tenía seis añitos, pero no puedo hacer nada para recuperarla. Podría seguir buscándola, pero quiero vivir mi vida y mi vida quiero que sea una vida normal sin vampiros y al lado de Arisa.

—Lo entiendo, Gabriel —le dije—, yo también quiero olvidarme de todo y vivir tranquilo, trabajando en la ferretería de mi padre, quizá recuperando a la mujer de mi vida...

—Si quieres recuperar a Mary, ya sabes lo que tienes que hacer, dejar de ser un cobarde —me dijo Arisa.

—Puede que ya sea demasiado tarde —dije.

—No, nunca es tarde cuando intentas hacer lo que sientes —dijo ella—. Puedes ganar, puedes perder, pero al menos has de intentarlo o si no...

—Me arrepentiré toda mi vida por lo que pudo haber sido y no fue —dije para acabar su frase.

Arisa comenzó a reírse y a mí se me contagio su risa. Por supuesto, Gabriel, como no sabía de qué iba el tema, nos miró como si acabáramos de contarnos un chiste gracioso que él no podía entender. No era un chiste, ojalá, porque en el restaurante me reí, pero ese de «lo que pudo haber sido y no fue en Congers» algunas veces se presenta en forma de fantasma en mi habitación y los calzoncillos Pump and Seal no suelen mostrarse muy útiles para ahuyentarlo. Cuando acabé de reírme, le pregunté a Gabriel una cosa que había quedado pendiente.

—Gabriel, ¿y cómo llevas el tema de Samuel Hide?

—Bueno, Arisa me comió la cabeza con una cosa extraña sobre el mundo real y el mundo de ficción —empezó diciendo Gabriel—.Un rollo patatero que no había por dónde cogerlo.

—¡Serás capullo! —exclamó Arisa.

—Lo siento, cariño, pero es que no entendí nada —le dijo Gabriel—. Llegó a dolerme hasta la cabeza y me tuve que hacer el dormido para que te largases.

—Esta me la apunto —dijo Arisa.

—Pues apúntatela donde quieras, mi amor —replicó Gabriel—. Lo que pasa es que este tema de los vampiros y de lo de mis padres es desquiciante, sobre todo para alguien como yo que ya sabes que a veces aún dudo de que no me esté inventando lo que me rodea. Al descubrir que Hide era humano, me sentí fatal porque yo luchaba contra demonios, no contra personas. Se me metió eso en la cabeza y me culpé de esa muerte y, de rebote, de la de mis padres. Algo absurdo, pero eso es lo que aquella crisis me hacía sentir, que era muy malo. Entonces vino Arisa e hizo que me relajase, básicamente porque ella no dejaba de hablar y eso no me permitía pensar. Cuando se fue ella, estuve unos minutos en silencio y recordé una frase que me hizo ver las cosas de manera diferente.

—Una de las mías, supongo —dijo Arisa con absoluto convencimiento.

—No, cariño, no era tuya, sino de Tom —le dijo Gabriel—. Tom dijo que Samuel Hide merecía ser vampiro, pero no lo era. Al recordar esa frase vi que eso de ser vampiro podía ser como una carrera universitaria y que a Hide solo le faltaba aprobar una asignatura para conseguir la licenciatura. Aparte de eso, claro está, ese hijo de puta secuestró, torturó y asesinó a mi padre, y se iba a librar de todo eso porque nadie se creería la verdad. No me siento orgulloso de lo que hice, pero tampoco me siento mal. Alguien tenía que hacerlo, pues mejor yo que otro.

Arisa abrazó a Gabriel, y él me abrazó a mí y ahí acabaron los abrazos, cosa que me fastidió un poco, pero solo un poco. Además, sabía que esa noche me tocaba otra vez sesión de arrepentimiento, por lo que ese abrazo poco iba a aportarme.

A la mañana siguiente, y después de pasar por Manhattan para recoger el Beetle mis amigos me acompañaron al aeropuerto JFK de Nueva York, donde iba a coger el avión que me llevaría de vuelta al hogar, esta vez aterrizando en Nashville y no en Memphis. Arisa me preguntó antes de salir de casa si me quería llevar mi ballesta y le dije que se la quedara, ya que seguramente le iba a sacar más provecho que yo. Así que dejé en Congers, pegado a la culata de un arma mortal, sobre todo para los vampiros, el corazón de escayola de Mary. Antes de entrar en la zona de embarque, me despedí de Gabriel y Arisa. Fue la típica despedida: comprobación de que todos teníamos los números de móvil de los demás, intercambio de direcciones postales y electrónicas, promesas de volvernos a ver pronto, y abrazos, besos y alguna lágrima. Estaba a punto de pasar a través del detector de metales, cuando me volví y me acerqué de nuevo a mis amigos porque se me había olvidado decirle una cosa muy importante a Arisa.

—Arisa, no me puedo ir sin decirte que para mí eres *Yokono.*

—¿Yoko Ono? —preguntó extrañada.

—Ah, perdona, es que lo he pronunciado mal. Bien, pues eso, que quiero que sepas que para mí eres Yoko Ono.

La cara que puso cuando dije eso no la puedo describir. Seguro que jamás había podido imaginarse que un jovencito sureño le diría un día que para él era Yoko Ono. ¡Seguro que después de oír eso, ella también se arrepintió de lo que pudo haber sido y no fue!

6

Algo pasa con Mary

Nunca pensé que me alegraría tanto ver a mi padre. Dejé la maleta y corrí hacia él para abrazarle con todas mis fuerzas. Mi padre no supo cómo reaccionar, no estaba acostumbrado a recibir esas muestras de cariño. Mi madre sí era muy cariñosa, a veces demasiado, pero yo era más como mi padre, una especie de lechuga con patas a la que le costaba demostrar a la gente lo que sentía por ella. Doy por hecho que mi padre pensó que lo había pasado mal durante el seminario, ya que aquello de abrazarle era como lo de besar el suelo cuando tu avión aterriza después de haber sufrido algún percance aéreo. Precisamente, doce de los pasajeros de mi avión acababan de hacer lo que comento, besar el suelo del aeropuerto de Nashville poco después de aterrizar. Era comprensible que lo hicieran, ya que durante el viaje la mayoría de la gente que viajaba en aquel avión pensó que nos íbamos a estrellar. El piloto advirtió a los pasajeros que estábamos atrapados entre dos tormentas, aunque en principio no había de que preocuparse porque pensaba que iba a poder pasar aprovechando un pasillo que existía entre ambas. Pensaba que iba a poder pasar, pero por la razón que fuera tuvo que cambiar de opinión y nos comimos una de las tormentas enterita. Pánico general. El avión daba unos botes impresionantes, al tiempo que se iba balanceando sin control aparente. La gente gritaba, el equipaje de mano caía de lo alto, había aceitunas rodando por el pasillo, una mujer que no estaba embarazada se puso a dar a luz, las azafatas lloraban al tiempo que le decían a la gente que se tranquilizase, algunas personas compartieron bolsas de vómito... La mujer que tenía al lado me enseñó las fotos de sus siete nietos y sus tres gatos y luego se puso a besarlos, y empezó a decir no sé qué de un valle de la muerte. Lo mejor fue cuando se fue la luz; en ese momento incluso yo pensé que de esa no salía con vida. La mujer de al lado se agarró a mí, como si con ello pudiera evitar que nos estrelláramos y, en pleno ataque de histeria, me preguntó si yo me acordaba de dónde había dicho la azafata que estaban las salidas de emergencia. Seguro que ella era de esas que cuando uno le pide a la azafata que repita su rollo para casos de emergencia se pone a abuchear y silbar. Al final no necesitamos salir por ninguna puerta que no fuera la de salida normal porque el avión superó la tormenta para regocijo de todos los pasajeros y la tripulación. Eso sí, desde ese momento hasta que aterrizamos, tuve que soportar batallitas de aquella señora de los siete nietos y los tres gatos, con las que me quería demostrar que a lo largo de su vida había estado muchas veces al borde de la muerte, pero que Dios siempre le había enviado a sus ángeles para protegerla.

—Nada más nacer, hijo, la comadrona se resbaló con mi placenta y caímos las dos al suelo —empezó a contarme—. Ella encima de mí. Pesaba más de cien quilos y, ya ves, aquello no me mató. Cuando cumplí un año, hubo un incendio en mi casa, salieron todos corriendo y no se dieron cuenta de que yo me había quedado dentro.

—Dentro se había quedado —le dije yo entonces.

—Sí, dentro, pero al final me rescató un bombero.

—Un bombero la rescató.

—Sí, eso, un bombero. Tres meses después del incendio, me mordió un ciervo...

—Perdone, señora, ¿qué edad tiene usted?

—Eso no se le pregunta a una dama, pero no tengo ningún problema en confesar que acabo de cumplir los ochenta y cuatro.

Tras cinco horas, doce incendios, una guerra mundial, una paliza de un marido borracho —no el suyo, sino el de una vecina—, catorce atropellos, dos inundaciones, cuatro alergias, una gripe mal curada, la mordedura de un ciervo, un accidente de avión del que no se enteró porque estaba dormida, un viaje en globo, dos abortos, tres picaduras de serpiente, cinco coces de cinco bichos diferentes, la explosión de un extintor, dos accidentes de coche, tres operaciones de apendicitis —sí, tres—, seis naufragios y un yogur caducado, por fin el avión aterrizó en Nashville. Ahora que lo pienso, quizá no abracé a mi padre por haberlo pasado mal por culpa de aquellos vampiros, sino por haber sobrevivido a aquella anciana, la cual, por cierto, aprovechó la ocasión, entre un accidente y una de sus tres operaciones de apendicitis, para intentar colocarme a una de sus nietas; a la más fea, por supuesto.

En el viaje de Nashville a casa, mi padre me preguntó cómo me lo había pasado en Nueva York. Por supuesto, no le dije la verdad, sino que le expliqué que el seminario fue un rollo y que no me veía como escritor.

—Pero a ellos les gustó tu relato, ¿no? —me preguntó

—Sí, les gustó mucho, incluso demasiado —le contesté—, pero ya te digo que eso de escribir no es lo mío. Vamos, que no me gusta.

—¿Y has conocido a mucha gente?

—Hombre, pues sí, he conocido a mucha gente. A algunos habría preferido no conocerlos, pero también he tenido la suerte de conocer a un par de personas muy majas, Gabriel y Arisa.

—¿Arisa era una chica?

—Sí, ¿qué pensabas que era, un acordeón?

—Ya, hijo, ya me imagino que es una chica, lo preguntaba para ver si tú y ella... Bueno, saber si te gustaba.

—La verdad es que es muy guapa, muy inteligente, una persona excepcional.

—¿De dónde es?

—Es japonesa, pero estudia en Boston, en Harvard.

—Ah, Harvard, como los pedantes de las series de televisión.

—Pero ella no es pedante, es genial.

—¿Y tú y ella...?

—No, papá, a mí solamente me ha interesado como amiga, en ningún momento la he visto de otra manera.

—¿Y había alguna chica más?

—¡Qué pesado estás con el tema!

—Eso lo dices porque seguro que has conocido a alguna chica más y te da vergüenza contármelo.

—No he conocido a ninguna más.

—Va, Abel, que soy tu padre y a mí no puedes engañarme porque te conozco como la palma de mi mano.

—Pues no he conocido a ninguna... Ah, sí, perdona, sí he conocido a otra chica, Julia.

—¿Era guapa?

—Era guapísima, una de las chicas más guapas que he visto en mi vida.

—¿Y qué, hubo algo?

—La verdad es que me fue detrás durante algún tiempo, pero tenía muy mal carácter.

—¿Te persiguió una chica preciosa y pasaste de ella?

—Sí, ya sé que parece increíble, pero si tú la hubieses conocido habrías hecho lo mismo que yo.

—¿Y esa tal Julia es la que te hizo ese chupetón?

—¿Qué chupetón?

—Pues ese que tienes en el cuello.

—Ah, esto. No, no fue Julia, sino otra chica, Anne. Me pilló desprevenido. Era una niñata.

—¡Estás hecho un don Juan, Abel!

—Hombre, no diría tanto, pero puede que tengas razón.

—Así que, en resumen, te lo has pasado muy bien en Nueva York.

—Ha habido de todo, momentos buenos y malos.

—Al menos habrás aprendido algo útil, ¿no?

—La verdad es que lo único que he aprendido es que te quiero mucho y que añoro muchísimo a mamá.

—Y yo también, hijo. También te quiero mucho y no pasa un día sin que me sienta triste al recordarla.

No le abracé para que no tuviéramos un accidente, pero era un momento propicio para hacerlo. Era curioso que cuatro vampiros malcarados hubieran hecho que, por fin, después de cuatro años, mi padre y yo confesásemos que Irene Young nos hizo polvo cuando se le ocurrió morirse. Quizá no podía compararse aquello con lo de matar vampiros, pero para mí era algo tan o más extraordinario y, por supuesto, mucho más bonito.

Después de dos días en los que, básicamente, me dediqué a comer como un cerdo y a dormir como una marmota que se hubiera comido un cerdo, volví a la ferretería con mi padre. Me di cuenta de que me costaba muchísimo centrarme en el trabajo, era como si me hubiera olvidado de todo lo que había aprendido de mi padre o como si sintiera que la ferretería no era mi lugar en el mundo. Reflexionando sobre esto, llegué a la conclusión de que mi cuerpo estaba en Tennessee, pero mi mente aún no había vuelto de Nueva York. Aquella aventura *vampiril* aún no había concluido, faltaba algo, pero no sabía el qué. Al final me di cuenta de que lo que faltaba era cerrar el círculo contándole a Higgins todo lo que había sucedido. Él, sin querer, casi hace que me maten, y aunque puede que se sintiese mal al saberlo, yo tenía la obligación de contárselo. Además, él le había enviado mi relato a un amigo suyo y también era importante que supiera para quién trabajaba esa persona en la que él confiaba. Puede que le costase creerme del todo, pero si comprobaba que Elijah Shine había desaparecido o que Circle Books era una editorial fantasma, mi relato no le parecería tan descabellado.

Fui al instituto, pero Higgins no estaba en su despacho. En conserjería me dijeron que volvería en un par de días, que se había ausentado por un tema de salud. Le dejé al conserje mi número de móvil para que se lo diera a Higgins y que este me llamase cuando volviese. Al salir del instituto, al lado del cartel donde decía que aquello era el hogar de los Tigers, el equipo de fútbol americano había montado un tenderete con camisetas, gorras, banderines y otros objetos de merchandising con el fin de recaudar fondos para los gastos extras del equipo durante la temporada. No explico esto porque comprase nada, sino porque allí estaba el bueno de Harry o Howard, animando a los alumnos a ayudar al equipo al mismo tiempo que él era animado por una animadora que le estaba animando muy bien. La animadora no era Mary. Quizá ella se había largado definitivamente a la universidad y había cortado con Harry por el bien de Howard y este parecía que no había optado por llorar ni por la música autodestructiva para olvidarla. Decidí enterarme de qué había pasado, y para ello no tuve más remedio que ir a la cafetería de las Simmons y tener que ver a Lucy y, seguramente, hablar con ella, lo cual podía ser muy peligroso. Casi me muero de la risa cuando pensé que podía ser peligroso hablar con Lucy Simmons. ¿Peligroso? Peligroso es invitar a cenar a Julia Hertz comida china o ir a buscar vino al sótano de la casa de un vampiro, eso sí es peligroso. Así que la posibilidad de que mis testículos sufrieran algún percance por culpa de los hombres de Ohio no me detuvo, y al mediodía fui a aquella cafetería para averiguar qué había pasado.

Antes de entrar en la cafetería, me enteré de que Mary no se había ido del pueblo; es que la vi por uno de los ventanales del local sirviendo una mesa. Estaba preciosamente preciosa con aquel uniforme verde con bordados dorados. Me acerqué a aquel ventanal y golpeé suavemente el vidrio para llamar su atención. Ella me miró y sonrió. Le pedí con un gesto de cabeza que saliera un momento, pero me contestó con otro que no podía porque estaba trabajando. No tuve más remedio que entrar. Me senté a una mesa, dispuesto a tomarme cualquier cosa menos el especial de la casa, ya que a saber qué entendían Lucy y su madre por «especial».

—¿Qué deseas? —me preguntó Lucy Simmons cuando, por desgracia, decidió que mi mesa sería atendida por ella en persona.

—De primero, desearía que me atendiera otra camarera —le contesté sonriendo—. Si puede ser, que sea aquella rubia que está apoyada en la barra y que quería atenderme hasta que te has entrometido.

—Yo considero que no es bueno que la molestes con tus tonterías —me dijo el bicho ese—. Ahora lo que menos necesita es que aparezcas tú por aquí, para ver si vuelve contigo porque la ha dejado Harry.

—Dirás Howard.

—Eso, Horward. Bueno, ¿qué vas a tomar?

—Creo que voy a tomar una importante decisión, aunque ahora mismo no.

—Si no vas a consumir, te recomiendo que te vayas.

Mary me miraba con carita de pena desde la barra de la cafetería, y yo consideré que no era el momento propicio para decir lo que quería decir y hacer lo que debía hacer. Me levanté, le hice una seña a Mary como diciéndole que ya hablaríamos, ella me envió un beso y me largué de allí. Creo que los clientes más fieles del establecimiento de las Simmons lo eran porque tenían miedo de cambiar de local y que ellas se enterasen. Me fui porque de todas maneras había averiguado lo que había ido a averiguar, que Mary volvía a estar sola. Además, averigüé una segunda cosa de rebote, que amaba a Mary Quant con todo mi ser.

Durante la comida mi padre me dijo que quería que después le ayudara a ordenar el almacén de la ferretería, pero le pedí que dejáramos eso para otro día, pues tenía varias cosas que hacer aquella misma tarde. La primera de mis tareas vespertinas consistió en ir a la consulta de mi antigua psicóloga para comentarle un par de temas. Su secretaria me dijo que no iba a estar en toda la semana y entonces le pregunté si le podía dejar una nota. Ella misma me dio un folio y un bolígrafo, lo que era una manera muy práctica de decir que sí, que le podía dejar una nota. Esto fue lo que escribí:

> Hola. Soy Abel J. Young, ex llorón compulsivo. Usted me dijo que no volviera a su consulta hasta que no me acabase de leer *Mobby Dick*. Bueno, aún no me he leído la novela y puede que nunca lo haga, pero me gustaría verla en persona de todas maneras para darle las gracias por todo. Esta mañana me he dado cuenta de que usted tenía razón cuando me dijo que debía quererme a mí mismo para volver a querer a Mary y que no me doliera. Ahora que lo sé, lo único que me falta conseguir es merecer quererla, pero creo que pronto lo lograré.
>
> Besos o lo que se le dé a una psicóloga,
>
> ABEL J. YOUNG

Antes de salir de la consulta, la secretaria me ofreció caramelos de un pequeño bol, me preguntó si quería pedir hora y al decirle que no, que solamente quería hacer una visita de cortesía, me dio dos tarjetas de la psicóloga para que la próxima vez llamase antes de ir y no hiciera un viaje en balde. En el mismo edificio en el que estaba aquella consulta, había una oficina de mensajería en la que entregué una carta muy importante para que la hicieran llegar a un sitio que ahora no diré, pero que podrán descubrir al final del capítulo.

Aún me quedaba algo por hacer aquella tarde, y para ello tuve que ir al instituto, concretamente al campo de fútbol americano, pues allí los míticos Tigers estaban entrenando. No me pregunten qué hacían cuando yo llegué porque el deporte no es mi fuerte. Si empujarse es lo que se supone que ha de hacerse en fútbol americano, entonces aquellos chicos estaban jugando muy bien. Si empujarse no es de lo que va ese deporte, entonces había una batalla campal en medio del terreno de juego. Mi intención era cruzar unas palabras con Howard, pero no sabía quién era, ya que todos los jugadores del equipo llevaban casco, todos menos un chico que era de raza negra que no estaba en la pelea, sino corriendo solo con los brazos levantados. Al parecer levantaba los brazos porque se estaba rindiendo, pero no le sirvió de nada, ya que cuando cogió una especie de pelota deforme que alguien con muy mala intención le lanzó, dos tipos el triple de grandes que ese pobre chico se abalanzaron sobre él y lo tiraron al suelo, y no solo eso, sino que además empezaron a reírse del muchacho señalándole con el dedo. ¡Qué valientes eran esos tigres! Dos contra uno, mucho más pequeño, y encima se ríen de él. Después de que el muchacho se levantara del suelo, los jugadores del equipo se pusieron unos frente a otros, no sé para qué, a lo mejor para empezar un baile ritual o algo así. Entonces me acerqué a un señor que había por allí con chándal y una carpeta.

—Perdone, señor, ¿quién de todos ellos es Harry?

—Nadie del equipo se llama Harry —me respondió.

—No, perdone, me he equivocado de nombre. ¿Quién es Howard?

—¿Howard? Es el número veintisiete.

—Gracias.

Y entré corriendo en el campo, pese a que aquel señor me dijo de todo, o sea, que me insultó de mil maneras diferentes, y me fui directo a por Howard. Todos los del equipo dejaron de hacer aquel ritual. Me planté delante de Howard y él se quitó el casco.

—Hola, Harry… —empecé diciendo.

—No, imbécil, me llamo Howard —me replicó con cierto tono de desprecio.

—Vale. Hola, Harry, solo he venido a decirte que eres el tío más gilipollas que me he encontrado en la vida.

Estuve fino, muy fino. Me di media vuelta y me fui, pero apenas había recorrido diez metros cuando tuve que detenerme porque el señor Howard tenía que decir la última palabra.

—Ah, ya sé quién eres tú —dijo para empezar—. Tú eres aquel *pringao* que salía con Mary antes de que yo me la trajinara, ¿verdad? Mary, buenas tetas, buen culo, pero un poquito mema y, aunque voluntariosa, un desastre en la cama.

Después de oír eso, tomé aire, cerré los ojos y pude visualizar la trifulca en la que me iba a ver inmerso en un futuro muy inmediato. Confiaba en que el muchachito de raza negra me echara una mano, pero seguramente se rendiría antes de empezar la pelea, como parecía ser costumbre en él. Todos esos con sus cascos me iban a pegar la paliza de mi vida, pero no había más remedio que recibirla. Me di media vuelta y me encaré con Howard.

—Mira, Harry, lo que te voy a decir ahora, solo te lo diré una vez, por eso hablaré muy lentamente para que tu cerebrito de mierda pueda asimilar correctamente la información. ¿De acuerdo? Si vuelves a pronunciar en tu puta vida el nombre de Mary, aunque sea para pedirle a la Madre del Señor que traiga la paz y la felicidad al mundo, te arrancaré la lengua de cuajo y te la haré tragar a hostias.

Esperé allí delante a que me llegara el primer puñetazo, patada y/o empujón, pero no pasó nada de eso. Allí lo único que hubo después de hablar yo fue un silencio tan silencioso que fui capaz de escuchar a lo lejos el eco de la bofetada que le pegó Gabriel a Arisa delante de la casa de Strasser. El muchacho de raza negra se me acercó y me dijo al oído: «Si ves que van a por ti, corre en zig-zag, que estos no tienen cintura». Le agradecí el consejo, pero no me hizo falta salir corriendo. Yo no sé si puse cara de vampiro cabreado o que la combinación de palabras que utilicé tenía algo de mágico, pero Howard se creyó lo que dije. También es posible que se lo creyera porque lo dije muy en serio. Viendo que nadie me hacía nada, me di media vuelta y me marché, pero antes de salir del campo, me volví de nuevo y después de soltar un silbido y levantar el puño derecho grité con todas mis fuerzas: *«Go Lions!»*

No pude dormir mucho aquella noche porque sabía que

lo que iba a ocurrir algunas horas después de meterme en la cama iba a ser muy importante. No estaba nervioso ni asustado; estaba feliz, inmensamente feliz. Puede que lo que había planeado después de ver a Mary no surtiera efecto, pero me daba igual; debía llevar a cabo lo que tenía pensado hacer, eso era lo importante.

No pude dormir mucho y encima mi padre me despertó temprano, ya que teníamos que ir a celebrar un cumpleaños. No el mío —que se produjo en medio de mi época llorona—, ni el de mi padre —que me pilló en Ithaca—, sino el de mi madre. Cuarenta y siete años habría cumplido ese día. Lo de despertarme temprano fue porque mi padre y yo teníamos que ir al cementerio a felicitarla. Aquel fue su cuarto cumpleaños sin ella y fue muy especial, ya que mi padre y yo lloramos delante de su tumba todo lo que no habíamos querido o sabido llorar desde su muerte. No fue triste; fue sincero y liberador. Me acordé en ese momento de Arisa porque tenía razón, toda mi vida había sido un cobarde. Lloré por Mary por cobardía y no lloré por la pérdida de mi madre durante todos aquellos años por miedo a sentirme muy triste. Llorar no es de cobardes, solo lo es si lloras equivocadamente.

Al salir del cementerio, mi padre me dijo que se iba a tomar el día libre y que me invitaba a comer en cualquier lugar de mi elección. Me supo muy mal no poder aceptar su invitación, pero le dije que tenía que hacer algo muy importante al mediodía.

—¿Más importante que comer con tu viejo? —me preguntó.

—Infinitamente más importante —le contesté.

—Infinitamente es mucho, muchísimo. Sospecho que se trata de una chica, ¿verdad?

—De una no, de la mejor.

—Pues espero que te vaya bien, hijo.

Entré en la cafetería de las Simmons con la mirada fija en Mary y en su pelo dorado recogido en una coleta. La cafetería estaba abarrotada y Mary parecía estar atendiendo varias mesas a la vez, regalando a todo el mundo una sonrisa que quizá pocos sabían apreciar como era debido. Me acerqué a Mary por detrás, le toqué el hombro suavemente y, cuando ella se volvió, se lo solté:

—Mary Quant, ¿quieres ser mi esposa?

Se le cayeron al suelo los platos que llevaba en las manos y desde el fondo del local, a la velocidad de la mala leche, vino corriendo Lucy.

—¿Qué haces tú aquí? —me preguntó al tiempo que se interponía entre Mary y yo.

—Anda, Lucy, déjame en paz —le contesté.

—En este local, capullo, tenemos reservado el derecho de admisión y a ti no te admito.

—La verdad es que no me gustaría ser admitido en ningún sitio en el que tú tuvieras algo que ver, pero he venido a decirle a Mary que la amo y no me voy a ir hasta que lo haga.

—Tú no sabes lo que necesita Mary, pero yo sí y…

—Quizá sepas lo que necesita Mary, pero yo sé, Lucy, lo que tú necesitas.

—¿Ah, sí? ¿Qué es lo que yo necesito?

Entonces saqué del bolsillo una de las tarjetas que me había dado la secretaria de mi ex psicóloga y se la di a Lucy.

—Es muy buena —le dije a la rabiosa Simmons—, y si te gustan los peces, a lo mejor te hace descuento.

—¡Una psicóloga! —gritó indignada—. ¡Lárgate de aquí de una puñetera vez, Abel Young!

—Se ve que tú estás sorda o no entiendes el inglés, porque ya te he dicho que no me voy a ir hasta hablar con Mary.

—Mary ahora está trabajando y, además, no quiere hablar contigo.

—Pues que me lo diga ella.

—Ella está trabajando…

—¿Por qué no te callas de una puta vez y te apartas del medio, bruja del demonio?

Lucy se quedó petrificada cuando le grité aquella pregunta. Mary se puso la mano en la boca y abrió sus preciosos ojos azules al máximo. El camarero de la barra se quedó mirándome como si acabase de colocar una bomba en los bajos de un autocar escolar. Pensé que aparecería la madre de Lucy para hacer frente común con su hija y echarme a patadas del local, pero se ve que se había echado novio recientemente y estaba de viaje. ¿Y los clientes? Pues los clientes, después de unos largos segundos de silencio absoluto, comenzaron a aplaudirme y vitorearme, gritando cosas como «ya era hora», «eso, deja de joder, bruja del demonio» y «Mary, no le dejes escapar». Lucy se puso roja como un tomate y se fue corriendo a esconderse a la cocina. Mary también estaba avergonzada por lo que estaba ocurriendo y me pidió que nos fuéramos a la calle a hablar. Yo le dije que no, que lo que tenía que decirle tenía que ser allí mismo y que no me importaba lo que pensaran los clientes que, por cierto, después de los aplausos y los vítores permanecían en silencio, mirándonos fijamente a la espera de acontecimientos.

—Voy a ver cómo está Lucy —dijo Mary, intentando hacer un mutis por el foro de aquel escenario en el que había convertido la cafetería.

—No, no vas a hacer eso, vas a quedarte aquí quietecita y a escuchar todo lo que tengo que decirte —le dije al tiempo que le cogía una mano—. Dame un par de minutos, ¿vale?

Los clientes rompieron su silencio para pedirle a Mary que se quedara allí y que pasara de Lucy y su cólera, y ella acabó aceptando. Miré fijamente a Mary y empecé mi discurso:

—Mary Quant, ¿quieres ser mi esposa?

—Estás loco, Abel.

—Ya sé que puede que aún no te merezca, pero te juro que haré todo lo posible para que sea así y hoy quiero darte una primera muestra de ello.

Saqué de un bolsillo el resguardo que me habían dado en la mensajería cuando la tarde anterior les había entregado aquella carta.

—¿Qué es esto, Abel? —me preguntó Mary.

—Eso es el resguardo de un envío. Concretamente de la carta que he enviado a la Universidad de Memphis para pedirles que me admitan el curso que viene.

—¿Por qué has hecho eso? ¿No vas a trabajar en la ferretería con tu padre?

—No, quiero ir a la Universidad de Memphis porque he descubierto que si no voy, mi vida deja de ser mi vida para convertirse en algo sin sentido.

—¿Ahora quieres estudiar?

—No, lo que quiero es estar siempre a tu lado, y si te vas a Memphis, entonces a Memphis deberé ir.

—¿Por mí?

—No, por mí. Eres mi vida y, créeme, hay gente que vive después de morir, pero yo creo que no podría. He tardado en darme cuenta de que cualquier cosa que haga no vale para nada si no la comparto contigo, que la única palabra que quiero escuchar y decir es «Mary», que he llorado por no tenerte a mi lado todas las lágrimas de todos los poetas que han escrito poemas de desamor, que mataría y moriría por ti sin dudarlo, que eres mi vida, Mary Quant, mi vida y quiero vivir. He tardado en darme cuenta de todo ello, pero ahora sé que no puedo estar sin ti.

—No soy lo que piensas. No merezco tus palabras.

—No, quizá sea yo el que no merezca decirlas, Mary. Cierro los ojos y te veo sonriéndome, y entonces sé que sigo vivo y toda la Creación cobra sentido porque la única buena razón por la que Dios creó el universo fue para que un día yo pudiera decirte que te amo, Mary Quant. No tienes ni idea de lo que me ha ocurrido este último mes. Lo he pasado fatal, pero ayer me di cuenta de que había valido la pena pasar lo que he pasado porque eso me ha hecho sentir que lo único importante en mi vida es amarte, y si algún día dejara de hacerlo, moriría irremediablemente. Hay gente que considera que la vida no tiene sentido, pero creo que es porque esa gente no te conoce. Sé que no soy excepcional en nada. Sé que no soy guapo, ni atlético ni inteligente, pero también sé que nadie te amará como yo te amo.

—Te has vuelto loco, Abel.

—No, creo que ahora estoy más cuerdo que nunca porque ya no miro con los ojos, sino con el corazón. Te amo, Mary Quant.

Entonces se puso a llorar, mi pobre Mary. Yo me acerqué y la abracé, y ella apoyó su cabeza en mi pecho, algo que al parecer también han enseñado a hacer a las japonesas necesitadas de cariño. Separé a Mary de mi pecho y le levanté la cara para que me mirara a los ojos. Los suyos estaban enrojecidos, pero no al estilo vampiro, y llenos de unas lágrimas que sequé con mi camiseta antes de volver a preguntarle:

—Mary Quant, ¿quieres ser mi esposa?

Las lágrimas volvieron a brotarle, y en el mismo instante que la canción llegó a su fin, me contestó:

—Por supuesto que sí, Abel. Estaré encantada de ser la señora Young.

En esta segunda ocasión sí hubo beso, el más largo y dulce que jamás me dio Mary. Los clientes de la cafetería se pusieron de pie para aplaudirnos y algunos nos tiraron las flores que había en los centros de mesa como adorno. Estoy seguro de que al salir de allí contarían lo que habían visto y oído a sus esposas, maridos, familiares, compañeros de trabajo y amigos. Algunos dirían que había sido muy tierno, otros que había sido cursi y penoso y que si no se habían puesto a abuchear era porque Mary estaba muy buena, y algunos quizá dirían que habían asistido al comienzo de una bella historia de amor. Puede que todos tuvieran razón o puede que ninguno entendiese lo que había pasado. Yo lo tenía muy claro, todos habían asistido a la muerte de un *pringao* que no las veía venir o de un cobarde que temía a las mujeres y al nacimiento del único Abel J. Young posible, el que precisamente había nacido, única y exclusivamente, para amar a alguien que se llamaba igual que la inventora de la minifalda.

7

Un cobarde

Pasaron tres cosas inmediatamente después del beso de Mary que no he explicado en el capítulo anterior porque me había quedado muy bien, con ese final de película. Una de las cosas que ocurrió es que Lucy salió blandiendo una sartén y, después de insultarme de trescientas maneras diferentes, despidió a Mary. La segunda cosa interesante que ocurrió es que, ya en la calle, Mary me dijo que había sido muy bonito lo de enviar esa carta a la Universidad de Memphis, pero que ella ya no iba a ir allí, sino que estudiaría en Nashville. Lo de Memphis había sido por el gilipuertas de Howard y ya no tenía sentido ir allí, pudiendo estudiar cerca de casa. Aunque me fastidió que por culpa de no haber entendido bien a la persona que amaba Mary fuera a perder un año, el hecho de que acabara yendo a Nashville suponía que yo ya no tenía la necesidad de ir a la universidad —¡aleluya!— y que podría seguir con la vida que tenía pensado vivir antes de que se me ocurriera escribir *El juramento.* Sí, todo volvía a su cauce y, encima, con 250.000 dólares de regalo. La tercera cosa interesante es que, cinco minutos después de nuestro nuevo compromiso, hubo un conato de discusión. Mary se fijó en mi cuello y poniendo morros me preguntó quién me había hecho ese chupetón. Le dije la verdad, que no era un chupetón, sino la marca de la mordedura de una vampiro que me pilló con la guardia baja.

—Es que esas neoyorquinas no tienen vergüenza ni moral

ni nada de nada. Son todas unas guarras como esas que salen en *Sexo en Nueva York* —me dijo antes de besarme de nuevo, por lo que entendí que podía sincerarme con Mary siempre que lo creyera oportuno y siempre que no le hablara de Arisa, claro.

Volver con Mary suponía volver también al mundo real, aquel mundo que aparté de mi vida cuando estuve inmerso en mi crisis llorica. El primer paso de este retorno consistió en volver a echarle un vistazo a mi cuenta de correo electrónico. Es que solo la utilizaba para enviar tonterías a Mary y para recibir las suyas, y al quedarme solito y desamparado, decidí ahorrarme el sufrimiento de ver que ella ya no me enviaba nada. Bueno, al mirar de nuevo mi correo, comprobé que tenía la friolera de 728 mensajes nuevos en la bandeja de entrada. De estos, 724 eran publicidad, tres eran mensajes de un tal Jeremy Stone quien, al parecer, había apuntado mal la dirección electrónica de alguien y me los había enviado por error, y un mensaje era de Heathcliff Higgins. ¿Qué quería el bueno de Higgins? El mensaje me lo había enviado en el mes de junio, después de aceptar ir a Ithaca, y en él había adjuntado la versión revisada de *El juramento*. En el mensaje me decía que leyera el relato por si los del seminario me hacían preguntas sobre él, ya que había modificado muchas cosas. Aunque por todo lo que había sucedido por culpa de aquel estúpido cuento de vampiros le había cogido mucha manía a mi primera obra literaria, me picó la curiosidad y quise saber cómo había quedado al final *El juramento* tras los retoques de Higgins.

Al acabar de leer el relato, entendí por qué los vampiros habían tenido interés en liquidarme. *El juramento* era muy bueno. El problema es que no parecía mío, es decir, era bueno porque los cambios de Higgins no se limitaron solamente a cambiar palabras como «pringao» o «capullo» por otras más cultas y acordes con la época en la que estaba ambientado el relato, sino también a su estilo. Mi *El juramento* era un relato escrito por un crío de dieciocho años, mientras que *El jura-*

mento que Higgins envió a Nueva York parecía la obra de un escritor de verdad. Yo había creído copiar el estilo de Byron y sus amigos cuando lo escribí, pero al leer la versión retocada me di cuenta de que no era cierto. Para intentar explicar la diferencia final entre las dos versiones de *El juramento*, podríamos decir que yo tarareé una melodía y Higgins escribió una versión orquestal de dicha melodía. La historia era la mía, ahí mi tutor no cambió nada, pero la forma de contarla no tenía nada que ver conmigo. Decidí que si por alguna razón aquel relato acababa publicándose pediría que estuviera firmado por Abel J. Young y Heathcliff Higgins, pues eso sería lo más justo.

Pese al lío en el que me había metido mi tutor, seguía teniéndole mucho cariño. Tanto que aquella noche se me ocurrió, a modo de pequeño homenaje, intentar leer algo de aquella antología que él me había regalado como muestra de su sincera amistad. El hecho de haber enterrado un par de vampiros y un cerdo y desenterrado y vuelto a enterrar un ataúd vacío convertía a Poe en casi un colega, por lo que quizá podía entender mejor su manera de escribir y lo que realmente quería contar en sus historias. Era curioso que de repente me apeteciera leer algo; quizá fuese porque lo que le solté a Howard y el beso de Mary habían provocado más cambios en mí de lo que pensaba. Cogí aquella antología de Poe y, buscando en el índice un relato que por su título me llamara la atención, encontré a pie de página lo siguiente: «La selección de las obras de la presente edición ha corrido a cargo de Heathcliff Higgins y Helmut Martin (Universidad de Columbia, NY)». Después de leer esto, empecé a entenderlo todo.

Entré en el despacho de Higgins sin llamar a la puerta y me lo encontré sentado tras su mesa leyendo un periódico. No se alegró de verme.

—Hola, señor Higgins.

—Hola, Abel.

—¿Qué tal?

—Bien, aquí, ya ves, como siempre.

—¿No me pregunta cómo me ha ido en el seminario?

—Sí, por supuesto, ¿cómo te ha ido?

—La verdad es que estuvo muy bien, pero no duró mucho, ya que una noche vinieron unos vampiros, secuestraron al señor Shine y después lo mataron. Sospecho que es algo que usted ya sabe, ¿verdad?

En este momento se acabó la farsa. Higgins tragó saliva, dobló el periódico, juntó sus manos y agachó el rostro esperando saber por dónde iba a continuar yo.

—Lo que más me fastidia es que le apreciaba mucho, señor Higgins —continué diciendo—. Me sabía mal tenerle que explicar lo sucedido en Nueva York para que usted no se sintiera responsable de lo ocurrido, pero anoche me di cuenta de que usted me había traicionado, de que usted me había vendido a los vampiros. Aún no sé a cambio de qué, aunque espero saberlo antes de abandonar este despacho. No lo supe hasta anoche, y en realidad no estaba muy seguro hasta que he entrado aquí y le he visto. Su silencio me confirma lo que anoche solamente era una sospecha.

Higgins siguió sin abrir la boca. Supongo que se estaría pensando cómo había conseguido desenmascararle, cómo había descubierto que me había entregado a los vampiros a cambio de algún tipo de favor o recompensa que aún desconocía.

—Anoche descubrí que usted y Helmut habían trabajado juntos en aquella antología de Poe —continué explicándole—. Ya sabía que usted y Helmut habían sido muy amigos en Columbia y que, incluso, había gente que decía que ustedes eran algo más que amigos fuera de la universidad, aunque para Tom Braker eso solamente eran habladurías.

—¿Has conocido a Tom Braker? —me preguntó entonces Higgins.

—Sí, es un buen hombre, no como usted. Ah, y he conocido también a Helmut, el pobre no está en las mejores condiciones en estos momentos.

—¿Qué le sucede a Helmut? —preguntó preocupado.

—¿A su amiguete Helmut? No sé mucho de medicina, pero creo que lo que tiene es una «me falta la cabecitis aguda». Si quiere le digo dónde lo enterramos, por si le apetece llevarle flores o ir a recitarle alguna chorrada de las suyas. ¡Pobre Helmut, con lo alto y guapo que era! Anoche, al leer eso que le he comentado de la antología de Poe, me di cuenta de que cuando usted me dijo que le había enviado mi relato a un amigo de Nueva York, se estaba refiriendo a Helmut. Podría haber sido a Elijah Shine, claro, pero recordé que cuando le dije que usted era mi tutor, se sorprendió mucho. No, usted le envió *El juramento* a Helmut. ¿Por qué lo hizo?

—No lo entenderías, Abel.

—¿Que no lo entendería? Dios mío, señor Higgins, a estas alturas de la película, le aseguro que puedo entenderlo todo. Usted jugó muy sucio y yo pequé de inocente. Claro, entonces era un *pringao* y de los grandes. ¿Me estuvo engañando desde el principio?

—¿A qué te refieres?

—Me refiero a que desde un principio usted jugó a ser mi amigo. Mire, en serio, llegué a pensar que usted era idiota, pues era la única explicación creíble para que un ignorante que odiaba leer como yo pudiera parecerle un tipo inteligente. Recuerdo ahora mis comentarios sobre *Werther*, Poe y Byron, y estoy seguro de que usted se los tragó porque le convenía de alguna manera, aunque no tenía nada que ver con los vampiros.

—Quería tu amistad.

—Ya, lo suponía. Bueno, más que mi amistad, lo que usted quería era volver a tener una relación como la que tuvo con Helmut. Tener bajo su manto a un joven al que enseñarle las cosas buenas de la vida, ¿no? Añoraba a Helmut y vio en mí una posibilidad de recuperar algo de lo que perdió cuando él se fue de Nueva York.

Aquí llegó el momento patético en el que Higgins se puso a llorar. ¡Qué asco me daba! Seguramente se había enamorado de Helmut; no sé si era un amor correspondido, me daba igual, pero seguía enamorado de él. Puedo entenderlo, no lo comparto porque yo soy de chicas rubias y de japonesas con ballestas, pero puedo entender que un chico alto y rubio, y que encima es un experto en Goethe y toda esa gentuza, pueda ser lo máximo para alguien como Higgins. Sé que no se enamoró de mí, pero quería sentir algo parecido a lo que sintió con Helmut. Dicen que hay hombres que eligen como esposas a mujeres que les recuerdan a su madre y mujeres que hacen lo mismo buscando recuperar a su padre. Y hay muchas cosas en la vida que hacemos para suplir pérdidas de cualquier tipo, como intentando con lo nuevo sanar el daño producido por lo anterior. Quizá Higgins hizo eso conmigo al principio de nuestra relación, pero después de que leyera mi relato todo cambió.

—Anoche, por primera vez, leí su versión corregida de *El juramento* —dije para introducir el tema central de su traición—. Me pareció genial, en serio. Me pareció tan genial que no se parecía casi en nada a la primera versión. Sí, por supuesto, usted mantuvo la historia, pero lo mejoró tanto que lo convirtió en algo que parecía haber sido escrito por un escritor de verdad. ¿Por qué? Pues porque si hubiese enviado el relato tal y como yo lo había escrito, su amigo Helmut y los otros vampiros se habrían dado cuenta de que yo no era un peligro para ellos y eso a usted no le interesaba. La idea de mi relato era buena y podía ponerles nerviosos porque, a fin de cuentas, estaba contando lo que ellos estaban haciendo en la realidad, evitar que relatos comprometidos vieran la luz y permitir que estupideces con vampiros descerebrados e increíbles siguieran manteniendo la idea de que ellos no existen.

—Tu relato era muy bueno, Abel…

—¡Ya sé que era muy bueno, joder! Era muy bueno, pero no estaba bien escrito. Los vampiros se habrían dado cuenta enseguida de que no me iba a dedicar a escribir porque no sabía. Es que, joder, las cosas son siempre más sencillas de lo que parecen a simple vista. Pensé que usted, por lo que fuera, estaba cegado por mí y que había leído aquel relato con mucho cariño y que se iban a reír de usted en Nueva York por haberlo enviado. Pensé que los neoyorquinos se darían cuenta de que me había limitado a copiar cuatro ideas sueltas, que yo era un fraude. Vale, quizá la idea principal del relato era original, pero no era algo muy imaginativo. Para escribir bien hay que haber leído mucho y escrito miles de páginas, y a mí no me gustaba leer y *El juramento* era lo primero que había escrito. Una de dos, o yo era un genio o usted y los neoyorquinos eran imbéciles. Al final resultó que el imbécil fui yo. Usted cogió mi idea, respetó las escenas que describí en el relato y lo convirtió en algo diferente, en algo que sí podía asustar a los vampiros porque de publicarse a lo mejor llamaba la atención demasiado. Además, joder, era algo escrito por un chaval de dieciocho años. ¿Qué sería capaz de hacer ese tal Abel J. Young con diez años más de experiencia? Les engañó a ellos y me engañó a mí. ¿Por qué lo hizo, señor Higgins?

—Eso ya da igual, Abel.

—¿Que da igual? ¿Por qué da igual? ¿Es porque Helmut está muerto? Supongo que era él quien dirigía realmente la fantasmagórica Circle Books. Lógico, era un experto en literatura...

—En literatura del romanticismo.

—Sí, ya lo sé y usted en literatura fantástica. ¡Vaya parejita! Supongo que usted ha seguido en contacto con él todo este tiempo y que sabía muy bien a qué se dedicaba su amigo y Circle Books. De no ser así, no habría rehecho *El juramento*, ni lo habría enviado. Por cierto, fue muy inteligente por su parte jugar la carta de los mil doscientos dólares, muy inteligente. Como yo no había mostrado tener interés en ir al seminario, usted sacó dinerillo de su cuenta y lo puso encima de la mesa. Eso explica que a mi compañera en el seminario no le pagaran nada. Pensamos que era por racismo o porque creían que era rica, pero no, era porque el dinero que yo recibí era de usted. ¿Me equivoco?

—No, no te equivocas.

Al darme la razón, me di cuenta de que Higgins estaba totalmente derrotado. Puede que fuera por la muerte de Helmut, porque el medio alemán era su contacto en el grupo de vampiros neoyorquinos y al morir él ya no tenía posibilidades de conseguir aquello por lo que me había vendido. Ya le daba igual mostrarse como el ser ruin que era, todo parecía haber acabado.

—Ese dinero no lo utilizó en realidad para comprarme a mí, sino a mi padre —continué diciendo—. Supongo que como usted es un intelectual, piensa que los tenderos, humildes e incultos en comparación con gente como usted, solo se mueven por dinero. Mi padre me animó a ir, pero no por el dinero, sino porque pensó que sería algo bueno para mí. Lo que no entiendo es por qué metió usted a mi padre en medio de todo aquello. No sé por qué lo puso en peligro.

—No sé a qué te refieres.

—¿No lo sabe? Su amigo Helmut y un tal Samuel Hide vinieron a buscarme a mi propia casa y hablaron con mi padre. Hasta anoche no me di cuenta de que ellos no podían saber mi dirección porque la dirección que aparecía en la inscripción de los papeles del seminario era la del instituto. Usted rellenó esos papeles y puso la dirección de su despacho. Supongo que lo hizo para controlarme mejor. Así que doy por hecho que usted les dijo a ellos que vivía en la casa que hay frente de nuestra ferretería. Incluso puede que les llevara hasta allí. Mi padre es una persona extraordinaria...

—Lo siento, Abel.

—¡No me mienta más, señor Higgins! Usted no siente una mierda. Usted siente que todo haya salido mal. Usted siente que yo aún esté vivo. ¿Por qué, señor Higgins, por qué me vendió?

—Llega un momento en la vida en el que uno ya no manda sobre sí mismo y lo único que quiere es sobrevivir.

—¿Sobrevivir a costa de los demás?

—Sobrevivir sin miramientos.

Higgins se levantó y se preparó uno de sus famosos *capuccini* y, sí, me preguntó si quería tomar un café. A veces en las películas me parecía increíble la sangre fría con la que actuaban algunos asesinos después de ser descubiertos, pero al ver cómo se comportaba Higgins, me di cuenta de que no era sangre fría, sino una total rendición. También me costaba creer que en ese mismo tipo de películas, una vez descubierto al culpable del crimen, este contara todo lo que había ocurrido con pelos y señales. ¿Por qué hacían eso? Higgins también lo hizo, quizá porque a esas alturas solamente le quedaba confesarlo todo y esperar que la providencia dictara sentencia.

—No sé si sabes lo que ocurrió hace veinte años —empezó diciendo, sentándose en el borde de la mesa con su taza en la mano, como siempre que iba a soltar un discurso de los suyos—. Un día me enteré de que Helmut se había convertido en vampiro...

—Sí, lo sé, el señor Shine descubrió a Julia Hertz y le pidió a usted que fuera a verla a Ithaca, y a usted le acompañó Helmut.

—Y una noche ella le mordió y él se convirtió en vampiro. Yo me enteré mucho tiempo después, cuando Elijah me invitó a cenar, me enseñó la novela que había escrito y me contó su encuentro con Helmut.

—En El Año del Dragón.

—Sí, supongo que allí, no recuerdo el nombre del lugar. Después de que Elijah me contara eso, fui allí en busca de Helmut. Al entrar me topé con un vampiro, iba a atacarme y le dije quién era y que quería hablar con Helmut. Entonces me dijo que esa misma noche fuera al callejón de al lado y que Helmut iría a mi encuentro.

—¿Y fue?

—Sí, nos vimos esa noche. Me contó lo que le había pasado y me contó también el gran poder que había recibido al morir en manos de Julia Hertz. No solamente poder físico, sino también mental. No les ocurre a todos los vampiros, la verdad es que a muy pocos, pero aquellos que siendo humanos ya eran inteligentes ven multiplicadas sus capacidades y aquellos que amaban el arte o la literatura adquieren una mayor sensibilidad.

—¿Sensibilidad para matar?

—No pueden dejar de hacerlo, es su naturaleza. Necesitan la sangre, pero no son animales, son seres superiores en todos los aspectos. No todos, hay escalas, pero Helmut era un ser superior.

—Y ahora es un no ser, enterrado sin cabeza. Bueno, la cabeza está enterrada con el resto del cuerpo, pero a los pies.

—¿Cómo lo matasteis?

—Eso, como usted dice, ya no importa. Para su consuelo le diré que fue duro de matar, era un tipo como Steven Seagal, pero en vampiro.

—No, no me consuela.

—Pues nada, a joderse. Pero, por favor, vuelva a su relato, a su primer contacto con el maravilloso y poderoso mundo de los vampiros.

—Bueno, cuando Helmut me contó lo que sentía, le pedí que me convirtiese en vampiro, pero se negó.

—¿Por qué?

—Porque hay un cupo, hay un número máximo de vampiros permitidos, y a quien inflinge la norma lo matan o lo destierran.

—Sí, conocía eso del cupo.

—Entonces se me ocurrió decirle que estaba en peligro porque Elijah Shine había escrito una novela que estaban a punto de publicarle en la que relataba todo lo que había pasado con él y con Julia Hertz.

—¿Usted hizo eso?

—Fue para proteger a Helmut.

—Usted es repugnante. ¿Sabe lo que le ocurrió a Helen Shine por su culpa?

—Sí, lo sé, la secuestraron y la convirtieron en vampiro.

—Y luego amenazaron al señor Shine con matar a su hijo y de esa manera evitaron la publicación de la novela.

—Veo que conoces la historia.

—Sí, lo que no sabía es que usted también hubiera traicionado al señor Shine.

—No pensé que harían lo que hicieron, pero quería mucho a Helmut y creí que debía protegerle. Después de que pasara aquello, Helmut me advirtió que los vampiros querían matarme para no dejar testigos y me fui de Nueva York. Fui dando tumbos por ahí hasta que un día me ofrecieron la plaza de profesor en este instituto.

—Lo que no acabo de entender es por qué le dieron tanta importancia a un simple libro.

—¿Un simple libro? Un libro tiene mucha más importancia de la que crees.

Higgins de levantó y se dirigió a la estantería de libros que quedaba a mi espalda, cogió un ejemplar de *Drácula* de Bram Stoker y lo dejó caer sobre mi regazo al volver a sentarse frente a mí.

—*Drácula* no es, como tú dices, un simple libro. ¿Sabes por qué lo escribió Stoker? Pues lo escribió por la misma razón que tu Byron, para desenmascarar a un vampiro real. A finales del siglo XIX se puso de moda cualquier cosa que tuviera que ver con lo paranormal: videntes, médiums, fantasmas, etcétera. Stoker era masón y dentro de su círculo de amistades había gente que estudiaba estos temas. Él empezó a interesarse también por todo lo sobrenatural y conoció a un experto en folclore de Europa Oriental, llamado Vámbery, quien le contó algunas historias de vampiros reales. Stoker se quedó impresionado por lo que Vámbery le contó, pero no acabó de creerle. Un invierno, algunos años después de que Jack el Destripador asesinara a cinco mujeres, Londres volvió a verse sacudida por lo que parecía otro asesino en serie. Este no destripaba a sus víctimas, sino que les extraía toda la sangre. El caso hizo pensar a Stoker en aquellas historias de vampiros de Vámbery y empezó a investigarlo desde esa perspectiva. Esos asesinatos tuvieron lugar en 1895 y Stoker descubrió que ese año un extranjero había comprado tres propiedades en el centro de Londres, las tres el mismo día y pagando una gran suma de dinero. Se le ocurrió que ese extranjero podía ser el asesino y comentó su teoría a un jefe de la policía que también era de su logia. Por supuesto, no le tomó en serio y Stoker, al final, decidió convertir su disparatada teoría en una novela.

—¿Y la policía le hizo caso entonces?

—No, por supuesto, pero como te he dicho, en aquella época había mucha gente aficionada a lo paranormal, y a raíz de la publicación de la novela, se formó algo que se vino en llamar Academia de Estudios Vampíricos de Londres. Eran un grupo de jóvenes burgueses ociosos que habían decidido montar aquello como un simple divertimento. Un día, los de esta academia invitaron a Stoker para que diera una conferencia sobre su novela, y en esa conferencia el escritor les dijo en quién se había inspirado para escribir *Drácula*.

—¿Y le creyeron?

—Sí, le creyeron. Empezaron a investigar a esa persona y una noche le clavaron una estaca en el corazón y la mataron. Aquella persona era en realidad un vampiro. Un simple libro, Abel, un simple libro. Piensa que con que una sola persona crea lo que se relata en una obra de ficción, el libro deja de ser algo simple para convertirse en un arma peligrosa. Un libro por sí solo no es nada, pero adquiere importancia y sentido cuando alguien lo lee, y el poder, sea cual sea su origen y naturaleza, teme a los libros porque sabe que es la mejor manera de transmitir ideas, y a los que ostentan el poder no les interesa que se piense algo diferente a lo que ellos piensan. Cualquier sociedad es un sistema muy complejo y frágil, y una simple idea puede derribarlo. En el caso de los vampiros, la idea de su existencia.

—¿Qué pasó después de que mataran a ese vampiro?

—Después de eso, los vampiros huyeron de Londres

durante una temporada, pero antes mataron a todos los miembros de aquella academia y a Bram Stoker, aunque oficialmente este murió de sífilis. Unos veinte años después de aquello, murió otra persona a consecuencia de *Drácula*, un director de cine alemán llamado Murnau.

—Me suena el nombre.

—Es el director de *Nosferatu.*

—Ah, vale, sí, el director de *Nosferatu.* ¿También lo mataron?

—Sí, pero se supone que murió en un accidente de coche en California. La película es del año 1922 y se hizo en Alemania, pero tuvo mucho éxito, tanto que a Murnau le contrataron en Hollywood, donde moriría pocos años después. Los vampiros, cuando se enteraron de que Murnau estaba rodando *Nosferatu*, intentaron evitar que la película viera la luz. En verdad la película era una versión de *Drácula*, así que presionaron a la viuda de Stoker para que pidiera una cifra millonaria por los derechos cinematográficos de la novela. Murnau se salió con la suya, cambiándole el título y el nombre de los personajes. De nuevo, la película creó un excesivo interés por los vampiros, y ya sabes las consecuencias de eso: curiosos, investigadores, locos viendo vampiros por todas partes…

—Sí, entiendo el miedo de los vampiros y que quisieran evitar que se editara la novela del señor Shine.

—Además, Elijah tuvo muy mala suerte.

—¿Por qué mala suerte?

—Pues porque acabó de escribir su novela poco después de que apareciese *Entrevista con el vampiro* de Anne Rice.

—¿Ese bodrio?

—¿Bodrio? Desde *Nosferatu* nada había perturbado tanto a los vampiros.

—No sé, yo he visto la película y es muy ñoña.

—En esa novela los vampiros no son bestias sedientas de sangre, sino personas inteligentes y cultas que, por diferentes razones, se han convertido en unos seres inmortales. La novela está contada desde el punto de vista de un vampiro, y aunque el vampiro protagonista difiere mucho de los vampiros reales, la novela tiene muchas cosas que no se alejan de la realidad.

—Es que recuerdo que el vampiro de la película estaba todo el rato amargado porque era vampiro.

—Eso es lo que es totalmente falso, pero hay reacciones de los personajes y algunas situaciones que se han dado y se dan en el mundo de los vampiros. La novela no tuvo un éxito inmediato, pero empezó a parecer muy interesante a mucha gente con ideas propias.

—Y luego hicieron la película, ¿no?

—Sí, unos diez años después. No pudieron evitar que se hiciera la película y, encima, con Cruise y Pitt. Aparte de los amantes del género, interesó a los cinéfilos en general y a todas las niñas, y menos niñas, fans de esos dos actores.

—Pero no dejaba de ser una película.

—Ya, al igual que un libro es un simple libro, pero ninguna persona es una simple persona. ¿Aún no lo entiendes? Hay gente a la que un libro le cambia la vida porque lo lee en un momento concreto y todo lo que en él se dice tiene sentido. Hay gente que se enamora de Emma Bovary o que quiere ser un nuevo Jean Valjean. Y hay gente, Abel, que quiere ser Drácula, pero sabe que no existe y lo acepta. ¿Qué ocurriría si alguien supiera que Drácula es real y qué puedes convertirte en vampiro?

—¿En una bestia asesina?

—No, ahí te equivocas, nadie quiere ser una bestia asesina, por eso a los vampiros les ha ido siempre bien, ya que la literatura y el cine los han mostrado como lo que no son. Si nadie quiere ser vampiro, más allá de cuatro tarados a los que les gusta la violencia hasta ese extremo, si nadie quiere serlo, entonces no tienen interés real, pero no tienen interés real tampoco para aquellos que podrían destruirlos. Lo que no existe no es un peligro, no importa. Mira, es sencillo, imagina un crío de quince años que admire a Tom Cruise y le fascine *Entrevista con el vampiro*. Bien, a ese crío no le gustará jamás una película de vampiros mordiendo a gente, gritando, violando a mujeres o convirtiéndose en animales. No es solamente despertar la conciencia y hacer ver que a lo mejor los vampiros existen, también es peligroso que se rechace la infantilización del vampiro porque si eso ocurre, un día, habrá alguien como Elijah Shine que escribirá una historia real y ese día comenzará el fin de los vampiros.

—Por eso se creó Circle Books, para evitar que se editaran libros de vampiros creíbles.

—Fue idea de Helmut. Después de pararle los pies a Elijah Shine, hubo una época de tranquilidad, pero se hizo la película de *Entrevista con el vampiro* y volvieron los nervios. Entonces Gabriel Shine se metió en un lío, no sé cuál.

—Vio a su madre, trece años después de que la enterraran.

—Ah, no lo sabía. Bueno, el caso es que Helmut aprovechó aquello para obligar a Elijah a aceptar el proyecto. Era indispensable que un humano dirigiera el seminario. Además, Elijah era buen escritor y había tenido éxito.

—El seminario de la muerte. ¿Usted sabía que todos los alumnos fueron asesinados poco después de terminar los seminarios?

—Sí, lo sabía y también que Elijah Shine desconocía eso.

—Usted lo sabía y me envió a una muerte segura. Usted traicionó a Elijah Shine para proteger a Helmut y su mundo de vampiros, pero ¿por qué me vendió a mí?

Higgins hizo el ademán de tomar otro sorbo de su *capuccino* antes de responder a mi pregunta, pero vio que su taza estaba vacía. Volvió a preguntarme si quería tomar algo y en esta ocasión sí le acepté un café. Me sorprendí al comprobar cómo estaba pudiendo llevar aquella situación sin alterarme lo más mínimo. Aquel hombre tuvo claro que si iba a Ithaca me matarían y yo estaba allí, charlando con él, aceptando beber su café, como si todo lo que hubiera vivido en Nueva York no fuesen más que una serie de aventuras juveniles de verano. Higgins me dio mi café y volvió a sentarse en el borde de la mesa.

—Coincidiendo con el comienzo del curso —empezó diciendo—, el profesorado se sometió a un chequeo médico, y a mí me encontraron que tenía cáncer. Algo incurable. Dos años de vida como mucho que se podían convertir en dos más si me sometía a una serie de terapias dolorosas y pesadas. Me hundí, como es lógico. Un día se me pasó por la cabeza llamar a Helmut y comentarle el tema. Él me dijo que quizá había una solución para mi caso. ¿Sabes cuál?

—No, no sé nada de medicina.

—No, no era un remedio médico, la solución era convertirme en vampiro. Lo comentó con sus superiores, pero de nuevo se topó con lo del cupo. En ese tema son muy estrictos, aunque desconozco el motivo. No había nada que hacer. Aparte de volver a hundirme, me di cuenta de que estaba solo. Entonces apareciste tú con tu mal de amores, algo muy tierno. Te cogí cariño y pensé que, a lo mejor, al final no estaría tan solo.

—¡Pues menos mal que me cogió cariño!

—Luego llegó tu relato y, como se dice vulgarmente, se me encendió una bombilla. Si podía ofrecer algo a cambio, quizá aceptasen saltarse la norma del cupo. Lo hablé con Helmut, lo consultó y me dijo que lo aceptaban.

—Entonces tuvo que retocar mi relato para que realmente pensaran que merecía la pena saltarse el cupo por mí. ¿Cómo pudo hacer eso? ¿Qué había hecho yo para que usted decidiera que me mataran?

—O morías tú o lo hacía yo. Estaba luchando por mi supervivencia, por mi vida.

—¿Luchando? ¿Así es como se lucha? Usted luchó una mierda, lo que hizo fue aprovecharse de una persona inocente e indefensa. Eso no es luchar. Realmente merece ser un vampiro. Es usted igual que ellos.

—¡Era por mi vida!

—¿Por su vida? ¿Matar a cambio de no morir?

—Matar a cambio de la inmortalidad.

—Como Judas, él también consiguió su inmortalidad, señor Higgins. Esa es la única inmortalidad que usted va a conseguir, la inmortalidad de Judas.

A veces decía unas cosas que no sabía de dónde las sacaba, pero eso de la inmortalidad de Judas me pareció muy bueno. Cuando dije esta frase, me vinieron a la cabeza otros nombres que podría haber utilizado en vez del de Judas. Por desgracia, hay demasiados héroes cuya heroicidad se ha asentado en la muerte de inocentes. También son inmortales, incluso se escriben libros y se hacen películas sobre ellos, los venden en camisetas y pósters, los citan en tertulias de televisión. La inmortalidad se puede lograr de muchas formas, pero la manera más fácil para logarla siempre ha sido manchándose las manos con sangre inocente.

—Lo que no acabo de entender, señor Higgins —continué diciendo—, es cómo puede usted contarme todo lo que me ha contado, decirme que sabía que me iban a matar, en vez de mentirme de nuevo o callarse.

—¿Me preguntas por qué he confesado todo?

—Sí, eso mismo.

—No busco que me comprendas ni justificar lo que he hecho, ya que, además, no puedo arrepentirme de haber obrado de esa manera. No sé lo que ha pasado en Nueva York ni cómo es posible que tú sigas vivo y Helmut haya muerto, pero eso ya da igual, supongo. Soy lo que soy y no tengo por qué seguir ocultándolo. Admiro a los vampiros porque son una raza superior, posiblemente el futuro, algo diferente y admirable en este mundo miserable.

—Son asesinos despiadados.

—¿Asesinos despiadados? ¿Desde qué punto de vista? Necesitan beber sangre humana para vivir en todo su esplendor, eso no es asesinato. Tú lo llamas así porque te basas en leyes absurdas hechas por burgueses y clérigos, asentadas sobre frases vacías que hablan de la igualdad entre todos los hombres. ¿Asesinos? Vives en un país en el que hay pena de muerte, pero eso no es asesinato, eso es justicia. ¿Qué diferencia hay entre lo que hacen los vampiros y lo que sucede en una guerra? ¿Todos los soldados son asesinos despiadados? Piedad, otra palabra estúpida. ¿De dónde sale esa palabra? Piedad. ¿Por qué hay que ser piadoso? ¿Por qué el que da limosna está mejor visto que el que roba? Ah, sí, porque Dios lo cree así. Un buen día un grupo de personas se reunieron, personas ociosas y mediocres, y decidieron que las cosas debían ser así. Decidieron qué era lo bueno y lo malo, lo justo y lo injusto, y también cuándo lo que ellos habían dicho que era malo podía considerarse bueno o lo injusto justo. Sí, decidieron que la moral dependía de las necesidades que ellos tuvieran en cada momento. Matar es malo, pero no lo es si lo puedes justificar hablando de democracia o de justicia. ¿Qué diferencia a un gobernante que envía a su pueblo a una guerra de un vampiro que mata a alguien para beber su sangre? ¿La democracia? ¿El bien del país? Oh, sí, claro, los vampiros no tienen banderas.

—Eso no es cierto, yo al menos he visto una y le puedo asegurar que no es agradable a la vista porque por sí sola significa todo lo malo que tiene el ser humano. Y todo lo malo que tiene el ser humano le haría merecer ser vampiro. Usted podría ser un buen vampiro, lástima que ya no pueda serlo. Ya no le quedan contactos en Nueva York y su intento de matarme a cambio de su condenación eterna le ha salido mal.

—Bueno, creo que esta conversación ha acabado y que ahora vas a matarme.

—¿A matarle?

—Sí, a matarme. ¿No has venido a eso?

—No, no voy a matarle. Lo que le voy a decir ahora a lo mejor le parece raro. No puedo matarle porque en estos momentos estoy con usted en el mundo real, no en el fantástico de los vampiros. He estado allí y es lo más parecido que hay al infierno, pero he podido escapar de ese infierno y ahora no me apetece volver. No puedo matarle porque para mí usted no es el personaje de una historia de vampiros o yo no puedo verle así. Si estuviéramos en un sótano con nichos de mármol blanco o en una habitación con ataúdes por estrenar, le mataría sin dudarlo, pero no estamos en ningún sitio de esos. Aquí hay normas, leyes y moral. Eso le salva y me salva a mí.

—Entonces ¿qué vas a hacer?

—Nada, no voy a hacer nada. No puedo ir a una comisaría y denunciarle porque manipuló un relato mío para que unos vampiros me mataran. La policía es real y los vampiros son ficción, no podemos juntar a ambos en esta historia. No, señor Higgins, no le voy a hacer nada. Morirá pronto y lo hará solo, recogiendo lo que ha sembrado. Yo lo único que voy a hacer es irme de este despacho y esperar no volverle a ver en mi vida. Eso sí, si por la razón que sea vuelve usted a intentar hacerme daño, a mí o a cualquier persona de las que quiero, entonces decidiré que usted y yo somos personajes de una historia de vampiros y le mataré. Le proporcionaré una muerte lenta y muy dolorosa. Adiós, señor Higgins.

Salí del despacho de Higgins con la nuez a punto de reventarme a causa de la «angustia de la lágrima no derramada, sección rabia contenida». Tenía ganas de matarle, por supuesto, pero sabía que de hacerlo me convertiría en todo aquello que odiaba, me haría regresar al mundo de los vampiros en las peores condiciones posibles. Lo que me angustiaba era que al final pareciese que Higgins se había salido con la suya. Intentó matarme y ni le toqué un pelo, pero es que no podía hacerlo, no podía hacerlo. Sí, Higgins debía morir, como el Samuel Hide que era, pero yo no era la persona idónea para segarle la vida. Ya no lo era.

Sin embargo, inesperadamente para mí, apareció esa persona para hacer lo que yo no podía hacer.

Aquella misma noche, mi padre casi no habló durante la

cena. Deduje que era porque había algún problema en la ferretería. No quise preguntarle lo que le pasaba y decidí después de cenar irme a mi habitación, pues entendí que mi presencia le incomodaba de alguna manera. Diez minutos después de dejar a mi padre a solas con sus problemas, vino a mi habitación para decirme todo lo que no supo cómo decirme durante la cena.

—Tu tutor se llamaba Higgins, ¿verdad? —empezó diciendo—. ¿Heathcliff Higgins?

—Sí, Heathcliff Higgins.

—Bueno, pues a última hora de la tarde lo han encontrado muerto en su despacho. Se ha suicidado, se ha ahorcado con el cinturón de su pantalón. Dicen que estaba muy enfermo, que tenía cáncer…

—Sí, tenía cáncer.

—Lo siento mucho, Abel. ¿Quieres que vayamos a su funeral?

—No, no me apetece.

—Lo entiendo, hijo. Si quieres hablar del tema, estaré abajo, ¿vale? Solo quiero que entiendas que estas cosas pasan. Tu amigo Higgins se ha suicidado porque era un cobarde.

—Sí, era un cobarde, papá.

—De todas maneras, Abel, no te preocupes, hay muchos peces… Ah, no, lo de los peces no vale para esto. No, peces no, otros bichos.

—No, eso de que hay muchos peces en el mar puede ser válido.

—¿En serio?

—Sí, a mí me vale.

Bueno, pues lo que tú digas.

Mi padre aceptó que aceptara la tontería esa de los peces y se despidió recordándome que andaría por abajo en caso de que necesitara consuelo paterno.

El suicidio de Higgins era un extraño y lógico final para aquella aventura de vampiros y libros que nunca quise protagonizar. Extraño porque él entregó la vida de un inocente para conseguir vencer a la muerte, y alguien que hace algo así se supone que peleará hasta el final. Lógico porque, a fin de cuentas, Higgins era un cobarde traidor, y a los cobardes traidores de las historias de ficción se les fusila al amanecer o se acaban suicidando. Sí, quizá el suicidio de Higgins fue más lógico que extraño, pues él era más personaje que persona. De todas maneras, lo que más me importaba de la muerte de Higgins era lo que he señalado antes, que se trataba del final de mi historia *vampiril*. Muerto él, ya me podía dedicar a lo mío, es decir, a vivir la vida que siempre quise vivir, cumpliendo el destino que mi padre me había escrito en el cartel verde con letras doradas del negocio familiar. Lord Byron, Renée Zellweger y los vampiros, con sus cosas de morder y chupar, habían sido simples piedras en el camino, ridículas piedras que no habían podido finalmente desviarme de mi destino. Abel J. Young iba a heredar una ferretería y se iba a casar con Mary Quant, la chica que se llamaba como la inventora de la minifalda. Solamente un hecho extraordinario podría cambiar eso. Bueno, un hecho extraordinario o un SMS de una japonesa licenciada en historia por Harvard, concretamente el que Arisa me envió aquella misma noche:

> Abel, ya sé que dijimos que nos olvidaríamos de los vampiros, pero Gabriel y yo nos hemos dado cuenta de que no podemos dejar que se salgan con la suya... Estamos planeando una visita de cortesía a nuestra amiga Julia Hertz. ¿Te apetece comida china?

EL JURAMENTO

Abel J. Young y
Heathcliff Higgins

George contemplaba desde la ventana cómo los relámpagos de la tormenta se reflejaban en el lago. En el salón contiguo se oía a Mary Shelley leyendo en voz alta un relato de fantasmas. También se podían oír los murmullos y comentarios del resto de las personas que se hallaban en el salón escuchando a Mary: Percy Shelley, Claire Clairmont, la condesa Potocka, Matthew Lewis y el secretario y médico personal de George, John Polidori. Fue este último quien propuso que, aprovechando que la noche —tan desapacible como todas aquellas del verano sin verano de 1816— era perfecta para sacar a relucir los miedos ocultos de las almas mortales, sería interesante acabar la velada leyendo algunos relatos de un libro sobre fantasmas alemanes que él había traído consigo de Inglaterra. A George le molestaba profundamente que Polidori, sin ser un invitado suyo, sino un simple empleado, estuviera tomando un protagonismo en Villa Diodati que no le correspondía. Ni siquiera lo consideraba un buen médico, y había tenido secretarios que habían realizado su trabajo con mucha más prestancia que Polidori. Le habían dado muy buenas referencias de él, y George necesitaba un médico cerca cuando viajaba al extranjero, debido a que desde hacía años la enfermedad, en sus múltiples manifestaciones físicas y anímicas, había sido su única compañera fiel. Además, el hecho de que Polidori pudiera hacer también de secretario suponía ahorrarse un sueldo, algo que, aunque George no quisiera reconocerlo, era un auténtico alivio para su maltrecha economía. Por todo ello, en un principio consideró acertado contratarle, pero ahora pensaba que había sido un error hacerlo y estaba decidido a librarse de Polidori cuando regresara a Londres. Eso sí, mientras permaneciese en Suiza intentaría hacer ver a su médico y al resto de los invitados que su presencia no le importunaba en absoluto. En el mundo en el que George se movía, las apariencias eran lo único que valía la pena mantener, aunque el honor y el dinero se resintieran por ello. El desprecio que sentía por Polidori hizo que no quisiera participar en la lectura y posteriores comentarios de esos relatos alemanes. Valiéndose de la excusa de que el vino de la cena se le había subido a la cabeza y de que se sentía algo indispuesto, abandonó el salón donde todos sus invitados estaban entonces reunidos y se dirigió a la sala contigua.

Mientras los invitados de la casa estaban enfrascados en la lectura de cuentos fantasmagóricos, George aprovechó su soledad y la inspiración que le traía la tormenta que contemplaba desde la ventana para repasar mentalmente el esquema de un relato que quería escribir desde hacía años. No iba a ser un relato convencional, un simple entretenimiento para seres acomodados y ociosos. No, su relato iba a ser un arma, posiblemente la única que él podía utilizar en aquellos momentos, para destruir a un vampiro. Para que su plan surtiera efecto, necesitaba la colaboración de otros amigos escritores. Esa era, precisamente, la verdadera razón por la que había invitado a Villa Diodati a Percy Shelley y a Matthew Lewis: proponerles que se unieran a él en la aniquilación de ese ser maligno. Lo harían sin saberlo, serían una pieza clave en su plan, pero jamás les diría que el fin último iba a ser desenmascarar y destruir a un vampiro. Era evidente que si les rebelaba cuál era la verdadera razón por la que necesitaba su colaboración, ellos le tomarían por loco, pues era bien sabido que los vampiros no existían. El propio George habría pensado lo mismo de cualquier persona que le hubiese propuesto tal cosa, de no haber viajado a Turquía años atrás y haber descubierto que aquel a quien todos conocían como August Devrall no era humano, sino un ser venido del infierno para saciar su sed con la sangre de inocentes.

George había conocido a August Devrall durante una cena en Londres organizada por el propietario del *New Monthy Magazine*. En un principio había dudado acerca de asistir a esa cena porque el *New Monthy* era una publicación que no se encontraba entre sus lecturas habituales y tampoco tenía relación alguna con sus redactores y colaboradores. Sin embargo, se dio cuenta de que esa noche en concreto no tenía nada interesante que hacer y de que si iba a esa cena había muchas posibilidades de encontrar compañía femenina con la que terminar la velada de una manera placentera.

—Mi admirado lord Byron —dijo el anfitrión de la cena cuando George entró en el salón principal de su casa—, es un honor tenerle entre nosotros. Muchísimas gracias por haberse dignado compartir con nosotros la velada.

A George le halagaban, quizá en exceso, este tipo de recibimientos. Se había convertido, desde la publicación de *Horas de ocio*, en uno de los poetas de moda, y después de haber entrado ese año en la Cámara de los Lores, era visto como uno de los jóvenes más prometedores de la Inglaterra de los primeros años del siglo XIX. Eso hacía que todo el mundo quisiera aprovechar cualquier situación para establecer con él lazos de unión, sin importar la naturaleza de estos, que les reportara cierta notoriedad en el presente y beneficios de toda índole en el futuro. La fama adquirida por George también le servía como arma de seducción, y se unía a las que ya poseía para este fin: su belleza y su elegancia. Al recibirle el propietario del *New Monthy Magazine* de aquella manera, George entendió que iba a ser el centro de la velada, otra vez, y eso le complacía enormemente.

El anfitrión le presentó uno a uno a todos los invitados que iban a acompañarle aquella noche, elogiando de una manera exacerbada, cuando le tocó el turno, a un tal August Devrall; al parecer la última adquisición de la revista, un joven «prometedor y que no dejará indiferente a nadie». August Devrall dijo a George que le admiraba muchísimo y que esperaba que en un futuro pudiera escribir algo que mereciera su aprobación. George ni siquiera se dignó contestarle, intentando mostrar con esa actitud que el interés por esa joven promesa era totalmente nulo. Manifestó el mismo desdén por el resto de los invitados que le fueron presentados, a excepción de una joven de rizados cabellos castaños y profundos ojos verdes, a la que el anfitrión presentó como su hija Helen. En el momento en que George se agachó para besar su mano con un gesto amanerado, pensó que su presencia en esa casa acababa de cobrar un delicioso sentido.

Sentados ya a la mesa, George comenzó a sacar a relucir sus primeras armas de seducción, contando anécdotas elegantes y graciosas sobre su vida en Cambridge y relatando anécdotas igual de graciosas, pero quizá no tan elegantes, sobre personajes públicos que él había conocido en los últimos años. Con ello quería demostrar que cualquier mujer que se interesase por él podría conocer a quien se debía conocer en Londres en aquella época; convertirse en protagonista de la vida pública londinense, aparte de convertirse también en protagonista de los placeres de la vida privada que lord Byron podía ofrecer. Era evidente que George estaba consiguiendo su propósito, ya que la joven Helen estaba escuchando atentamente todas y cada una de las palabras que salían de su boca y riéndose, a veces exageradamente, cuando él acababa una de sus graciosas anécdotas. George esperaba poder estar unos momentos a solas con Helen después de la cena para acabar de seducirla, susurrándole al oído bellas palabras que ella jamás habría escuchado y que se habían mostrado muy efectivas con mujeres aparentemente mucho más difíciles de conquistar que ella. Estaba seguro de que Helen irremediablemente acabaría cayendo en sus brazos y de que esos brazos la dejarían caer, a su vez, sobre el lecho de su alcoba. Quizá no esa misma noche, pero no tenía la menor duda de que eso sucedería en breve.

Llegaron los postres y George comenzó un juego de gestos insinuantes, a la par que sutiles, con Helen. Eran gestos que, dependiendo de la predisposición de ella, podían significarlo todo o nada y que funcionaban como prólogo a esas palabras que pensaba dedicarle una vez que los comensales abandonasen la mesa. Ese juego de gestos fue interrumpido, abrupta e inesperadamente, cuando August Devrall decidió entrar en escena.

—He escuchado atentamente todas las anécdotas que nos ha ofrecido gustosamente nuestro apreciado lord Byron —dijo, y al nombrar a George le miró directamente a los ojos, de manera desafiante— y mientras lo hacía he llegado a la conclusión de que la vida en Inglaterra es mucho más aburrida de lo que a simple vista se podría pensar.

La mesa quedó tan en silencio tras pronunciar Devrall esas palabras que se podían escuchar los pasos de los criados de la casa, que se acercaban al salón principal con las bandejas de los espirituosos. Todo el mundo miró a George esperando que él respondiera al evidente golpe que el joven August le había propinado, pero lord Byron no supo qué contestar; no podía replicarle en aquel momento porque, aparte de saber que el propietario del *New Monthy Magazine* le consideraba una joven promesa de las letras, desconocía totalmente a su inesperado rival. Para atacarle habría necesitado saber por qué flanco hacerlo, cuál era su punto débil, y hasta aquel momento ni siquiera le había considerado como posible enemigo, en parte porque para él no eras más que un arribista buscando sacar provecho de una relación con el gran lord Byron. Además, también desconocía por qué razón Devrall le había atacado de esa manera, cuando un par de horas antes le había mostrado su admiración. Las dudas de George sobre las intenciones del joven August Devrall se disiparon pocos instantes después de que le hubiese dedicado esas envenenadas palabras. Ante el silencio de George, su nuevo enemigo de salón comenzó a explicar anécdotas de sus numerosos viajes por Europa, Asia Occidental y el norte de África. Eran historias de aventuras, en las que su narrador se había enfrentado a mil peligros y conocido a reyes, magos, sabios, y a mujeres que poseían la belleza auténtica, aquella que había inspirado durante siglos a los artistas que todos admiraban. «Eso sí —añadió Devrall, dirigiendo su mirada a Helen—, ninguna de ellas podría compararse a usted.» Con esa frase George entendió cuáles eran las verdaderas intenciones que habían movido a August Devrall a atacarle de aquella manera. Ambos se habían sentado a la misma mesa con el deseo de conquistar a la misma mujer. Al menos ya conocía qué había provocado esa guerra que él no había buscado, pero guerra al fin y al cabo, y pensó que valía la pena contraatacar, y lo haría intentando hacer ver que todas aquellas historias eran fruto de una imaginación prodigiosa, y no de unas vivencias reales.

—Fascinantes son sin duda las aventuras que parece haber vivido, señor Devrall —dijo George, devolviéndole la mirada desafiante que minutos antes había recibido de él—, pero mientras le escucho, no puedo de dejar de preguntarme: ¿cómo es posible que alguien tan joven como usted, del que desconozco linaje y fortuna, haya podido viajar por tantos lugares sin pasar penurias económicas?

—Es cierto que no soy descendiente de ninguna familia aristocrática —contestó August Devrall— y que de mi padre no recibí más herencia que el anillo que porto en mi mano derecha, pero hay muchas maneras de amasar una pequeña fortuna sin necesidad de heredarla.

—Pues ilústrenos, señor Devrall —contestó George —, díganos cómo amasó usted esa fortuna.

—Sé que quizá esté mal visto y que gente como usted, señor Byron, puede llegar a considerar que es un método despreciable de conseguir dinero, pero como en el fondo me importa bien poco lo que usted y sus semejantes puedan pensar sobre mí... —Tras decir esto, Devrall tomó aire antes de continuar—. No tengo ningún problema en confesar que todo lo que poseo lo gané jugando a la cartas.

—¿Es usted un jugador profesional? —preguntó George.

—No, profesional no; solamente un jugador con suerte. No mucha, solamente la suficiente para entender que cuanto más dinero se tiene, más fácil es perderlo si no se ha conseguido con el sudor de la frente, y siento decirlo, pero la nobleza acomodada es una víctima más que propicia para alguien como yo. Por ejemplo —prosiguió Devrall—, mi último viaje a Egipto lo financió un lord pretencioso que ni siquiera se dignó darme la mano cuando me lo presentaron. Su arrogancia fue su perdición y ahora creo que ha huido a Francia, a esconderse de sus acreedores.

George recibió aquellas palabras como si se tratase del segundo ataque virulento de la noche. Estaba claro que desconocía totalmente a su enemigo, pero este le conocía muy bien y sabía que su padre, el de George, se había refugiado en Valenciennes para huir de acreedores enfurecidos y que él mismo llevaba años pagando las deudas del anterior lord Byron. Era evidente que Devrall era un grandísimo rival, y George pensó que la única manera de derrotarlo era ganarle en su propio terreno.

—Me agradaría profundamente, y creo que al resto de nuestros amigos también —dijo George en un tono amigable—, que nos ofreciera una muestra de sus dotes como tahúr, señor Devrall.

—¿Quiere que juegue a las cartas aquí y ahora?

—Sí, precisamente eso, mi querido August.

—De acuerdo, pero dudo mucho que, después de lo que he explicado, alguien quiera enfrentarse a mí.

—Yo seré quien se enfrente a usted —propuso George—, si es que no tiene miedo a ser derrotado por alguien de mi clase.

Devrall aceptó el reto. El amo de la casa pidió a un criado que llevara una baraja francesa y unas fichas de juego y ordenó a los demás que retiraran todo lo que había sobre la mesa. George y su rival se sentaron frente a frente y el resto de los invitados se dividió en dos grupos, que se colocaron detrás de los jugadores para contemplar el juego desde cerca, pero sin molestar a ambos contendientes. George se sintió grandemente reconfortado al comprobar que Helen había decidido unirse a la gente situada a sus espaldas. Era evidente que el reto había sido un golpe maestro y que antes de iniciarse la partida él ya iba ganando.

—¿Qué nos jugamos, solo dinero o algo más? —preguntó Devrall antes de repartir las cartas por primera vez.

—Creo que deberíamos jugarnos aquello que heredamos de nuestros padres, mi villa de Aberdeen contra su anillo dorado. Quien se lleve todas las fichas ganará la partida.

Devrall aceptó, se quitó el anillo y lo dejó sobre la mesa. Se trataba de un aro dorado rematado por un sello en el que aparecía dibujado un murciélago de color rojo. No tenía ningún valor apreciable, pero no se trataba de dinero, sino de algo más importante, por eso a George no le tembló el pulso cuando redactó y firmó un documento en el que donaba su casa de Aberdeen a Devrall si este le derrotaba esa noche.

A medida que la partida iba transcurriendo, la expectación de los presentes iba en aumento. George se dio cuenta de que cada vez que ganaba un montón de las fichas de su rival, Helen se acercaba y le ponía la mano en el hombro a modo de felicitación, y que cada vez que perdía, la joven suspiraba melancólicamente. Era evidente que Helen sabía cuál era el verdadero premio para el ganador de aquella partida y que ansiaba que ese ganador fuese George. El juego estaba muy igualado y parecía que jamás iba a tener fin, pero cuando todos los presentes pensaban que ambos caballeros decidirían terminar la partida en tablas, Devrall apostó el resto y, ante el asombro de todos, George vio la apuesta. Una tras una y por turnos, los jugadores fueron descubriendo sus cartas; la última que mostró George, una reina de corazones, hizo que todos los presentes comenzasen a aplaudir y que Helen besase su mejilla, ante el rostro derrotado de August Devrall. Este se levantó de la mesa y se fue de la casa sin despedirse siquiera mientras George acomodaba el anillo de los Devrall en uno de los dedos de su mano derecha.

La velada continuó como George esperaba, con Helen rendida a sus pies. Si no compartieron lecho aquella noche fue porque consideró que después de haber vencido a Devrall su deseo de placer ya estaba saciado, por lo que no habría podido disfrutar del todo del cuerpo y la inocencia de Helen. Ya había conseguido lo que quería de ella; los placeres de la carne podían esperar. Se despidió de Helen con la promesa de que pronto recibiría noticias suyas y abandonó la casa. George hizo una señal a su cochero y este se acercó hasta donde se encontraba él, deteniendo el carruaje de tal manera que la puerta del mismo quedara justo frente al lord. George iba a hacer el ademán de abrir la puerta, pero esta se abrió sola ante su asombro. Al subir al carruaje, se encontró frente a frente con August Devrall, quien, después de asirle con fuerza la muñeca izquierda, le dijo:

—Ha sido una gran partida, he de reconocerlo. No cabe duda de que es usted un gran rival, posiblemente el mejor que he tenido. Yo respeto profundamente a aquellos que merece la pena respetar, y usted esta noche se ha ganado mi respeto. Sin embargo, no puedo dejar de estar enfadado con usted, y eso puede ser peligroso. Me ha ganado esta noche y se ha llevado mi anillo, pero quiero que comprenda que Helen es solo mía. Si no entiende lo que acabo de decirle, me obligará a hacérselo entender de otra manera.

Devrall soltó la muñeca de George y bajó del carruaje ordenando al cochero que se pusiera en marcha. Lord Byron no era un hombre que se dejara intimidar fácilmente, y menos aún por el simple pretendiente de una joven burguesa, pero estaba seguro de que la amenaza de Devrall era cierta, y no por miedo, pero sí quizá para evitar un nuevo escándalo, era preferible alejarse de Helen y de todo lo que la rodeaba. Eso sí, había decidido mantener el anillo de los Devrall en su mano derecha, como recuerdo de la victoria de esa noche y en homenaje a todos aquellos infelices de los que Devrall se había aprovechado jugando a las cartas.

Días después del incidente con Devrall, George entregó a la editorial el manuscrito de *Bardos ingleses y críticos escoceses* e inició un viaje por diferentes parajes de Europa. En aquel duelo dialéctico con Devrall, se había dado cuenta de que necesitaba conocer mundo, pues viajar con libertad era lo único que no había podido hacer en su vida. Después de visitar España, Portugal, Malta y Grecia, George viajó a Turquía, donde, tras visitar las ruinas de la mítica Troya, decidió descansar unos días en la ciudad de Esmirna. Alquiló una pequeña cabaña a las afueras y en ella se instaló junto a un guía turco que había contratado semanas atrás en Atenas.

Una tarde, George y su guía fueron al puerto de Esmirna para comprar pescado fresco para la cena. Llevaba apenas cinco minutos en aquel lugar, cuando una anciana se acercó al guía y señalando a George le dijo algo al oído. El guía se quedó mirando extrañado al lord, mientras la vieja comenzó a ir por los diferentes puestos del mercado de pescado para repetir la misma acción de susurrar al oído de la gente mientras señalaba a lord Byron. Los tenderos del mercado, después de escuchar a la anciana, fueron cogiendo, uno tras otro, el cuchillo más grande que tenían a mano, y antes de que George fuera capaz de darse cuenta de lo que estaba ocurriendo realmente, se encontró rodeado de una treintena de hombres armados que le miraban con odio.

—¿Qué ocurre? —preguntó George al guía.

—La anciana dice que es usted un demonio, señor —contestó el guía—. Dice que es usted August Devrall.

—¿August Devrall? No, yo soy George Gordon Byron, sexto lord Byron. Por favor, dígales que están en un error.

Mientras el guía traducía lo que le había dicho, George pensó que en alguno de sus viajes Devrall debía de haberse aprovechado de sus dotes de tahúr para arruinar a unas cuantas familias de Esmirna. Al parecer, no se dedicaba solamente a hundir a aristócratas engreídos, sino también a humildes comerciantes. El guía volvió a dirigirse a George, en esta ocasión para decirle que sabían que él era August Devrall por el anillo que llevaba en la mano derecha. Lord Byron pidió que les explicara que ese anillo se lo había ganado meses atrás al propio Devrall en una partida de cartas. El guía volvió a traducir las palabras de George y al parecer los tenderos le creyeron, ya que disolvieron el corro que habían formado y volvieron, con gestos de satisfacción, a sus puestos.

Aquella misma noche, mientras él y su guía planificaban las excursiones que George quería hacer a las ruinas de Éfeso y Sardis, el lord comentó que le parecía un poco exagerada la reacción de la gente del puerto cuando le confundieron con August Devrall.

—¿Exagerada, señor? —preguntó el guía—. No cabe duda, los ingleses son hombres valientes que no temen a nada.

—Considero que es exagerada porque en el juego como en el amor todo vale —contestó George— y a nadie obligan a jugar a las cartas. Devrall es un buen jugador, pero no un tramposo. De serlo, yo no tendría ahora este anillo y él se habría quedado con mi casa de Aberdeen.

—No entiendo nada de lo que me está diciendo —dijo el guía—, todo el mundo sabe por estas tierras que Devrall es un vampiro.

—¿Un vampiro? —preguntó George extrañado.

—Sí, un muerto que ha vuelto de la tumba y que se alimenta de la sangre de jóvenes doncellas.

—Ahora soy yo quien no entiende nada de lo que me estás diciendo.

El guía comenzó a relatar la leyenda que sobre August Devrall se contaba en aquellas tierras turcas. Al parecer, Devrall había llegado a Esmirna cinco años atrás y había abierto un pequeño despacho comercial en el puerto. Debido a unas extrañas fiebres, el joven murió a los pocos meses de instalarse en la ciudad y fue enterrado en un cementerio de las afueras. Poco tiempo después de la muerte de Devrall, comenzaron a sucederse una serie de extrañas muertes. Jóvenes de Esmirna aparecían muertas en sus camas, con apariencia de haber fallecido desangradas, pero sin que en sus habitaciones apareciesen restos de su sangre derramada. Sin embargo, eso no era lo más extraño, ya que en el cuello de todas y cada una de las víctimas aparecían dos orificios, como si un ser de afilados colmillos hubiera hundido estos en la carne de las muchachas. Nadie sabía explicar qué estaba ocurriendo en Esmirna y el miedo se adueñó de sus habitantes. Los padres hacían vigilias a los pies de las camas de sus hijas, esperando que aquel animal o lo que fuera hiciese acto de presencia y así acabar con él de una vez por todas. Fue precisamente en una de estas vigilias cuando un pescador, padre de dos jóvenes doncellas, pudo ver el rostro del vampiro. August Devrall entró por la ventana de la habitación de las muchachas y al hacerlo se encontró de frente con el pescador, armado con un hacha. Cuando el buen hombre se abalanzó sobre Devrall, este huyó saltando por la ventana por la que había entrado momentos antes. El pescador fue casa por casa, despertando a los vecinos y rogándoles que se reunieran con él frente al ayuntamiento. Ante un par de centenares de personas, narró lo que le había sucedido esa misma noche, y cuando acabó su relato, un grupo de hombres, provistos de antorchas, palas y armas, se dirigió al cementerio de las afueras. Una vez allí, cavaron en la tumba de Devrall y abrieron su ataúd. Ante la sorpresa de todos los presentes, el ataúd estaba vacío. El grupo de hombres salió en estampida del cementerio y se dirigió a la oficina comercial que Devrall había abierto en el puerto. En la puerta del local encontraron una nota en la que se podía leer: «Disfrutad cuanto podáis de la belleza y juventud de vuestras hijas, pero tened por seguro que un día volveré para arrebatároslas. A. D.».

George no podía creer la historia que acababa de escuchar de boca de su guía. Aquella historia solamente podía ser fruto de la ignorancia y el miedo a lo desconocido de gentes alejadas de la ciencia y la razón. El guía se sintió molesto por las palabras de George, pues las consideró altamente ofensivas y le conminó a que le acompañara esa misma noche al cementerio de Esmirna. Lord Byron se rió de su guía, pero aceptó ir al cementerio con él. Una vez allí, el guía le llevó ante una tumba, alejada del resto de las del lugar y rodeada por un círculo de sal. George se agachó y alumbró con su antorcha la lápida. Conmocionado y asustado, pudo leer la siguiente inscripción: «Aquí yacen los restos mortales de August Devrall. 1782-1805. Descanse en paz». Al texto esculpido en piedra le acompañaba la silueta de un murciélago que lord Byron identificó con el que él portaba en el anillo que ganó a Devrall a las cartas y que se sacó en aquel preciso momento de su dedo, para lanzarlo con rabia lejos de él. No había duda de que la historia que le había contado el guía era cierta. Como tampoco había duda de que la próxima víctima de ese vampiro iba a ser la dulce Helen.

George decidió interrumpir su viaje aquella misma noche y regresar lo antes posible a Inglaterra. Una vez en Londres, y sin haber siquiera deshecho su equipaje, se dirigió sin perder tiempo a la casa de Helen. Llamó a la puerta y un criado, con rostro apesadumbrado, le informó de que no había nadie en la casa, ya que todos sus habitantes, excepto él, se hallaban en el entierro de Helen.

—Ha sido un golpe muy duro —dijo el criado— . Hace un par de semanas celebramos una gran fiesta para festejar la boda de Helen con el señor Devrall y ahora la casa está de luto, y la familia y el servicio, destrozados.

—¿Cómo murió Helen? —preguntó George.

—Fue víctima de una extraña anemia —contestó el criado—: se fue debilitando poco a poco, como si cada noche fuera perdiendo sangre. Algo extraño a lo que los médicos no encontraron explicación.

George se dio cuenta de que había llegado demasiado tarde y se sintió culpable por haber hecho caso a Devrall y haberse ido de viaje, dejando a Helen a la merced de ese vampiro. Preguntó al criado dónde se estaba celebrando el funeral y este le dijo que seguramente ya habría finalizado, por lo que le sugirió que fuese directamente al cementerio del Este, donde iba a ser enterrada la señora Devrall. George subió a su carruaje y ordenó al cochero que le llevara a aquel cementerio. Al llegar allí, vio un nutrido grupo de personas formadas en fila, presentando sus respetos a la familia de Helen. George se puso al final de la fila, y al llegar a donde se encontraban los familiares de la difunta, dio el pésame al padre, a la madre y a la hermana pequeña, pero no dio el pésame al viudo de Helen. No, a este le apretó con fuerza la muñeca derecha y le susurró al oído:

—Sé quién sois realmente y, al lado de la tumba de esta inocente, juro que os destruiré.

—Si sabe quién soy —contestó Devrall—, debería saber también que no hay nada que pueda hacerme.

—No esté usted tan seguro —repuso George.

—En serio, queridísimo Lord Byron, lo único que podría hacer usted es propagar a los cuatro vientos que soy un vampiro, y ambos sabemos que nadie le creería.

August Devrall tenía razón, nadie le creería y la muerte de Helen quedaría por siempre impune. George pensó que lo que realmente hacia fuerte a un vampiro era el hecho de que nadie creyera en su existencia. Él mismo se había mofado de la historia del vampiro de Esmirna, y de él se reirían sin duda en Londres si intentase explicar a sus iguales que Devrall era un muerto viviente que había matado lentamente a su mujer bebiéndose su sangre. Era consciente de que no podía hacer nada para acabar con ese vampiro, a no ser que utilizase la fuerza bruta contra él, pero ¿cómo se podía matar a alguien que ya estaba muerto? Además, él era un simple escritor, las únicas verdaderas armas que poseía eran las palabras que le había donado su lengua materna. ¿Se puede destruir a un vampiro utilizando solamente palabras? Podía escribir algún libelo anónimo, acusando a Devrall del asesinato de su mujer, omitiendo que se trataba de un vampiro, y quizá con ello se abriera una investigación policial que descubriera la verdad de lo sucedido. El problema era que en cualquier investigación que se llevara a cabo no se encontrarían las pruebas necesarias para inculpar a Devrall, pues no había constancia de que Helen hubiese muerto desangrada, sino que simplemente su sangre fue desapareciendo poco a poco. A ningún investigador en su sano juicio se le ocurriría deducir que la sangre no desapareció sin más, sino que se la bebió un vampiro. No, el libelo no serviría porque no evitaría que la razón y la ciencia volvieran a aparecer como un obstáculo insalvable. La muerte de Helen era una historia de vampiros, y los vampiros no existen en el mundo real, solamente pueden existir en la ficción. Cualquier cosa que George escribiera sobre August Devrall tan solo sería leída como las fabulaciones de un loco celoso o como un relato de terror para asustar a jóvenes doncellas de familias acomodadas. Entonces, al hacer esta reflexión, George se dio cuenta de que no estaba todo perdido, pues si pudiese hacer que al menos mentes cándidas e inocentes tuviesen miedo de un vampiro, quizá ese mismo miedo se viera plasmado en la vida real y sirviera para que esas jóvenes no se fiasen de alguien como Devrall. Sí, eso haría: escribiría un relato protagonizado por un vampiro al que llamaría August Darvell y que sería muy semejante al Devrall real, tanto que no solamente conseguiría advertir a sus futuras víctimas del peligro, sino que sembraría la duda sobre la muerte de Helen.

George tenía previsto escribir su relato a inicios de 1811, un año después de la muerte de Helen. De esa manera no sería tan evidente la relación entre su relato y el asesinato de Devrall y no podría ser acusado de denunciar veladamente al vampiro sin pruebas. Sin embargo, como si de una maldición se tratase, comenzaron a sucederse una serie de hechos que parecían confabularse contra George para que no pudiera centrarse en una misión. El día en que comenzó a escribir el relato sobre

Devrall, al que iba a titular *El entierro*, recibió la noticia de la muerte de su madre; curiosamente acaecida tras una rara anemia. Aún no se había repuesto de esta muerte, muy dolorosa para él, cuando dos amigos íntimos, compañeros de sus aventuras en Cambridge, también murieron en circunstancias extrañas. En uno de estos casos no solamente fue extraña la muerte, sino también lo que decía una nota encontrada al lado del cadáver: «A quien pueda interesar. Deja lo que estás haciendo, no te servirá de nada». George comprendió enseguida que Devrall, quien tal vez poseía facultades extraordinarias que le habían permitido conocer sus intenciones, había sido el autor de ese mensaje. Un mensaje que no solamente le advertía de la aparente futilidad de su misión, sino que le dejaba claro que él había matado a su madre y a sus amigos y que seguiría matando a cualquiera a quien lord Byron estimase si no se olvidaba del juramento prestado junto a la tumba de Helen.

Tras ese aviso, y muy a su pesar, George decidió olvidarse del vampiro Devrall e intentar rehacer su vida. Volvió a cosechar grandes éxitos con sus obras y a participar activamente en la vida política de Inglaterra, ligado al Partido Liberal. Conoció a una hermosa mujer, Anna Isabella, con la que se prometió casi de inmediato, pues consideró que sería una compañera ideal en su madurez y vejez. El día de la boda, mientras Anna Isabella se dirigía lentamente hacia el altar cogida del brazo de su padre, George se sintió melancólico. Se dio cuenta de que era feliz por primera vez en su vida, pero que esa felicidad era fruto de haber roto el juramento que había hecho sobre la tumba de Helen. Se sentía culpable de ser feliz y se dio cuenta de que ese sentimiento podría afectar a la vida que había soñado vivir junto a Anna Isabella. Por ello decidió que después de su luna de miel volvería a enfrentarse a Devrall, volvería a escribir *El entierro.* Sin embargo, esa misma noche, cuando los recién casados entraron en el camarote del barco que les llevaría al continente, donde tenían pensado visitar varias ciudades alemanas en su viaje de novios, encontraron encima de la cama un hermoso ramo de rosas rojas y un libro envuelto en un lazo también rojo. Anna Isabella cogió el ramo, que no traía ninguna tarjeta, y salió del camarote para pedir a algún empleado que le llevara un jarrón con agua para poner en él las flores. George se sentó en la cama y leyó el título del libro: *Misterios de la noche turca*. El título le devolvió de nuevo a Esmirna; no había duda de que se trataba de un regalo maldito, obra de Devrall. Abrió el libro y encontró una dedicatoria, firmada con las siglas A. D., que rezaba lo siguiente: «Toda nueva vida necesita mirar siempre al futuro o, por el contrario, perecer víctima de los fantasmas del pasado». El mensaje estaba claro para George: Anna Isabella sería la siguiente víctima del vampiro si él no se olvidaba de su juramento. Cuando regresó Anna Isabella al camarote, encontró a su marido postrado en la cama y llorando, y al preguntarle qué le sucedía, él contestó: «Te arrepentirás de haberte casado con el diablo».

El vampiro le había puesto en la tesitura de escoger entre vengar la muerte de Helen, su madre y sus amigos o perder a Anna Isabella, y George decidió que vivir junto a su amada con sentimientos de culpa sería como no vivir realmente. Había decidido seguir adelante con su relato, pero antes de hacerlo debería proteger a Anna Isabella de las perversas intenciones del vampiro y la única posibilidad de lograrlo era alejarla de su vida. Por esa razón, George comenzó a tratar a su esposa con desprecio, ofreciéndole en varias ocasiones la separación, pero ella estaba profundamente enamorada de él y pensó que el cambio radical experimentado por su esposo era una prueba de fidelidad. El día en que Anna Isabella dio a luz a Ada Augusta, pensó que George se convertiría otra vez en el maravilloso ser del que se había enamorado. El día en que Anna Isabellla dio a luz a Ada Augusta, Geroge pensó que debía tomar medidas drásticas para alejar definitivamente a su esposa, y también a su hija, de su lado. El mismo día del bautizo de la pequeña, George se dejó ver por varios locales de Londres de mala reputación, acompañado de una ex amante. Al día siguiente, Anna

Isabella pidió la separación y se fue con la niña a la campiña, a la mansión de sus padres. George había conseguido lo que quería; ahora podía enfrentarse a August Devrall sin temer por Anna Isabella y su hija.

La tormenta parecía estar amainando cuando Percy Shelley se asomó por la puerta de la sala en la que se encontraba George para informarle de que la lectura de los relatos de fantasmas alemanes ya había concluido y los invitados tenían la intención de irse a dormir. George le pidió que no se fuera aún a la cama y le mandó decir a Lewis y a Polidori que tampoco se acostasen, pues quería comentarles un asunto importante y además necesitaba a su secretario para que tomase notas. Percy transmitió los deseos de George a los otros dos hombres y los cuatro se reunieron en la pequeña biblioteca de la villa, lugar que lord Byron utilizaba como despacho.

—Mientras escuchaba desde la otra sala cómo disfrutabais de esos relatos, se me ha ocurrido una idea que querría compartir con vosotros —dijo George, aprovechando aquella lectura para la propuesta que hacía meses tenía pensado realizar—. Creo que podríamos conseguir un éxito sin precedentes en Inglaterra si escribiésemos cada uno de nosotros un relato de terror y uniésemos los tres relatos en un mismo libro.

—¿Matthew, tú y yo? —preguntó Percy Shelley

—Eso mismo, cada uno de nosotros escribirá un relato de diferente temática —prosiguió George— y después los tres relatos formarán parte de un mismo volumen. Imaginaos la repercusión que podría tener un libro sobre historias de terror firmado por Shelley, Lewis y Byron.

—No cabe duda de que tendría mucha repercusión —comentó Matthew Lewis.

—Eso es precisamente lo que busco —dijo George—. De escribirlo, yo tengo pensado un relato sobre un vampiro.

—Me parece una idea muy interesante —dijo Matthew

Lewis—, puedes contar conmigo. Escuchando esta noche esos relatos alemanes, he recordado algunos cuentos de fantasmas que me contaron de niño y que son muy populares en mi tierra.

—¿Y, tú, Percy, te unes a nosotros? —preguntó George.

—¿Byron, Lewis y Shelley asustando a dulces damiselas? Por supuesto que escribiré ese relato, no tengas la menor duda —contestó Percy Shelley

George pidió a Polidori que redactara un documento en el que constara que los tres escritores se repartirían a partes iguales los beneficios que se lograsen con la publicación. Percy Shelley exigió añadir una cláusula en aquel documento: el libro no podría ver la luz hasta 1818, ya que hasta esa fecha tenía varios compromisos contractuales ineludibles que le prohibían escribir para otra editorial. Matthew Lewis y George aceptaron la cláusula exigida por Shelley. Lewis tenía pensado viajar al año siguiente, para comprobar el estado de unas plantaciones de caña de azúcar que había adquirido, así que la fecha de publicación le convenía. George pensó que podría aprovechar el plazo exigido por su amigo Percy para viajar de nuevo a Esmirna e investigar más sobre Devrall y sus crímenes. De todas maneras, para él lo más importante era contar con la colaboración de sus amigos, por lo que valía la pena esperar un año más para destruir al vampiro. Unir a los tres escritores era un medio para que aquel libro, y con él su relato sobre Devrall, tuviera mucha repercusión, y llegara al mayor número de lectores posible. No solamente leerían su relato sus seguidores, sino también los de Shelley y los de Lewis. Cuanta más gente leyese el libro, más posibilidades habría de que alguien se diese cuenta de que la muerte de Helen Devrall era muy sospechosa. Incluso puede que la misma policía iniciase investigaciones de oficio. Si eso ocurría, George seguramente sería interrogado, y entonces ya no sería un loco con extrañas ideas sobre seres inexistentes, sino la pieza clave para hundir a Devrall y hacer justicia. Las propias autoridades que investigasen el caso viajarían a Esmirna, después de que George les relatase lo que allí le había ocurrido se llevarían a Devrall con ellos y allí, en la lejana Turquía, el vampiro sería derrotado. Sus únicas armas eran las palabras; más que suficientes, si todo salía bien, para destruir a ese demonio.

Esa misma noche, George pasó a papel el esquema mental de su relato, dejando espacios en blanco que esperaba rellenar en el futuro con información referente a la naturaleza de los seres vampíricos y con relatos sobre los crímenes de Devrall en Esmirna. Tal vez excitado al vislumbrar su triunfo cercano sobre aquel ser maligno, no pudo contenerse y comenzó a redactar las primeras líneas de su relato:

«En el año de 17…, después de haber meditado durante algún tiempo sobre la posibilidad de viajar por países que hasta entonces los viajeros no frecuentan mucho, partí en compañía de un amigo, a quien me referiré como August Darvell.»

Estaba inspirado. Quizá no necesitase viajar de nuevo a Esmirna, pues a fin de cuentas las claves de su relato iban a ser el nombre del vampiro —Darvell en vez de Devrall— y que este al final se casa con una joven a la que mata lentamente bebiéndose su sangre. Escribió esa noche unas cuatro páginas de su relato, todo lo que pudo hasta que el sueño le venció. Al despertar volvió a su despacho para continuar escribiendo *El entierro*, ya que la inspiración que le había visitado la noche anterior no se había ido con sus sueños. Sin embargo, al sentarse frente al escritorio, comprobó que todo lo que había escrito la noche anterior había desaparecido. Miró en los cajones, pero tampoco halló nada en ellos. Luego buscó por todo el despacho, incluso en lugares donde sabía que era imposible que se encontraran aquellos papeles. La búsqueda fue inútil; al parecer habían desaparecido misteriosamente. Polidori tampoco pudo aclarar nada de aquel misterio, ya que dijo que ni siquiera sabía que George hubiese escrito nada la noche anterior. Pensó en preguntar a los invitados y al servicio sobre este asunto, pero finalmente decidió no hacerlo porque importunaría a los primeros y daría la sensación de que estaba acusando de robo a los segundos. Decidió olvidarse del tema; a fin de cuentas ya tenía el relato en su cabeza y estaba seguro de que ahí no se extraviaría. Además, buscando el lado bueno a lo que en principio parecía un contratiempo, decidió creer que la pérdida de aquellos papeles era algún tipo de señal para volver a retomar su idea primera de viajar de nuevo a Esmirna para investigar los crímenes del vampiro y dar así más realismo a su relato. A veces el destino parece adverso cuando en realidad se está confabulando para lograr un propósito elevado.

George decidió acortar su estancia en Villa Diodati, para preparar con celeridad su próximo viaje a Esmirna, y regresó a Londres un par de semanas después de que lo hicieran sus invitados. George aprovechó el viaje de vuelta a Inglaterra para despedir a Polidori. No le dijo los motivos del despido, sino simplemente que ya no necesitaba sus servicios, y le escribió una excelente carta de recomendación. Ya en Londres, entregó a sus editores varios manuscritos de obras que había acabado de escribir en Suiza y que le permitirían estar libre de compromisos editoriales durante más de un año, tiempo que iba a dedicar, única y exclusivamente, a la derrota de Devrall.

Dos días antes de su partida hacia Esmirna, George invitó a cenar a los Shelley y a Matthew Lewis. Su intención era anunciarles que iba a pasar un año alejado de Londres y de sus compromisos públicos y privados, y al mismos tiempo averiguar si ya habían comenzado a escribir sus relatos. Los primeros en presentarse en casa de George fueron Percy y Mary Shelley, la cual portaba un fajo de hojas, que lord Byron pensó que serían del relato que su amigo, a lo mejor, ya había concluido.

—No es mío, George —dijo Percy—. De eso precisamente querría hablar contigo y con Matthew.

—Lo he escrito yo —dijo Mary.

—¿Tú? Ese no era el trato —señaló George.

—Le comenté a Mary lo que nos habíamos propuesto

—continuó Percy— y, al parecer, esa propuesta la inspiró y ha escrito una novela magnífica.

—*Frankenstein o el moderno Prometeo*, así la he titulado, George —dijo Mary.

—Es una gran novela; te lo aseguro, George —añadió Percy—. Mary y yo queremos que la leas y que si es de tu agrado, cosa que no dudo, nos ayudes a conseguir que la publiquen.

—Pero supongo que sigue en pie nuestro acuerdo —comentó George.

—Por supuesto, pero lo que quiero proponeros a ti y a Matthew —continuó Percy— es que hagamos coincidir la publicación de nuestro libro de relatos con la novela de Mary, y si puede ser, unir esta a la propuesta que presentemos a la editorial.

—Por mí no hay inconveniente —aseguró George— y supongo que Matthew no pondrá ninguna objeción.

En ese momento entró Matthew Lewis, aparentemente exaltado y agitando en su mano un ejemplar del *New Monthy Magazine.*

—¿Por qué has roto nuestro acuerdo, George? —preguntó Matthew Lewis—. Esto ha salido publicado hoy.

George cogió el *Magazine* y pudo comprobar sorprendido que en la tercera página se había publicado un relato que llevaba por título *El vampiro* y estaba firmado por lord Byron. Percy Shelley arrebató el ejemplar a George de las manos, y cuando leyó lo que decía esa página, también le acusó de haber roto el acuerdo firmado en Villa Diodati.

—Os juro, amigos —dijo George—, que este relato no es mío. Además sabéis que yo jamás he trabajado con esa publicación ni tengo intención de hacerlo nunca.

—Entonces ¿por qué aparece tu nombre? —preguntó Matthew.

—No lo sé, mañana intentaré averiguarlo. Por favor, Percy, ¿puedes dejarme que vuelva a leerlo? —pidió George.

Percy Shelley le dio de nuevo el *New Monthy Magazine* y George empezó a leer aquel relato, mientras sus amigos seguían hablando de aquel extraño incidente. Después de leer la primera página, George comenzó a sentirse mareado y se saltó todo el relato para leer el final y, al hacerlo, cerró los ojos y cayó abatido en uno de los sillones de aquella sala. Sus amigos corrieron enseguida a ver qué le sucedía, y él se limitó a decir que era un simple vahído y les rogó que le perdonasen, pero que no podría acompañarles en la cena, pues se acostaría inmediatamente. Percy llamó a un criado, que acompañó a George a su alcoba, y sus amigos decidieron abandonar la casa, pues consideraron que la velada sin su anfitrión no tenía sentido.

Ya en su lecho, George volvió a leer el relato que había salido publicado con su firma en el *New Monthy Magazine.* Sí, era su relato, ese era el problema. Aquella historia que se narraba bajo el título de *El vampiro* era el relato que había comenzado a escribir en Villa Diodati. El escrito, además, seguía fielmente el esquema que él había dibujado en uno de los papeles perdidos. El inicio y el final eran muy similares, pues comenzaba con un viaje y acababa con la muerte de una joven inocente que acababa de casarse con un vampiro cruel que la había asesinado bebiéndose su sangre. Aparte del estilo, el único cambio que pudo apreciar era que el protagonista no se llamaba August Darvell —como él habría querido para que los lectores que lo conociesen asociasen ese nombre al de Devrall—, sino lord Ruthven.

A la mañana siguiente, George se presentó en las oficinas del *New Monthy Magazine.* El conserje le acompañó, tras una petición suya, al despacho del propietario de la publicación. Al abrir la puerta volvió a encontrarse de frente con August Devrall, el vampiro.

—¿Sorprendido, mi querido lord Byron? —preguntó Devrall sonriendo.

—Supongo que ya no debería sorprenderme nada a estas alturas de nuestra historia personal —contestó George.

—Esta revistilla fue parte de la dote que me entregó mi suegro al casarme con Helen. En principio no creí que le sacara ningún provecho, pero es evidente que me equivocaba. Su magnífico plan para acabar conmigo con ese librito de relatos de terror ya no tiene sentido. En el próximo número pondremos una nota diciendo que usted no escribió el relato, sino que es obra de un tal John W. Polidori. ¿Lo conoce?

—Esa rata miserable…

—¿Rata miserable? Depende del punto de vista, supongo; a mí siempre me ha demostrado ser un empleado fiel. Por cierto, creo que estos papeles son suyos. No sé cómo, pero se ve que el bueno de Polidori los encontró en su maleta al llegar a Londres.

Devrall entregó a George las hojas que él creía haber perdido en Villa Diodati y que en realidad le había robado Polidori.

—Creo que no ha conseguido nada, al fin y al cabo, Devrall —dijo George—. Acabaré de escribir el relato y haré que el mundo sepa quién es usted realmente.

—Se equivoca de nuevo, George. No podrá escribir el relato tal y como lo tenía pensado, ya que de hacerlo le acusarán de plagio. Aparte del deshonor de copiar la obra de un miserable médico, dudo que sus amigos y que los editores de esta ciudad aceptasen respaldarle.

—Quizá tenga razón, pero soy un gran escritor y seré capaz de crear una nueva obra y conseguir con ella los fines que busco. Me limitaré a narrar sus crímenes en Esmirna y con eso será suficiente. Shelley y Lewis cumplirán su parte del acuerdo, y dentro de poco más de un año nuestro libro cosechará un gran éxito y marcará el comienzo de su fin.

—Usted me subestima, querido lord Byron. ¿Realmente cree que voy a dejar que se salga con la suya? Jamás se publicará ese libro, jamás. En vez de eso, lo que voy a hacer es terminar con esta historia que ya empieza a aburrirme. Voy a ser yo quien acabe con usted: primero le hundiré públicamente y después le mataré como hice con Helen. Ardo en deseos de probar su sangre; espero que su sabor no me decepcione. Eso sí, antes de probar la suya, probaré la de sus dos amigos, Shelley y Lewis. ¿No iban a unirse los tres para acabar conmigo? Pues creo justo que los tres tengan el mismo final.

La amenaza del vampiro se cumplió y aquel libro que debía servir para desenmascarar a August Devrall jamás fue publicado.

Matthew Lewis regresó del Caribe a principios del año 1818, con el firme propósito de escribir el relato de fantasmas que había prometido escribir en Villa Diodati. Sin embargo, pocas semanas después de llegar a Londres fue presa de una extraña enfermedad que le produjo un sinfín de úlceras y hemorragias, que al final acabaron con su vida. Sus médicos, al desconocer cuál era realmente el mal que aquejaba a Lewis, lo achacaron a la fiebre amarilla, típica enfermedad de las zonas tropicales. Lo extraño del caso era que, al parecer, el amigo de George había vuelto sano de su viaje y era harto sospechoso que en Inglaterra alguien pudiera contagiarse de una enfermedad tropical.

Para George no había duda de que Matthew había muerto en manos del vampiro, pues este ya le había anunciado que así sucedería en las oficinas del *New Monthy Magazine*. En un principio pensó en arrojar la toalla, rendirse y evitar así su propia muerte y la de Percy. Ahora bien, acabó desechando esta idea cuando recordó el juramente realizado junto a la tumba de Helen. Así que, sin explicarle nada sobre el peligro al que podía enfrentarse, intentó convencer a Percy de seguir adelante con el libro de relatos de terror, argumentando que el binomio Shelley-Byron continuaba siendo muy atractivo y que llevar a buen término el proyecto serviría de homenaje a su difunto amigo. Esos argumentos no convencieron a Percy Shelley, quien anunció a George que en breve iba a trasladar su residencia a Italia, y el acuerdo de Villa Diodati quedó roto definitivamente.

George se sintió muy dolido por la negativa de Percy, pero por otro lado pensó que quizá el hecho de que aquel libro jamás fuese publicado calmaría al vampiro y no cumpliría su amenaza de matarle a él y a su amigo. Se equivocaba. Percy Shelley apareció ahogado cerca de la ciudad italiana de Lerici, tras naufragar su velero sin causa aparente, el 8 de julio de 1822. El cuerpo fue incinerado en una playa de esa misma costa. Su corazón le fue extraído, antes de la incineración del cadáver, y sepultado en Inglaterra, siguiendo los deseos del propio Percy. Su viuda, en una carta que envió a George comunicándole el trágico suceso, le dijo que no recordaba que su esposo deseara que le incinerasen en una playa perdida del Mediterráneo ni que le extrajesen el corazón. Lord Byron, al leer aquella carta, entendió que Percy también había muerto a manos de Agust Devrall: Percy había naufragado en un día soleado y con el mar en calma, su cuerpo había sido incinerado para borrar las pistas del asesinato del vampiro y el hecho de extraerle el corazón era un macabro mensaje dirigido a lord Byron.

El asesinato de Percy Shelley hundió irremediablemente a George en la más profunda de las tristezas. La muerte y la desgracia se habían instalado en su vida y en la de los que le rodeaban desde aquella noche en la que conoció a Helen. El vampiro había vencido; era un ser maligno y poderoso y él un simple poeta. La palabra no puede vencer a la muerte; jamás lo ha hecho y jamás lo hará. Lo único que podía hacer George era evitar morir a manos del vampiro, evitar que se regocijara bebiendo su sangre. Su muerte debería ser noble y heroica, como un sacrificio postrero por todos aquellos que habían muerto en manos de aquel ser maligno. Un sacrificio que sirviera para redimir su alma, eso fue lo que empezó a anhelar George tras leer la carta de Mary Shelley. Grecia le daría esa oportunidad.

Un año después de la muerte de Percy Shelley, George entró a formar parte del Comité de Londres para la Independencia de Grecia. Los griegos se habían levantado en armas contra el Imperio otomano y lord Byron decidió apoyar a su Hélade soñada. Su lucha a favor de la libertad de los griegos no se limitó a artículos y discursos en la confortable Londres, sino que él mismo, a bordo de la goleta *Hércules*, viajó a Grecia para luchar codo con codo junto a aquellos valerosos rebeldes. No había muerte más noble y heroica que aquella que se daba a cambio de liberar de la esclavitud a los oprimidos. Teniendo siempre presentes a aquellos inocentes asesinados por el vampiro, lord Byron luchó con fiereza al lado de los bandidos de Soulitas contra los turcos. Los griegos elevaron a George al Olimpo de los héroes, pues jamás habían conocido a un ser que se enfrentara diariamente a la muerte con tanto descaro. Cuando quienes combatían junto a él le preguntaban si no temía morir, él contestaba diciendo: «Morir luchando con el alma no es morir, es la mejor manera de alcanzar la inmortalidad». Sus hazañas llegaron a oídos del príncipe Alejandro, el líder de los rebeldes, y este pidió a George que luchara a su lado en la que iba a ser la batalla más importante de todas las celebradas hasta aquel momento en la guerra, la batalla de Missolonghi. George aceptó entusiasmado; tenía ganas de ponerse al frente de las tropas que el príncipe le asignara lo antes posible. Con ese ánimo viajó a Missolonghi, pero la misma noche en la que llegó a la ciudad, sufrió un ataque epiléptico, producido quizá por el cansancio acumulado por los meses de lucha sin tregua a la que había sometido su cuerpo desde su llegada a Grecia. Casi totalmente inconsciente, fue trasladado a un pequeño palacete de la villa, acompañado por el propio príncipe Alejandro.

A la mañana siguiente, el estado de salud de George empeoró, y la fiebre se convirtió en el síntoma principal de una dolencia a la que los médicos del príncipe Alejandro no sabían encontrar remedio. La muerte del nuevo héroe de los griegos parecía inminente y nadie confiaba en que George volviera a ver el amanecer. El príncipe Alejandro estaba destrozado, ya que sentía un gran aprecio por aquel inglés venido de la otra punta de Europa para defender su causa. También preocupaba al príncipe que sus tropas vieran la muerte de lord Byron como un revés de la fortuna y que fueran al campo de batalla con el ánimo decaído. Estando el príncipe absorto en estos pensamientos, llegó al palacete la noticia de que acababa de llegar a Missolonghi un médico inglés. El príncipe pensó que ese médico quizá podría tener éxito donde sus galenos habían fracasado y por esa razón hizo que lo llevaran a su presencia. Después de hablar con él durante un par de minutos, el príncipe Alejandro lo acompañó hasta la habitación en la que se hallaba el moribundo George. Este, al ver entrar al médico, comenzó a gritar, pidiendo al príncipe que matara a ese hombre. El príncipe se dio cuenta de que lord Byron empezaba a agonizar y de que su agonía se manifestaba con esa absurda petición. El médico pidió al príncipe que le dejara a solas con el enfermo, y aseguró que intentaría hacer todo lo posible por salvarle la vida, pero que no podía prometer nada. El príncipe abandonó la habitación y dio órdenes a sus hombres de que no entraran en ella a no ser que el médico lo solicitase. Al ver que el príncipe le dejaba a solas con el médico, George comenzó a llorar de impotencia. Había viajado a Grecia para morir por todas las batallas que había perdido al enfrentarse a aquel vampiro y ni siquiera Dios le había dado esa última oportunidad de redimirse. Las lágrimas ya no le permitían ver el rostro del médico cuando este se acercó para susurrarle al oído:

—Ya ve, mi querido lord Byron —dijo August Devrall—, de camino a Esmirna, donde dejé algunos asuntos pendientes, el diablo me ha dado la oportunidad de probar su sangre. Espero que me produzca tanto placer como la que me proporcionó la de la dulce Helen.

ÍNDICE

PRIMERA PARTE

HAY MUCHOS PECES EN EL MAR

SEGUNDA PARTE

LA TUMBA DE HELEN

TERCERA PARTE

LO QUE SABEMOS SOBRE LOS VAMPIROS

CUARTA PARTE
UN COBARDE

Impreso en Talleres Gráficos
LIBERDÚPLEX, S.L.U.
Pol. Ind. Torrentfondo
Ctra. Gelida BV-2249 Km. 7,4
08791 Sant Llorenç d'Hortons (Barcelona)